城市与媒介：宋代文学的新变与转型

刘方 著

中国社会科学出版社

图书在版编目(CIP)数据

城市与媒介：宋代文学的新变与转型 / 刘方著. —北京：中国社会科学出版社，2017.8

ISBN 978 – 7 – 5203 – 0265 – 4

Ⅰ.①城… Ⅱ.①刘… Ⅲ.①中国文学 – 古典文学研究 – 宋代 Ⅳ.①I206.2

中国版本图书馆 CIP 数据核字(2017)第 094603 号

出 版 人	赵剑英
责任编辑	曲弘梅
责任校对	周　昊
责任印制	戴　宽

出　　版	中国社会科学出版社
社　　址	北京鼓楼西大街甲 158 号
邮　　编	100720
网　　址	http://www.csspw.cn
发 行 部	010 – 84083685
门 市 部	010 – 84029450
经　　销	新华书店及其他书店
印刷装订	北京君升印刷有限公司
版　　次	2017 年 8 月第 1 版
印　　次	2017 年 8 月第 1 次印刷
开　　本	710×1000　1/16
印　　张	22.25
插　　页	2
字　　数	366 千字
定　　价	96.00 元

凡购买中国社会科学出版社图书，如有质量问题请与本社营销中心联系调换
电话：010 – 84083683
版权所有　侵权必究

目 录

导论 ………………………………………………………… (1)

上编　媒介革命影响下宋代文学的发展与转型

王维画在北宋的经典化及其多重文化语境 ……………………… (23)
张镃的南湖雅集与马远《春游赋诗图》…………………………… (38)
北宋委托书坊刻书的出版方式创新及其相关问题 ……………… (56)
周必大刊刻《文苑英华》在宋代出版史上的方式创新与贡献 …… (75)
都市书坊业：新型文学生产的文化媒介与物质基础
　　——以吴文英《丹凤吟赋陈宗之芸居楼》为核心的考察 …… (105)
印刷文化背景下的新型文字狱与新学术领域发展 ……………… (116)
文学的大众传播模式萌芽对于南宋文学发展的影响与制约 …… (131)

下编　城市文化繁荣视域中宋代文学的新变与拓展

丰乐楼：文学书写中宋代两都的一座酒楼传奇 ………………… (151)
东南形胜：北宋杭州都市景观与文学表达 ……………………… (192)
北宋都市佛教新变与士大夫的结社诗歌创作
　　——以《杭州西湖昭庆寺结莲社集》为核心的考察 ………… (205)
露花倒影柳屯田：误读背后所遮蔽的北宋文学思想论争与都市
　　文化语境 …………………………………………………… (254)
柳永游仙词与北宋真宗时期汴京政治文化 ……………………… (270)

城市雅集、文学场域与湖州城镇文化辉煌的建构
　　——以北宋湖州六客亭雅集及其经典化为核心的探索 ………（288）
"便把杭州作汴州"：故都记忆与文学想象 ……………………（302）
吴文英词的空间叙事与南宋临安都市文化 ……………………（321）

导 论

一 文学研究范围的新拓展与新问题：从城市研究到媒介研究

宋代时期出现了一系列新的文学现象，它们是在特定的文化历史语境中产生出来的，从而需要研究者去追问和思考其为何产生？又是如何产生？思考影响其产生的诸元素，以及诸元素之间的相互关联，而非将新的文学现象视为孤立存在之物。

而这些新的文学现象又是在一个更大的文化背景下发生，并有机地整合、关联在一起，相互勾连、相互影响，互为因果。对于这样一个更大文化背景的描述的理论框架，在我看来，目前为止，唐宋变革说、唐宋文化转型仍然是一个富于解释力的解释范型。[①]

所谓新变，一是意味着这些新的文学现象，是伴随着唐宋变革和文化转型而产生、发展出来的新的审美观念、文学思想与文学现象，但是并非意味着在当时它们是普遍的、主流的、经典的，而是经历了一个长期的经典化过程，其中的一些文学观念、文学思想、文学现象，才得以取得社会上普遍的、主流的、经典的地位。二是意味着这些新的文学现象，在当时不是唯一的，而是十分可能存在着大量不同的、竞争性的，甚至异质性的文学现象、文学思想与文学观念。

重要的是需要去研究和揭示过去的文学史研究中由于种种原因而被遮蔽、忽略的内容，其中一个重要途径就是从新的角度，重新思考过去研究过的内容、现象，从而发现、揭示新的文学现象，比如从新技术革命

[①] 相关讨论参考刘方《宋型文化与宋代美学精神》，巴蜀书社2004年版；刘方《唐宋变革与宋代审美文化转型》，学林出版社2009年版。

（媒介革命，印刷术和出版业）角度思考新的文学生产方式和文学家比如江湖诗人的生存方式，等等。

在这里，需要特别强调的是，笔者所说的新变，在本研究中，并不具有价值判断意义，它仅仅意味着，由于社会发生了变化，伴随着这些变化，出现了一些与之相应的新的文学现象，作为这些社会变化的结果，或者作为应对这些社会变化的应对措施，解决方案的一部分，或者适应性变化而产生出来，等等。并不意味着新的就一定是进步的、更有价值的等价值判断。不预设一个进化论的、不断进步的历史演变轨迹和价值判断的文学发展史框架。

实际上这也涉及我们如何理解某种新的文学思想观念和文学现象的问题。笔者将宋代文学新变置于从唐到宋的文化、思想转型的历史语境中加以考察。但是，并不将之预设在一个不断发展、不断进步的文学历史的过程中。避免在以往各种文学史研究中常见的那种，将某一个历史中产生的文学思想、文学现象视为顶点或者成熟阶段，从而将文学历史叙述为朝着这个目标不断演进的过程，这一具有目的论色彩的论述方式。

笔者在研究中不采用如下的预设：将宋代文学新变设想成为某种固化的存在，也不设想这些文学新变曾经占据了一种霸权话语的地位或者成为时代的主流文学。事实上，在传统社会中，由于物质、技术上的原因（交通、通信、传播等），文化、思想上的原因（多种文化传统并存、不同文化层次、竞争性的思想流派、异端思想等），知识、信仰上的原因（不同的知识共同体、不同的信仰体系等）使任何一种文学思想或者文学现象，在实际生活之中，都绝不可能成为人人都会认同的文学思想或文学现象。虽然绝大多数文学史的研究者，都喜欢和有意、无意地接受了这样的假设。其实，就是在许多人的脑子中想象为一统天下的苏黄诗歌，在历史的实际演进过程中，也曾有过被压抑甚至被官方打击、严禁的经历，就是在成为流行的江西诗派之后，也从来不乏批判者和竞争性文学流派。

唐宋变革论或者唐宋文化转型论，都是充满了争论、歧义和竞争性观点的学说领域，本研究的目的在于，通过批判性地借鉴这些理论，同时广泛吸收当代多学科领域的新研究成果，在深入思考、研究和探索的基础上，形成个人对于宋代文学发展、转型的历史叙事的宏观理论叙事框架，并在其中思考宋代文学的新变化问题，从而避免将宋代文学的一些重要特征，看成一种静态的、已然存在之物。在唐宋变革论或者唐宋文化转型的历史叙事的宏观理论叙事框架中，思考、探索和研究在宋代一些新的文学现象是如何产生和发展起来的。从对于宋代文学的静态的、本质主义的、是什么的研究方式，转向动态的、建构主义的、为什么和如何是等问题的研究方式。在复杂、互动、多重关系中，揭示宋代文学新变的历史生成的文化语境、内在理路。

同时，尽可能揭示这一新的文学现象是如何成为唐宋文化转型的有机组成部分，并被组织进这一历史演进的进程中，参与了这一文化转型的历史建构。

对于唐宋变革导致的中国传统社会、文化的近世转型，其中产生重要影响的因素，构成中国宋代近世社会、文化有机组成和重要部分的几个方面，至今仍然没有引起日本和欧美学者的关注，也缺乏从唐宋变革，文化、社会转型的视角进行思考，这些重要因素包括以下一些方面。

第一，宗教信仰。韦伯宗教学理论指出宗教的世俗化，神圣世界的脱魅，是近代社会的重要特征。[1]

中国传统宗教信仰对于传统社会变迁，同样具有重要意义，[2] 在唐宋变革中，佛教的人间化，或称世间化，是一个比较突出的特征。在唐宋变革中，宗教领域出现了世间化趋势。这是一个宗教在大众中传播获得普及，与此同时，也被人间化的过程。一方面是宗教迎合大众，以吸引信徒；另一方面是世俗的大众对于宗教的世俗化的理解、认识和传播。而与此同时，是为抵御宗教的普及及其产生的巨大社会影响力，从中唐开始，对于佛教理论的批判，甚至灭佛运动。与此相伴的则是儒家思想的转型，新儒学运动的兴起，从而使传统儒学一方面向宋学、理学转型；另一方面向儒教这一具有宗教性特征的思想与制度转型。[3]

而在宗教世间化的同时，也发展出来审美化的趋势。一方面是内部的

---

[1] 参见［德］马克斯·韦伯《中国的宗教》，康乐、简惠美译，广西师范大学出版社2004年版。［德］马克斯·韦伯：《儒教与道教》，洪天富译，江苏人民出版社1997年版。［德］马克斯·韦伯：《儒教与道教》，王容芬译，商务印书馆1995年版。刘小枫：《现代性社会理论绪论》，生活·读书·新知三联书店1998年版。［美］彼得·贝格尔：《神圣的幕帷：宗教社会学理论之要素》，高师宁译，上海人民出版社1991年版。

[2] 参见［美］杨庆堃《中国社会中的宗教：宗教的现代社会功能与其历史因素之研究》，范丽珠等译，上海人民出版社2007年版。

[3] 刘方：《文化视域中的宋代文论》，学林出版社2006年版。

世俗化，如公案、文字禅具有宗教解释学的诗学特征，体现出了一种从宗教到审美的变化。另一方面是世俗信众对于宗教理论的美学、诗学运用。虽然从六朝时的谢灵运就开始尝试将佛教理论、范畴、概念运用到美学、诗学，但是到宋代才普遍化、全面化和深入化。而严羽更是以禅喻诗，以禅宗的理论为骨架，以禅宗思想为诗歌批评标准的典型代表。①

第二，城市化，物质—文化层面。今天的城市化进程所引发的一系列社会、文化的深刻变革与转型，使人能够更为清晰地看到和认识到宋代城市革命对于中国近世特征形成的重要意义。

内藤命题没有关注到宋代城市革命，城市的发展与繁荣对于中国进入近世，并且形成近世社会特征的巨大作用和影响问题，而这也是韩明士、包弼德等美国汉学家在发展内藤命题的时候，未曾加以关注的方面。日本加藤繁、美国施坚雅等学者均对于宋代城市发展问题，进行了深入研究，提出宋代的城市革命问题，② 可惜，囿于学术研究领域的区隔，既没有和历史与文化、思想史的唐宋变革联系起来，也没有从近世转型这样的宏观、整体的视角来进行思考和研究。

宋代的城市化、城市繁荣的一个重要结果，是新兴市民阶层形成，市民社会、公共空间与新兴审美趣味、观念的兴起。与此相应的是市民文艺的兴起与繁荣，从而导致了宋词、说话、戏剧等大众化、通俗化文学的发达。都市娱乐和商业化的结果，是瓦市、娱乐场所的兴起与发展。城市生活的丰富性、复杂性，才发展出长篇的叙事文学。城市与叙事文学，城市与现代意义的小说之间，有着密切而内在的联系。③

第三，媒介革命。今天的第三次媒介革命，启示我们有必要重新认识和发现第二次媒介革命在中国近世社会形成、唐宋变革中的作用与意义。唐代发明而在宋代广泛使用的新的媒介技术——印刷术如何改变了文学世界。

---

① 刘方：《中国禅宗美学的思想发生与历史演进》，人民出版社2010年版。

② ［日］加藤繁：《中国经济史考证》第1卷，吴杰译，商务印书馆1959年版。［美］施坚雅主编：《中华帝国晚期的城市》，叶光庭等译，中华书局2000年版。

③ ［美］伊恩·瓦特：《小说的兴起》，高原译，生活·读书·新知三联书店1992年版。［美］Richard Lehan, *The City in Literature: An Intellectual and Cultural History*, Univerity of California Press, 1998.

人类的文明史,可以以三次媒介革命加以划分,[①] 而号称观察世界新视角的麦克高希的世界文明史,就是采用了传媒技术的新角度来探索文明的起源与衰落。[②] 从这一改变人类文明发展的历史进程的角度和意义,重新认识、理解在唐宋变革与社会、文化的近世转型过程中,新的媒介革命所起到的作用与意义。

关于宋代文学与佛教、道教的研究,不仅有比较长的研究学术史,也已经有了一定的学术积累。虽然在我2005年开始撰写有关宋代城市文化与城市文学的博士论文的时候,学术界对于宋代城市文学这一领域的研究成果还极少,但是今天已经开始有了一定的积累。而有关宋代文学的传播研究,从20世纪末开始,也已经有了不短的研究历史,特别是有关宋词传播的研究,更是有了比较丰富的学术积累,成为近年来的宋代文学研究的一个新的热点。

而本书所收的文章研究的特别意义在于,这些文章都是在自觉努力整合宗教、城市和媒介这三个重大要素,从其相互的关联、相互的影响、相互的建构中思考与开拓新的论域,探索与研究新的问题。

本书所收少数几篇有关宋代道教与文学、佛教与文学的文章,都是结合了城市文化背景与语境,也尽可能探索其媒介与传播问题。而限于本书题旨,所收大部分文章,则是集中于城市与媒介这两个重要因素上面。

城市是人类文明发展的重要成果,是政治、文化、宗教、商业的中心,也是文学、艺术的中心。

伴随着唐宋变革和宋代城市革命这一巨大的历史变迁,孕育、形成了新型的都市文化,从而影响、孕育和产生出来新型的宋代都市文学,特别是市民文学的崛起与繁荣,从而影响和改变了中国文学发展的历史进程、走向。

文学家特别是在早期以小说这样的叙事性文学来进行城市书写的文学家,难以逾越其时代城市地理空间的实际,而能够逼真地虚构和想象出一幅城市空间场景。唐代传奇的作者,我相信就是最有创造力和想象力的,也难以真实地描绘出直到宋代才在中国城市的历史中出现的坊市制度破坏后的城市形态。而宋元以后的作者,特别是来自底层的说书艺人,恐怕也

---

① [加] 马歇尔·麦克卢汉:《理解媒介》,何道宽译,商务印书馆2000年版。

② [美] 威廉·麦克高希:《世界文明史:观察世界的新视角》,董建中、王大庆译,新华出版社2003年版。

难以超越其所面对的真实的城市环境，而以现代城市学家的研究态度和成果，去想象和重建已经消失了的坊市制度的城市景观。他们都自觉不自觉地以真实的城市为范本来进行文学的城市书写。

也正因为如此，这些城市小说基于对于城市形态、城市地理空间的描绘为骨干所建立起来的文学叙事，也就具有了陈寅恪先生所说的"通性之真实"，从而不能抹杀其传说所具有的历史意义与价值。陈寅恪先生曾在对历史的真实分析中划分了"通性真实"与"个性真实"。陈先生于《唐代政治史论述稿》中曾言：

> 寅恪案，《剧谈录》所记多所疏误，自不待论。但据此故事之造成，可推见当时社会重进士轻明经之情状，故以通性之真实言之，仍不失为珍贵之社会史料也。①

正如王永兴先生对此一史学重要思想的分析中所指出的"通性真实乃寅恪先生求真实的史学思想之更高境界"，② 这种更高境界，便是不像一些史家考证史料为伪就大功告成，而是于伪史中揭示其不伪的真史实。

立足于"通性之真实"，从而这些唐传奇和宋元话本作品也就具有了为历史，特别是为中国古代城市历史提供丰富历史细节的价值，并且可作为以小说证史的某种依据和条件。

由于中国古代城市建筑不同于西方以石材为主要建筑材料的建筑特征，③ 今天已经很难看到，更无法真切感受到明清以前中国古代城市空间的真实图景，而就是对于长安等古都遗址的考古发掘和图像复原，也因为缺乏人的活动而没有生命的气息。而在当代城市学看来，恰恰是人的活动，才真正构成了一个城市的真实生存与生命。正如美国城市研究的芝加哥学派所指出的："城市，它是一种心理状态，是各种礼俗和传统构成的整体。换言之，城市绝非简单的物质现象，绝非简单的人工构筑物。城市已同其居民的各种重要活动密切地联系在一起，它是自然的产物，而尤其

---

① 陈寅恪：《唐代政治史述论稿》，上海古籍出版社1997年版，第82页。
② 王永兴：《陈寅恪先生史学述略稿》，北京大学出版社1998年版，第26页。
③ 按：此一特征与中国文化观念和城市建筑观念有密切联系，参［美］白馥兰《技术与性别：晚期帝制中国的权利经纬》，江湄、邓京力译，江苏人民出版社2006年版。

是人类属性的产物。"①

这些关于城市书写的文学叙事，仿佛使我们置身于古代城市的真实场景中，并由此而获得某种感性体悟和对于城市历史的一种生命感动。

当通俗文学成了城市市民自我叙事的一种有效方式时，这一文学样式虽然不可避免地模仿文化精英的文学叙事模式，然而，它的基本特征却是市民的、通俗性的。文化权力的下移，使原本单一的文化霸权话语叙述，成为巴赫金所谓的众声喧哗。②换句话说，一向"沉默的大多数"的城市市民，在唐宋社会文化转型、城市革命之后，开始以通俗文学的样式，进行世界与自我叙事。这种方式的叙事充满了想象和虚构，更为接近西方小说的虚构的含义。同时，这种对于自我生活的城市文化的历史叙事，也体现了城市市民对城市文化的一种不同于士大夫群体的新的观察理解，一种新的关于城市的集体记忆，一种城市市民思想、情感、欲望、趣味的反映，一种文化权力的分享与市民阶层愿望的表达。③

一座城市，仅仅有建筑，只是一个地理空间与物质空间；城市日常生活的真实内容是由市民书写的，他们才是城市的主角和最稳定的阶层。正是他们的梦想、传奇与渴望，才构成了城市日常生活最真实的内容，也构成了城市的鲜活灵魂与丰满血肉。④

通过不同社会身份、不同审美趣味的视角，其文学作品凝视都市文化的焦点的游移、变化甚至分离，呈现出宋代都市文化的一个立体的多侧面的整体风貌，以避免以往都市文学与都市文化研究的单一视角，从而尝试呈现出都市文化的多重空间与复杂层面，及其由此而产生的多元的复杂的都市文学叙事，由此呈现宋代都市文学的复杂性新貌。

宋代的城市文学又在自觉与不自觉之间，参与到与国家意识形态的共谋关系之中，再生产和参与建构了维护这一权力的社会稳定的国家意识

---

① [美] R. E. 帕克等：《城市社会学——芝加哥学派城市研究文集》，宋俊岭等译，华夏出版社1987年版，第1页。

② 有关巴赫金众声喧哗理论，参见 [俄] 巴赫金《拉伯雷研究》，白春仁、顾亚铃译，河北教育出版社1998年版。

③ 文化权力，参见布 [法] 布尔迪厄《文化资本与社会炼金术：布尔迪厄访谈录》，包亚明译，上海人民出版社1997年版。

④ 参见孙逊、刘方《中国古代小说中的城市书写及现代阐释》，《中国社会科学》2007年第5期。

形态。

　　新生的市民社会，开始成为都市文化的一个重要组成部分。一方面开始形成适应自己审美趣味的市民文学；另一方面也影响和改变着传统旧有的士大夫精英文学，从而开始改变着中国文学的历史传统旧貌，也影响着中国文学以后的历史发展、走向，呈现出其潜在而巨大的生命力。

　　城市与文学的关系，例如城市生活如何影响文学的创作、流传与阅读，文学如何呈现城市生活，如何响应城市经验，如何运用城市的历史渊源与文化意象以构筑文本，并塑造城市的意象。城市叙事如何寄托作者对往昔的怀思与对未来的渴望？历史如何塑造城市，城市又如何变成历史？叙事文学如何营造城市传奇以及城市的神秘感？城市的罪恶与暴力在叙事文学中如何呈现？等等。虽然笔者开始有了一些探索和研究，但是，仍然有比较广阔的开拓空间。

　　从某种意义上说，人类的一部文明史，就是由媒介及其革命书写和改写的不同时期、阶段和特征的历史。

　　麦克卢汉在《谷登堡星汉璀璨》里，率先提出以媒介进行历史分期，提出了口语、拼音文字、机器印刷和电子技术等四大媒介革命。这个思想不但被大多数的媒介环境学者接受，而且日益成为大多数人文学科和社会学科学者的共识。在麦克卢汉的心里，一切人造物包括有形的人造物和无形的人造物比如口语都是技术，一切技术都是媒介，一切技术都是环境，一切技术都是文化。[①]

　　在中国历史时期中，媒介文化在宋代发生了印刷文化的转型。而宋代产生的媒介革命，则是由于印刷术的普及以及相关社会文化因素所导致的。

　　与印刷的书籍比较，中世纪的手稿是不清晰的，常常被读出声来，需要视觉和听觉的相互交流。印刷书籍由于加重了视觉偏向而进一步分裂了感觉生活，阅读成为更个人化的沉默行为。书本的方便携带也造成了对个人主义的崇尚和理性批评精神的诞生，推动社会生产和社会组织形式的发展。[②] 正如麦克卢汉所深刻指出的：

[①] ［加拿大］麦克卢汉著，埃里克·麦克卢汉等编：《麦克卢汉精粹》，何道宽译，南京大学出版社2000年版，第148—222页。

[②] ［加拿大］麦克卢汉：《理解媒介》，何道宽译，商务印书馆2000年版。

> 我们经历了许多的革命，深知每一种传播媒介都是一种独特的艺术形式；它突出人的一套潜力，同时又牺牲另一套潜力。每一种表达媒介都深刻地修正人的感知，主要是一种以无意识和难以逆料的方式发挥作用。①

而刚刚出版的中译本的麦克卢汉的《余韵无穷的麦克卢汉》一书，所收的20篇文章，过去未曾结集出版，他在《皇帝的旧衣》一文的开篇就指出："任何新技术的自然效应都是为自己创造一个新环境。"②

的确，这也启发我们思考，正是宋代印刷的繁荣，文学作品的印刷、出版化，从根本上改变了宋代文学与此前文学的创作、传播与阅读影响的每一个环节与方式，文学存在的生态环境，等等。而这也将是以后的研究中将要继续着力讨论的问题之一。

美国汉学家宇文所安分析指出："我们现有的印刷版本多从宋代开始，但是手抄本文化和印刷文化具有深刻的差别。……在每一次对一部较长的文本的抄写过程中，都可能会产生无数或大或小的改动；下次再抄写，又接着发生同样的现象；等等，依此类推。因此，每一代手稿抄写都会产生出无穷无尽的错误和差异。"③ 这种"无穷无尽的错误和差异"，当然会使古代文学和学术的本来面目大为改观。而田晓菲对于陶渊明诗歌的版本研究，更为充分地展示了这个问题。④

宋代坊刻诗文刻本，无论是单篇还是文集，都是以印卖营利为目标，表明宋代文学开始走向商品化，尽管当时主流士大夫的商品意识还没有最终形成。宋代文学的商品化，对文学的发展有着深刻的影响。

事实上，印刷、出版和坊刻普及、繁荣的新媒介，不仅在影响新的诗歌时尚和诗歌发展新的趋势，而且也在影响和推动某些新型文学生产的萌

---

① ［加拿大］麦克卢汉著，埃里克·麦克卢汉等编：《麦克卢汉精粹》，何道宽译，南京大学出版社2000年版，第96页。

② ［加拿大］麦克卢汉：《余韵无穷的麦克卢汉》，何道宽译，机械工业出版社2016年版，第211页。

③ ［美］宇文所安：《瓠落的文学史》，载［美］宇文所安《他山的石头：宇文所安自选集》，田晓菲译，江苏人民出版社2002年版，第20页。中国中世纪手抄本文学问题，也参考宇文所安《中国早期古典诗歌的生成》，胡秋蕾、王宇根译，生活·读书·新知三联书店2012年版。

④ 田晓菲：《尘几录》，中华书局2007年版。

芽和产生。

而书坊出版的江湖士子的诗集，其定位也并非是社会性或者文化性的经典，而是普及性大众文化的精神消费品。而正是这些不被正统雅文化的士大夫所看重的，甚至是蔑视的文化消费品，孕育着中国历史上第一次出现的新型大众文化。[1] 特定的文化产品，会建构起不同的社会、文化群体，[2] 而正是通过这种文学商品的生产、雕刻、出版和随后的购买、阅读、消费，建构起了一个新型的大众文化群体。也正是通过这种不同的文化层次上的文学作品阅读群体，建构起一种文化趣味的区隔和文化身份的认同。[3] 而书坊业这一新型的文化媒介影响下的新型文学生产，也建构起了一个特殊的社会群体，即大众文化群体，体现出了印刷术——新型文化媒体和新型文学生产对于这个文化、历史上早期开始萌生和出现的大众文化的形成过程中的建构作用和重要意义与价值。

中国古代城市、媒介与文学的研究，还刚刚开始起步。而面临的在历史文献、跨学科与专业的知识背景和理论方法的挑战，也充分彰显了其难度。然而重要的是，借用海德格尔的话说，我们开始学习着思考，并且开始走在思考的路上。[4]

二 新材料与新方法：文学史料与
文学史研究方法的再思考

1930 年在为陈垣先生《敦煌劫余录》写的序言中，陈寅恪先生精辟指出："一时代之学术，必有其新材料与新问题。取用此材料以研究问题，则为此时代学术之新潮流。治学之士，取预此潮流，谓之预流。其未得预者，谓之未入流。此古今学术之通议，非彼闭门造车之徒，所能同喻

---

[1] 关于大众文化的特征、定义等，参英国著名新文化史代表人物彼得·伯克《欧洲近代早期的大众文化》，杨豫、王海良等译，上海人民出版社 2005 年版。

[2] 参见 [美] 黛安娜·克兰《文化生产：媒体与都市艺术》，赵国新译，译林出版社 2001 年版。

[3] 参见 Pierre Bourdieu, *Distinction: A Social Critique of the Judgment of Taste*, Harvard university press, 1984.

[4] [德] 海德格尔：《面向思的事情》，陈小文、孙周兴译，商务印书馆 1996 年版。

也。"① 这一洞见已经为学术界研究者耳熟能详。而更早几年，另一位国学大师王国维先生，于1925年暑期受清华学生会邀请作公开讲演《最近二三十年中中国新发见之学问》，内中指出："古来新学问起，大都由于新发见。有孔子壁中书出，而后有汉以来古文家之学；有赵宋古器出，而后有宋以来古器物、古文字之学。……然则中国纸上之学问赖于地下之学问者，固不自今日始矣。自汉以来，中国学问上之最大发现有三：一为孔子壁中书；二为汲冢书；三则今之殷虚甲骨文字，敦煌塞上及西域各处之汉晋木简，敦煌千佛洞之六朝及唐人写本书卷，内阁大库之元明以来书籍档册。此四者之一已足当孔壁、汲冢所出，而各地零星发现之金石书籍，于学术之大有关系者，尚不予焉。故今日之时代可谓之'发见时代'，自来未有能比者也。"②

近几十年来从郭店楚简到上博简再到清华简，可谓近年来新材料之发现的典范，学术界已经成果迭出，就是综述性著作也已经出版了多部。③这些新出材料，引起了国际性的学术热潮，在海外汉学家中美国汉学家夏含夷的多种相关成果极为突出，而最新的成果，则应该是2016年10月刚刚出版的艾兰的新作《淹没的思想》。而夏含夷与艾兰的著作中，均有对于新出简帛的相关介绍与评论，有海外相关最新成果的引用与介绍。④

而与早期中国文学相关的，最重要的是上博简中被多数研究者称为《孔子诗论》的著作，已经出版了多种研究成果，⑤而更让研究者振奋和

---

① 陈寅恪：《金明馆丛稿二编》，上海古籍出版社1980年版，第236页。
② 王国维：《最近二三十年中中国新发见之学问》，《静安文集续编》第65页，载《王国维遗书》第五册，上海古籍出版社1983年版。
③ 李零：《简帛古书与学术源流》，生活·读书·新知三联书店2004年版。骈宇骞、段书安：《20世纪出土简帛综述》，文物出版社2006年版。李均明、刘国玲、刘光胜、邬文玲：《当代中国简帛学研究（1949—2009）》，中国社会科学出版社2011年版。
④ [美] 夏含夷：《兴与象》，上海古籍出版社2012年版。[美] 夏含夷：《重写中国古代文献》，上海古籍出版社2012年版。[美] 夏含夷：《海外夷坚志：古史异观二集》，张淑一、蒋文、莫福权译，上海古籍出版社2016年版。[美] 艾兰：《淹没的思想》，蔡雨钱译，商务印书馆2016年版。
⑤ 刘信芳：《孔子诗论述学》，安徽大学出版社2003年版。陈桐生：《孔子诗论研究》，中华书局2004年版。萧兵：《孔子诗论的文化推绎》，湖北人民出版社2006年版。晁福林：《上博简〈诗论〉研究》，商务印书馆2013年版。

意外的是清华简中的周代诗歌。①

而21世纪前后考古重大发现，引发摩尼教、祆教、景教等三夷教研究新一轮国际性学术热潮，近年来不仅出版了大量相关研究成果，举办了多次"粟特人在中国"国际学术会议。②

然而，并非所有学术研究领域都有如此幸事。像宋代文学研究的原始资料的积累和发掘，直到今天，无论如何，发掘、补充和完善都是十分有限的。在文献资料上也难以有大的突破。而且，在笔者看来，更大的问题还在于，往往强调文献资料者，常常是沿袭着原有的研究思路、框架来发掘、整理材料，将材料的发掘、考证等看成研究成果的关键。清末文人孙宝瑄在其《忘山庐日记》中称书无新旧，无雅俗："以新眼读旧书，旧书皆新书也；以旧眼谈新书，新书亦旧书也。"陈寅恪先生的学术研究即是"以新眼读旧书，旧书皆新书也"的典范。陈寅恪先生堪称运用旧材料、研究新问题的典范。可见新问题更为重要。没有新问题，新材料也不过是旧问题研究的补充。有了新问题，则旧材料也可以出新。

20世纪的国学大师们，除了上述的陈寅恪先生，其他取得优异学术成就的学者，也都是与新观念的接受和新方法的使用联系在一起。比如王国维在古史研究方面的成就，显然与其"二重证据法"的新观念与新方法联系在一起。胡适在中国古典文学、新红学等方面的开创性成就，也显然与其新观念与新方法联系在一起。③

的确，能够从平常习见的材料中发现什么、揭示什么，发覆新的历史的真相，其功夫则是在材料之外。这也是为什么掌握和使用同样材料的研究者，而其研究结果、成就高下悬殊的重要原因。更何况，什么能够成为研究的材料，本身也是由从事研究的理论、框架、观念所决定的。事实上，这也并非什么新问题，而是从20世纪初就已经开始争论的旧问题。

1997年，台北的王汎森在《新史学》上发表《什么可以成为历史的证据》，讲到20世纪20年代傅斯年、顾颉刚、胡适、李济这一代历史学

---

① 清华大学出土文献研究与保护中心编：《清华简研究（第二辑）："清华简与〈诗经〉研究"国际学术研讨会论文集》，中西书局2015年版。

② 荣新江、华澜、张志清主编：《粟特人在中国——历史、考古、语言的新探索》，中华书局2005年版。荣新江、罗丰主编：《粟特人在中国：考古发现与出土文献的新印证》，科学出版社2016年版。

③ 参见陈平原主编《中国文学研究的现代化进程》，北京大学出版社1995年版。

家在史料拓宽上的努力，而且具体地说到了明清档案、殷墟发掘，指出在"新史学观念的影响下，取得治学材料的方法产生了变化，传统的读书人那种治学方式不再占支配性地位"。[①]

因此，说到底，哪些资料能为文学史所用，同样是一个文学史的观念问题，也就是文学史应当写什么，应当怎么写的问题。文学史研究中的观念变化，有可能把很多东西，包括过去不曾使用也不能使用的东西，都变成了可用的资料。

因此，我们强调新观念新方法下的新材料的含义之一，就在于强调只有在新的观念和方法下，才能突破原有的思路、框架，才能够发现大量的相对而言的新材料。

有关新观念新方法下的新材料的另外的含义，还在于我们今天的学术研究，已经处于21世纪和后现代主义文化语境下，我们不能也无法回避新历史主义等后现代主义理论、思想与方法的挑战与影响。对于文学史资料、文学的历史真实的认识，也应该有更为自觉而清醒的态度。虽然我们并不全盘接受和认同后现代主义。

而同样重要的还在于，将新的文学史现象还原到产生的原初、具体、丰富而感性的文化历史语境中。陈平原在《文学的周边》中也指出：

> 所有的作品都是在网络中生成的，……在朋友中、在圈子里，……作家酝酿思路并最终完成著述。作品在网络中生成，也只有回到特定的网络中，你才能真正地理解他。……一旦抽离特定的语境，作为单独的文本，不太好准确把握。……平淡的表达了，包含不少生机、玄机与杀机。……放到那个网络里，方才知道大有深意。……了解文学的"原生态"，知道人家为什么采取这种发言姿态，对话者是谁？有什么压在纸背的话？在触摸历史的同时，获得那个时代读者才有的共同感觉。[②]

当文学思想史真的改变了自己的叙述角度和观察框架，把过去并不那

[①] 参见王汎森《什么可以成为历史证据———近代中国新旧史料观点的冲突》，载王汎森《中国近代思想与学术的系谱》，河北教育出版社2001年版，第373页。

[②] 陈平原：《文学的周边》，新世界出版社2004年版，第106页。

么精英和经典的文本也当作构筑文学思想史语境的资源,那么,那些平时并不被重视的信札、书画、日记、公文以及其他的种种资料,就会进入文学思想史的视野。福柯在《知识考古学》中就曾经提道:"思想史分析各种文学副产品,历书年鉴、报纸评论、昙花一现的成功作品,以及无名无姓的作品……思想史主要是专注所有那些不为人习知的思想,所有默默交相运作于你我之间的重现行为。"① 显然,我们的文学思想史研究应当重新考虑资料的范围。考古和文物对于文学思想史的一个重要意义是,改变文学思想史所存在于其中的社会生活场景,因为现在的研究中,社会生活场景越来越多地进入文学思想史解释的背景资源,而社会生活场景的重建,却需要相当多的文物参与,在这一点上仅仅依靠传世文献是不够的。正如葛兆光所指出的:

> 思想史研究者常常要借助这些实际存在的"文物"来增加自己的"现场感",运用考古与文物资料,并不仅仅在于证明或否定传统文献所记载的一切,在某种意义上,在于通过增多了的、变得具体了的、可以直接触摸的资料,重新建构一个已经消失的时代的氛围和心情,使现代的历史学家能够"身历其境"。②

一方面大概受到当代"读图时代"的社会普遍风气影响;另一方面是当代现象学理论发展和视觉文化研究的崛起,对于学术研究的影响,再加上中国传统"左图右史"的再认识,近年来把图像作为文学史资料成为新资料与新方法的热点。在十年前(2006)我在一部拙著的导论中也曾经谈到。③ 因此,十年来,在当代视觉文化研究盛行,图像成为新的研究史料的学术背景下,在本书中的几篇论文的研究中,也做了一些初步尝试。比如《王维画在北宋的经典化及其多重文化语境》和《张镃的南湖雅集与马远〈春游赋诗图〉》。此外在《丰乐楼:文学书写中宋代两都的

---

① [法]福柯:《知识的考掘》,王德威译,麦田出版公司1993年版,第260页;[法]福柯:《知识考古学》,谢强、马月译,生活·读书·新知三联书店1998年版,第173—174页。译文稍有差异。

② 葛兆光:《思想史的写法——中国思想史导论》,第九节《思想史视野中的考古与文物》,复旦大学出版社2004年版,第137—138页。

③ 刘方:《文化视域中的宋代文论》,学林出版社2006年版,第56—57页。

一座酒楼传奇》等文章中也都有结合相关图像进行的分析。由于议题、材料等方面的限制，只是浅尝辄止地尝试，希望能够有机会继续进行这方面的专题研究。因为在我看来，唐宋时期不仅是有学者已经指出的中国艺术史的重要转折时期，[1] 也是中国视觉文化历史的一个重要转折时期。[2]

关于图像研究，有多种研究进路，以考古学、历史学，特别是艺术史学为知识背景的人，往往采取的是美术考古学、图像学的进路。而以文学为背景的学者则往往更关注于图文性、诗歌与绘画、词与画、题画诗、诗意画等问题。而从事理论研究者、传媒研究者，更关注于视觉文化研究的进路。

但是，关注历史上图像与城市、与媒介，以及城市变革、媒介革命，如何影响到图像的变革问题？则是至今几乎未被触及的领域与问题域。在本书的几篇涉及图像的文章中，我尝试性地把图像放置于与城市、与媒介的关系中，加以探索。

事实上，从唐到宋的城市变革，开始改变了城市的视觉文化环境。《清明上河图》中的城市景观，北宋开始的装饰豪华的酒楼的建设等公共性建筑，不断改变了城市的视觉文化环境。正如麦克卢汉所揭示的，绘画的变革因素之一，就是来自印刷术的普及。[3]

而印刷版画的起源，也与宗教因素直接相关。考古出土的早期版画，无论是敦煌藏经洞的藏品，[4] 还是近几十年各地的考古发现，特别是五代吴越国的考古出土，[5] 都一再印证了这一点。

因此，本身就作为与文字媒介并列的图像媒介，其自身的发展、变革，也同样地需要放置于与城市、宗教、媒介的诸因素的相互影响、相互

---

[1] 颜娟英、石守谦主编：《艺术史中的汉晋与唐宋之变》，石头出版股份有限公司2014年版。

[2] 参考 Wu Hung, *Tenth-Century China and Beyond: Art and Visual Culture in a Multi-centered Age*, University of Chicago Center for the Art of East Asia, Art Media Resources, Inc, 2013.

[3] ［加拿大］麦克卢汉：《余韵无穷的麦克卢汉》，何道宽译，机械工业出版社2016年版，第6—8页。

[4] 白化文：《敦煌汉文遗书中雕版印刷资料综述》，《大学图书馆通讯》，1987年第三期，第44—52页。

[5] 黎毓馨主编：《吴越胜览：唐宋之间的东南乐国》，中国书店2011年版，第154—187页。

建构的复杂关系网络中，加以揭示与理解。同时，一方面正如贝尔廷所认为，不应该把图像混同于艺术，因此也不应该把图像史混同于艺术史，因而去除把一切图像视为绘画、视为艺术的现代美学的眼光，而还原到其产生的原初文化语境中加以研究；[1] 另一方面去除视图像为文学的辅助、附庸的观念，转而关注图像自身，[2] 仍然需要一个艰难而漫长的努力过程。

三　宋代文学与城市、媒介及其信仰世界：新观点与新探索

在本书上编所收的文章，努力探索媒介革命影响下宋代文学的发展与转型。基于宋代发生的印刷媒介革命，改变了整个宋代文学生态环境，从而对于宋代文学的变革与创新，乃至南宋文学新特质的形成，产生了多方面的和深远的影响这一基本认识，研究宋代印刷媒介文化如何影响和催生宋代文学变革与繁荣，形成新的文学生产、传播与消费、阅读等诸多文学现象及其生产机制，思考和探索宋代文学在新的印刷媒介文化影响下的新的历史发展趋势及其文学史意义。

《王维画在北宋的经典化及其多重文化语境》试图揭示王维画在宋代被加以推崇，王维画在中国绘画历史上的崇高地位开始确立而这一升格运动背后，深刻反映了宋代社会文化思想的巨大转型以及由此而带来的审美观念的深刻变迁。认为王维画的升格运动，在其本质上，是一种再发现与再创造。王维画作为新的艺术典范的塑造，是宋代士大夫审美精神寻求的产物，是根据新的士大夫审美趣味与审美理想而选择性塑造出的新的典范。它是适应中国文化的转型，伴随士大夫阶层的形成、平民特征代替贵族趣味、并成为绘画创作的重要主体等这一系列新的历史需要而产生的。

《张镃的南湖雅集与马远〈春游赋诗图〉》，讨论了张镃的南湖园林中的雅集，不仅成为南宋时期都下盛事，也成就了南宋著名画家马远的手卷《春游赋诗图》。张镃撰《南湖集》卷二有《马贲以画花竹名政宣间其孙远得贲用笔意人物山水皆极其能余尝令图写林下景有感因赋以示远》诗

---

[1] Hans Belting, *Likeness and Presence: A History of the Image before the Era of Art*, University of Chicago Press, 1994.

[2] Mitchell W. J. T, *What Do Pictures Want?: The Lives and Loves of Images*, University of Chicago Press; 2nd, 2005.

一首,与马远《春游赋诗图》关系密切。

《都市书坊业:新型文学生产的文化媒介与物质基础》,以吴文英《丹凤吟赋陈宗之芸居楼》为核心,考察了临安都市文化繁荣如何催生了近代意义的新型文学生产的萌芽,围绕吴文英词作进行了细致分析与考证,分别从都市文化繁荣与潜在新型文学消费群体的诞生,都市文化繁荣与坊刻业发展、文学传播现代传媒的物质基础的奠定和都市文化与新型文学生产者群体的聚集几个方面,揭示了新型文学生产这一中国文学史上从未有过的文学现象在临安都市中的诞生。

《周必大刊刻〈文苑英华〉在宋代出版史上的方式创新与贡献》,以新的问题意识和研究视域,通过详细考证和细致研读宋代有关周必大刊刻《文苑英华》的出版文献,结合实物版本分析,揭示了周必大在刊刻《文苑英华》的过程中,在刊刻方式上突破常规,采用了集家刻和坊刻优势为一身的新型家刻与委托结合的方式,充分发挥了不同刻书体系的各自优势,创新了出版模式。在刊刻印刷技术上采用了活字印刷的新技术,在印刷与出版两个方面,都形成了创新与贡献,从而成功刊刻了《文苑英华》。而这一研究发现,不仅发覆了周必大刊刻《文苑英华》的真相,而且对中国印刷、出版史研究刻书系统的固有分类模式形成了挑战。

《北宋委托书坊刻书的出版方式创新及其相关问题》研究指出,宋代刻书发展出了一些比较复杂的情况,除了自行雕版刻书这种主要方式之外,出现一些其他的刻书方式,其中之一就是委托商业性书坊进行刊刻的方式。本文一方面通过考证,揭示此前研究中存在的严重问题;另一方面通过细致研读宋代出版史料,揭示出北宋已经出现了委托书坊刻书的出版方式,对于重新认识宋代官刻、坊刻和私人刻书均有一定意义与价值。

《印刷文化背景下的新型文字狱与新学术领域发展》指出,宋代印刷文化的繁荣,文学出版的发达,也带来了消极后果,其中比较重要的一个就是新型文字狱。北宋有著名的"乌台诗案",南宋则有著名的"江湖诗案"。印刷媒体的影响力,就是以这样严酷的事实,宣告了其登上中国文学与文化的历史舞台,以其惨痛的代价,揭示了其巨大而难以逆料的社会影响力。而一个学术共同体要形成公认的话语,就要求相关学科具有用途广泛的文献积累。宋代藏书楼、出版业发展对宋代学术的转型发挥了重要作用。宋代开始繁荣的版本学、校勘学、私家目录学等,均需要一个相当数量的文献藏书才能开展和进行。

《文学的大众传播模式萌芽对于南宋文学发展的影响与制约》研究认为，伴随着南宋私人坊刻竞争下的市场化形成与繁荣，在中国文学史上，第一次形成了以大众传播模式为特征的文学传播方式。文学的大众传播模式的萌芽，可以超越时间与空间，使文学的大众广泛阅读成为可能。而这样一个历史文化现象的实现，必然深刻和深层影响文学生产的动机、机制、过程、技巧、形式和理想读者的预设等。使文学产生一系列深刻和深层的变化，使文化的世俗化和文学的去精英化、通俗文学的繁荣开始出现和成为可能。文学创作变化为文学生产。成为为满足消费群体而进行的文学生产活动。从而对于南宋及其后的中国文学发展产生了深远的影响与制约。

本书下编所收文章，围绕城市文化繁荣视域中宋代文学的新变与拓展，探讨宋代新型文学生产与城市文学的繁荣之间的密切关系，揭示新的城市文学又如何建构、丰富并具体展示新的城市文化及其信仰世界。跨学科、多层次探索在宋代都市繁荣与市民文化崛起影响下形成的新型文学生产和文学变迁，以及新的文学观念与审美趣味对于传统精英文学的挑战。

此外，宋代一个影响文学艺术变革的重要方面，在于视觉文化的转型。上、下编中的相关章节，也尝试探索了宋代视觉文化转型下，日益丰富的视觉图像形成的对于文学观念、文学创作与文学变革与创新的多方面影响。

《丰乐楼：文学书写中宋代两都的一座酒楼传奇》分析指出，城市中的酒楼、茶肆在宋代的发展、繁荣，并且逐渐成为公共舆论与公共空间，也为士子提供了政治机遇和命运的转机。丰乐楼是两宋都城最著名的酒楼，是都市的标志性建筑，发生在丰乐楼中的一个个传奇故事，的确能够反映出不少都市文化繁荣下文学自身发生的变革，从这一系列故事中可以看到文学活动中，创作主体、服务对象和传播方式、消费语境等都发生了巨大的甚至是本质性的变化。

《城市雅集、文学场域与湖州城镇文化辉煌的建构》，以北宋湖州六客亭雅集及其经典化为核心，探索了士大夫集中活动于一些著名的城市空间之中，他们的文化活动与文学创作，如何受到来自历史已经建构起来的城市经典文化意象的强烈影响。一方面他们会在这种影响氛围下，努力去模仿和强化历史已经建构起来的这座城市的文化意象；另一方面他们自己在这一城市空间中的文化活动与文学活动、文学创作，也将参与并建构起新的城市文化意象，并成为城市的经典文化意象的一个有机组成部分。湖州六客亭雅集这一城市文化活动，通过诗歌书写，使六客堂成为湖州城市意象的一个文化标志。这些城市意象来自城市的物质实体，但又被文学家赋予了丰富的象征意义，体现了文学家对城市的想象和价值判断。

《东南形胜：北宋杭州都市景观与文学表达》，分析指出，杭州在宋初就已经呈现出较为繁盛的景象，为词人所关注，并形诸歌咏，反映了伴随着宋代城市革命不断成长和繁荣的杭州都市文化之美。在北宋的杭州，自然景观与都市文化景观已经成为互为依存的风景，于都市文化之中，体验山水之美，两者不再是对立的，而是和谐一体的，这无疑是开始了一种观念革命的历程，也预示了一种生存方式的重大转折。在杭州都市文化的文学书写中，可以清晰地感受到这个变化与发展的脉动。

《露花倒影柳屯田：误读背后所遮蔽的北宋文学思想论争与都市文化语境》，讨论了北宋时期，围绕柳永、秦观极为流行的词作展开的评论，如何最为具体、生动地展示了社会区隔与审美趣味差异。以苏轼为代表的士大夫精英，通过他们的趣味表达与文学批评，建构、维护与再生产着文化霸权、文化资本和精英文学标准。研究指出，苏轼提倡气格是为了反对北宋伴随着都市文化繁荣，新兴的以柳永为代表并影响到秦观、黄庭坚的，以市民文化、大众文化、通俗文化为特征的都市词，其深刻反映了宋代文学发展与宋代都市文化繁荣、市民阶层扩大、市民文化开始在经济上立足，获得话语权，在商业化文学创作市场上产生影响。虽然是初步，但是仍然向精英文学提出挑战：为谁写作？

《柳永游仙词与北宋真宗时期道教文化》分析指出，通过对唐代曹唐游仙诗艺术的借鉴，在北宋西昆派道教诗歌的综合影响下，形成了柳永游仙词在文化与艺术上的特色。柳永游仙词这一看似超越的主题与内容描写，是有意识地以隐秘象征的方式指涉现实道教文化与政治事件。宋真宗天书事件成为柳永游仙词产生的都市现实政治文化背景与游仙词象征、指涉的对象。而柳永游仙词作为一种审美意识形态的表达，通过文学的场景建构与虚构想象的宏大叙述，隐含了肯定大一统帝国合法性的表述。

《北宋都市佛教新变与士大夫的结社诗歌创作》，依据近年新发现的北宋杭州西湖白莲社结社诗歌，同时广泛征引和稽考相关文献，对于结社诗歌的文学与文化多元内涵进行初步分析和研究。以诗歌为媒介进行宗教结社，是一种前所未有的创新方式。而结社诗歌鲜明体现了三教融合与北宋士大夫对于佛教思想理解的深化。结社诗歌一方面强调了对于庐山慧远莲社的典范的追慕；另一方面也在建构起宋代城市文化繁荣背景下新的特征。

《"便把杭州作汴州"：故都记忆与文学想象》，从故都记忆文学发生的历史语境、故都记忆的物质基础、临安城市文化的故都痕迹和故都的文学想象等层次，揭示了南渡士大夫的故国想象，分析了"故都意识"的产生，是在南宋特定的历史背景下出现的，与南宋士大夫的"危机意识"相联系，是一种文化记忆中的文学想象。

《吴文英词的空间叙事与南宋临安都市文化》，开创性地研究了吴文英词作在章节布局上的空间逻辑，在文本叙事上的空间叙事特征，揭示了其文本在结构布局和叙事线索上都呈现出马赛克式的特质与征象。以吴文英词中的句子来形容、比拟，正所谓"面屏障、一一莺花"。四阕结构的莺啼序词，正如四折屏障，每一面都是色彩绚丽的画面，但是每面之间，没有必然的内在关联，而是作为一组屏障的有机组成部分而被结构起来。同时，在每一阕中，也如同每一面屏障上的画面，是依靠空间的叙事线索关联在一起的。

文章进一步研究指出，吴文英的题壁词，已经不仅是传播学的问题，而且具有了新的公共性与表演性特征。文学活动在这里甚至成为一种表演性活动，从而使这一活动本身就成为一桩文学事件。一方面大型酒楼提供了一举成名的成功的机会的空间与舞台。另一方面，通过文学建构，文学事件的传播，建构了都市酒楼的声名、作为都市著名地标的意象。乃至于在千百年之后，物质性的酒楼早已灰飞烟灭，而通过关于它的文学，仍然能够想象当年盛况景观。

上 编
媒介革命影响下宋代文学的发展与转型

王维画在北宋的经典化及其多重文化语境

王维画在宋代被加以推崇，在中国绘画历史上的崇高地位开始确立，而这一升格运动，其背后则深刻反映了宋代社会文化思想的巨大转型以及由此带来的审美观念的深刻变迁。王维画的升格运动，本质上是一种再发现与再创造。王维画作为新的艺术典范，是宋代士大夫审美精神寻求的产物，是根据士大夫新的审美趣味与审美理想而选择性塑造出的新的典范。它是适应中国文化的转型，伴随士大夫阶层的形成并成为绘画创作的重要主体、平民特征代替贵族趣味等一系列新的历史需要而产生的。

王维画在宋代被加以推崇，王维画在中国绘画历史上的崇高地位开始确立。而这一升格运动，其背后则深刻反映了宋代社会文化思想的巨大转型以及由此而带来的审美观念的深刻变迁。王维画的升格运动，在其本质上，是一种再发现与再创造。王维画作为新的艺术典范的塑造，是宋代士大夫审美精神寻求的产物，是根据新的士大夫审美趣味与审美理想而选择性塑造出的新的典范。它是适应中国文化的转型，伴随士大夫阶层的形成、平民特征代替贵族趣味并成为绘画创作的重要主体等一系列新的历史需要而产生的。

王维画的升格运动，反映了中国绘画美学到宋代时期，其精神、思想出现了新的、前所未有的理想、观念与价值标准。[①]

作为优秀的诗人，王维的诗歌创作，在王维所处的盛唐的当时，就获得了极高的声誉。然而，自中唐以后，师法王维的诗人并不多，司空图虽然极力推崇王维，但是显然在当时没有产生什么大的影响。到了两宋，宋

---

① 参考刘方《宋型文化与宋代美学精神》，巴蜀书社2004年版，第1—10页。

代诗歌号称"宗唐",从宋代初期的三体,一直到南宋的四灵、江湖诗派,王维均没有进入宋代诗人学习、崇尚的主流视野。① 一直到明末清初,神韵说理论兴起并产生广泛的影响,王维的诗歌在诗歌历史中的地位才迅速上升,甚至超越李白、杜甫而被推崇为唐人第一。

然而,与王维的诗歌在宋代的状况形成鲜明对照的是,王维的画名,在宋代被加以推崇,王维画在中国绘画历史上的崇高地位开始确立。

王维画的这一历史现象,可以称为王维画在中国绘画历史上的升格运动,而这一升格运动,其背后则深刻反映了宋代社会文化思想的巨大转型以及由此而带来的审美观念的深刻变迁。② 正是宋代在诸多领域的转型和发展,王维画才有了不同于其他唐代画家的价值,才有了使得宋代士大夫需要另眼相看的理由。宋代出现的绘画发展的这一新的趋势,以及其背后所隐含的审美观念的新变化,才构成了王维画升格运动的历史背景。

一 王维在画史中的地位问题

王维画的品评,在唐代并不是最高的,如《唐朝名画录》把吴道子、李思训、张璪列在神品,而把王维放在妙品,与李昭道并肩,"失于神而后妙"(张彦远语),是王氏的地位在唐代不如吴、李、张三家。唐张彦远《历代名画记》对于山水画的历史发展有一个简洁的叙述,在这一对于中国山水画发展的叙述中,指出几个阶段以及有关的标志性人物:"山水之变始于吴,成于二李。树石之状,妙于韦鶠,穷于张通。"在介绍了这些阶段和标志性人物后,才说到"又若王右丞之重深,杨仆射之奇赡,朱审之浓秀,王宰之巧密,刘商之取象,其余作者非一,皆不过之。"张氏把王右丞放在后世不甚知名的杨仆射、朱审、刘商等一列,而极推重吴、李、张、韦诸家。因此,俞剑华等人认为:

> 王维在画界的地位,在唐、宋、元以及明代中也都不甚高,并无

---

① 从唐人文集在宋代的刊刻,也可以反映一斑。与李白、杜甫、韩愈、柳宗元等许多唐代文人文集在宋代的大量刊刻比较,王维文集明显不及。参考万曼《唐集叙录》,中华书局1980年版,第49—54页。

② 参考刘方《唐宋变革与宋代审美文化转型》,学林出版社2009年版,第15—22页。

成宗作祖的资格。到了董其昌,始尊为南宗文人画之祖。①

童书业也认为:

> 王维的画格不但在唐代品评卑下,就是在宋时,地位也不见很高,如郭若虚《图画见闻志》,盛推李成、关同、范宽三家,而云"王维、李思训、荆浩之伦,岂能方驾近代",《宣和画谱》也说李成一出,王维一辈人的画法"遂扫地无余",米元晖更竭力菲薄王维,可见宋时也绝无王维、李思训分祖"南北"二宗,冠绝百代的意思。……一直要到莫是龙、陈继儒、董其昌们的山水画"南北宗"说出现后,王维才真正做成一位画家的大宗师。②

中国绘画历史研究中,受到俞剑华、童书业等学者的影响,主流观点认为王维的画在宋代评价不高,一直到晚明莫是龙、陈继儒、董其昌们的山水画"南北宗"说出现后,王维才真正做成一位画家的大宗师。这一观点影响很大,甚至中国文学史研究在涉及相关问题时,也往往承袭其说。葛晓音《王维·神韵说·南宗画》③等文章就都沿袭的这种观点。而徐复观则在《中国艺术精神》中提出不同看法,认为从宋代就已经开始对于王维画的推崇。④ 我认同徐复观的基本观点,并希望不仅在材料上提出新的证据,更重要的是对何以发生这一变化,即我所称的王维画的升格运动的发生的文化语境与审美观念变迁的问题,从宋代文化转型的背景上,力求在这一问题研究的广度和深度上能有所突破和开拓。

二 宋代王维画在山水画史上的地位的升格运动

新兴的山水画,最早的也是"金碧辉煌"的"仙山楼阁""海外异山"和"别墅园林"等风景。展子虔、李思训、李昭道等的"着色山水",便是当时新兴的山水画的代表作。它们也是适合世族门阀贵族的嗜

---

① 俞剑华编著:《中国山水画的南北宗论》,上海人民美术出版社1963年版,第69页。
② 童书业:《童书业说画》,上海古籍出版社1999年版,第25—26页。
③ 葛晓音:《王维·神韵说·南宗画》,《文学评论》1982年第1期。
④ 徐复观:《中国艺术精神》,春风文艺出版社1987年版,第348—352页。

好的。最早的花鸟画，似乎也多是"富丽堂皇"、适合贵族趣味的作品。唐代中叶以来，世族门阀的经济和政治势力逐渐垮台了，代之而兴的是所谓"庶族"士大夫，①"庶族"士大夫对于庙堂礼教、寺院宗教等不大感兴趣，同时他们的生活也不同于贵族的生活。与他们的趣味比较相适合的，就是水墨或淡色山水和"野逸"的花鸟画。

到了北宋，文人画兴起，王维在画坛上备受推崇，其地位超过了被称为"画圣"的吴道子。苏轼在那首著名的《题王维、吴道子画》中云："吴生虽妙绝，尤以画工论，摩诘得之于象外，有如仙翮谢笼樊，吾观二子皆神俊，又于维也敛衽无间言。"以苏东坡在北宋文人中的文坛领袖地位，以及他对书画的高超见解和作为宋代文人画理论的开创者（按：苏东坡称为士夫画），由他道出王维更高于吴道子的话来，对于宋代士大夫和宋代绘画的影响自然是无人可及的，而与之相伴随的，王维的地位和影响的上升，也是自然的。《宣和画谱》卷十对王维的推崇，实达到最高的地位。谓王维"至其卜筑辋川，亦在图画中，是其胸次所存，无适而不潇洒，移志之于画，过人宜矣……后来得其仿佛者，犹可以绝俗也。正如《唐史》论杜子美，谓'残膏剩馥，沾丐后人之意'，况乃真得维之用心处耶"。以伟大的诗圣杜甫的诗比之王维的画，"残膏剩馥，沾丐后人"，得王维画之"仿佛者，犹可以绝俗"。这对王维的画之评价已经是达到无法再高的地位了。王维在北宋被放在画圣之上，比之为诗圣杜子美，可以说是最高的地位，因此"在唐、宋、元……都不甚高"的观点，是难以成立的。

王维的画风自有其特殊之特征，王维在唐时没有做一宗师祖的资格，但其画法确有特创之处，而这一特殊性也恰恰使后来不是别人，而仅仅是王维成为被推崇的山水画鼻祖的重要原因。米芾《画史》说：

> 世俗……多以江南人所画雪图命为王维，但见笔清秀者即命之。②

---

① 唐代社会、政治上的门阀与庶族力量的消长，参见陈寅恪《唐代政治史述论稿》，生活·读书·新知三联书店2001年版，第236—320页。

② 米芾：《画史》，载米芾《米芾集》，湖北教育出版社2002年版，第146页。

元汤垕《画鉴》也说：

> 王右丞维工人物山水，笔意清润。①

笔意清润秀丽，近于江南山水画的特点，这是王右丞所具的特色，超出吴、李二家之处。而王维最善写"平远"之景，《旧唐书·文苑下》说他："笔踪措思，参于造化；而创意经图，即有所缺，如山水平远，云峰石色，绝迹天机，非绘者之所及也。"王维山水画是多平远构图，唐《国史补》有云："王维画品妙绝，于山水平远尤工。"王维写山水多"一丘一壑"。王维的画和他的诗一样，喜写山林小景，即使景物多，亦少群山大壑。《宣和画谱》记录当时御府收藏的王维画126幅，"山居""山庄""捕鱼""渡水"的形式居多，可以想象皆平远构图，王维的平远构图，既不是李思训的"云霞缥缈"，也不是如后世北宋山水画那样一山突兀而独尊于画面。平远构图，易于表达平和清流的意趣。董其昌所列的"南宗画"中的作品，多属平远构图，《江山霁雪图》《雪溪图》亦属平远构图，所以它近于王维画风。而王维画风的这一特征，也是宋代文人开始重视王维山水画的一个因素。如前所言，宋代文人画山水画所追求的精神境界，就是在"远"，在审美境界上所提出的"三远"之说，最为重要的也是"平远"。

王维"诗中有画，画中有诗"，诗画合一，也非吴、李二家可及。王维是文学史上著名的山水田园诗人，中国的诗和画相通，本是意境上的相通。王维的诗如："明月松间照，清泉石上流""隔窗风惊竹，开门雪满山""嫩竹含新粉，红莲落故衣"；又如："楚塞三湘接，荆门九派通。江流天地外，山色有无中……"（《汉江临泛》），"太乙近天都，连山到海隅，白云回望合，青霭入看无。分野中峰变，阴晴众壑殊……"（《终南山》），皆具画意，境界优美。他的画富诗意，应当是很可信的。而王维画的这一重要而且独具的特征，将成为宋代士大夫不断加以推崇的重要原因。

宋代人对于王维画的推崇绝不是个别现象，在文献资料上，不仅并非

---

① （元）汤垕：《画鉴》，载俞剑华编《中国古代画论类编》，人民美术出版社1998年版，第690页。

孤证，而且材料十分丰富。沈括《梦溪笔谈》卷十七《书画》，其中专评画者十一条，有三条论及王维。其一是：

> 书画之妙，当以神会，难可以形器求也。世之观画者，多能指摘其间形象、位置、彩色瑕疵而已，至于奥理冥造者，罕见其人。如彦远《画评》言：王维画物，多不问四时，如画花往往以桃、杏、芙蓉、莲花同画一景。余家所藏摩诘画《袁安卧雪图》，有雪中芭蕉，此乃得心应手，意到便成，故其理入神，迥得天意，此难可与俗人论也。谢赫云："卫协之画，虽不该备形妙，而有气韵，凌跨群雄，旷代绝笔。"又欧文忠《盘车图》诗云："古画画意不画形，梅诗咏物无隐情。忘形得意知者寡，不若见诗如见画。"此真为识画也。①

沈括不仅家藏有王维的绘画，而且对于绘画美学的新变化，有精辟的见解与认识，他指出"神会""奥理冥造"，都相当突出地反映了当时刚刚开始形成的文人画的审美特征与所追求的审美境界。而在沈括看来，真正的"奥理冥造者，罕见其人"，因此，在他看来，绘画历史上，王维是一个比较典型和出色的例子。"王维画物，多不问四时，如画花往往以桃、杏、芙蓉、莲花同画一景。"这在唐代人眼里的缺点和问题，到了宋代文人画理论眼光的审视下，反而成了正面值得肯定的榜样。而王维画《袁安卧雪图》，有雪中芭蕉，更成为"其理入神，迥得天意"的典范。而沈括的这则画论也一定在当时就相当出名和产生相当大的影响，因为有关王维画《袁安卧雪图》中的"雪中芭蕉"问题，从宋代就成为争论不休的著名绘画历史上的公案。从宋代慧洪《冷斋夜话》、朱翌《猗觉寮杂记》，一直到当代钱锺书《中国诗与中国画》、陈允吉《王维"雪中芭蕉"寓意蠡测》，②从不同角度到不同观点，从引申旧说，到一反旧说，种种观点的辩驳，代不乏人。而这显然也对于王维画地位的升格，起到了始料不及的作用。

沈括《梦溪笔谈》卷十七《书画》中另一则涉及王维画的论述是：

---

① （宋）沈括著，胡道静校证：《梦溪笔谈校证》，上海古籍出版社1987年版，第542—543页。

② 陈允吉：《王维"雪中芭蕉"寓意蠡测》，《唐音佛教辨思录》，上海古籍出版社1987年版，第1—11页。

王仲至阅吾家画,最爱王维画《黄梅出山图》,盖其所图黄梅、曹溪二人,气韵神检,皆如其为人。读二人事迹,还观所画,可以想见其人。①

上面所录的两条,已可看出沈括家藏书画甚富,鉴赏亦精,以及他对王维评价之高。王维所画《黄梅出山图》,其中所图黄梅、曹溪二人,是指禅宗的五祖弘忍和六祖(也即南宗禅的开创人)惠能。王维是第一个为惠能撰写碑铭之人,对于禅宗历史自然是十分稔熟。② 而沈括在这则论述中,可以值得注意的是:一是反映和印证了王维兼擅人物的历史记载。二是沈括评论人物画强调"气韵",也反映了时代的风气。

沈氏另有《图画歌》一首(诗见《王氏书画苑·画苑》卷四,《全宋诗》卷六二二根据此收入),这首长诗评价了许多画家,而对于王维则给予极高评价,诗歌一开始就说:

画中最妙言山水,摩诘峰峦两面起。李成笔夺造化工,荆浩开图论千里。范宽石澜烟树深,枯木关仝极难比。江南董源僧巨然,淡墨轻岚为一体……③

在上面几句诗中,沈括还没有分宗立祖的意味。但他所倾慕的山水画,以王维为首,其余各人,多为后来董其昌所论南宗画中人物,既可以看出在沈氏心目中王维山水画的地位之高,也可以发现董其昌所论在宋代就已经有了苗头。

宋代对于王维画的推崇者,一方面是新崛起的士大夫们,他们除了文人画开创者苏轼和有书画专论的沈括之外,在诗歌和文章中论及王维画的士大夫还有很多。早期的如王禹偁《霁后望山中春雪》"世间安得王摩诘,醉展霜缣把笔描"。林逋《和马谢秘校西湖马上》"苍苍烟树悠悠水,除却王维少画人"。看到自然山水美好风光,诗人联想到的是王维的画山

---

① (宋)沈括著,胡道静校证:《梦溪笔谈校证》,上海古籍出版社1987年版,第544页。
② 参见刘方《中国禅宗美学的思想发生与历史演进》,人民出版社2010年版,第97—99页。
③ (宋)沈括:《图画歌》,载俞剑华编《中国古代画论类编》,人民美术出版社1998年版,第45页。

水画的无可匹敌的才华。

范纯仁《和韩子文题王摩诘画寒林》中云：

> 摩诘传遗迹，家藏久自奇。高人不复见，绝技更谁知？水石生寒早，烟云结雨迟。笔端穷造化，聊可敌君诗。①

"高人""绝技""穷造化"，反映了诗人对于王维及其绘画的高度评价，而"家藏久自奇"，也反映了王维画升格运动过程中，士大夫对于其画的珍爱态度。"烟云结雨迟。笔端穷造化"则不仅反映了王维画的"画中有诗"的特征，而且反映了其画所达到的气韵生动的艺术效果。

苏轼之弟苏辙在他的《题王诜都尉画山水横卷三首》之一中说："摩诘本词客，亦自名画师。平生出入辋川上，鸟飞鱼泳嫌人知……行吟坐咏皆目见，飘然不作世俗词。高情不尽落缣素，连峰绝涧开重帷。百年流落存一二，锦囊玉轴酬不訾。"（《栾城集》卷十六）苏子由不仅写出了他自己对王维山水画在精神上的把握，而且也反映出当时对王维画的宝重的情形。

苏门四学士之首，不仅与苏轼共同代表了宋代诗歌最高成就而号称"苏黄"，而且其书、画也代表了宋代一流水平，有着极高艺术鉴赏能力，著有《山谷题跋》的黄山谷在《题文湖州山水后》云："吴君惠示文湖州晚霭横卷，观之叹息弥日。萧洒大似王摩诘。"（《豫章黄先生文集卷二十》）黄山谷钦佩文与可的画，言其"大似王摩诘"，可见他对王维的推崇。

晁补之在《王维捕鱼图序》中记叙该画"……人物数十许，目相望不过五六里，若百里千里。右丞妙于诗，故画意有馀。世人却以语言粉墨追之，不似也"。（晁补之《鸡肋集》卷三十四《王维捕鱼图序》）而文与可《丹渊集》卷二十二有《捕鱼图记》，记之尤详，兹摘录于下：

---

① 范纯仁：《范忠宣公文集》卷二，宋集珍本丛刊，线装书局2004年版，第15册，第3页。

> 王摩诘有《捕鱼图》，其本在今刘宁州家。宁州善自画，又世为显官，故多蓄古之名迹。尝为余言，此图实意取景，他人不能到。于所藏中，此最为绝出。余每念其品题之高，但未得一见以厌所闻。长安崔伯宪得其摹本，因借而熟视之。大抵以横素作巨轴，尽其中皆水，下密雪，为深冬气象。水中之物，有曰岛者二，曰峰者一，曰洲者又一。洲之外，余皆有树。树之端挺塞矫，或群或持者十有五。船之大小者有六……船之上，曰篷栈篙揖瓶盂笼杓者十有七人……转轴者八，持竿者三，附火者一，背而饮者一，侧而汲者一，倚而若窥者一，执而若饷者一，钓而倦者一，拖而摇者一。然而用笔使墨，穷精极巧，无一事可指以为不当于是处，亦奇工也。啻，此传为者（按：即摹本）尚若此，不知藏于宁州者其谲诡佳妙又何如尔。[①]

由文与可所记，不仅可知王维笔墨的穷精极巧，在当时作品中地位之高，亦可见其对王维推崇之情。

而到了南宋，在诗歌中仍然有不少论及王维及其画的，如李纲《阳朔山水奇绝》诗歌中写道："无从学得王维手，画取千山万壑归。"史达祖词《龙吟曲·雪》中写道："一片樵林钓浦，是天教，王维画取。"

另外，在宋代的画史、画论著作中，对于王维也同样给予了极高评价。郭若虚《图画见闻志》在谈到董源时，说他："善画山水，水墨类王维，着色如李思训。"董源极受后人推崇，也就衬托出王维的崇高地位，特别值得注意的是，在宋代画论家那里，已经开始有了以水墨与着色来区分王维和李思训的观点。

郭熙在《林泉高致·山水训》中说："智者乐水，宜如王摩诘《辋川图》，水中之乐饶给也。"而韩拙在《山水纯全集》中更是称："唐右丞王维，文章冠世，画绝古今。"《宣和画谱》卷十对李思训、李昭道，颇为推重。并认为"今人所画著色山水，往往多宗之。然至其妙处，不可到也。"这是以"著色"为"二李"在北宋画坛所发生的影响。至对王维的推崇，实远过于"二李"。对王维的结论是："是其胸次所存，无适而不潇洒。移志于画，过人宜矣……后来得其仿佛者，犹可以绝俗也。正如《唐史》论杜子美，谓残膏剩馥，沾丐后人之意。况乃真得维之用心之处

[①] （宋）文与可：《丹渊集》卷二十二，四库全书本。

耶。"以杜子美的诗所及于后世的影响,来比拟王维的画所及于后世的影响,如果考虑到杜甫诗歌在宋代人心目中的崇高地位,就可以明白王维画在宋代人心目中的地位了。

如前所指出,在唐人心目中,王维在画坛的地位,远没有北宋人看得这样高。他们从画坛的全面看,是把最高的地位给吴道子。但就山水画而论,则张彦远的《历代名画记》及荆浩的《笔法记》,却推张璪的地位为最高。但是到了北宋,提到张璪的人并不多,王维却成了山水画家的偶像。张璪的山水画,在宋代流传得很少,《宣和画谱》称"今御府所藏六"。另外,是因为北宋的文人画家,由王维诗的意境,以推想他的画的意境,而发现这正是当时山水画盛行时代所要求的理想审美意境,即东坡所说的"得之于象外"的意境。这样一来,便于不知不觉之间,把王维的画提高到理想作品的地位。《宣和画谱》王维条下说"今御府所藏一百二十六"。但在前面又说"重可惜者,兵火之余,数百年间,而流落无几",这明白指出了"一百二十六"件作品中,绝大多数是赝品。这些大量赝品的出现,正足以证明他在画家中地位之高。

王维画见于唐人著录者不多,而到宋代反而增加了几乎十倍,这一方面可能是由于王维画价值的提高,一部分流落于民间的画被发现和收购。而更多的则可能是由于王维画的升格运动所产生的影响,赝品大量出现。正由于大量赝品王维画的出现,所以宋代就开始了对于王维画的辨伪,米芾的《画史》中就有不少此类文字。而这也从一个侧面反映了王维画在宋代地位的升格与迅速崛起。

王维在画史上崇高地位的确立,和北宋开始士大夫文人阶层的崛起是分不开的。王维对后世山水画的影响不但是"水墨渲淡",更有他的诗中有画、画中有诗和平远构图。王维的水墨画风,几乎影响着中唐以后的中国山水画发展的全部历史,占据中国古代山水画主流的文人画,都接受了王维的影响,由苏东坡首先提出的,至董其昌而大成的文人画理论,把文人画的理想内涵,全部具体化于王维。

画山水的文人,往往不是以之博取功名,只是用以"娱悦情性"。王维"不能舍余习,偶被时人知","自适其乐"就不必迎合时俗的情趣,自己的情趣又在于清静雅淡,这无疑是契合于水墨画情趣的。王维自身条件方面,他的多方面高超的艺术水平、博学多才、文化素养、禅学趣味、优游的审美人生态度、业余的性质与自娱的目标而非职业画家等特征,综合因素的结果,使他成为宋代士大夫在绘画领域中新的审美观念的具体代表与典范。因此,在相当程度上,王维画在宋代的这种崇高地位,是与北宋文人由他的诗以推及于他的画,体现了宋代文人对新的文人画的审美理想。这一理想,既具体化于王维的身上,则王维在文人画的历史发展中,也就当然有了开宗作祖的资格。

三 苏东坡等人推崇王维画的深层原因

宋代士大夫阶层逐渐形成并崛起,而且逐渐开始成为绘画领域的重要创作主体,其文化素养、审美趣味给宋代绘画带来了深远影响。

北宋时期绘画已普及到一般文人,宋代的文人大多爱画。绘画主体的变化,导致绘画自身的结构与功能的变化。

新的文化素养、审美趣味,必然寻找新的表达方式、新的正典,旧有的已经不符合口味与需要。钱锺书《中国诗与中国画》中曾论及"追认祖先"与"赋予新意":

> 新风气的代兴也常有一个相反相成的表现。它一方面强调自己是崭新的东西,和不相容的原有传统立异;而另一方面更要表示自己大有来头,非同小可,向古代也找一个传统作为渊源所自。①

钱锺书先生曾不无幽默地揭示了在文学史上的类似现象:

> 这种事后追认先驱的事例,仿佛野孩子认父母,暴发户造家谱,或封建皇朝的大官僚诰赠三代祖宗,在文学史上数见不鲜。它会影响创作,使新作品从自发的天真转而为自觉的有教养、有师法;它也改造传统,使旧作品产生新的意义,沾上新气息,增添新价值。②

钱先生的深刻之处,在于他不仅揭示了文学史上这种现象的普遍性

---

① 钱锺书:《中国诗与中国画》,载钱锺书《七缀集》(修订本),上海古籍出版社1994年第2版,第2页。

② 同上书,第3页。

及其根源，更在于揭示了这种现象的出现本身所具有的意义。钱先生虽是谈的文学史现象，不过类推于绘画史现象同样可以成立。那么，南、北宗画的流派虽为后人杜撰而非信史，但亦绝非无意义。它凸显了某种普遍的意识、观念，并由于其影响深远从而也具有了某种范型的意义。它一方面规定了受其影响的此后的中国山水画的思想发展轨迹；另一方面又"改造传统"，使此前的中国山水画史思想产生新的意义，增添新的价值。

艺术审美的接受与变迁，背后隐在的是深刻的社会思想和文化思潮的变迁。

《画继》卷九有云："画者，文之极也，故古今之人，颇多著意……本朝文忠欧公、三苏父子、两晁兄弟、山谷、后山、宛邱、淮海、月岩，以至漫仕、龙眠，或品评精高，或挥染超拔……其为人也多文，虽有不晓画者寡矣；其为人也无文，虽有晓画者寡矣。"北宋时期的文人不少晓画者，有的甚至亲自挥染如《画继》所罗列，而这一新的现象，也就势必将自己的审美观带入绘画鉴赏与绘画理论中去。欧阳修《盘车图》诗有云："古画画意不画形，梅诗咏物无隐情。忘形得意知者寡，不如见诗如见画。"（《欧阳文忠公文集》卷三）他还说："萧条淡泊，此难画之意。画者得之，览者未必识也。故飞走迟速，意浅之物易见；而闲和严静，趣远之心难形。若乃高下向背，远近重复，此画工之艺耳……"（同上书，卷一百三十）欧阳修的古文运动，反对怪僻、艰涩的文风，力主平易婉转。《诗人玉屑》卷十七谓："六一诗只欲平易耳。"因而他要求画之"萧条淡泊""闲和严静趣远"，不喜欢"飞走迟速"。而"高下响（向）背，远近重复"的"画工之艺"也不为文人所赏。并且要"画意不画形""忘形得意"。苏东坡、苏子由、陈师道等文人大多都是这个主张。

苏东坡提出了反映新的士大夫绘画审美观念的文人画理论，并且需要为新的文人画寻找宗、统。如前已经指出，他不仅提出王维"诗中有画，画中有诗"，并对比吴道子，而对于王维加以推崇。

王维地位的升格与崛起，于中国绘画史上处于凸显的特殊位置，从社会史料的角度看，它的产生，表明了要产生它的时代的社会，新的绘画美学思想、观念的某种普遍的心理共识。

苏轼之所以对王维画迹情有独钟，究其原因可能有很多，但其中关键的一点，就是"有如仙翮谢笼樊"的王维画迹，契合了在书斋生活中成

长的士大夫文人的审美趣味。苏轼更提出"萧散简远","寄至味于澹泊"《苏东坡集·后集》卷九《书黄子思诗集后》有云:

> 予尝论书,以为钟、王之迹,萧散简远,妙在笔画之外,至唐颜、柳,始集古今笔法而尽发之,极书之变,天下翕然以为宗师,而钟、王之法益微。至于诗亦然。……李、杜之后,诗人继作,虽间有远韵,而才不逮意。独韦应物、柳宗元发纤秾于简古,寄至味于澹泊,非余子所及也。唐末司空图崎岖兵乱之间,而诗文高雅,犹有承父之遗风。其诗论曰"梅止于酸,盐止于咸,饮食不可无盐梅,而其美常在咸酸之外"。①

这里他提出艺术的最高境界是"萧散简远","简古""澹泊""其美常在咸酸之外"。"枯澹"本是"南宗"禅的精义,苏东坡用之于喻文,《东坡题跋》上卷《评韩柳诗》云:

> 柳子厚诗在陶渊明下,韦苏州上。退之豪放奇险则过之,而温丽靖深则不及。所贵乎枯澹者,谓其外枯而中膏,似澹而实美,渊明、子厚之流是也。若中边皆枯澹,亦何足道。②

苏东坡所宣扬的文人绘画,在功能上是为了自娱、"取乐于画"。境界要求上是"萧散简远""简古""澹泊",力求"平淡"。也正是在这一对于美的理想境界的追求中,苏轼与王维具有了内在一致性。

在宋代绘画美学的新的理论建构过程中,传统美学资源中的有效部分,由于新的视域的展开,而被激活,被重新认识、发现和加以利用,从而在这一过程中被加以承继并成为其重要的有机组成。正是在这样的一种文化语境与审美观念的思想历史背景下,才导致了王维画在中国绘画历史上地位的升格运动。

艺术接受,接受美学,重新发现,并非全面推崇,而是发现与当下审美追求的契合点。王维画在宋代的升格过程同时也是宋代士大夫对于王维

---

① (宋)苏轼著,孔凡礼点校:《苏轼文集》卷六七,中华书局1986年版,第2124页。
② 同上书,第2109—2010页。

画的重塑的过程。也是宋代士大夫建构自己新的审美理想与精神家园的思想历程在绘画领域的反映与具体体现。

宋代士大夫一方面受到中国历史上前所未有的重视，是掌握政治权力，有着良好待遇的群体，因而被激发出空前的政治热情与社会使命感；正是因为如此，另一方面，他们又深深陷入了权力与政治斗争的旋涡之中，倍感痛苦而又不能自拔。写了多少次类似"小舟从此逝，江海寄余生"一类文字的苏轼，最终也没有离开官场。在宋代愈演愈烈的党争背景下，苏轼这样的人生遭遇和人生选择是普遍的和典型的。因此，对现实生活的不满，渴望在精神上远离尘嚣，就是普遍和必然的精神需求。因此，在田园、山水，甚至仅仅是画在纸上的田园、山水中，他们寻觅到能够满足自己精神需要的东西。

王维山水诗和山水画中，在对山水物态的观照中所体现的静默澄寂，所流露出的洒脱超然的人生态度，更加契合了宋代士大夫的心灵。王维的山水诗与山水画中，蕴含着诗人对于人事变迁和仕途穷通的泰然处之的态度。无论物兴物衰、物生物灭，心态始终平稳平衡、平静平淡，因而其作品中氤氲着安详静穆、闲适优游的气质。

因此，宋代以苏轼为代表的士大夫，对于王维山水画的推崇，不仅成为一种对于自我现实生存的抗争，也不仅只是人生的表达和吁求，而且直接成为追求诗性生存的一种方式。宋代士大夫是在通过对于王维山水画的推崇和对于这样的山水画的艺术实践，力图给沉沦于政治斗争、宦海浮沉和人世纷扰的非人化境遇中的士大夫们带来某种精神的澡雪，进而审视个体的有限生命，寻得自身存在的价值和意义。简言之，寻求精神家园、获得精神寄托。他们在王维的山水画中所寻求的其实只是一个梦，一个乌托邦，一个审美的乌托邦而已。

正如美国著名宗教哲学家蒂里希所指出的：

> 乌托邦是真实的。为什么乌托邦是真实的？因为它表现了人的本质、人生存的深层目的；它显示了人本质上所是的那种东西。每一个乌托邦都表现了人作为深层目的所具有的一切和作为一个人为了自己将来的实现而必须具有的一切。[①]

[①] [美] 保罗·蒂里希：《政治期望》，徐钧尧译，四川人民出版社1989年版，第214页。

乌托邦不仅是人类的永恒的梦想，也是人类获得超越性的方式，这种超越性是与水平层面上的有限境界相对的垂直方向的境界，它是无限的，是终极批判的原则，由此我们不会迷失在历史实在的成功与失败、期望与幻灭之中。

也许在王维的山水画中，苏轼们找到了这些他们渴望的东西，其实，即使他们无法完全找到，他们也会根据自己的精神需要，把它们创造出来。

王维画的升格运动，在其本质上，是一种再发现与再创造。王维画作为新的艺术典范的塑造，是宋代士大夫审美精神寻求的产物，是根据新的士大夫审美趣味与审美理想而选择性塑造出的新的典范。

王维画的升格运动，当然不是一个偶然的历史事件，从根本上看，它是适应中国文化的转型，伴随宋型文化产生的新的特征：士大夫阶层的形成、平民特征代替贵族趣味，并成为绘画创作的重要主体等这一系列新的历史需要而产生的。是伴随着宋型文化形成过程中产生的宋代美学的新的特征的一个重要组成部分。

宋代思想家、艺术家选择王维画，有充分的理由，因为在王维画以及王维其人那里，有宋代新兴的士大夫阶层所需要的东西，也就是说，王维及其山水画所具备的某些特征，与当时的艺术家、美学家所关注的时代课题密切相关。时代的精神需要，选择了王维，也创造了王维画升格运动这一历史现象。

张镃的南湖雅集与马远《春游赋诗图》

张镃为南宋中兴期著名作家,张镃生性豪爽,好交游,"一时名士大夫莫不交游",张镃也常邀请他们在自己的南湖园林内共同赏花、观景、游玩、唱和,留下了不少唱和作品。张镃的南湖园林中的雅集,成为南宋时期都下盛事。而这一临安都市文化的盛事也成就了南宋著名画家马远的手卷《春游赋诗图》。张镃《南湖集》卷二有《马贲以画花竹名政宣间其孙远得贲用笔意人物山水皆极其能余尝令图写林下景有感因赋以示远》诗一首,与马远《春游赋诗图》关系密切。

张镃(1153—1235),[①] 字时可,后因慕北宋诗人郭功甫,改字功父(又作功甫),号约斋,先世成纪(今甘肃天水)人,寓居临安(今杭州)。张镃身世显赫,乃宋南渡名将张俊的曾孙,刘光世的外孙。张俊与

[①] 有关张镃的生卒年月、家世与家族情况,综合参考冯沅君《南宋词人小记·张镃略传》,载冯沅君《冯沅君古典文学论文集》,山东人民出版社 1980 年版,第 457—475 页。金宁芬:《张镃临江仙词写作时间辨》,《文学遗产》1982 年第 3 期。杨海明:《张镃家世及其卒年考》,《浙江师范学院学报》(社会科学版)1983 年第 4 期。王秀林、王兆鹏:《张镃生卒年考》,《文学遗产》2002 年第 1 期。曾维刚:《张镃年谱》,人民出版社 2010 年版,第 1—14 页。张镃的生年,研究者根据相关文献一致认定为 1153 年,张镃卒年史无确载,《全宋词》定在宁宗嘉定四年(1211),应该是根据史料记载"嘉定四年十二月"张镃除史弥远计划失败,被流放到广西象台。冯沅君根据张镃《临江仙》词序,认为 1236 年犹未下世。(458)但是金宁芬《张镃临江仙词写作时间辨》认为冯说有误,对于"今已过五十有二"的理解,应该即是词的作年为五十有二。杨海明根据周密《癸辛杂识》后集材料,认为张镃贬象台后还生活过一段时期,并不就是在嘉定四年就逝世的。王秀林、王兆鹏根据吴泳《鹤林集》卷九《张镃追复奉议郎致仕制》等文献"一债二纪,遂死瘴乡",考证卒年正在端平二年(1235)。曾维刚《张镃年谱》即依此观点。

刘光世均为南宋中兴功臣，南宋著名画家刘松年绘有《中兴四将图》。①张镃尝历直秘阁、临安通判、司农寺丞、太府寺丞等职，在宁宗朝声援北伐，开禧三年（1207）复与史弥远等谋诛韩侂胄，后忤史弥远，又欲去宰相史弥远，事泄，于嘉定四年十二月被除名象州编管，而贬死象台。是南宋历史上的重要人物。张镃又为宋末著名诗词家张炎的曾祖，是张氏家族由武功转向文阶过程中的重要环节。张镃能诗擅词，不仅是海盐腔创始人，②又善画竹石古木。尝学诗于陆游。

张镃为南宋中兴期著名作家，杨万里在《进退格寄张功父姜尧章》中称："尤萧范陆四诗翁，此后谁当第一功？新拜南湖为上将，更推白石作先锋。"③

张镃交游极为广泛，当时政要如史浩、萧燧、洪迈、周必大、姜特立、京镗、楼钥等，这些人不仅曾经身居要职，而且洪迈、周必大等也是著名文学家；道学家如朱熹、陈傅良、吕祖俭、彭龟年、陈亮、叶适、蔡幼学等，这些人中不仅有几位开宗立派的著名思想家，而且也是著名文学家；文学方面，如中兴四大家陆游、杨万里、尤袤、范成大，词坛两派著名代表辛弃疾、姜夔等，这些人除了姜夔之外，也都是地位显赫的官员，只是以其文学家身份更为人们所知。上述人物，张镃均与之有往来唱酬，与其中不少人关系密切。此外，从张镃的诗歌作品中还可以看到，他与当时的一些诗僧的交往与唱和。张镃诗文著作甚丰，据方回《读张功父南

---

① 中兴四将有不同说法。一种说法，四位将领是指刘光世、韩世忠、张俊、岳飞，这一说法来自于宋朝刘松年所绘《中兴四将图》（现藏于中国国家博物馆）。四位将领均有王爵，刘光世追封鄜王，韩世忠追封蕲王，张俊追封循王，岳飞追封鄂王。亦有以刘锜取代刘光世，为第二种说法。第三种说法由南宋史官章颖提出，将刘锜、岳飞、李显忠、魏胜列入自己的《皇宋中兴四将传》一书。按：第三种说法显然不足为据。而据史料，则刘锜军功、英勇均超越刘光世，但是正所谓"李广难封"。而刘光世追封鄜王，为七王之首。刘松年为南宋宫廷画师，画院待诏。其画《中兴四将图》，自然不可能出于自己的看法，而必定依据皇帝的意见。因此，应该以第一种说法为准。另外，张俊与刘光世均因为支持宋高宗和议政策而获得高官厚禄，因此，两家结亲，原本有其一致的政治立场为背景。

② 对于海盐腔产生的时代及其作者问题，学术界至今众说纷纭，莫衷一是。按：明李日华《紫桃轩杂缀》："张镃，字功甫，循王之孙，豪侈而有清尚，尝来吾郡海盐，作园亭自恣，令歌儿衍曲，务为新声，所谓海盐腔也。"

③ （宋）杨万里著，辛更儒笺校：《杨万里集笺校》卷四十一，中华书局2007年版，第2190页。

湖集并序》记述，张镃有《南湖集》25卷，诗3000多首，另有《玉照堂词》。但这诗集和词集后世均亡佚。清四库馆臣据《永乐大典》辑为10卷（其中诗9卷，词1卷），今人傅璇琮《全宋诗》将张镃诗编为10卷，其中前9卷以《四库全书》本为底本，校以永乐大典残本，新辑集外诗编为第10卷。另有《仕学规范》40卷传世。诗歌理论方面，今人吴文治《宋诗话全编》中有《张镃诗话》1卷。今传另外有《玉照堂梅品》一卷、《四并集》（一名《赏心乐事》）一卷、《桂隐百课》一卷等。①

张镃生性豪爽，好交游，"一时名士大夫莫不交游"，② 杨万里、陆游、辛弃疾、姜夔、洪迈等当时众多名家，均与张镃有密切往来。张镃也常邀请他们在自己的南湖园林内共同赏花、观景、游玩、唱和，留下了不少唱和作品。

由宋入元的诗人戴表元撰《剡源文集》卷十有《牡丹燕席诗序》记叙说：

> 人之于交游会合谈燕之乐，当其乐时不知其可慕也。事去而思之，则始茫然有追扳不及之叹。渡江兵休久，名家文人渐渐修还承平馆阁故事。而循王孙张功父使君，以好客闲天下。当是时，遇佳风日，花时月夕，功父必开玉照堂置酒乐客。其客庐陵杨廷秀、山阴陆务观、浮梁姜尧章之徒以十数，至辄欢饮浩歌，穷昼夜忘去。明日，醉中唱酬诗或乐府词，累累传都下，都下人门抄户诵，以为盛事。然或半旬十日不尔，则诸公嘲讶问故之书至矣。嗟夫，此非故家遗泽，余所谓追扳而不获者耶？③

戴表元在宋亡之后，追忆当年南宋临安都市中交游会合谈燕之乐，在"渡江兵休久，名家文人渐渐修还承平馆阁故事"的普遍社会风尚中，最为让戴表元念念不忘，记忆深刻的是张镃在其私家园林中的诗酒雅集。庐陵杨廷秀、山阴陆务观、浮梁姜尧章即杨万里、陆游、姜夔，皆一流文学人物，欢饮浩歌，而"明日，醉中唱酬诗或乐府词，累累传都下，都下

---

① 详情参考曾维刚《张镃〈南湖集〉成书考》，《文学遗产》2011年第5期。
② （宋）周密：《齐东野语》卷二十，中华书局1997年版，第374页。
③ （宋）戴表元：《剡源文集》卷十，四部丛刊本。

人门抄户诵，以为盛事"。可见张镃私家园林雅集的影响力，而"然或半旬十日不尔，则诸公嘲讶问故之书至矣"，则更能够体现出张镃雅集所具有的极高的公共性特征。不仅是一个群体的雅集、唱和，也不仅是其作为一流文学家，唱和作品迅速流传都下，而且这个活动已经超越了其本身内涵，更为具有了作为临安都市文化一个标志、一个典范、一个公共事件的社会性意义；已经成为南宋临安都市文化的一个重要组成部分，一个都市文化中不可或缺的文化表达，一种南宋都市文化典范的象征。因此半个多世纪之后，戴表元追忆起当年都市文化的盛事，仍然对于张镃私家园林雅集印象深刻，感叹不已。

张镃应该是继承了张俊的张循王府的主体，而据学者研究张循王府：

> 在吴山北麓清河坊，与皇城大内在空间距离上更为接近（张俊后人则主要居住在京城东北角"白洋池"畔的"张园""张寺"等地），如果再参考复原的《西湖图》，就可以发现，这个位于清河坊的"张循王府"的势力还要向西延伸，曾一度到清波门内临安府治的"竹园山"，清波门外西湖边的"慧光庵"，直至西湖南山雷峰塔附近的"真珠园"。①

如同北宋汴京著名的西园雅集，张镃的南湖园林中的雅集，成为南宋时期都下盛事。而这一临安都市文化的盛事也成就了南宋著名画家马远的手卷《春游赋诗图》。

美国学者姜斐德在其专著中的《马远与张镃的诗会》一节中比较细致地讨论了马远的绘画与张镃的诗会之间的关系：

> 马远宫廷风格更为典型的是手卷《春游赋诗图》，它描绘了园林中的文学雅集：流水、绿竹和天然的岩石屏障把园林和尘世隔开。一条小路穿过巨石伸入园林的私人世界，里面的文人聚集在大桌周围，其中一人可能是主人。他正在撰文，提笔而立，挥毫泼墨，纸卷有整

---

① 姜青青：《〈咸淳临安志〉宋版"京城四图"复原研究》，上海古籍出版社 2015 年版，第 200 页。

张几案那么长，其他人则凝神观看作者酝酿于心中的诗句形诸文字，跃于纸端。

《春游赋诗图》的特点吻合文献里描述的"桂隐"，包括其地理位置位于湖畔，有大量张镃所钟爱的梅树、柳树，此外，最具说服力的是雅集文人身后的石崖前明显有一朵云彩，而据说张镃把自己园林中的一块巨石命名为"垂云石"，云彩主题是如此显著，它无疑构成了视觉双关。

然而，马远对张镃园林的图绘不仅是描绘文学雅集，他用异乎寻常的细致笔触来尽力描绘一场神奇的聚会：位于边缘的人物似乎并非迟到者，而是被激烈的诗歌活动吸引到园林中来的古代诗人。在场者几乎对他们的到来毫无察觉：一个人站在桌前伸臂打哈欠，对他们的到来无动于衷。然而，一个站在书写者身后的人和儿童们却似乎看到了大多数参与者无法看到的东西。一个儿童拽着一位成人的手，可能在向他报告这些不速之客的到来。

马远把这些诗人的幽灵描绘在远离聚会的地方。在园林的右方，一人立于小拱桥远侧的柳树之下，被两位男童照顾着，可能也是幽灵的现身。这诗人被安置于溪水之外并以梅枝、柳条为背景，这也强调了诗人属于另一世界。他头戴唐代盛行的文人丝制帽子，这种帽子在北宋深受苏轼的喜爱，人称"东坡帽"（桌边也有人醒目地戴着这种帽子）。桥边的髯须者可能是文化巨擘苏轼。

马远的诠释是对张镃的诗学和诗才的绝妙赞誉。这是说他读书破万卷，反复品味大诗人的作品，以此与前代大师心有灵犀。他读得越多，就越能预见诗人的反应，没想到会更为大师的惊人之语感到惊愕。马远之作抓住了张镃在创作诗句时与古诗人心心相印的精神契合。有效地融入到了他们的对话中。

张镃曾委托马远描绘园中的"林下景"，画出来的作品很可能就是《春游赋诗图》。①

美国著名中国美术史专家高居翰在《诗之旅：中国与日本的诗意绘画》一书中，也讨论了马远的绘画，并且指出"我所希望界说的诗意画

---

① ［美］姜斐德：《宋代诗画中的政治隐情》，中华书局2009年版，第198—200页。

也就是在这样的环境中繁荣起来,作为强烈憧憬抒情诗和将日常生活诗意化的理想的又一回应"①。

南宋马远的《春游赋诗图》卷,绢本,设色,纵29.5厘米,横302.3厘米,现藏美国纳尔逊—阿特金斯艺术博物馆。

马远是南宋"光宗""宁宗"两朝的宫廷画师,为南宋"四大家"之一。马远祖上数代多人供职于宫廷画院,家学渊源深厚。

《春游赋诗图》又名《西园雅集图》,大约在20世纪30年代流落美国。图上无款,但在手卷外包首处有"宋马远绘春游赋诗图"的题签。后来谢稚柳先生认为此图可能是米芾《西园雅集图记》的图解。自此国内大致以《西园雅集图》名之。"西园雅集",是传说北宋时画家王诜娶了英宗的女儿,贵为驸马都尉。一日他邀集友人苏轼、苏辙、黄庭坚、李公麟、米芾、蔡襄、陈景元等16个名士墨客,聚会于府中,或挥毫作画,或吟诗赋词,或拨阮唱和,或打坐问禅,极尽宴游之乐。他请李公麟作画绘其事,画成后,又请米芾作文记其事,成为一件流传千古的文人雅事。后代画家多有以"西园雅集"为题作画的,如元代的赵孟頫、明代的唐寅、清代的原济、丁观鹏等,都有《西园雅集图》传世。

但是有学者考释,图上人物活动仅有文人案几书写的情节,而无《西园雅集图记》中"唐巾深衣,昂首而题石者"米芾、"幅巾野褐,据横卷画归去来者"李公麟以及"琴尾冠、紫道服,摘阮者"陈景元等场景,故国内学术界大多认为此图主题应是属于文人雅集的叙事性记载,而非具体的"西园雅集"故实。② 至于这一雅集的具体人物、细节等,都有值得探索的空间。③

---

① [美] 高居翰:《诗之旅:中国与日本的诗意绘画》,洪再新等译,生活·读书·新知三联书店2012年版,第33页。

② 王水照:《走近"苏海"》,载王水照《王水照自选集》,上海教育出版社2000年版,第395—397页。

③ 单国霖:《再现经典艺术的辉煌》,载上海博物馆编《翰墨荟萃:细读美国藏中国五代宋元书画珍品》,北京大学出版社2012年版,第47页。相关研究的学术史介绍与分析,参考衣若芬《一桩历史的公案〈西园雅集〉》,载衣若芬《赤壁漫游与西园雅集:苏轼研究论集》,线装书局2001年版,第49—95页;徐建融:《"西园雅集"与美术史学》,载徐建融《实践美术史十论》,上海人民美术出版社2010年版,第57—90页。

马远《春游赋诗图》或许就是与张镃南湖雅集直接相关的作品。①

有关张镃对于南湖园林景观的造景，特别是（宋）周密《齐东野语》卷二十"张功甫豪侈"中记载：

> 张镃功甫，号约斋，循忠烈王诸孙，能诗，一时名士大夫，莫不交游，其园池声妓服玩之丽甲天下。尝于南湖园作驾霄亭于四古松间，以巨铁絙悬之空半而羁之松身。当风月清夜，与客梯登之，飘摇云表，真有挟飞仙、溯紫清之意。②

作为表演舞台的巨树，以及相关的活动，笔者已经在另外著作中进行了比较详细研究。③

而（宋）周密《武林旧事》卷十上记载有张镃南湖园林中的北园有"垂云石"："垂云石高二丈广十四尺。"④ 恰好反映了张镃对于其私家花

---

① 按：马远《春游赋诗图》，国内一些论著著录和称为《西园雅集图》，此画收藏于美国纳尔逊—阿特金斯艺术博物馆。2012年11月3日至2013年1月3日，在上海博物馆建馆六十周年之际，美国纽约大都会博物馆、波士顿美术馆、克利夫兰艺术博物馆、纳尔逊—阿特金斯艺术博物馆联合举办"翰墨荟萃——美国藏中国五代宋元书画珍品展"，在上海博物馆展出。上海博物馆特展《翰墨荟萃：美国收藏中国五代宋元书画珍品展》（2012.11.3—2013.1.3.）中包括了这一画作，笔者有幸对于这幅画作真迹反复观摩。对于此画的研究，美国学者姜斐德在其《宋代诗画中的政治隐情》基础上有进一步探讨。参考上海博物馆编《翰墨荟萃：细读美国藏中国五代宋元书画珍品》，北京大学出版社2012年版，第340—355页。2016年8月19—21日笔者在参与"10至13世纪中国史国际学术研讨会暨中国宋史研究会第十七届年会"期间，恰好与美国学者姜斐德女士相遇，在谈到手卷《春游赋诗图》为马远描绘张镃的诗会之时，她特别强调了"垂云石"和大树。而我也十分清楚，这些手卷《春游赋诗图》图像中的标志性景观，恰好与张镃南湖园林中的特殊园林造景十分吻合。这也是我认同姜斐德女士将此画归为马远的重要因素，（关于是否马远本人所绘，目前学术界也存在争论，由于问题复杂，笔者将另文专门讨论）。因为北宋苏轼等人在王诜家中的西园雅集，王诜家中园林中并没有这些在张镃南湖园林中才能够看到的特殊园林造景。

② （宋）周密：《齐东野语》卷二十"张功甫豪侈"，中华书局1983年版，第374页。

③ 参考刘方《汴京与临安：两宋文学中的双城记》第七章《南湖雅集：南宋临安私家园林中的士人交往与文学活动》中的第一节"南湖主人张镃的诗性栖居"和第二节"文学描绘中南湖园林景观的多重风貌"中相应研究。刘方：《汴京与临安：两宋文学中的双城记》，上海古籍出版社2013年版，第328—335页，第345—363页。

④ （宋）周密：《武林旧事》卷十，西湖书社1981年版，第164页。

园的精心打造。

关于张镃的私家园林南湖别业的修造，曾维刚在《张镃〈南湖集〉成书考》一文中曾经加以详细考证：

>　　张镃南湖别业的来历，要追溯到高宗赐其曾祖张俊的宅第。宋室南渡之初，张俊与韩世忠、岳飞、刘光世等大将成为南宋赖以立国的重要力量。绍兴十一年（1141）南宋与金达成和议，诏诸大将赴行在，拜张俊枢密使。俊晚年，高宗"眷之厚，凡所言，朝廷无不从"（李心传《建炎以来系年要录》卷一三〇，绍兴十一年六月戊辰条）。史载，绍兴十三年（1143）高宗赐张俊宅第一区，并"遣中使就第赐宴，侑以教坊乐部"（脱脱等《宋史》卷三六九《张俊传》）。张俊赐第的方位，在杭州城北艮山门内的南湖。张镃《南湖集》卷八《南湖有鸥成群，里间间云，数十年未尝见也，实尘中奇事。因筑亭洲上，榜曰鸥渚，仍放言六绝》其三称："东家西家翁妪说，白洋湖自有多年。"四库馆臣亦考："南湖一名白洋池，在杭州城北隅。宋张俊赐第，四世孙镃别业，据湖之上。湖在宅南，因名南湖。"（《四库全书总目》卷七六，《南湖纪略稿》提要）可见南湖原名白洋池，因在张俊赐第之南而得名。
>　　张镃建构南湖别业，始自淳熙十二年（1185）。时张镃在临安通判任上，因"倦处于旧庐，遂更谋于别业"，在南湖北滨购地百亩，着手辟建以玉照堂为主的桂隐，"历二岁而落成"（《南湖集》附录中《舍宅誓愿疏文》）。淳熙十四年（1187）秋张镃以疾辞临安通判，得祠禄，归桂隐，遂捐南湖东旧宅为禅寺。绍熙元年（1190）光宗赐额广寿慧云禅寺，魏国公史浩为记，侍读楼钥为之书，并题额。……张镃舍宅为寺后，又历时十四年继续营建南湖别业，至庆元六年（1200）修缮完整。[①]

张镃《舍宅誓愿疏文》，"经怀昨倦处于旧庐，遂更谋于别业，园得百亩，地占一隅，幽当北郭之邻，秀踞南湖之上，虽混京尘而有山林之

[①] 曾维刚：《张镃〈南湖集〉成书考》，《文学遗产》2011年第5期，第141—142页。

趣，虽在人境而无车马之喧"①。

　　据四库全书提要，《南湖纪略稿》六卷，清朝邱峻撰。邱峻字晴岩，仁和人。南湖一名白洋池，在杭州城北隅。宋张俊赐第，四世孙镃别业，据湖之上。湖在宅南，因名南湖。杨万里、陆游诸人皆为之题咏，而镃亦以自名其集，遂传为古迹。峻少居其地，因采辑宋时志乘及说部文集，勒成此志。②

　　文人园林发展到宋代，已形成私家造园活动的潮流。宋潜说友撰《咸淳临安志卷》卷八十六《园亭》谈到南宋时期的临安园林评述说：

　　　　登临，游观之娱末耳。虽然，隆上都而观万国，是亦有系焉。昔人有言，天下之治乱，候于洛阳之盛衰，洛阳之盛衰，候于园囿之兴废。夫善觇人国者，乃或于是得之，所谓不知其形视其景，非邪？然园囿一也，有藏歌贮舞流连光景者，有旷志怡神蜉蝣尘外者，有澄想遐观运量宇宙而游特其寄焉者。嘻，使园囿常兴而无废，天下常治而无乱，非后天下之乐而乐，其谁能叙园亭？③

　　对于宋代文人园林的艺术风格，有学者概括为简远、疏朗、雅致、天然四个方面。④ 对于南湖园林的艺术风格与园林意境，张镃是亲自设计、布局、安排，以体现其理想追求的。张镃在南湖园林的设计与规划中，十分注重的是假山的安置。《南湖集》卷三中有《撤移旧居小假山过桂隐》一诗云：

　　　　顷年迭石规制狭，大类堆沙戏成塔。一株蟠桂两秭松，便爱清阴蔓藤匝。阶前指作嵩华样，引宾纪咏纷酬答。迁巢城北倏两期，惯有真山坐延纳。人生最怕眼见广，到处卑凡意难合。每还旧舍觉荒陋，草树虽添漫稠杂。林塘移植势定增，未成已想风烟飐。朝晴夕晦各异状，倚杖闲看更铺榻。园中胜赏亦甚富，此独宜茶兼酒榼。载来非敢

---

① 曾维刚：《〈全宋文〉张镃残文一篇补正》，《文献》2009 年第 1 期。
② 《四库全书总目提要》第二册，地理类存目五《南湖纪略稿》，河北人民出版社 2000 年版，第 2031 页。
③ （宋）潜说友：《咸淳临安志卷》卷八十六，四库全书本。
④ 周维权：《中国古典园林史》，清华大学出版社 1999 年版，第 233—235 页。

效奇章,甲乙题朱旋涂蜡。①

从诗题可以了解到,假山为张镃特别从旧居运到南湖园林中。张镃此诗歌具有重要的宋代园林史的史料价值。诗歌中记载了其南湖园林中叠石情况,真实反映了北宋后期以来江南园林叠山、理水技艺的发展成熟。宋周密撰《癸辛杂识》前集《假山》条记载:

> 前世迭石为山,未见显著者。至宣和,艮岳始兴大役,连舻辇致,不遗余力。其大峰特秀者,不特侯封,或赐金带,且各图为谱。然工人特出于吴兴,谓之山匠,或亦朱勔之遗风。盖吴兴北连洞庭,多产花石,而弁山所出,类亦奇秀,故四方之为山者,皆于此中取之。浙右假山最大者,莫如卫清叔吴中之园,一山连亘二十亩,位置四十余亭,其大可知矣。然余生平所见秀拔有趣者,皆莫如俞子清侍郎家为奇绝。盖子清胸中自有邱壑,又善画,故能出心匠之巧。峰之大小凡百余,高者至二三丈,皆不事恒钉,而犀珠玉树,森列旁午,俨如群玉之圃。奇奇怪怪,不可名状。大率如昌黎南山诗中,特未知视牛奇章为何如耳?乃于众峰之间,萦以曲涧,甃以五色小石,旁引清流,激石高下,使之有声,淙淙然下注大石潭。上荫巨竹、寿藤、苍寒茂密,不见天日。旁植名药,奇草,薜荔、女萝、菟丝,花红叶碧。潭旁横石作杠,下为石渠,潭水溢,自此出焉。潭中多文龟、斑鱼,夜月下照,光景零乱,如穷山绝谷间也。今皆为有力者负去,荒田野草,凄然动陵谷之感焉。②

周密《癸辛杂识》中的文献记载,应该是最早比较详细记载了宋代园林艺术中叠山、理水技艺的发展成熟情况的历史文献。可根据周密的说法,大规模的叠石造山,至少是在北宋之后才开始逐步流行的,而此前的园林则是以土筑为主。童寯先生在《江南园林志》中认为"吾国园林,无论大小,莫不有石,李格非记洛阳名园,独未言石,似是为洛阳在北宋

---

① (宋)张镃:《南湖集》卷三,《丛书集成初编》,上海商务印书馆1936年版,第45—46页。

② (宋)周密:《癸辛杂识》前集,中华书局1988年版,第14—15页。

无叠山之证。"① 而宋徽宗建造艮岳，而带动了中国古代园林艺术中叠石造山技艺的发展与成熟。而对于叠石造山的审美，周密也在文献中以俞子清侍郎家为例，具体说明了周密所认为的"余生平所见秀拔有趣者"的叠石造山所达到的这一审美理想境界。

而张镃诗歌则反映了自己从早期"顷年迭石规制狭，大类堆沙戏成塔"，在经历了"眼见广"之后，在南湖园林通过设计、种植、移旧居小假山安置等，形成"园中胜赏"的历程。

中国古代园林艺术的发展与士大夫绘画之间，有十分密切的关系。特别是文人园林，自唐、宋以来，不少士大夫私家园林，往往将绘画特别是山水画的意境于园林的布局与造景之中加以表现，陈从周先生《园林与山水画》中指出：

> 言意境，讲韵味，表高洁之情操，求弦外之音韵，两者二而一也。此即我国造园特征所在。简言之，画中寓诗情，园林参画意，诗情画意遂为中国园林之主导思想。②

而张镃则恰恰十分符合要求，不仅是当时名家公认的著名诗人，也是书画的爱好者。元夏文彦撰《图绘宝鉴》卷四记载："张镃，字功父，号约斋。清标雅致，为时闻人。诗酒之余，能画竹石古木，字画亦工。"清代王毓贤撰《绘事备考》卷六更是详细记载：

> 张镃，字功父，号约斋，循王之孙。性豪爽，有心计。文章诗赋皆有可观。既雄于赀，而复好事。后房数百人，咸极时之选。风亭月榭，甲于京师。尝作驾霄亭，在高松之上。延宾客避暑其中，登者如游云表。南园牡丹数千本，品目最贵。花时宴客，穷极奢华。衣香鬓影，舞裙歌扇，观者动心骇目，不知其为人世也。精于书法，兼善竹石古木，画之传世者：

---

① 童寯：《江南园林志》，中国建筑工业出版社1963年版，第9页。2014年第2版，第19页。

② 陈从周：《园林与山水画》，载陈从周《园韵》，上海文艺出版社1999年版，第209页。另外参考陈从周《造园与诗画同理》，载陈从周《园韵》，上海文艺出版社1999年版，第319页。

石壁松杉图一，苍崖古木图二，石笋修篁图一，枯槎折竹图二，秋山落木图二，墨竹图十三。①

　正是张镃所具有的这些文化修养、文艺技能和审美理想，他在为自己的南湖园林的规划设计与具体实践的造园活动中，体现了文人园林的雅趣与境界。

　关于张镃的艺术修养和园林生活，美国学者姜斐德（Alfreda Murck）在其研究南宋文化的专著中，曾经谈及：

　　他把大部分精力都投入于自己精妙的园林，投入于鉴藏茶、食物、古玩和乐器，投入于训练他的歌女，投入于富于想象的娱乐中去。……张镃也受惠于祖父的万贯家资，他以此在杭州附近修建了一系列奢华的园林和别墅。张镃是一个多愁善感的唯美者，出于对桂树这种馥郁芬芳的树木的喜爱，他把自己的第一座园林命名为"桂隐"。他可能也因为"桂"与"贵"谐音而喜欢这个名字。"桂隐"位于杭州郊外的小湖边，其中布满大量精心设计的寺院、房舍、禅室、书房，各种凉亭、桥梁、池塘和石窟，尽管环境极尽奢华之能事，但张镃强调他的目标是优雅和宁静，他取"约斋"为号。②

　姜斐德特别注意到和提示指出"张镃是一个多愁善感的唯美者"，可谓别具只眼。桂隐堂是南湖园林中的主体建筑，而非园林名称。姜斐德推测张镃可能因为"桂"与"贵"谐音而喜欢这个名字。而我以为显然与张镃自觉的自我形塑和精神表达不一致。如果说谐音的话，"桂"与"归"谐音，而寓意归隐，倒是比较符合张镃的理想追求。而且如前指出，张镃喜爱桂花，为南湖主体建筑取名桂隐堂与黄庭坚因为桂花悟道的公案有关。而且张镃也不满足于仅仅"精心设计的寺院、房舍、禅室、书房，各种凉亭、桥梁、池塘和石窟"，他以此为基础，进行了一系列长时间的文化活动与文学实践。

　宋张镃撰《南湖集》卷二有《马贲以画花竹名政宣间其孙远得贲用

---

① （清）王毓贤：《绘事备考》卷六，四库全书本。
② ［美］姜斐德：《宋代诗画中的政治隐情》，中华书局2009年版，第198—199页。

笔意人物山水皆极其能余尝令图写林下景有感因赋以示远》诗一首，与马远《春游赋诗图》关系密切：

> 世间有真画，诗人干其初。世间有真诗，画工掇其余。飞潜与动植，模写极太虚。造物恶泄机，艺成不可居。争如俗子通身俗，到处堆钱助痴福。断无神鬼泣篇章，岂识山川藏卷轴。我因耽诗鬓如丝，尔缘耽画病欲羸。投笔急须将绢裂，真画真诗未尝灭。①

张镃诗歌题目中谈到的马贲，《画继》卷七载："马贲，河中人，长于小景。作百雁、百猿、百马、百牛、百羊、百鹿图，虽极繁伙，而位置不乱。本'佛像马家'后，写生驰名于元祐、绍圣间。"宣和（1119—1125）画院待诏。驰名于元祐、绍圣（1086至1098）间。为远之曾祖。马远（1190—1279），字遥父，号钦山，南宋著名画家。原籍河中（今山西永济县附近），侨寓钱塘（今浙江杭州）。南宋光宗、宁宗两朝画院待诏，与李唐、刘松年、夏圭并称"南宋四家"，又与夏圭并称"马夏"。有《踏歌图》《水图》《梅石溪凫图》《春游赋诗图》（旧称《西园雅集图》）、《孔丘像》等传世。

姜斐德对于张镃此诗加以分析认为：

> 张镃开篇四句论述诗人和画家之间的互动，他表明自己已经领会了这一视觉赞誉：园中事件的"真实"记载始于诗人的在场。"真诗"无疑指张镃自己的创作，最终它引发了马远的绘画。第5—8句似乎是在说马远，最终仰慕他对造物奥秘的探寻。画家成功地显现了造物者的构思、他必须克制自夸的诱惑。第9—12句的主角可能是张镃，他把自己和那些斥资巨万以沽名钓誉的同代豪富区别开来。那些俗人招摇卖弄，徒劳地在佛道寺院中堆积功德：这些人是无法创作出动人心弦的诗句来的，诗会上打哈欠者或许是缺乏悟性的俗人。最后四句回到对诗人和画家的比较，尽管两者有迥然不同的地位，他们对各自艺术的热情是相同的。张镃因为耽于研习诗歌头发变白了，马远热衷绘画而损害了健康。然而，这些牺牲却是值得的，因为即使他们

---

① （宋）张镃：《南湖集》卷二，《丛书集成初编》，上海商务印书馆1936年版，第23页。

现在投笔或裂绢不作画，其真诗真画的遗产将万世留芳。在张镃的赞誉中，绘画中的"真"并非要与视觉世界逼似，而是要抓住可信的东西，抓住心理上和情感上的真实。①

对于姜斐德的分析，笔者不能完全赞同，鉴于此诗重要的文化史与美术史文献价值，因此，简要加以分析。诗歌的开篇四句，我以为并非是论述诗人和画家之间的互动，而是强调对于真画，诗人不过是能够粗浅涉及。而对于真诗，画工也只能够摘取其余绪。而张镃在这里所表达的观念，似乎其潜在对手，是宋代十分流行的诗画一律的观念，张镃更为强调两种艺术的差异性，特别是两种艺术很难兼善的问题。作为同样在绘画上有一定造诣的张镃，却在诗歌中认为"世间有真画，诗人干其初。世间有真诗，画工掇其余"，显然是一种不同于流俗的比较深刻的思考。张镃在此提出了"真画""真诗"的概念。所谓真画，晋郭象注《庄子注》卷七田子方第二十一：

> 宋元君将画图，众史皆至，受揖而立，舐笔和墨在外者半。有一史后至者，儃儃然不趋，受揖不立，因之舍，公使人视之，则解衣般礴臝。君曰：可矣，是真画者也。

只有真正的画者，才能够画出真画。唐张彦远撰《历代名画记》卷二《论顾陆张吴用笔》中论述了真画的内涵与特质：

> 或问余曰："吴生何以不用界笔直尺而能弯弧挺刃，植柱构梁？"对曰："守其神，专其一，合造化之功，假吴生之笔。向所谓意存笔先，画尽意在也。凡事之臻妙者，皆如是乎，岂止画也。与乎庖丁发硎，郢匠运斤，効颦者徒劳捧心，代斲者必伤其手。意旨乱矣，外物役焉，岂能左手划圆，右手划方乎。夫用界笔直尺，界笔是死画也，守其神，专其一，是真画也。死画满壁，曷如污墁。真画一划，见其生气。夫运思挥毫，自以为画，则愈失于画矣。运思挥毫，意不在于画，故得于画矣。不滞于手，不凝于心，不知然而然，虽弯弧挺刃，

---

① ［美］姜斐德：《宋代诗画中的政治隐情》，中华书局2009年版，第201页。

植柱构梁，则界笔直尺岂得入于其间矣。"①

所谓"界笔是死画也，守其神，专其一，是真画也。死画满壁，曷如污墁。真画一划，见其生气"，显然真画的诞生是与画家的内在精神、生气密切联系在一起的。那么，画家又是如何才能够具有这种精神、生气？宋董逌撰《广川画跋》卷六《书李成画后》记录了北宋著名山水画家李成形成真画的过程：

一艺已往，其至有合于道也，此古之所谓进乎技也。观咸熙者，执于形相，忽若忘之，世人方且惊疑以为神矣，其有寓而见邪。咸熙盖稷下诸生，其于山林泉石，岩栖而谷隐。层峦迭嶂，嵌欹崒㠑，盖其生而好也。积好在心，久而化之，凝念不释，殆与物忘，则磊落奇特，蟠于胸中，不得遁而藏也。他日忽见群山横于前者，累累相负而出矣。岚光霁烟，与一一而下上，慢然放乎外，而不可收也。盖心术之变化有而出，则托于画以寄其放。故云烟风雨，雷霆变怪，亦随以至。方其时忽乎忘四支形体，则举天机而见者皆山也。故能尽其道。后世按图求之，不知其画忘也，谓其笔墨有践辙，可随其位置求之。彼其胸中自无一丘一壑，且望洋乡若，其谓得之，此复有真画者邪。②

而所谓真诗，应该也是与真画一样，是具有诗人的内在精神、生气的作品。

"飞潜与动植，模写极太虚"，飞潜动植即世间种种生物，图画不仅是写表面的形状，而且是表达宇宙的精神。二句实际上反映了张镃身处南宋，对于宇宙天地所表达的宋代理学的基本认识。张载《张子全书》卷二正蒙一：

太虚无形，气之本体。其聚其散，变化之客形尔。至静无感，性

---

① [日]冈村繁：《历代名画记译注》，俞慰刚译，上海古籍出版社2002年版，第95—96页。

② （宋）董逌：《广川画跋》，丛书集成初编，商务印书馆中华民国二十八年版，第69—70页。

之渊源。有识有知,物交之客感尔。客感客形,与无感无形,惟尽性者一之。①

宋朱子撰《晦庵集》卷五十三《答胡季随》:

> 致中和而天地位,万物育者,常也。尧汤之事,亦常之变也。大抵致中和自吾一念之间,培植推广,以至于裁成辅相,匡直辅翼,无一事之不尽,方是至处。自一事物之得所,区处之合宜,以至三光全,寒暑平,山不童,泽不涸,飞潜动植,各得其性。方是天地位,万物育之实效。②

张镃指出,一方面真正的绘画,应该能够传达出来宇宙的精神、生气,另一方面"造物恶泄机",因此"艺成不可居"。这几句,应该是如姜斐德的分析,一方面"画家成功地显现了造物者的构思",而另一方面"他必须克制自夸的诱惑"。既称颂了马远的绘画的神妙,也称颂了马远品格的谦和。

接下来张镃讽刺"争如俗子通身俗,到处堆钱助痴福"。痴福的典故,与佛教特别是禅宗公案有关。寒山诗集中以诗歌云:

> 常闻国大臣,朱紫簪缨禄。富贵百千般,贪荣不知辱。奴马满宅舍,金银盈帑屋。痴福暂时扶,埋头作地狱。忽死万事休,男女当头哭。不知有祸殃,前路何疾速。家破冷飕飕,人无一粒粟。冻饿苦凄凄,良由不觉触。③

项楚先生解释痴福说:"云'痴福'者,盖福德为前世所修,今生虽享福果,而愚痴顽冥,故称'痴福'。"④ 笔者以为张镃也正是在这个意义上使用这个概念。一方面张镃本身信佛;另一方面张镃的富贵来自于祖上功德,因此,由于福德为前世所修,今生能够享福果,因此张镃特别注意自

---

① (宋)张载:《张载集》,中华书局1978年版,第7页。
② (宋)朱熹:《晦庵集》卷五十三,四库全书本。
③ 项楚:《寒山诗注》,中华书局2000年版,第626页。
④ 同上书,第627页。

己不要成为世上许多痴福者。"断无神鬼泣篇章,岂识山川藏卷轴"两句,是写痴福者所不具有的,也就暗示了自己所具有的特质。即一方面作为诗人能够书写出来神鬼泣的诗歌篇章;另一方面能够意识到"山川藏卷轴",也记述前面已经讨论过的山川即卷轴,天开图画。

"我因耽诗鬓如丝,尔缘耽画病欲羸"一句写自己作为真正的诗人"因耽诗鬓如丝",一句写马远作为真正的画家"耽画病欲羸",写作为真正的诗人或者画家,精神的完全投入和痴情的情况。

对于结句"投笔急须将绢裂,真画真诗未尝灭"。姜斐德理解为"因为即使他们现在投笔或裂绢不作画,其真诗真画的遗产将万世留芳"。我认同后半句的理解,但是"投笔急须将绢裂"的解释,似乎没有把握到张镃真正要表达的意义。根据诗歌的标题《马贲以画花竹名政宣间其孙远得贲用笔意人物山水皆极其能余尝令图写林下景有感因赋以示远》,而正如姜斐德分析指出的"张镃曾委托马远描绘园中的'林下景',画出来的作品很可能就是《春游赋诗图》",因此,我认为,张镃此诗正是在面对马远《春游赋诗图》所题咏的,因此,"投笔急须将绢裂",是暗用李白"眼前有景道不得"的典故,元辛文房撰《唐才子传》卷一《崔颢》条:"李白来曰:'眼前有景道不得,崔颢题诗在上头。'无作而去,为哲匠敛手。"

宋胡仔撰《苕溪渔隐丛话前集》卷五《李谪仙》:

> 李太白负大名尚曰:"眼前有景道不得,崔颢题诗在上头。"欲拟之较胜负,乃作《金陵登凤凰台诗》。

宋刘克庄撰《后村集》卷十七诗话上《古人服善》:

> 太白过黄鹤楼,有"眼前有景道不得,崔颢题诗在上头"之句。至金陵遂为《凤凰台诗》以拟之。

张镃暗用这个典故,来称颂马远的画作,如此神妙,张镃自己面对画卷,无法写出满意的诗篇,因此要"投笔急须将绢裂",以夸张之笔,称颂马远之画"极其能",是符合诗歌标题的。

姜斐德分析指出:

12世纪晚期,正如对什么是"南方"的理解不断转移,马远描绘丰富却又朴实无华的山水画模糊并颠覆了南方是不受欢迎地区的观念。在北宋,尽管江南的市镇繁荣兴盛起来,诗人却仍常常遵照唐诗旧例。把"南方"描写为一个蛮荒不化、瘴厉横行的穷僻之地:远离政治中心的僧人和隐士欣赏其温暖的气候和佳山秀水,但是对渴望进入权力中心的士大夫而言,"南方"依然名声不佳。然而,在杭州成为京城之后,朝廷就在南方,与当年遥远的流放目的地极为接近。马远的山水画把江南描绘成高雅和迷人的世界,朝廷精英在那里享受着闲适的日常生活。①

姜斐德认为"在北宋,尽管江南的市镇繁荣兴盛起来,诗人却仍常常遵照唐诗旧例。把'南方'描写为一个蛮荒不化、瘴厉横行的穷僻之地",这种说法,未必符合事实。但是指出"马远的山水画把江南描绘成高雅和迷人的世界,朝廷精英在那里享受着闲适的日常生活"则的确十分准确。

---

① [美]姜斐德:《宋代诗画中的政治隐情》,中华书局2009年版,第198—202页。

北宋委托书坊刻书的出版方式创新及其相关问题

宋代刻书，除了自行雕版刻书这种主要方式之外，又出现了其他刻书方式，其中之一就是委托商业性书坊进行刊刻的方式。笔者在此一方面通过考证，揭示此前研究中存在的问题；另一方面通过细致研读宋代出版史料，揭示出北宋已经出现了委托书坊刻书的出版方式，对于重新认识宋代官刻、坊刻和私人刻书均有一定意义与价值。

关于宋代地方官府刻书，一般的中国印刷史、中国出版史论著，均归为地方官府自行刊刻。但是在宋代地方官府刻书中，其实是存在一些比较复杂的情况，除了自行雕版刻书这种主要方式之外，尚有一些其他的刻书方式存在。其中之一就是官刻并非完全是刻于官府，由官府主持，而是存在一些通过委托的方式，由官府所在地的商业性书坊进行刊刻。关于这一方面的研究，尚少引起研究者的关注，相关问题保存下来的资料十分有限应该是一个重要原因，而研究者的观念、问题意识，则应该是另外一个重要原因。目前就笔者所见，研究中涉及这一问题的文章，有方寿彦先生的《建阳书坊接受官私方委托刊印之书》，[①] 在此文章中，在讨论宋代建阳书坊接受官方委托刊印之书的情况之时，引用了四条材料，由于引用材料过于简略，不易看出宋代建阳书坊接受委托刊印之书，具体是由官方还是私人。从文章引用的材料本身而言，只能证明在建阳任职的政府官员委托当地的书坊刻印的文集。但是无法明确区别这些官员是以私人身份委托书坊

[①] 方寿彦：《建阳书坊接受官私方委托刊印之书》，《文献》2002年第3期。下文中简称方文。

刻书，还是以官府身份委托书坊刻书，而前者应该属于私人委托，后者才是严格意义上的官府委托书坊刻书。但是，如果此一委托属实、成立，则无疑是宋代印刷、出版史研究的一个重要突破和重要新发现。对于重新认识宋代官刻、坊刻也有重要的意义与价值。考虑到兹事体大，为慎重起见，因此笔者复核了方文的四条引文出处，通读引文全文，笔者却惊讶地发现，方文中为证明宋代建阳书坊接受官方委托刊书情况时，所引用的四条材料，竟然无一与官府委托书坊刻书有关，从而四条材料无一可以证明宋代建阳书坊接受官方委托刊印问题。为彻底搞清楚宋代刻书的历史真相和慎重起见，笔者首先将方文的原文加以完整引用，然后将引文出处，加以复核，全文引录于下，并做必要考证，以说明问题。

笔者在此通过复核方文的引文出处，揭示方文引文存在的问题，纠正其研究结论；另外，通过详细考证和细致研读笔者发现的宋代出版史料，认为北宋不仅已经出现了地方官方委托书坊刻书的出版方式，而且还出现了私人委托书坊刻书的出版方式。这些委托出版方式出现的研究揭示，对于重新认识宋代官刻、坊刻和私人刻书均有重要的意义与价值。

一 既有研究中存在的严重问题的检讨

方文在讨论宋代建阳书坊接受官方委托刊印之书的情况之时，引用了四条材料，而其引用的第一条材料的原文是：

> 宋绍兴七年（1137）晁谦之任福建转运判官，当时转运司设司建州（今建瓯），他于本年刻印其从兄"苏门四学士"之一的晁补之的《济北晁先生鸡肋集》七十卷，即在建阳书坊付梓。

显然，从方文的表述，读者也不能够判断晁谦之刊刻《济北晁先生鸡肋集》是否有直接的官府委托书坊付梓的证据。从其注释，知道其依据来源于（清）丁丙《善本书室藏书志》卷二八。复核文献，（清）丁丙：《善本书室藏书志》卷二八，《宋元明清书目题跋丛刊》第九册，中华书局2006年影印版，第729页，上。相关条目全文如下：

> 《济北晁先生鸡肋集》七十卷　明仿宋刊本

晁补之撰

绍兴七年,弟谦之题曰:"从兄无咎著述甚丰,元祐末在馆阁时尝自制其序。宣和以前世莫敢传。自捐馆舍逮今二十八年始得编次为七十卷,刊于建阳。"盖其时谦之方权福建路转运判官是也。①

细按全文,显然没有任何刊于"建阳书坊"的字眼出现,而仅仅是"刊于建阳"。宋刻本晁补之文集,今天已经统统失传了,但是明人的仿刻本尚能向我们传递南宋绍兴间晁谦之建阳刻本的基本面貌,这就是明末崇祯八年(1635)苏州顾凝远诗瘦阁据宋版重刊的《济北晁先生鸡肋集》七十卷。后民国时上海涵芬楼加以影印,收入《四部丛刊》初编。此本也应该就是丁丙《善本书室藏书志》所著录的《济北晁先生鸡肋集》七十卷明仿宋刊本。

此本首为晁补之自撰的《济北晁先生鸡肋集序》,次为《济北晁先生鸡肋集总目》,次为《济北晁先生鸡肋集目录》,乃各卷细目。卷七〇末有牌记二行"明吴郡顾氏于崇祯乙亥(八年,1635)春,照宋刻寿梓至中秋工始竣"。最后是"绍兴七年丁巳(1137)十一月旦日,弟右朝奉郎权福建路转运判官谦之谨题"的后跋一篇,简述了晁谦之当时编刊从兄补之文集的概况。晁谦之跋全文如下:

从兄无咎著述甚丰,元祐末在馆阁时尝自制其序。宣和以前世莫敢传。今所得者,古赋、骚辞四十有三,古律诗六百三十有三,表答、杂文、史评六百九十有三。自捐馆舍,逮今二十八年,始得编次为七十卷,刊于建阳。

显然丁丙《善本书室藏书志》所引,是有省文的。但是无论如何,从全文看,仍然没有与建阳书坊有关的文字。

而《四库全书》提要:

《鸡肋集》七十卷,宋晁补之撰。补之字无咎,巨野人,元丰间

---

① (清)丁丙:《善本书室藏书志》卷二八,《宋元明清书目题跋丛刊》,第九册,中华书局 2006 年影印版,第 729 页,上。

进士。元祐中除校书郎，绍圣初落职，监信州酒税，大观中知泗州，卒于官。初苏轼通判杭州，补之随父端友官于杭。轼见所作七述，大叹赏之，由是知名。与黄庭坚、张耒、秦观为苏门四学士。耒尝言：补之自少为文，即能追考屈宋班扬，下逮韩柳之作，促驾力鞭，务与之齐而后已。晚岁自订所作名《鸡肋集》，宣和以前避蜀党，秘不传。绍兴中，其从弟谦之始编次为七十卷，刊于建阳云。

只著录为建阳本，而且从晁谦之右朝奉郎权福建路转运判官的职务看，很大可能性是地方官刻。

而《四部丛刊》初编书录、清代以来的著录书目一直到祝尚书《宋人别集叙录》，①均只著录为建阳本。

而南宋地方路使官刻十分普遍，②从晁谦之的跋文，我们是无法直接得到是官刻还是坊刻的信息，更谈不上反映府治刻书委托书坊刻印的任何信息了。

方文引用的第二条材料的原文：

> 淳祐间（1241—1252），赵师耕任福建常平提举，当时提举常平司也设司建宁（今建瓯），所以他就近在麻沙坊刊刻了《河南程氏遗书》。

按：方氏注释其引文出处为清邵懿辰《增订四库简明目录标注》卷九。经笔者复核，实际上并非是邵懿辰的著录，而是邵章的续录中的补录文字：

> 宋淳祐丙午古汴赵师耕刊大字本。遗书外书。世谓麻沙本。③

复核麻沙刊刻的《河南程氏遗书》相关文献，可以发现方文存在很

---

① 祝尚书：《宋人别集叙录》，中华书局1999年版，第605—608页。
② 参考谢水顺、李珽《福建古代刻书》，福建人民出版社1997年版；林应麟《福建书业史：建本发展轨迹考》，鹭江出版社2004年版。
③ （清）邵懿辰撰、邵章续录：《增订四库简明目录标注》卷九，上海古籍出版社1979年新1版，第388页。

大问题。首先，刊刻时间是明确的，即淳祐丙午，是宋理宗淳祐六年（1246），而不是方文所说不确定的"淳祐间（1241—1252）"，而更为关键和严重的问题是，方文认为他（赵师耕）是"在麻沙坊刊刻了《河南程氏遗书》"，并以此作为官府委托刻书的重要证据。那么，赵师耕究竟是在建阳什么地方刊刻的《河南程氏遗书》？

《河南程氏遗书》的版本情况，在《钦定天禄琳琅书目》卷六·子部中著录：

> 河南程氏遗书一函八册
>
> 　宋朱子辑，二十五卷，附录一卷，外书十三卷。后附文集十二卷。又元谭善心辑遗文一卷。目录后有善心识语，并朱子辩误。书末载宋赵师耕麻沙本后序，季袭之春陵本后序，又元邹次陈虞盘序二篇。
>
> 　赵师耕麻沙本后序则称《二程先生文集》宪使杨公已锓版三山学官，《遗书》、《外书》则庾司旧有之，后俱毁于乙未之火。师耕承乏来此，亟将故本，易以大字，与文集为一体刻之后圃明教堂云云。按陈振孙《书录解题》载《河南程氏文集》十二卷，谓为建宁所刻本，载在集部，不与遗书合录子部之中，是振孙所指建宁本，似为杨公所刊，而以一体合刻则自师耕始也。考《浙江通志》，师耕，黄岩人。登宋宁宗嘉定七年进士第，其序犹自署古汴者，盖不忘故土之意。①

更为重要的是，笔者在四库全书本《二程文集》卷下附录中，发现著录有赵师耕麻沙本后序的全文：

> 《河南二程先生文集》，宪使杨公已锓板三山学官。遗书、外书，则庾司旧有之。乙未之火，与他书俱毁不存。诸书虽未能复，是书胡可缓。师耕承乏此来，亟将故本易以大字，与文集为一体，刻之后圃

---

① （清）于敏中等：《钦定天禄琳琅书目》卷六，上海古籍出版社 2007 年版，第 167—168 页。傅增湘《藏园群书经眼录》第三册，卷七·子部一·儒家类，中华书局 2009 年版，第 470—471 页，亦著录。

明教堂。赖吾同志相与校订，视旧加密。二先生之书，于是乎全。时淳祐丙午，古汴赵师耕书。（麻沙本后序）

赵师耕在其后序中，明确提到了其刊刻《遗书》《外书》与文集合刊的具体刊刻地点"刻之后圃明教堂"，并且还记录了"赖吾同志相与校订"的情况。不仅没有府治刻书委托书坊刻印的任何信息，而且明确记录了是官刻，是在官府后圃内的明教堂这一建筑之中。而"同志相与校订"，也正是官府刻书，重视编辑、校勘工作的一个普遍现象。从赵师耕的后序，可以很明确确定这是一部刊刻于官府的官刻本。完全与委托书坊刻印没有任何关系。

有关刊刻地点"明教堂"，也稍作考证，四库全书本乾隆《江南通志》卷一百六十三人物志：

王苹，字信伯，吴江人。从二程子于洛为高弟，通《春秋》，视杨时犹为后进，时亦以为后来师门成就，惟苹耳。高宗驻跸，平江郡守孙祐荐其学行，宰相赵鼎复荐之，赐出身，除正字。苹奏治平三事，上深嘉其通晓世务。历著作佐郎、通判常州。晚作《论语集解》，未成而卒。宝祐初，里人沈义甫建明教堂祀苹，以陈长文、杨邦弼配，皆其弟子也。

从此条有关南宋二程弟子王苹，"宝祐初，里人沈义甫建明教堂祀苹"的情况，所建祭祀建筑即名"明教堂"可以推测，大概赵师耕后圃内的明教堂这一建筑，应该是与吴江沈义甫建明教堂具有相同性质和功能的建筑物。

在赵师耕的后序中还提到"遗书、外书，则庚司旧有之。后俱毁于乙未之火"。庚司，即路提举常平的简称。[①] 而赵师耕所任即福建路提举常平司，说明在他到任之前，已经有官刻《遗书》《外书》，只是毁于乙未之火，从时间推断应该是指宋理宗端平二年（1235）。

显然赵师耕只是延续了前任的做法，在官府刊刻了二程的著作。属于典型的地方路使刻书情况。

[①] 龚延明编著：《宋代官制辞典》，中华书局1997年版，第488页。

方文引用的第三条材料的原文：

> 咸淳三年（1267）建宁知府吴坚、刘震孙刻印祝穆的《方舆胜览》一书，据卷末祝洙跋，是委托"书铺张金瓯"刻梓。

方文没有提供文献出处。笔者在多方核查相关文献中，发现了其实际出处是祝洙为其父祝穆撰《方舆胜览》所作的跋文。但是方文的引用存在极大问题和错误。笔者核查《方舆胜览》祝洙跋全文如下：

> 先君子游戏翰墨，编辑《方舆胜览》，行于世者三十余年，学士大夫家有其书，每恨板老而字漫尔。益部二星聚临闽分，文昌实堂先生吴公漕兼府事乃遣工新之，中书朔斋先生刘公府兼漕事又委官董之。厥书克成，两先生赐也。惟重整凡例，拾遗则各附其州，新增则各从其类，合为一帙，分为七十卷。本朝名贤不敢书其讳，依文选例，谨以字书之。此皆先君子欲更定之遗意。洙又尝记先君子易簀时语："州郡风土，续抄小集，东南之景物略尽；中原吾能述之，图经不足证也。"且朗吟陆放翁绝笔之诗曰："王师北定中原日，家祭无忘告乃翁。"堂堂忠愤之志，若合符节。厥今君王神武，江东将相又非久下人者，雪耻百王，除凶千古，洙泚筆以俟，大书特书不一书，铺张金瓯之全盛，于《胜览》有光云。咸淳丁卯季春清明，孤从政郎新差监行在文思院洙谨跋。①

通读祝洙跋的全文，可以发现方文所谓"咸淳三年（1267）建宁知府吴坚、刘震孙刻印祝穆的《方舆胜览》一书，据卷末祝洙跋，是委托'书铺张金瓯'刻梓"的重大错误。在方文短短40余字的引文中，就存在几处重大错误。

首先咸淳三年（1267），不是吴坚、刘震孙刻印祝穆的《方舆胜览》一书的时间，而是刊刻完成和祝洙写跋的时间。跋文中提到的漕，即漕司，是转运司、转运使的简称。②

---

① （宋）祝穆撰、祝洙增订，施和金点校：《方舆胜览》，中华书局2003年版，第1238页。
② 龚延明编著：《宋代官制辞典》，中华书局1997年版，第482—483页。

据《福建通志》卷二十一福建转运司转运使："吴坚、刘震孙、李伯玉、黄万石、冯梦得、雷宜中、曹元发，俱咸淳间任。"《福建通志》卷二十五宋知建州军州事："吴坚、刘震孙、李伯玉、黄万石、冯梦得、雷宜中、曹元发、赵崇鐩，以上俱咸淳间任。"据李之亮《宋代路分长官通考》，吴坚任漕司时间是景定五年（1264）到咸淳元年（1265），而刘震孙任漕司时间是咸淳二年（1266）到咸淳三年（1267）。[①]

显然吴坚、刘震孙先后任职福建转运司同时兼知建州军州事，由吴坚开始刊刻《方舆胜览》，而离任的时候，尚未完成，继任的刘震孙继续刊刻并且在咸淳三年（1267）完成。因为宋代地方官任职时间短，而《方舆胜览》篇幅比较大，在前任任期内没有完成，是在后任的任期内完成的。因此，在刊刻完成后的咸淳三年（1267），祝洙写跋，特别加以感谢。

但是方文的重要错误还不在于此。方文说吴坚、刘震孙刻印祝穆的《方舆胜览》一书，"据卷末祝洙跋，是委托'书铺张金瓯'刻梓"，从上述引用祝洙跋的全文，显然是对于祝洙跋的误读。祝洙跋中"大书特书不一书铺张金瓯之全盛"，依据施和金点校，应该断句为"大书特书不一书，铺张金瓯之全盛"。这个断句，根据上下文的文义，是正确的。因为祝洙跋中记叙其父祝穆的《方舆胜览》一书，由于南宋时期北方成为敌国领土，因此有所欠缺。即四库全书提要中所说的："所述者，惟南渡疆域而已"[②]。因而引用陆游著名诗歌期盼早日收复北方失地，使残缺的金瓯重新实现"金瓯之全"。而祝洙则"泚筆以俟"等待这个时刻的到来，他要"大书特书不一书"来"铺张""金瓯之全"这一盛事。而方文显然是没有读懂原文，误断原句为"大书特书不一，书铺张金瓯……"，从而导致有"书铺张金瓯"之误解。但是，即使是误断原句，也完全看不出吴坚、刘震孙刻印祝穆的《方舆胜览》一书，与书铺张金瓯有何关系？如何祝洙跋能够成为官府委托刻书的证据？因此，方文说吴

---

① 李之亮：《宋代路分长官通考》，巴蜀书社2001年版，第880页。

② 四库全书《方舆胜览》提要：《方舆胜览》七十卷，宋祝穆撰。穆字和甫，建阳人。《建宁府志》载穆父康国，从朱子，居崇安。穆少名丙，与弟癸同受业于朱子。宰执程元凤蔡杭，录所著书以进，除迪功郎，为兴化军涵江书院山长。是书前有嘉熙己亥吕午序，盖成于理宗时。所记分十七路，各系所属府州军于下，而以行在所临安府为首。盖中原隔绝，久已不入舆图，所述者惟南渡疆域而已。

坚、刘震孙刻印祝穆的《方舆胜览》一书,"据卷末祝洙跋,是委托'书铺张金瓯'刻梓",不仅是误读祝洙跋,而且是在误读基础上的妄断。完全没有任何文献依据。

方文引用的第四条材料的原文:

> 宋周辉《清波杂志》卷四载:
> 淳熙间,亲党许仲启官麻沙,得《北苑修贡录》,序以刊行。
> 许仲启名开,字仲启,南徐(今江苏丹徒)人。干道二年(1166)进士。他是提举茶事的转运司官员,转运司设司府城,生产贡茶的北苑也在府治所在地的建安,当然不可能在远离府城数十公里的麻沙任职,但他的书却在麻沙刻印,周辉把这两件事揉在一起说,虽然说错了,但却无意中透露了府治刻书多委托麻沙书坊刻印的一点信息。

核查引文无误。① 但是即便周辉说错了,许仲启不是在麻沙任职,但是从周辉《清波杂志》原文,只能知道许仲启在建安任职的时候,为《北宛修贡录》做序,并且刊行了。我们既不知道是官刻还是坊刻,更不知道官府与书坊之间有什么关系。因此方文"无意中透露了府治刻书多委托麻沙书坊刻印的一点信息"的说法,真是不知道从何说起?

在方文中所引用的数条证明建阳书坊接受官方委托刊印书籍的材料,均属于南宋时期,即便材料无误,也仍然是反映的南宋的情况,从学术的严谨性而言,不能够简单说成宋代的普遍情况。而复核方氏引证的四条材料,不仅没有一条可以证明所刊刻书籍确为坊刻的资料,更是与官府委托书坊刻书问题风马牛不相及。不是误读(第三条),就是妄断(第一、四条),甚至将有明确的官刻记载的当成官府委托书坊刻书(第二条)。

二　北宋委托书坊刻书出版方式的创新及其相关问题考察

方氏引证的四条官府委托书坊刻书的材料虽然均不成立,但是官府委托书坊刻书的情况,在宋代则是的确存在的。笔者在检阅有关资料之时,

---

① (宋)周辉撰,刘永翔校注:《清波杂志校注》,中华书局1994年版,第154页。

查找到在陆心源《皕宋楼藏书志》中保存有明确的官府委托书坊刻书的文献证据，在其著录的刊刻《薛许昌集》十卷下，著录了张咏序：

>……薛君诗千余篇，小得全本，咸平癸卯年，余移自咸镐，再莅三川。岁稔民和，公中事简。会同列引满酬诗，因议近代作者，合出薛集。谨将十本。五言七言二韵至一百韵，凡得四百十八篇。爰命通理太常博士王好古、太子中允乞伏矩、节度推官韦宿、从长参校。依旧本例，编为十卷，授鬻书者雕印行。用字未尽精，篇亦颇略。与夫世传讹本深有可观。宿年乙巳秋八月□日枢密直学士尚书刑部侍郎知益州兼兵马钤辖张咏序。①

咸平癸卯为宋真宗咸平六年（1003），乙巳为宋真宗景德二年（1005）。在张咏为《薛许昌集》所作的序中，张咏记叙了他"命通理太常博士王好古、太子中允乞伏矩、节度推官韦宿、从长参校。依旧本例，编为十卷"，完全是官刻书籍在刊刻之前，进行认真编辑、校勘的普遍做法。然而书籍校订完成之后，却没有在官府刊刻，而是"授鬻书者雕印行"。这是确凿无误的官府委托书坊刻书并且发行的文献证据。张咏委托书坊刊刻的《薛许昌集》十卷，应该为张咏任职所在地的成都书坊刻本。

这一宋真宗景德二年（1005）张咏为刊刻《薛许昌集》撰写的序，作为北宋出版史的重要文献，确凿无疑地反映了北宋时期官府委托书坊刻书的情况。

在方文中所引用的四条材料，均属于南宋时期，即便材料无误，也仍然是反映的南宋的情况，而不能够简单说成宋代的普遍情况。而張咏委托书坊刊刻的《薛许昌集》十卷，则在时间上是反映了北宋时期刻书、出版的重要历史事实。并且从委托刻书的比较具体的过程、环节和流程上，也大致反映出是由官府首先编辑、校勘，然后委托书坊雕版、印刷和发行。后面的这几个印刷出版环节，是交由商业性书坊来承担和完成的。

宋陈振孙撰《直斋书录解题》卷十九诗集类上著录有：

---

① （清）陆心源：《皕宋楼藏书志》卷六九，《宋元明清书目题跋丛刊》第七册，中华书局2006年影印版，第789—790页，上。按：万曼：《唐集叙录》，中华书局1980年版，第295—297页。所引张咏序，"小得全本"做"不得全本"，"会同列引满酬诗"做"会刘列引满酬诗"。与笔者所引刻本不同，不知何据。

《薛许昌集》十卷

唐许昌节度使薛能撰,会昌六年进士。①

所著录的《薛许昌集》十卷,与张咏委托书坊刊刻的《薛许昌集》十卷合,或许就是这个刻本。宋释文莹撰《湘山野录》卷中:

舒州祖山因芟薙萝蔓得一诗,刻在峭壁,乃杜牧之《金陵怀古》也,曰:"玉树歌沈王气终,景阳兵合曙楼空。梧楸远近千家冢,禾黍高低六代宫。石燕拂云晴亦雨,江豚翻浪夜还风。英雄一去豪华尽,惟有江山似洛中。"遍阅集中无之,必牧之之作也。又《薛许昌集》中见之。

文莹所见的《薛许昌集》,或许也是这个刻本。

官府委托书坊刻书,一是可以大量节省人力、物力和精力;二是可以大大降低印刷成本。而这两个方面都可以减少政府的财政支出,的确是一个省时、省力和省钱的好的刻书方式。

事实上,北宋时期,已经比较成熟和发达的商业性书坊刻书,比如成都、汴京、杭州等地,特别是成都,从历史文献和考古出土实物两个方面,都反映了从晚唐五代以来,其商业性书坊印刷、出版就已经十分发达。根据现存的古代文献和印刷实物,比如现存的成都龙池坊卞家刻印之《陀罗尼经咒》和剑南西川成都府樊赏家历可为实证。1944年4月,在成都望江楼附近的一座唐代墓葬中出土了晚唐时期印刷的《陀罗尼经咒》一件,印本中央为一小方栏,栏中刻一菩萨坐于莲座之上,六臂手中各执法器。栏外围绕刻一种梵文,咒文外又雕双栏,其中四角各刻菩萨像一,每边各刻菩萨像三,而间以佛教供品的图像。印本右边首题汉文一行:"成都府成都县□龙池坊□□□近卞□□印卖咒本□□□……"等字。字体圆活秀劲,具有唐人书法的风格。清光绪三十三年(1907),英国人斯坦因(Mark Aurel Stein,1862—1943),从我国敦煌千佛洞盗走的大批古代珍贵敦煌文献中,有浅黄色历书残页一张,系雕版印刷,长26厘米、

---

① (宋)陈振孙撰,徐小蛮、顾美华点校:《直斋书录解题》,上海古籍出版社1987年版,第572页。

宽8厘米，页上印有"剑南西川成都府樊赏家历"及"中和二年"等字样。这是唐代僖宗中和二年（882）在成都由樊赏私家刻印发售的历书。唐僖宗广明二年（881）避黄巢之乱，入蜀至成都避难，是年七月，改元为中和元年，樊赏家历正是唐僖宗在成都时候刻印的。而在唐僖宗中和三年（883）时，随唐僖宗入蜀的中书舍人柳玭，在其《柳氏家训序》中称："中和三年癸卯夏，銮舆在蜀之三年也，余为中书舍人。旬休，阅书于重城之东南，其书多阴阳杂记、占梦相宅、九宫五纬之流。又有字书，小学，率雕版印纸，浸染不可尽晓。"柳玭的文字纪实，已经为出土文物所证实。

成都在五代时是蜀的首都，宰相毋昭裔曾大力提倡刻书，"出私则一百万，营学馆，且请刻板印九经，蜀主从之。由是蜀中文学复盛……九经传布甚广。"宋人笔记《爱日斋丛抄》卷一中记载：

《通鉴》：后唐长兴三年二月"辛未，初令国子监校定《九经》，雕印卖之"。又云："自唐末以来，所在学校废绝，蜀毋昭裔出私财百万营学馆，且请刻板印九经，蜀主从之，由是蜀中文学复盛。"又云："唐明宗之世，宰相冯道、李愚请令判国子监田敏校定《九经》，刻板即卖，朝廷从之。后周广顺三年六月丁巳，板成，献之，由是虽乱世，《九经》传布甚广。"此言宰相请校正《九经》印卖，当是前长兴三年事，至是二十余载始办。田敏为汉使楚假道荆南，以印本《五经》遗高从诲，意其广顺以前，《五经》先成。王仲言《挥麈录》云："毋昭裔贫贱时，尝借《文选》于交游间，其人有难色。发愤，异日若贵，当板以镂之，遗学者。后仕王蜀为宰，遂践其言，刊之。印行书籍，创见于此，事载陶岳《五代史补》。后唐平蜀，明宗命太学博士李锷书《五经》，仿其制作，刊板于国子监，为监中印书之始。"仲言自云："家有锷书印本《五经》，后题长兴二年。"今史云：三年，中书奏请依石经文字刻《九经》印板，从之。又他书记冯道取西京郑覃所刊石经，雕为印板，则非李锷书，仿蜀制作，或别本也。《金石录》又云："李鹗，五代时仕至国子丞，《九经》印板多其所书，前辈颇贵重之。"鹗即锷也。《猗觉寮杂记》云："雕印文字，唐以前无之，唐末益州始有墨板，后唐方镂《九经》，悉收人间所收经史，以镂板为正，见《两朝国史》。"此则印书已始自唐末矣。

按柳氏《家训》序："中和三年癸卯夏，銮舆在蜀之三年也，余为中书舍人。旬休，阅书于重城之东南。其书多阴阳、杂说、占梦、相宅、九宫、五纬之流，又有字书小学，率雕板印纸，浸染不可尽晓。"叶氏《燕语》正以此证刻书不始于冯道，而沈存中又谓："板印、收籍，唐人尚未盛为之，自冯瀛王始印《五经》，自后典籍皆为板本。"大概唐末渐有印书，特未能盛行，遂以为始于蜀也。当五季乱离之际，经籍方有托而流布于四方，天之不绝斯文，信矣！

张咏委托书坊刊刻《薛许昌集》十卷于蜀中，正是在这样的文化和印刷史背景下产生的。

北宋委托书坊刻书的重要史料，除了上述张咏委托书坊刊刻的《薛许昌集》十卷实例之外，笔者还在张金吾《爱日精庐藏书志》中发现了一条在迄今宋代印刷出版史研究的论著中尚未被发现、注意、引用和研究过的一条北宋委托书坊刻书的重要出版史资料。而在这一重要出版史料中，北宋时期委托书坊刻书的出版文化现象，再次得到证实：

  南华真经新传二十卷　　旧抄本
  宋王雱元泽传
  无名氏刊板序曰：王元泽待制庄子旧无完解，其见传于世者，止数千言而已。元丰中，始得完本于西蜀陈襄氏之家。其间意义渊深，言辞典约，向之无说者，悉皆全备焉。予是时锐意科举，思欲独善，遂藏箧笥。盖有岁年。前一日宾友谓予曰："方今朝廷复以经术造士，欲使体现皆知性命道德之所归。而庄子之书实载斯道，而王氏又尝发明奥义，深解妙旨。计其为书，岂无意于传示天下后裁哉。今子既得王氏之说，反以秘而不传，则使庄氏之旨，终亦晦而不显也。与其独善于一身，曷若其传于天下，与示后世乎？"予敬闻其说，乃以其书，亲加校对，以授于崔氏之书肆，使命工刊行焉。丙子岁季冬望日序。①

---

① （清）张金吾：《爱日精舍藏书志》卷二八，道家类，《宋元明清书目题跋丛刊》第七册，中华书局 2006 年影印版，第 510 页，上。按：此本后被陆心源收藏，著录于陆心源《皕宋楼藏书志》卷六六，道家类，《宋元明清书目题跋丛刊》第七册，中华书局 2006 年影印版，第 744—745 页。

这是一条北宋委托书坊刻书的重要出版史料。从无名氏刊板序中，无法明确判断是私人委托书坊刻书还是官府委托书坊刻书。但是北宋时期委托书坊刻书情况的证实，特别是在委托出版的环节、流程方面，先由委托人编辑、校勘好之后，委托给商业性书坊进行刊刻和出版、发行，其完整的刻书过程则同样是明确、清晰的。与张咏委托书坊刊刻的《薛许昌集》十卷的情况完全相同。

而这位无名氏的委托人在其为刊刻王雱《南华真经新传》的序中所传达的文化信息，尚且不仅是充分印证了北宋委托书坊刻书的出版文化史实，而且反映了何以彼时刊刻此书的历史文化语境。

按：在北宋神宗元丰（1078—1085）之后的丙子岁，应该为1096年，宋哲宗绍圣三年丙子，而这也符合当时的历史情况。哲宗改元绍圣（1094—1098），就是要接续宋神宗进行的改革。此条无名氏刊板序，不仅是北宋印刷史、出版史上的一条重要文献资料，而且也真实记录和反映了北宋从元丰到绍圣这一时期相关的政治与科举方面的历史情况。

北宋从元丰到绍圣这一时期，虽然只有短短的20年左右的时间，却在政治上经历了从宋神宗全力支持下的王安石变法与新党的全面得势与旧党的退隐；宋哲宗前期元祐（1086—1094）时期高太后听政，司马光为首的旧党重新上台，全面否定王安石变法；再到宋哲宗独立亲政改元绍圣（1094—1098），新党重新上台，贬斥旧党，恢复王安石变法的反复。[①]

宋神宗时期，王安石变法的重要内容之一就是科举考试的变革，罢诗赋而专用经义。宋哲宗元祐时期高太后听政，以司马光为首的旧党的重新上台，全面否定王安石变法，科举考试也恢复诗赋取士。到宋哲宗独立亲政改元绍圣，新党重新上台，贬斥旧党，恢复王安石变法，而在科举取士上又罢诗赋而专用经义。这一历史情况在南宋时期不同类型的文献中均有所反映。宋李心传撰《建炎杂记》甲集卷十三《四科》条：

> 祖宗以来，但用词赋取士。神宗重经术，遂废之。元祐兼用两科，绍圣初又废。[②]

[①] 陈振：《宋史》，上海人民出版社2003年版，第258—259页。邓小南：《祖宗之法：北宋前期政治述略》，生活·读书·新知三联书店2006年版，第440—448页。何忠礼：《宋代政治史》，浙江大学出版社2007年版，第171—216页。

[②] （宋）李心传：《建炎以来朝野杂记》甲集卷十三四科，中华书局2000年版，第261页。

这是南宋著名史家的历史记录。而宋周必大撰《文忠集》卷二十《苏魏公文集后序》云：

> 至和、嘉祐中，文章尔雅，议论正平，本朝极盛时也。一变而至熙宁、元丰，以经术相高，以才能相尚，回视前日，不无醇疵之辨焉。再变而至元祐，虽辟专门之学，开众正之路，然议论不齐，由兹而起。又一变为绍圣、元符，则势有所激矣。盖五六十年之间，士风学术凡四变，得于此必失于彼，用于前必黜于后，一时豪杰之士，有不能免，况余人乎。①

这是南宋著名历史学家兼学者，从北宋学术史的发展角度，叙述的科举内容变化影响学术发展的情况。而宋葛立方撰《韵语阳秋》卷五中记录：

> 荆公以诗赋决科而深不满诗赋……熙宁四年，既预政，遂罢诗赋，专以经义取士。盖平日之志也。元祐五年，侍御史刘挚等，谓治经者专守一人而略诸儒传记之学，为文者惟务训释而不知声律体要之词，遂复用诗赋。绍圣初，以诗赋为元祐学术，复罢之。②

这是南宋诗人兼文学理论家，从北宋文学发展的角度，反映的科举变迁影响文学的情况。

两宋进士科举考试的诗赋与经义之争，延续数朝，争议颇大。③

而刊板序中所谓"得完本于西蜀陈襄氏之家"，也有可能得完本之后即刊刻于蜀中。

清人徐松辑《宋会要辑稿》册五六《崇儒》五《献书升秩》条，记录了宋哲宗独立亲政改元绍圣的第二年（1095）印刷、出版情况：

> 正月十七日，国子司业龚原等言，故相王安石在先朝尝进《尚

---

① （宋）周必大：《文忠集》卷二十《苏魏公文集后序》，四库全书版。
② （宋）葛立方：《韵语阳秋》卷五，上海古籍出版社1979年景宋本，第67—68页。
③ 详细情况，参考祝尚书《宋代进士科考试的诗赋经义之争》，载祝尚书《宋代科举与文学考论》，大象出版社2006年版，第190—205页。

书洪范传》，解释九畴之义，本末详备，乞雕印颁行，以便学者。从之。

三月九日，龚原言，赠太傅王安石在先朝尝进其子雱所撰《论语孟子义》，（乞）取所进，木雕印颁行。

十一月八日，龚原请下王安石家，取所进《字说》雕印，以便学者传习。从之。①

傅增湘撰《藏园群书题记》中著录了这个版本：

> 宋蜀刻安仁赵谏议本南华真经注跋
> 此南宋初蜀中刊本，半叶九行，行十五字，注双行三十字，白口，左右双栏，版心鱼尾下记"庄一""庄二"等字。
> 末卷有牌子二行，文曰："安仁宅赵谏议刊行一样口子。"②

正是在这个背景下，新学的著作开始得到刊刻。王雱撰《南华真经新传》正是在这个政治、学术和出版背景下，在宋哲宗绍圣三年丙子（1096），刊刻出版的。无名氏序中所谓"方今朝廷复以经术造士，欲使体现皆知性命道德之所归"云云，就真实反映了宋哲宗绍圣时期，科举变迁的历史事实。

《南华真经新传》自序：

> 自序曰：世之读庄子之书者，不知庄子为书之意，而反以为虚怪高阔之论。岂知庄子患拘近之士不知道之始终而故为书而言道之尽矣。夫道不可尽也，而庄子尽之非得已焉者也。盖亦矫当时之枉而归之于正，故不得不高其言而尽于道，道之尽则入于妙，岂浅见之士得知之，宜乎见非其书也。吾甚尚不知庄子之意，故因其书而解焉。

关于《南华真经新传》的内容、特点与学术价值，四库全书的提要

---

① （清）徐松：《宋会要辑稿》册五六《崇儒》五《献书升秩》条，中华书局1957年版，第2260页。相关研究参考宿白《唐宋时期的雕版印刷》，文物出版社1999年版，第42页。

② 傅增湘：《藏园群书题记》，上海古籍出版社1989年版，第512—514页。

有论述：

> 《南华真经新传》二十卷，宋王雱撰。雱字符泽，临川人，王安石子也。未冠登进士，累官龙图阁直学士，事迹附见宋史安石传。是书体例署仿郭象之注，而更约其词，标举大意不屑屑诠释文句。大旨谓内七篇皆有次序纶贯，其十五外篇十一杂篇不过藏内篇之宏绰幽广。故所说内篇为详。……史称雱睥睨一世，无所顾忌，……顾率其傲然自恣之意与庄周之滉漾肆论，破规矩而任自然者，反若相近，往往能得其微旨。孙应鳌序谓取言不以人废，谅矣。

宋代商业发达、繁荣，而且官商发展，委托方式是在宋代发展的比较成熟的商业形式。①

北宋时期，国子监作为国家刻书机构，就已经出现了大量下杭州刊刻的情况。北宋咸平三年（1000）校刻史书，其中《新唐书》校完之后并没有立即刻版，直至嘉祐五年（1060）才送国子监下杭州镂版。据王国维考证，北宋监本《周礼疏》《礼记疏》《春秋穀梁传疏》《孝经正义》《论语正义》《尔雅疏》《书义》《新经诗义》，以及前《七史》《资治通鉴》等也都是下杭州镂板的。王国维《两浙古本考序》中说"国子监刊书若'七经正义''史汉三史'，若'南北朝七史'、若《唐书》、若《资治通鉴》、若诸医书，皆下杭州镂板。北宋监本刊于杭者，殆居泰半"。②据王国维《五代两宋监本考》所记载者统计，北宋监本有118种、约6800卷，其中下杭州刻印的有23种、1600余卷，占全部监本的1/4或1/5，可能当时下杭州刻印的监本之数要大于此。监本下杭州雕造，国子监一般还派员监督，如宋本《仪礼疏》题记云"通直郎守太子洗马国子监直讲骑都尉杭州监雕印板臣王焕"。此显是为保证雕印质量而采取的措施。

据《续资治通鉴长编》卷二二六载："熙宁八年（1075）七月，诏以新修经义付杭州、成都府转运司镂版，所入钱封椿库，半年一上中书，禁

---

① 参考姜锡东《宋代商人和商业资本》，中华书局2002年版，第46—51页。可惜该书没有注意到宋代委托经营中，还有官府委托书坊刻书这一委托经营方式。

② 王国维：《五代两宋监本考》卷下，《两浙古本考序》，载王国维《海宁王静安先生遗书》第34—35册，上海商务印书馆1940年版。

私印及售之者，杖一百，许人告，赏钱一百千。从中书礼房请也。"

国子监作为国家下杭州等地刊刻书籍，显然就是一种官方形式的委托刻书，只是这种委托形式，是由中央政府委托地方政府的方式。地方官刻或者私人刻书，委托当地商业性书坊，或许就是借鉴了这种刻书方式。

委托书坊刻书，也反映了市场经济条件下商业性书坊日益繁荣和在刻书领域所具有的专业化、较高的效率、较低的成本等优越性。

当然，商业性书坊接受委托刻书的更为具体的细节、流程，特别是其中十分重要的经费问题等，在上述文献中，不仅是十分简略的，而且像经费这样重要的问题，则完全没有涉及。这不免是一种遗憾。而南宋时期周必大刊刻大型类书《文苑英华》的有关出版史料，则提供了更为详细的委托刻书的出版过程与细节，而且还涉及了出版经费等重要问题，不仅可以提供南宋时期委托刻书的实证与细节，部分弥补上述遗憾，而且还提供了重要的迄今为止笔者所发现的独一无二的问题——出版经费方面的重要出版史料。精加校勘，写手上版，督责雕版，周必大显然一方面充分利用了中央官府刻书在编辑、校勘方面的成功经验，另一方面也充分利用了商业性书坊在雕版、印刷和出版方面的专业化、职业化和与官刻、家刻相较在成本上更为低廉的优势。①

笔者新发现的这些印刷史、出版史史料，也冲击和动摇了中国印刷史、出版史研究传统的家刻与坊刻的划分与区别的刻书分类体系，甚至动摇了官刻与私刻（坊刻、家刻）之间传统分类的三大刻书体系的明确界线。

研究所发现的新的委托书坊刻书的出版方式，打破了传统中国印刷史、出版史刻书三大体系的分类模式和划分体系，挑战了传统的刻书划分标准。传统的刻书分类体系，其出版主体的界线是明确、清晰的，官刻的刻书主体是官府，刻书费用由官府承担。家刻的刻书主体是家塾，刻书经费由家庭承担。而坊刻的刻书主体是书坊，刻书费用由书坊承担。而在本文研究发现的新型的委托书坊刻书，这种从北宋就开始存在的书籍刊刻、出版方式中，其界线就不再明确和清晰了。官府委托，是属于官刻还是坊刻？私人委托，是属于家刻还是坊刻？显然，它既非传统典型意义上的官

---

① 参考刘方《周必大刊刻〈文苑英华〉在宋代出版史上的方式创新与贡献》一文，已经收入本书。

刻，也非传统典型意义上的家刻或者坊刻，而是一种合作、委托的混合的刻书方式。其具体的详细流程，特别是最为关键和核心的刻书经费、雕刻的书版及其所印书籍的所有权等核心问题，尚需要下功夫查找文献史料，进行认真和细致的研究。

北宋委托书坊刻书，一方面反映了官、私刻书的多种方式的存在，打破了长期以来对于宋代官刻、家刻的固定认识，无疑是宋代印刷、出版史研究的一个重要新发现。另一方面也反映了宋代市场经济条件下，商业性书坊日益繁荣，书坊在刻书领域所具有的专业化、较高的效率、较低的成本等某些优越性，对于重新认识和评价宋代书坊刻书，也同样具有重要意义。

周必大刊刻《文苑英华》在宋代出版史上的方式创新与贡献

周必大在刊刻《文苑英华》的过程中，在刊刻方式上突破常规，采用了集家刻和坊刻优势为一身的新型家刻与委托结合的方式，充分发挥了不同刻书体系的各自优势，并在刊刻印刷上采用了活字印刷的新技术，在印刷与出版两个方面，可谓皆有创新与贡献，笔者在此发覆周必大刊刻《文苑英华》的真相，可对中国印刷、出版史研究刻书系统的固有分类模式进行重新认识。

《文苑英华》是北宋太宗时期诏修的与另外两部类书《太平广记》《太平御览》并称的三大著名类书之一，由当时的官员李昉等人编纂，太平兴国七年（982）开始撰修，雍熙三年（986）完成。然而《文苑英华》在宋代的出版却历经磨难，而最终能够出版，周必大可谓厥功甚伟。

宋太宗诏修《文苑英华》完成之后，又经过了宋真宗时期两次校勘，可是不久一场宫廷大火，将书稿焚毁。[①]

到了宋室南渡，宋孝宗时期又一次校勘《文苑英华》，而这一次起因则与周必大的提议有关，周必大在为其刊刻《文苑英华》所撰写的序中说道：

> 孝宗皇帝间闻圣谕欲刻江钿《文海》，臣奏其去取差谬不足观，帝乃诏馆职裒集《皇朝文鉴》，臣因及《英华》虽秘阁有本，然舛误

[①] 李致忠：《关于〈文苑英华〉》，《文献》1997年第1期，第3—19页。

不可读。①

但是，校勘的结果引起周必大的极大不满，对于官府校勘结果的不满，也成为日后周必大独力刊刻《文苑英华》的一个重要动机。

关于周必大刊刻《文苑英华》，自民国以来已经发表了多篇研究或介绍的论文，其中尤以傅增湘先生《校本〈文苑英华〉跋》和李致忠先生《关于〈文苑英华〉》二文，堪称力作。傅增湘先生的长文主要讨论了一是《文苑英华》的刊刻与版本流传情况，二是宋代关于《文苑英华》的编辑和数次校勘情况，三是傅增湘先生于1937年九月始为雠校，历近二载，利用藏园聚宋、明诸本，对明刊之讹误细加校勘的情况。② 李致忠先生《关于〈文苑英华〉》一文，对《文苑英华》的编纂过程、周必大重刊《文苑英华》的主要原因、校勘过程，《文苑英华》的历代版本及其宋版《文苑英华》的流传情况与版本价值做出了精当的评价。③ 傅增湘、李致忠二文在围绕周必大刊刻《文苑英华》的研究上，集中于从文献学和版本学角度，研究周必大编辑、校勘《文苑英华》的情况。近年来一些相关文章，基本未出这一研究范围。④

---

① （宋）周必大撰：《文忠集》卷五十五，四库全书本。
② 关于宋刊本《文苑英华》的编辑、刊刻及傅增湘先生对明刊之讹误细加校勘的详细情况，参考傅增湘《校本〈文苑英华〉跋》，见傅增湘撰：《藏园群书题记》，上海古籍出版社1989年版，第895—905页。
③ 李致忠：《关于〈文苑英华〉》，《文献》1997年第1期，第3—19页。又李致忠《昌平集》上海古籍出版社2012年版，第674—676页。
④ 凌朝栋《〈文苑英华〉研究》一书中对《文苑英华》编辑、版本情况的介绍，是基于傅增湘、李致忠二文基础上并有一些补充。而谷敏《周必大与〈文苑英华〉》《周必大与〈文苑英华〉的校勘》二文虽然观点与李致忠有异，但是所讨论、研究的问题，不出傅增湘、李致忠二文范围。此外，关于周必大综合性的研究主要有香港大学周莲弟于2001年完成的博士学位论文《周必大研究》，以及浙江大学杨瑞于2007年完成的同题博士学位论文《周必大研究》。前者侧重于周氏的政治成就，后者侧重于周氏的文学成就，对其文献学成就均关注不多。尚有张丽娟、程有庆《宋本》和王桂平《家刻本》等几篇简要介绍周必大刊刻《文苑英华》的文章，系据傅、李二文的知识简介，并非专门的研究。凌朝栋：《〈文苑英华〉研究》，上海古籍出版社2005年版，第6—74页。谷敏：《周必大与〈文苑英华〉》，《兰州学刊》2005年第6期。谷敏：《周必大与〈文苑英华〉的校勘》，《北京行政学院学报》2009年第4期。张丽娟、程有庆：《宋本》，江苏古籍出版社2002年版，第60—61页。王桂平：《家刻本》，江苏古籍出版社2002年版，第62—63页。

本文利用笔者所发现的一些新的材料,力图将有关问题研究得更为深入和细致;另外,突破原有研究的局限,更为充分地利用这批十分珍贵的材料,研究更多的新问题。陈寅恪先生曾经指出:"一时代之学术,必有其新材料与新问题。取用此材料,以研求问题,则为此时代学术之新潮流。"① 而在新材料与新问题上,笔者以为新问题更为重要,没有新问题,新材料不过成为老问题的补充。类似20世纪四大新材料的发现这样大规模的新材料的发现,几乎是不可能再现的,重要的零星新材料的发现,也往往是可遇而不可求的事情。而带着问题意识提出的学术新问题、新的学术眼光和新的研究视域,以及一些过去被忽略,或者没有认识其价值,或者因为扩大视域而进入视野的材料,成为相对于旧有研究的新材料。而在一个传统的比较成熟的基础研究领域,更多的新的学术突破的常态,恰恰是在具有新问题的情况下发生的。陈寅恪对于元、白新乐府、唐代政治史、隋唐制度史和柳如是的经典研究,就都是在利用习见文献的基础上以新的问题意识、新的学术眼光进行研究取得的。

同时,学术的突破,也来自对于既有学科研究视域与角度的突破和超越。保罗·德·曼曾十分精辟地指出,批评家只有借助某些盲视才能获得洞见。在这个意义上,德·曼以为洞见寓于盲视之中。② 对于德·曼的精辟洞见,我们也可以反过来思考:不同的学术思想、方法论都能够由一个独特的视角中产生洞见,但同时也自有其局限与盲视。因此,尽量去吸收、借鉴现代多学科思想及其多种方法论所提供给我们的多维视角,去挖掘深蕴在历史文献之中的未发的意蕴,便是十分有必要的了。正如当代德国比较文化与哲学学会主席 R. A. 马尔所说的:"危险的错误仅仅在于有限目光的排他性。"③

特定的学科研究视域,制约和限定了有限研究视角。

文献学、版本学特定的学科研究视域,形成了傅增湘、李致忠等关于南宋周必大刊刻《文苑英华》的精辟研究成果,然而,这一特定的学科研究视域也制约和限定了有限的研究视角。

---

① 陈寅恪:《陈垣敦煌劫余录序》,载陈寅恪《金明馆丛稿二编》,上海古籍出版社1980年版,第236页。

② [美]保罗·德·曼:《解构之图》,李自修等译,中国社会科学出版社1998年版。

③ [德] R. A. 马尔:《现代、后现代与文化的多元性》,《国外社会科学》1995年第2期。

本文力求通过跨学科研究视域，穿越学科隔阂，吸取多学科相关研究成果，从而以新的问题意识和研究视域，通过详细考证和细致研读宋代有关周必大刊刻《文苑英华》的相关出版文献，揭示周必大刊刻《文苑英华》成功之谜。

从北宋到南宋，几代皇帝发起，希望能够将《文苑英华》出版，然而均功亏一篑。而南宋江西致仕在家的官员周必大，却以其风烛残年，举个人之力，完成了刊刻类书《文苑英华》一千卷这一印刷出版史上的在当时可谓一个大工程的印刷出版工作，在中国出版史上首次印刷出版了《文苑英华》这一著名文学类书，而且印刷精美，校勘精细，实为印刷出版史上的上乘之作。同时也取得了文献、校勘领域的重要成果。而周必大也在《文苑英华》出版的当年即离世，印刷出版《文苑英华》成为他最后的名山事业。周必大以一人之力，在垂暮之年，能够完成这一工程，实属不易，傅增湘先生曾经甚至认为宋版《文苑英华》："似此煌煌钜编，工艰费广，当为官刊之定本。"[①] 虽然今日研究者大多将其归为家刻典范，但是周必大是如何完成这一对于个人而言看似不可能完成的任务，从未有人深究。但是探索其背后的原因，却隐藏了周必大在印刷与出版两个方面，对于宋代印刷出版事业的发展，都形成了创新与贡献的秘密。

那么何以皇帝以举国之力数度计划而终未实现，周必大以退休年迈之人，却能够完成这一工程？考索史迹，探索存世印刷文献，最终发现这一秘密的根源在于两个方面：一方面是周必大在印刷阶段的革新，采用了新的印刷技术——活字印刷；另一方面是在出版阶段的革新，采用了家刻与委托结合的联合出版的方式。

周必大刊刻《文苑英华》，在刊刻方式上突破常规，采用了活字印刷的新技术，在出版方式上进行创新，采用了集家刻和坊刻优势为一身的新型家刻与委托结合的方式，充分发挥了不同刻书体系的各自优势，创新了出版模式。正是这两个方面的创新，成为周必大刊刻《文苑英华》成功的保证。而这一研究发现，不仅可以发覆南宋周必大刊刻《文苑英华》的出版历史的真相，而且对于宋代印刷史和出版史是一个重要的新发现和补充。这一重要的新发现和补充，也突破了长期以来对于宋代官刻、家刻与坊刻的固定认识，对于中国印刷、出版史研究刻书系统的固有分类模式

[①] 傅增湘：《藏园群书题记》，上海古籍出版社1989年版，第902页。

形成了挑战。

一　周必大刊刻《文苑英华》获得成功所需要攻克的两个难题

周必大刊刻《文苑英华》所面临的第一大难题，就是一千卷《文苑英华》印刷出版所需要的巨额资金如何解决。

因为相关资料的匮乏，中国古代印刷成本问题，按照美国研究中国印刷史的汉学家周绍明的说法，是一个"长久以来困扰着西方学者"的问题，当然也同样是长久以来困扰着中国学者的问题。

首先是"总是有许多杂费，起初无法计算"，更令人烦恼的是在印刷的各个阶段的各个方面都有许多变量，构成了一堆纠缠不清的数字和价格，难以就价格以及由此带来的雕版与活字印刷相对成本方面的关键问题作出任何清晰的结论。①

我们可以从宋代印书史料的一些相关文献，进行一些推断。叶德辉《书林清话》卷六记载：

> 淳熙三年，舒州公使库刻本州军州兼管内劝农营田屯田事曾穜《大易粹言》，牒文云："今具《大易粹言》壹部，计贰拾册。合用纸数印造工墨钱下项：纸副耗共壹仟叁百张，装背饶青纸叁拾张，背青白纸叁拾张，棕墨糊药印背匠工食等钱共壹贯伍百文足，货板钱壹贯贰百文足，库本印造见成出卖，每部价钱捌贯文足。右具如前。淳熙三年正月日雕造，所贴司胡至和具。"……又旧钞本宋孔平仲《续世说》十二卷，前有记二则。……"今具印造《续世说》一部，计六册，合用工食等钱如后：一印造纸墨工食钱，共五百三十四文足，大纸一百六十五张，计钱三十文足，工墨钱计二百四文足；一裱褙青纸物料工食钱，共二百八十一文足，大青白纸共九张，计钱六十六文足，面蜡工钱计二百一十五文足，以上共用钱八百一十五文足。右具在前。"……"今具雕造《小畜集》一部，共捌册，计肆佰叁拾贰版。合用纸墨工价下，印书纸并副板肆佰拾捌张，表背碧青纸壹拾壹

---

① [美] 周绍明：《书籍的社会史》，何朝晖译，北京大学出版社2009年版，第17页。

张,大纸捌张,共钱贰佰陆拾文足。赁板棕墨钱伍百文足,装印工食钱肆佰叁拾文足,除印书纸外共计壹贯壹佰叁拾陆文足。见成出卖,每部价钱伍贯文省。右具如前。绍兴十七年七月。"①

根据上述有关记载,可以计算出:

宋绍兴十七年(1147)黄州刻《王黄州小畜集》30卷共8册,成本计1贯396文足。平均每册成本142文足,每卷成本37.9文足。

绍兴二十七年(1157)沅州公使库重修整雕补到《续世说》1部,12卷,成本815文足。平均每卷成本67.9文足。

淳熙三年(1176),舒州公使库刻《大易粹言》1部,计20册,成本计2贯700文足。平均每册成本是135文足。

另外,叶德辉《书林清话》还记载了宋代印刷《汉隽》、《会稽志》和《二俊文集》的成本,由于记载成本项目不完整,无法计算全部成本,从略。

按照年代编排,每册成本价钱是142文足、135文足。而每卷成本是37.9文足、67.9文足。

《文苑英华》印刷的时间为嘉泰四年(1204),计1千卷,150册。考虑南宋物价不断上升的情况,其印刷成本,不会低于上述价格。按照上述每册成本价钱135文足,则《文苑英华》150册成本为20贯250文足。如果依照每册成本142文足,则《文苑英华》150册成本为21贯300文足。如果按照上述最低每卷成本37.9文足,则《文苑英华》1千卷成本为37贯900文足。就是按照低价计算,则每部《文苑英华》印刷成本就是20贯250文足。即便考虑到如此大部头著作,不可能像王琪印杜工部集那样上万部,就是以100部计,仅印刷成本一项费用就是2025贯以上。

20贯250文足、2025贯,这是一些什么费用概念?让我们以宋代官员的俸禄来具体化一下这些数字的意义。根据何忠礼的研究,北宋初期官员的俸禄,一半在10贯每月以下。② 因此,印刷一部《文苑英华》的成本20贯250文足,是宋代多数官员2个月的俸禄,也是宋代普通家庭4

---

① 叶德辉:《书林清话》,中华书局1959年版,第143—145页。
② 何忠礼:《宋代官吏的俸禄》,《历史研究》1994年第3期,第102—115页。

个月的生活费用。① 就是印刷 100 部《文苑英华》，仅印刷成本一项费用就是 2025 贯以上，是宋代多数官员大半生的全部俸禄收入，而这还是在不考虑实际上官员所要涉及的丁忧、守阙等情况。

但是，事实上，印刷成本还远不止如此。因为上述计算成本各项中，有一项为赁板钱，正如有研究者分析指出的：

> 赁板钱是欲印书者向书板拥有者租赁雕版所支付的租金，而非雕版的开支和费用。《书林清话》卷六将上述物料工食和赁板钱视为刻印工价是十分错误的。从生产费用或成本的角度来说，赁板钱应是书板这一固定资产的折旧，一般是根据书板的原始价值及报废时的清理费和残值，按预计使用期限平均计算的。②

而周必大刊刻《文苑英华》自然无法租赁雕版，而只能够自己雕版。根据学者研究，在已知赁板钱和预计书板使用期限的条件下，可以推知书板的原始价值，推算出南宋六书的书板价格分别为：《小畜集》576000 文足，《续世说》441000 文足，《大易粹言》1800000 文足，《汉隽》150000 文足，《二俊文集》279000 文足，《会稽志》1221000 文足。页均书板价格分别为：《小畜集》1333.333 文足，《续世说》1395.570 文足，《大易粹言》1417.323 文足，《汉隽》961.539 文足，《二俊文集》1182.203 文足，《会稽志》5226.250 文足。平均1302.703 文足。③

如果以此结果进行推算，《文苑英华》1000 卷，正文 5252 页，④ 则《文苑英华》的书板价格将达到 6841796 文足，是按照赁板钱计算的三倍。

刊于南宋绍兴、嘉泰间六书的页均印造价为 3.367 文足。则每部《文苑英华》的总印造价 17683.484 文足。

根据周绍明的研究，"雕版印刷的四个阶段——誊写、刊刻、刷印和

---

① 参考程民生《宋代物价研究》，人民出版社 2008 年版，第 557—572 页。
② 周生春、孔祥来：《宋元图书的刻印、销售价与市场》，《浙江大学学报》（人文社会科学版）第 40 卷第 1 期 2010 年 1 月，第 36 页。
③ 同上书，第 38 页。
④ 《文苑英华》，中华书局 1966 年影印本，其中宋刻本 140 卷，明刻本 860 卷。

装订",而其中"刻工工资在这个雕版印刷项目中是主要的成本开支"。①何朝晖研究认为,"除去稿酬开支,据笔者估算刊版成本约占整个生产成本的75%左右"。周启荣研究认为:"雕版书印刷成本中比例最大的是刻工的雕刻费用和雕版木料、纸张的费用。"而"除刻工与刻板的费用之外,印刷书籍的成本中最重要的一项便是纸张"②。

周必大(1126—1204),字子充,号平园老叟。4岁丧父,12岁丧母,由外祖母家抚养,母亲亲自督促他勤奋读书。绍兴二十一年(1151),周必大中进士,授官徽州户曹。后又中博学宏词科,任建康府学馆的教授。虽然官至左丞相,封益国公。但是周必大任官直言劝谏,多次抗旨、罢官、辞官,应该没有太富裕的家庭财产,父早故,应该也没有什么祖上遗产。

其收入丰厚主要应该是从淳熙七年(1180),除参知政事开始。淳熙九年(1182),除知枢密院事。淳熙十二年(1185),命宰相枢密使。淳熙十六年(1189),文德殿宣麻,转特进左丞相,进封许国公。到绍熙四年(1193),改判隆兴府。因此1180—1193年的12年间高官带来的厚禄,宋代参知政事月俸料钱就有200贯,特别是宰相一月仅料钱就有300贯,其他职钱数十贯。③南宋初,财政困窘,俸给和米麦均减半支给。但是仍然有比较丰厚的收入。

周必大在退休之后,能够有财力印刷出版欧阳修《文忠集》和大型类书《文苑英华》,应该主要是依靠任两府的高收入俸禄所积蓄的财产。

周必大面临的第二大难题是印刷出版一千卷《文苑英华》所需要的长期的时间。周必大已经是风烛残年,周必大庆元元年(1195)致仕,已经是70岁了,在时间、精力等方面同样存在问题。而且周必大刊一百五十三卷本《欧阳文忠公集》此时尚未完成。

学术界根据周必大的《欧阳文忠公文集后序》中绍熙二年(1191)春到庆元二年(1196)夏的表述,一直认为周必大刊一百五十三卷本

---

① [美]周绍明:《书籍的社会史》,何朝晖译,北京大学出版社2009年版,第10、36页。
② 何朝晖:《试论中国传统雕版书籍的印数及相关问题》,《浙江大学学报》(人文社会科学版)2010年第1期,第27—28页。[美]周启荣:《明清印刷书籍成本、价格及其商品价值的研究》,《浙江大学学报》(人文社会科学版)2010年第1期,第10页。
③ 何忠礼:《宋代官吏的俸禄》,载何忠礼《科举与宋代社会》,商务印书馆2006年版,第370—371页。

《欧阳文忠公集》时间是 1191—1196 年 5 年。一百五十三卷本《欧阳文忠公集》较之一千卷《文苑英华》，规模要小得多。而且笔者认为，《欧阳文忠公集》的多种版本的编辑、校勘和印刷出版，实际上也不止五六年。根据周必大的《欧阳文忠公文集后序》，绍熙二年（1191）春—庆元二年（1196）夏仅仅是完成编纂的时间，而非完成刊刻的时间。

日本学者东英寿介绍其日本学术界有关天理本《欧阳文忠公集》，考证"通过勘考刻工可知此为庆元（1195—1200）、嘉泰（1201—1204）之交所刊刻"，刊刻经历了"较长的时段"，东英寿考证认为天理本《欧阳文忠公集》是周必大之子周纶的修订本。①

那么，如果修订本尚且其刊刻经历了一个"较长的时段"，则周必大《欧阳文忠公文集后序》所言应该是指编辑校勘完成的时间，而非印刷出版的时间。"起绍熙辛亥春迄庆元丙辰夏成一百五十三卷别为附录五卷可缮写模印"是说明编辑校勘阶段工作完成，可以进入"可缮写模印"阶段了。

关于《欧阳文忠公集》刊行的过程，周必大在给曾三异的信中（绍熙四年）曾这样说：

《六一集》方以俸金，送刘氏兄弟，私下刻板。②

从周必大在给曾三异的信中可以知道，从绍熙四年（1193）周必大就以自己的俸金送刘氏兄弟，开始刻板，是如周必大在《欧阳文忠公文集后序》中所说，因为"第首尾浩博，随得随刻，岁月差互标注抵牾所不能免"。由于《欧阳文忠公文集》首尾浩博，因此采取了"随得随刻"，也就是没有等到完成全部的编辑校勘工作，而是在每一独立部分完成了编辑校勘工作之后，就开始刊刻，因此从绍熙四年（1193）就开始陆续刊刻。但是全面的刊刻工作应该是在庆元二年（1196）编辑校勘阶段性工作全部完成之后开始的，否则"可缮写模印"的话，就无法理解了。

因此，长期以来认为周必大《欧阳文忠公集》刊刻时间是"起绍熙

---

① [日]东英寿：《关于天理本〈欧阳文忠公集〉》，载［日］东英寿《复古与创新——欧阳修散文与古文复兴》，上海古籍出版社 2005 年版，第 181—195 页，特别是第 183、186 页。

② （宋）周必大：《文忠集》卷一百八十八，曾无疑三异，绍兴四年七月，四库全书本。

辛亥春,迄庆元丙辰夏"的流行看法是不准确的,[1]古人没有要详细记载刊刻过程和具体刊刻所耗费时间的意识,这是研究中国出版史的学者人所共知的情况,周必大也仅仅是记录其组织和领导一批学者对于《欧阳文忠公集》的多种流传版本进行编辑、校勘的时间,而后面的印刷出版则并非是他的工作,因此,也就没有有意识加以记录的必要。而出版史的研究者长期以来一直未能够细致考察周必大的《欧阳文忠公文集后序》中所说"起绍熙辛亥春迄庆元丙辰夏成一百五十三卷别为附录五卷可缮写模印"的确切含义,因此一直以来就把编辑校勘完成的时间,视为刊刻完成的时间了。

据傅增湘撰《藏园群书经眼录》著录周必大宋刊本《欧阳文忠公集》,有刊工姓名60余人。[2]周必大宋刊本《欧阳文忠公集》一百五十三卷,刊工就达到了60余人,《文苑英华》一千卷,刊工应该不会少于此数。其多年的食宿、工钱,对于一个退休官员个人而言,均为一笔巨大开支。

因此,对于已经古稀之年、退休在家、历经多年完成《欧阳文忠公集》刊刻之后,刊刻《文苑英华》所面临的最为具体和实际的问题,一是要尽量省钱,二是要尽量省时。

二 刊刻《文苑英华》的缘起与印刷新技术的运用

周必大《文忠集》卷五十五载有其刊刻《文苑英华序》:

> 臣伏觌太宗皇帝丁时太平,以文化成天下。既得诸国图籍,聚名士于朝,诏修三大书,曰:《太平御览》,曰:《册府元龟》,曰《文苑英华》,各一千卷。今二书闻、蜀已刊。惟《文苑英华》士大夫家绝无而仅有。盖所集止唐文章,如南北朝间存一二。是时印本绝少,虽韩、柳、元、白之文,尚未甚传,其他如陈子昂、张说、九龄、李翱等诸名士文集,世尤罕见。修书官于宗元、居易、权德舆、李商

---

[1] 傅增湘:《藏园群书经眼录》,中华书局2009年版,第959页。王岚:《宋人文集编刻流传丛考》,江苏古籍出版社2003年版,第89页。

[2] 同上书,第959—960页。

隐、顾云、罗隐辈，或全卷收入。当真宗朝，姚铉铨择十一，号《唐文粹》，由简故精，所以盛行。近岁唐文纂印寖多，不假《英华》而传，况卷帙浩繁，人力难及。其不行于世则宜。

臣事孝宗皇帝，间闻圣谕欲刻江钿《文海》。臣奏其去取差谬不足观，帝乃诏馆职衷集《皇朝文鉴》。臣因及《英华》虽秘阁有本，然舛误不可读。俄闻传旨取入，遂经乙览。时御前置校正书籍一二十员，皆书生稍习文墨者，月给餐钱，满数岁补进武校尉。既得此为课程，往往妄加涂注，缮写装饰，付之秘阁，后世将遂为定本。臣过计有三不可：国初文集（集作籍）虽写本，然仇校颇精，后来浅学改易，寖失本指。今乃尽以印本易旧书，是非相乱，一也。凡庙讳未祧止当阙笔，而校正者于赋中以商易殷，以洪易弘。或值押韵，全韵随之。至于唐讳及本朝讳，存改不定，二也。元阙一句或数句，或颇用古语。乃以不知为知，擅自增损。使前代遗文幸存者。转增疵颣，三也。

顷尝属荆帅范仲艺、均倅丁介，稍加校正。晚幸退休，徧求别本，与士友详议，疑则阙之。凡经、史、子、集、传注、《通典》、《通鉴》及《艺文类聚》、《初学记》，下至乐府、释老、小说之类，无不参用。惟是元修书时历年颇多，非出一手。丛脞重复，首尾衡决。一诗或析为二，二诗或合为一，姓氏差互，先后颠倒，不可胜计。其间赋多用"员来"，非读《秦誓》正义，安知今之"云"字乃"员"之省文？以尧韭对舜荣，非《本草》注，安知其为菖蒲？又如切磋之磋，驰驱之驱，挂帆之帆，仙装之装，《广韵》各有侧音，而流俗改切磋为劾课。以驻易驱，以席易帆，以仗易装，今皆正之，详注逐篇之下，不复徧举。始雕于嘉泰改元春，至四年秋讫工，盖欲流传斯世，广熙陵右文之盛，彰阜陵好善之优，成老臣发端之志。深惧来者莫知其由，故列兴国至雍熙成书岁月，而述证误本末如此。阙疑尚多，谨俟来哲。七月七日，少傅、观文殿大学士、致仕益国公，食邑一万五千六百户、食实封五千八百户，臣周必大。①

注意周必大刊刻此书的目的。显然与一般家刻目的不同。在序中，周

---

① （宋）周必大：《文忠集》卷五十五平园稿十五，四库全书本。

必大首先追溯了北宋太宗时期编修三大类书的情况，特别介绍了刊刻三大类书的不同命运。《太平御览》和《册府元龟》，今二书闽、蜀已刊。惟《文苑英华》士大夫家绝无而仅有。

《太平御览》是宋代一部著名的类书，为北宋李昉、李穆、徐铉等学者奉敕编纂，始于太平兴国二年（977）三月，成书于太平兴国八年（983）十月。

关于《太平御览》的宋代版本。有南宋闽刊本。旧时藏书家所称的北宋刊本，据今人考证即南宋闽刊本。此本辗转流传至同治年间，陆心源以白金百两，归于著名于世的皕宋楼，但所存只有351卷。光绪末，陆氏死后，不幸，其子将皕宋楼所藏尽售于日本人，此书也随之归日本静嘉堂文库。现存《御览》刊本，以此本为最古。南宋蒲叔献刊本（蜀刊本），此本国内也不见，日本尚存残卷二部，一藏于宫内省图书寮，一藏于京都东福寺。

1928年张元济到日本访书，获见南宋蜀刊本，遂借以影印。蜀本所缺的，又取静嘉堂文库所藏的宋闽刊本残卷和日本活字本分别补足。于1935年置于商务印书馆出版的《四部丛刊三编》中，分订136册，这就是《四部丛刊三编》影印宋刻本。因为这本子胜于其他刊本，就成为多少年来流行的最好的版本。1960年中华书局将《四部丛刊三编》影宋本缩印，装成四大册出版，这就是我们现今常用的本子。[①] 而近年来有研究者阅读相关资料，推测在此之前有北宋的国子监本，之后有南宋的光宗刻本。[②] 赵前《东瀛访书散记》一文则对于宋刻本有比较细致描述：

> 一、宋刻本《太平御览》（第198—205卷）一册，该书13行22字，白口，左右双边，单鱼尾。鱼尾下有"览×××"字样，次为页码，再次为刻工。参加本册雕版的刻工有：王重一、王重二、王龟、单阿回、张丑师、王麒、单阿亥、王阿杏、宋成小、袁宜、何兴、宋圭、赵十五、任宏、杨五、冯五、任通、谢忠、李瓘、兹仲、杜俊、任纯、宋庚、袁定、赵丙等。避宋讳：玄、炫、弘、殷、匡、

---

① 参考聂崇岐《重印太平御览前言》，载张元济《四部丛刊三编》影印宋刻本《太平御览》跋，中华书局1960年版，第1—4页，第4426页。

② 周生杰：《〈太平御览〉宋代版本考述》，《开封大学学报》第21卷第1期（2007年3月）。

胤、恒,"桓"字不避讳。另钤有"金泽文库"长方墨印。这册《太平御览》是南宋蒲叔献刊本。经查,知该书末有蒲叔献的跋,称:"祖宗圣学,其书之大者有二,一曰《太平御览》,一曰《资治通鉴》。《通鉴》载君臣治要之安危,天人庶证之休咎,威福盛衰之本规,模利害之端,无一不备。而其书工传于天下久矣。《太平御览》备天地万物之理,政教法度之原,理乱兴废之由,道学性命之奥。而往以载籍繁夥,无复善本。惟建宁所刻,多磨灭舛误,漫不可考。叔献每为三叹焉。洪惟太宗皇帝,为百圣立绝学,为万世开太平,为古今集斯文之大成,为天下括事理之至要。四方即平,修文止戈,收天下图书典籍,聚之昭文、集贤等四库。太平兴国二年三月戊寅,诏李昉、扈蒙等十有四人编集是书,以便乙夜之览。越八年十有二月庚辰书成,分为千卷。以《太平御览》目之,所以昭我皇度光阐大犹者也。圣学宏博,皆萃此书,宜广其传,以幸惠天下。况吾蜀文集,巨细必备,而独缺此书。叔献叨遇圣恩,且将漕西蜀,因重加校正,勒工镂版,以与斯君子共之。以推见太宗圣学之所从,明我宋历圣相承之家法,补吾蜀文献之阙,而公万世之传云。庆元五年(1199)七月日朝请大夫成都府路转运判官兼提举学事蒲叔献谨书。"

由蒲跋可知,该书刻于四川,完成于南宋庆元年间(1195—1200)。蒲叔献刊本国内不见著录,日本尚存残卷二部,一藏于宫内省图书寮,一藏于京都东福寺。宫内厅书陵部所藏《太平御览》原为日本金泽文库旧藏,后归相国寺、枫山官库等收藏。民国24年(1935),张元济等辑《四部丛刊三编》,将宋刻本《太平御览》影印出版。在影印本后有牌记题:"上海涵芬楼影印中华学艺社借照日本帝室图书寮京都东福寺东京岩崎氏静嘉堂文库藏宋刊本",其中"日本帝室图书寮"当指现在的日本宫内厅书陵部,为宫内厅书陵部旧称。此册宋刻本《太平御览》当已收入《四部丛刊三编》中。[①]

这个由蒲叔献刻的《太平御览》,应该就是周必大所称的"蜀本"。而据蒲叔献跋,则宋闽刊本在蜀本之前。

《册府元龟》是宋真宗于景德二年(1005)倡议编纂的一部千卷大类

[①] 赵前:《东瀛访书散记》,http://www.docin.com/p-5320410.html。

书，与《太平御览》《文苑英华》共为宋代三大类书。宋真宗因其父亲太宗曾经编纂《太平御览》等几部大书，意欲效仿，遂于景德二年"载命群儒，共同缀辑"，敕命纂修《历代君臣事迹》，成一千卷，用以与其父相媲美。大中祥符六年（1013）编成，赐名《册府元龟》。

《册府元龟》编成不久即付梓，据记载，大中祥符八年（1015）十二月王钦若就把刻印成书的《册府元龟》进呈，以后又有把刻印成的《册府元龟》分赐辅臣的记载，惜北宋刻本今未见传世。按照周必大的说法，嘉泰以前，四川、福建也曾有过刻本。

国家图书馆现存三部宋刻残本《册府元龟》，一部存 20 卷，装帧形式为蝴蝶装、线装，画面书影即为此部。此书宋、明曾藏内府，流散出后为傅氏藏园、潘氏宝礼堂、周叔弢、袁寒云等人分藏，后在国家图书馆聚合，书上有李盛铎、朱文钧、袁克文跋和傅增湘先生题款。一部存五卷，原为铁琴铜剑楼旧藏。另一部题名为《新刊监本册府元龟》，仅存八卷，宋、明时期曾为内府旧藏，书上钤有缉熙殿宝、御府图书、文渊阁印、汲古阁藏书记、毛晋私印、字子晋、毛褒字华伯号质庵、铁琴铜剑楼、子雝金石、良士眼福、瞿印启文等印，《铁琴铜剑楼藏书目录》有著录，可谓流传有绪。1989 年中华书局曾将分藏于日本静嘉堂文库、国家图书馆、北京大学等处的宋刻本，去重后，共 573 卷集中影印。①

在周必大的序中，谈到《太平御览》和《册府元龟》二书闽、蜀已刊。唯《文苑英华》没有刊刻之后，又谈到南宋出版史上另外一件事"臣事孝宗皇帝，间闻圣谕欲刻江钿《文海》。臣奏其去取差谬不足观，帝乃诏馆职裒集《皇朝文鉴》"。而在南宋李心传所著《建炎杂记》乙集卷五《文鉴》条同样记载这一事件，可以从一个侧面看到当时南宋临安书坊刊刻书籍的普及与巨大影响力：

> 《文鉴》者，吕伯恭被旨所编也。先是，临安书坊有所谓《圣宋文海》者，近岁江钿所编，孝宗得之，命本府校正刻版，时淳熙四年十一月也。其七日壬寅，周益公以学士轮当内直，召对清华阁，因奏："陛下命临安府开文海，有诸？"上曰："然。"益公曰："此编去取差谬，殊无理论（引按："理论"徐规点校，中华书局本为"伦

---

① 宋本《册府元龟》影印说明，中华书局 1980 年版，第 1—5 页。

理"，近是)，今降旨刊刻，事体则重，恐难传后，莫若委馆阁官铨择本朝文章，成一代之书。"上大以为然，曰："卿可理会。"益公奏乞委官职。(引按："官职"徐规点校，中华书局本为"馆职"，近是) 上曰："特差一两员。"后二日，伯恭以秘书郎转对 (引按：此段四库全书本缺)，上遂令伯恭校证，本府开刻，其日甲辰也。始赵丞相以西府奏事，上问伯恭文采及为人何如，赵公力荐之，故有是命。伯恭言："《文海》元系书坊一时刻行，名贤高文大册，尚多遗落，乞一就增损，仍断自中兴以铨次，庶几可以行远。"十五日庚戌，许之。后数日，又命知临安府赵磻老并本府教官二员，同伯恭校正。二十日乙卯磻老言："臣府事繁委，若往来秘书同共校正，虑有妨碍本职，兼策府书籍，亦难令教官携出，乞传令祖谦校正。(引按："传令"徐规点校，中华书局本为"专令"，近是。)"从之。于是伯恭取秘府及士大夫所藏本朝诸家文集，旁采传记他书，悉行编类，凡六十一门，为百五十卷。既而伯恭再迁著作郎兼礼部郎官，五年十二月十四夜得中风病，六年春正月，引疾求去，十一日庚午有诏予郡，伯恭固辞，后十三日癸未，上对辅臣因令王季海枢使，问伯恭所编文海次第，伯恭乃以书进。①

临安书坊刊刻的《圣宋文海》，居然引起了宋孝宗的注意，并且珍爱有加，要求临安府校正刊刻，准备重印，这首先说明了书坊刊刻的书籍，往往是比较能够掌握市场需要的动态，以至于连皇帝也感觉选题不错，要求官府进行刊刻。当然，书坊的刊刻，在编辑和选录上自然不可能与皇家相比。所以周必大认为"此编去取差谬，殊无伦理"，如果要刊刻，"莫若委馆阁官铨择本朝文章，成一代之书"。是要充分发挥和利用皇家馆阁藏书与馆阁文臣的无可比拟的优势。而孝宗委派吕祖谦这一当世的著名的思想家、文学家来具体负责此项工作。吕祖谦认为："《文海》元系书坊一时刻行，名贤高文大册，尚多遗落，乞一就增损，仍断自中兴以铨次，庶几可以行远。"也指出了书坊刊刻在编辑上的不知。但是，从这个事件，也足以说明书坊刊刻的地位与影响。书坊的刊刻，流传广布，上至皇帝，著名的政治家、学者、文学家等均会阅读，其影响力于此可见一斑。

---

① (宋) 李心传：《建炎以来朝野杂记》，徐规点校，中华书局2000年版，第595页。

而刊刻的内容，是"本朝文章"，而皇家的工作，则是在其基础上，充分利用皇家藏书，进行补遗和校正。

接下来，周必大介绍了对于官府校勘《文苑英华》的不满，简要谈到自己对于《文苑英华》的校勘情况。最后则谈到以个人之力，出版《文苑英华》的愿望与目的，"盖欲流传斯世，广熙陵右文之盛，彰阜陵好善之优，成老臣发端之志"。熙陵即宋太宗永熙陵，阜陵即宋孝宗永阜陵。《文苑英华》为宋太宗诏修，又是周必大进言劝宋孝宗校勘，也是了却周必大一桩心愿。而事实上，周必大也即在《文苑英华》刊刻完工，撰写此序数月后去世。能够实现"盖欲流传斯世，广熙陵右文之盛，彰阜陵好善之优，成老臣发端之志"。也可谓平生无憾了。

周必大作为南宋一位优秀的出版家，其刻书数量，虽然不能与陆游、朱熹、岳珂相比，其印书的精美程度，不能与廖莹中相比。但是在编辑、校勘水平方面，绝不亚于上述诸家，而且其每刊刻一书，都有其在中国出版史上的独特贡献和重要意义。

正如前面所指出，周必大能够以一人之力，在垂暮之年，完成了刊刻类书《文苑英华》一千卷的浩大工程，如何完成了这一对于个人而言看似不可能完成的任务，其背后隐藏了周必大在印刷与出版两个方面的创新秘密。

而周必大成功刊刻类书《文苑英华》，第一个创新的秘密，就是充分利用了北宋发明的活字印刷技术。

根据沈括《梦溪笔谈》记载，毕昇发明了活字印刷，改进雕版印刷这些缺点。他总结了历代雕版印刷的丰富的实践经验，经过反复试验，在宋仁宗庆历年间（1041—1048）制成了胶泥活字，实行排版印刷。但是很长一个时期，由于没有发现宋代利用此一技术进行印刷实践的文献记载和实物材料，对于宋代是否实际利用过活字印刷技术，一直存在争议。台湾著名宋史学者黄宽重先生20世纪80年代首先在周必大文集中发现重要史料文献，发现周必大是历史文献中明确记录首次运用活字印刷技术的第一人。[1]

《文忠集》卷一百九十八载有周必大绍熙四年给程元成给事的信，信

---

[1] 黄宽重：《南宋活字印刷史料及其相关问题》，《中研院史语所集刊》，55本1分，第133—138页。黄宽重：《南宋史研究集》，新文丰出版公司1985年版。黄宽重：《宋代活字印刷的发展》，《中央图书馆馆刊》新20卷第2期，第1—10页。黄宽重：《活字印刷的发明与早期发展》，《历史月刊》1988年第11期，第130—135页。

中写道：

> 近用沈存中法，以胶泥铜板移换摹印。今日偶成《玉堂杂记》二十八事。首思台览，尚有十数事俟追记，补缀续衲。①

周必大以沈括所记载的毕昇的活字印刷方法，印了自己的著作。他也作了一些改进，把铁板改为铜板，因为铜板比铁板传热性好，这样易使粘药熔化。

周必大排印的《玉堂杂记》是有明确时间记载的，是现知有明确日期记载的最早的活字印本。而20世纪80年代以来，考古发现也提供了宋代活字印刷技术运用的实物证据。

一是温州市白象塔内出土的回旋式北宋佛经《佛说观无量寿佛经》，文中有倒排"色"字；这是1987年在温州市郊白象塔出土北宋文物中得到证明的。这里出土有《佛说观无量寿佛经》残页和同一出处的《写经缘起》残页。后者写有"崇宁二年五月"，它与前者纸质相同，色泽相似，因而考古学者断定佛经亦为同年之物。所以考古学者断言温州出土的这件佛经残页，当为《梦溪笔谈》中关于泥活字印刷记载的确切实物见证。②

由于涉及科技史上的重要问题，迅即在国内外产生反响，有质疑的，也有赞同的。钱存训著《中国书籍纸墨及印刷史论文集》，称此经为"迄今发现存世最早的活字印刷品"。钱氏在该文中还进一步指出："如推测这一佛经是用毕昇制作的胶泥活字所印，也极可能。"③

先后有任继愈主编、张绍勋著的《中国文化史知识丛书·中国印刷史话》；卢嘉锡任总主编、潘吉星教授著的《中国科学技术史·造纸与印刷卷》；张树栋、庞多益、郑如斯等著的《中华印刷通史》；潘吉星著《中国、韩国与欧洲早期印刷术的比较》；史金波、雅森·吾守尔著《中国活字印刷术的发明和早期传播》等书，认定此残叶是现存世界上最早的泥活字印本，它是毕昇活字技术的最早历史见证。

---

① （宋）周必大：《文忠集》卷一百九十八，绍熙四年（程元成给事），四库全书本。

② 金柏东：《早期活字印刷术的实物见证———温州市白象塔北宋佛经残页介绍》，《文物》1987年第5期。

③ 温州博物馆：《白象慧光·温州白象塔·慧光塔典藏大全》，文物出版社2010年版。

二是近年来，西夏考古出土了活字印刷实物。有西夏地区的木活字印本。

1991年8月在宁夏贺兰县拜寺沟方塔废墟中出土的西夏文佛经《吉祥遍至口和本续》（简称《本续》），《本续》计有9册，约10万字，白麻纸精印、蝴蝶装；有封皮、扉页，封皮上贴有经名标签；书品高30.5厘米，宽19.3厘米；正文四界子母栏，上下高20.5厘米，左右宽31.6厘米；版口宽1.2厘米，无鱼尾，上段为经名简称，下段为页码；经文每半面10行，每行22字。文字工整秀丽，版面疏朗明快，纸质平滑，墨色清新，是中国古代的优秀版本之一。①

通过对于俄藏黑水城西夏文献和近年来武威出土西夏文佛经研究，史金波发现西夏印刷品中存在泥活字印本。②

周必大初步尝试活字印刷技术在绍熙四年（1193），正是其编辑和开始刊刻《欧阳文忠公集》（1191—1196）期间，很可能在印刷文忠集过程中，发现资金和时间问题，因此开始尝试试验活字印刷技术，并且获得成功。有此一经历，因此能够在晚年退休数年间个人完成印刷《文苑英华》的工程。而事实上，周必大也充分利用这一新的印刷技术来印刷《文苑英华》。

邹毅通过对丰富的文献理论与大量的活字本及活版实物的具体研究，终于克服了传统活字鉴定的一些缺憾，找到了各种活字实物依据，发现并总结出了一套全新的鉴定活字方法。并且以此方法发现宋代《文苑英华》为活字本。具体分析指出，《文苑英华》的活字特征：界栏槽、边框缝、鱼尾缝、活印痕、边框歪斜、栏线弯曲、栏线断续等。突出特征则有上下界栏槽、四角边框缝、栏线插边框等。并且逐页记录了其活版特征，提供了具有活字本特征的宋版《文苑英华》实物照片62张。同时，邹毅分析

---

① 相关研究参考牛达生《新发现西夏文佛经〈吉祥遍至口和本续〉的刻本特点和版本价值》，《中国印刷》1993年第5期。进一步研究，参考牛达生《西夏文佛经〈本续〉是现存世界最早的木活字印刷》，载宁夏文物考古研究所编《拜寺沟西夏方塔》下编第三章，文物出版社2005年版，第345—363页；史金波：《现存世界上最早的活字印刷品——西夏活字印本考》，《北京图书馆馆刊》1997年第1期；史金波：《史金波文集》，上海辞书出版社2005年版，第371—396页。

② 史金波：《西夏文〈维摩诘所说经〉——现存最早的泥活字印本考》，《今日印刷》1998年第2期。史金波：《西夏文化研究》，中国社会科学出版社2015年版，第284—296页。

了《文苑英华》原先之所以被认为是雕版的原因，一是有断版，二是笔画交叉，三是有众多刻工。此外，版心的手写体，书中的阴文字体等，也是雕版的特征。邹毅解释分析认为，"断版现象和字体笔画交叉，雕版有，活版亦有，有大量实例为证。至于版心的手写体，活字作坊本来备有各种手写体字丁，包括页码与数字等，以求与雕版一致，故不足为怪。阴文部分，活字作坊可能请人专门雕刻，一排排阴文恰似顶木，镶嵌在板框之中"。而雕版与活版成本对比，"与雕版相比，在同等时间内，采用活版排印《文苑英华》，大约只需要五分之一的人手，甚至更少，可节省一笔庞大的费用。由于用普通木材替代专用板材，又可节约一大笔板材费"。①

钱存训《中国纸和印刷文化史》中根据一些偶见资料，对于雕版与活字印书的速度作一粗略比较，认为活字印刷"（每日排印字数）较之雕版可快10倍，明铜活字本《太平御览》所记2人整摆、2人印行一节，此1000卷巨著不过四人操作"。②

按：这一事例恰恰说明了在印刷巨著的情况下，活字印刷的优势特征。《太平御览》与《文苑英华》同样为宋代四大类书之一，同样为1000卷巨著，可以节省大量时间。

三 出版方式的创新与贡献

宋代有关周必大刊刻《文苑英华》的出版文献中，迄今未能够得到重视并发覆其重要而丰富历史信息的材料，是清代张金吾《爱日精庐藏书志》卷三五，著录了一个旧抄本的《文苑英华》所保存的有关文字：

文苑英华一千卷　旧抄本

宋翰林学士朝请大夫……宋白等奉敕集。每卷末俱有登仕郎胡柯乡贡进士彭叔夏校正一条。末有成忠郎新差充筠州临江巡辖马递铺王思恭对点兼督工一条。

周必大序

---

① 邹毅：《证验千年活版印刷术》，中国社会科学出版社2010年版，第199—205页。
② 钱存训：《中国纸和印刷文化史》，广西师范大学出版社2004年版，第182页。

吉州致政周少傅府昨于嘉泰元年春选委成忠郎新差充筠州临江巡辖马递铺权本府使臣王思恭专一手抄文苑英华并校正重复，提督雕匠。今已成书，计一千卷。其纸札工墨等费，并系本州印匠承揽，本府并无干预。今声说照会。四年八月一日，权干办府张时举具。①

这里保存了一则重要的宋代出版史料，即张时举的《照会》。而事实上，这条重要的宋代出版史料，并非笔者的第一个发现，而是重新发现。在上述有关周必大刊刻《文苑英华》的文章中，就有三篇引用了这一材料，② 然而只是简单过录此条内容。显然，囿于文献学、版本学研究的思维定式和研究范围，上述文章，均未认真研究这一重要出版史料所蕴含的重要信息。

傅增湘撰《藏园群书经眼录》著录二种宋刊本。从存卷情况，应当是同一宋刊本的分散流传。据傅增湘著录，较之张金吾《爱日精庐藏书志》、陆心源《皕宋楼藏书志》著录的旧抄本，此宋刊本钤有"内殿文玺""御府图书""缉熙殿图书印"，均南宋内府所钤。附叶有墨书木记一行，文曰："景定元年十月初六日装褙臣王润照管讫。"黄绫书衣，蓝色绫签，宋人手书书名卷数及本册门类，盖宋时原装。③

傅增湘《藏园群书经眼录》没有著录《文苑英华》旧抄本。按：傅增湘先生1929年赴日本观书，其中就包括了静嘉堂文库，大概陆心源旧物以宋版为最，傅增湘先生集中于宋版书籍，而当未暇见此《文苑英华》旧抄本。而对比宋代刊刻的《文苑英华》与这个《文苑英华》旧抄本的著录和相关文献，可以发现，在现存宋版《文苑英华》中，是没有张时

---

① 张金吾：《爱日精庐藏书志》卷三五，中华书局2006年影印版，第640页，下。按：此本后被陆心源收藏并著录。陆心源：《皕宋楼藏书志》，卷一一二，中华书局2006年影印版，第1270页。

② 张丽娟、程有庆《宋本》只是简单录有张金吾《爱日精庐藏书志》此条内容，凌朝栋《〈文苑英华〉研究》则录有陆心源《皕宋楼藏书志》此条相同内容，并错抄"纸札工墨"为"纸及工墨"，均没有任何解释或者分析。谷敏《周必大与〈文苑英华〉》一文，在说明王思恭协助周必大刻书之时，录有张金吾《爱日精庐藏书志》此条内容。张丽娟、程有庆：《宋本》，江苏古籍出版社2002年版，第60—61页。凌朝栋：《〈文苑英华〉研究》，上海古籍出版社2005年版，第58—59页。谷敏：《周必大与〈文苑英华〉》，《兰州学刊》2005年第6期，第244页。

③ 傅增湘：《藏园群书经眼录》，中华书局2009年版，第1237—1238页。

举《照会》这一重要出版史料的。傅增湘和李致忠先生均曾目验宋版《文苑英华》，但是撰写的研究文章均未提及张时举的《照会》。1966年，中华书局影印《文苑英华》，以周必大北图残本配明刻本出版发行，也没有这一内容。

上述情况说明，在今存宋版《文苑英华》中，也许因为残缺，刊刻了张时举《照会》的卷页已经遗失。因此这一重要出版史料，就仅仅保持在《文苑英华》旧抄本之中。

而分析张时举《照会》的内容，可以确定其与周必大刊刻《文苑英华》直接相关，因此这个《文苑英华》旧抄本，很可能就是从周必大刊刻《文苑英华》的底稿本过录的。至少是从未残缺的宋版《文苑英华》过录的。则这个旧抄本就具有重要的文献价值。宋版《文苑英华》迄今仍传世的仅有十五册一百五十卷，是宋版原书的1/10，而《文苑英华》旧抄本则为完帙。其价值自不待言。此《文苑英华》旧抄本今被日本静嘉堂文库收藏。严绍璗《日藏汉籍善本书录》著录：

> 文苑英华一千卷
> 宋李昉等编辑
> 明人写本　共一百五册
> 静嘉堂文库藏本　原陆心源十万卷楼等旧藏
> ……吉州致政周少傅府，昨于嘉泰元年春，选委成忠郎新差充筠州临江巡辖马递铺权本府使臣王思恭，专一手抄《文苑英华》，并校正重复，提督雕匠，今已成书一千卷。其纸札工墨等费，并系本州印匠承揽，本府并无干预。今声说照会。四年八月一日，权干办府张时举具。①

对于周必大刊刻的《文苑英华》，楼钥为周必大撰《神道碑》称"《文苑英华》及《六一居士集》讹舛太甚，率同志者朱黄手校如老书生，锓板家塾，以惠学者"。称"锓板家塾"。而张时举《照会》开头就说"吉州致政周少傅府"，云云，似乎也印证了这种说法。今天多数中国印

---

① 严绍璗：《日藏汉籍善本书录》下册，中华书局2007年版，第1827页。

刷史、出版史论著，均著录为家刻本。①

但是，仔细审读张时举的《照会》中"选委成忠郎新差充筠州临江巡辖马递铺权本府使臣王思恭"和"其纸札工墨等费，并系本州印匠承揽，本府并无干预"诸句，选任和委派一个现职的地方官员，来担任手抄《文苑英华》和监督书版的雕刻工作，显然是官刻的惯常做法而非是一个退隐官员进行家刻的做法。这位王思恭是何许人也？根据张时举的《照会》，他的职务是"成忠郎新差充筠州临江巡辖马递铺权本府使臣"。成忠郎，为武阶名，属小使八阶列，正九品。北宋政和二年（1112）九月二十五日，由左班殿直改。绍兴厘定入品武阶五十二阶之第四十九阶，位次于忠翊郎。② 巡辖马递铺，即巡辖马递铺官，差遣官名。职掌专职巡回检察本州（府、军、监）铺点稽违、邮路设施与公文按限投送，管理铺兵钱粮发放、赏罚，以及巡警驿道邮传以防止剽掠等。品位由武臣大、小使臣（八、九品官）差充。③

为什么在这个照会中，将一名低级官员的官阶、职务完整表述？"选委""新差""充""权本府使臣"这样的繁复的用词强调的是什么？需要说明的是什么？说明这位被"选委"者是一名现职的地方政府官员。

这位王思恭又是周必大的旧友，宋周必大撰《文忠集》卷四十五《平园续稿》五：

> 予刻《文苑英华》千卷，颇费心力。使臣王思恭书写校正，用功甚勤，因传于神，戏为作赞。
>
> 倚树而吟据槁梧，自怜尔雅注虫鱼。汝曹更作书中蠹，不愧鲲鹏海运欤。

宋周必大撰《文忠集》卷五十一《平园续稿》十一《题平园图后》：

> 使臣王思恭，昨写予真，求赞。因记书对《文苑》之劳，今又

---

① 张树栋、庞多益、郑如斯等：《中华印刷通史》，财团法人印刷传播与才文教基金会2004年版，第197页。张树栋、庞多益、郑如斯：《简明中华印刷通史》，广西师范大学出版社2004年版，第78页。王桂平：《家刻本》，江苏古籍出版社2002年版，第62—63页。

② 龚延明编著：《宋代官制辞典》，中华书局1997年版，第596页。

③ 同上书，第540页。

绘平园图，集予诗文于后，用意益可嘉也。嘉泰甲子端午日。

按：嘉泰甲子即嘉泰四年（1204），可见王思恭不仅书法好，而且有绘画才能。而这应该也是周必大"选委"他担任手抄《文苑英华》和监督书版的雕刻工作的重要原因。

不仅"选委"现职地方官员是官刻的惯常做法，就是宋刊本每卷后标题后空一行书"登仕郎胡柯、乡贡进士彭叔夏校正"衔名，也是官刻的惯常做法。而在家刻和坊刻中，则一般是"刻于某某宅""刻于某某家塾"的木记。

当然，周必大刊刻的《文苑英华》并非官刻，因为在张时举的《照会》中，特别申明"其纸札工墨等费，并系本州印匠承揽，本府并无干预"。特别强调了官府"并无干预"。其经费并非官府支付，因而并非官刻。然而，家刻雇用刻工、印匠，其资金显然是由家庭支付，而此次特别申明"其纸札工墨等费"，是"并系本州印匠承揽"全部都是本州印匠承揽，说明是由印匠所支付，特别关键的是"承揽"二字。

承揽谓承办委托的事或某种业务。我们来看宋代承揽一词的一些用例：

宋李焘撰《续资治通鉴长编》卷二百四十一：

（神宗熙宁五年十二月乙亥朔）诏罢诸路上供科买，以提举在京市易务言，上供荐席黄芦之类六十色凡百余州，不胜科扰，乞计钱数，从本务召人承揽以便民也。

宋李焘撰《续资治通鉴长编》卷三百二十三：

（神宗元丰五年二月）诏借拨茶场司钱四十万缗，付秦凤经畧司市粮草。裁造院言绣造仪鸾司什物，欲依文思院绣扇例，均与在京诸尼寺宫院。诏三司除三院及下西川绣造，外募人承揽。

宋罗浚撰《宝庆四明志》卷十二鄞县志卷一：

为闸两间立石柱，三造板桥于浦口，以便行往。是役也，物听匠石承揽。①

上述用例，与张时举的《照会》中"承揽"一词用例相同，均为承包、承办委托的某种业务。

显然，《文苑英华》的印书，是周必大委托，由本州印匠承包，因此印书所需要的"其纸札工墨等费"，既非官府出资，也非周必大府承担，而全部都是"本州印匠承揽"。那么，"其纸札工墨等费"，大致需要一个什么额度的经费支持呢？《照会》中没有说明，但是，显然能够承揽印刷《文苑英华》的印匠，就绝非普通的印刷工人，而是有十分丰厚财力的商业性书坊的主人。

关于印匠，是指印刷流程中，专门负责印书的工人。宋代印刷业繁荣，工人也职业化。根据印刷流程，职业分工有负责雕版的雕匠、负责印书的印匠和负责装订等工作的表背匠等。

宋代朱熹在控告唐仲友的《按唐仲友第五状》中言：

> 唐仲友开雕荀、杨、韩、王四子印板，共印见成装了六百六部。节次径纳书院每部一十五册，除数内二百五部，自今年二月以后节次送与见任寄居官员，及七部见在书院，三部安顿书表司房，并一十三部，系本州岛史教授、范知录、石司户、朱司法，经州纳纸兑换去外，其余三百七十五部，内三十部系（阙），表印及三百四十五部，系黄坛纸印到。唐仲友逐旋尽行发归婺州住宅。内一百部，于二月十三日，令学院子董显等与印匠陈先等打角，用箬笼作七担盛贮，差军员任俊等管押归宅。及于六月初九日，令表背匠余绶打角一百部，亦作七担，用箬笼盛贮，差承局阮崇押归本宅。及一百七十五部，于七月十四日，又令印匠陈先等打角，同别项书籍，亦用箬笼盛贮，共作二十担，担夯系差兵级余彦等管押归宅。②

明曹学佺撰《蜀中广记卷》六十七《交子》：

---

① （宋）罗浚等：《宝庆四明志》，《宋元方志丛刊》，中华书局1990年版，第5155页。
② （宋）朱熹：《晦庵集》卷十九，四库全书本。

熙宁元年,始以六分书造一贯,四分书造五百,重轻相权,易于流转。……大观元年五月,改交子务为钱引务。所铸印凡六,曰敕字、曰大料例、曰年限、曰背印,皆以墨曰青面、以蓝曰红团。以朱六印,皆饰以花纹。红团背印,则以故事监官一员。元丰元年,增一员掌典,十人贴书,六十九人印匠,八十一人雕匠,六人铸匠,六人杂役,一十二人廪给,各有差。①

而在《照会》中被称为"印匠",只不过是政府官员对于商业性书坊的主人的一种具有随意性的称谓而已。如同在南宋临安的商业性书坊中最为著名的陈起、陈思等人,均被称为"鬻书人"一样。

《两宋名贤小集原序》:

予无他嗜,惟书癖殆不可医。临安鬻书人陈思多为予收揽散逸。扣其书颠末辄对如响。一日,以其所梓《圣宋羣贤小集》见寄,且求一言。盖屡却而请不已,发而视之,珠玉琳琅,粲然在目。呜呼,贾人窥书于世,而善其事若此,可以为士而不如乎?抚卷太息,书而归之。绍定三年夏四月,鹤山魏了翁。②

南宋赵师秀有《赠卖书陈秀才》:

四围皆古今,永日坐中心。门对官河水,檐依柳树阴。每留名士饮,屡索老夫吟。最感春烧尽,时容借检寻。

陈起,字宗之。睦亲坊卖书开肆。予丁未至行在所,至辛亥年,凡五年。犹识其人,且识其子。今近四十年,肆毁人亡。不可见矣。③

由于这些商业性书坊,在宋代时期,往往集编辑、雕版、印书和出

---

① (明)曹学佺:《蜀中广记卷》六十七,四库全书本。
② 旧本题(宋)陈思编,(元)陈世隆补:《两宋名贤小集》三百八十卷,四库全书本。
③ (元)方回编:《瀛奎律髓》卷四十二,四库全书本。关于陈起的注释应该为方回所加。

版、发行为一身，因此，对于他们的称谓，没有一个固定的名称也是十分正常的。

张秀民先生研究指出：

> 绍兴二年（1132）湖州《思溪圆觉藏》，除载有雕经作头李孜、李敏外，又有印经作头金绍与密荣，在他们带领下，当然尚有其他印刷匠。
>
> 专司印刷，故称"印匠"。庆元六年（1200）华亭县刻晋《二俊文集》，有"印匠诸成"开列的印书纸，书皮表背付叶纸的张数，工墨钱、赁板钱、装背工糊钱等清单。①

按：宋代已经出现了雕经作头、印经作头，印匠很可能也有作头，性质如今天的包工头。"印匠诸成"开列的印书纸，书皮表背付叶纸的张数，工墨钱、赁板钱、装背工糊钱等清单。大概就是官府委托刻书情况下，出具的费用清单。

张时举的《照会》中特别申明"其纸札工墨等费，并系本州印匠承揽，本府并无干预"。

"本州印匠承揽"，其性质应该与"印匠诸成"印刷《二俊文集》性质相同。因此，张时举的《照会》中申明的"本州印匠"，应该属于印匠作头。类似印刷《二俊文集》"印匠诸成"，和洪迈《夷坚丙志》（卷十二），载于舒州刻《太平圣惠方》"绍兴十六年淮南转运司刊《太平圣惠方》板，分其半于舒州，州募匠数十辈，作头名胡天佑"的作头胡天佑。

《文苑英华》的印书，被商业性的书坊所承揽，也即是周必大采取了委托印书的方式。这是一种从北宋就已经开始出现的，不同于人们所熟悉的官刻、家刻和坊刻等出版方式的委托书坊印书的新型出版方式，② 但是，又有所不同。根据笔者的研究，宋代委托书坊刻书，无论官、私委托，往往是采取自己编辑好书稿之后，委托书坊进行刊刻、印书和发行。与周必大刊刻《文苑英华》尚有不同。

---

① 张秀民：《张秀民印刷史论文集》，北京印刷工业出版社1988年版，第114—115页。
② 有关北宋委托书坊刻书的详情，参考笔者《北宋委托书坊刻书及其相关问题》一文，已经收入本书。

周必大刊刻《文苑英华》精加校勘，显然充分借鉴和利用了家刻甚至是官刻在编辑、校勘方面的成功经验。而印刷、出版和发行，则是更为职业化的商业性书坊显然具有明显的优势。他们不仅有职业化的印书团队，而且有出版发行的渠道、网络。在这方面，非职业化的家刻，往往都是临时雇人，组成出版团队，所耗费的时间和经费，其成本显然会大大高于从事专业出版工作的书坊。周必大也充分利用了商业性书坊在印刷和出版方面的专业化、职业化和与家刻相较在成本上更为低廉的优势。

周必大（1126—1204），开始雕版《文苑英华》，已经是76岁高龄，而在雕版完成，要开始印书的1204年，已经是79岁高龄，其精力、时间甚至经费，都已经成为问题。

以79岁高龄，再于各地雇用、组织印匠来印书，而如此巨额投资，必须考虑回收成本等，由此又涉及发行、销售问题。不仅耗时、耗力，而且也不熟悉发行、销售及其渠道。而由商业性书坊承揽，则利用其专业性优势，在印书、出版、发行和销售方面，都可以驾轻就熟，利用现成，节省了大量时间和精力，也分担了出版成本。

从客观上看，周必大的这个选择也是明智之举，因为在《文苑英华》刊刻完成不久，周必大就于同年去世。他是在完成心愿之后去世，应该是心意已足，无所遗憾了。如果不采用由书坊承揽印书的方式，很可能在他去世之前就不能够完成刊刻工作，则他将会真正抱憾终身。

显然，周必大刊刻《文苑英华》，在出版方式上，开创了一种前所未有的方式，即在家刻基础上委托合作和合资的方式。从嘉泰元年（1201）到嘉泰四年（1204），周必大刊刻此书费时近四年，其中大部分时间应该是用于雕版，从《照会》没有涉及雕版的费用问题推测，三年多的编辑、校勘和雕版，是周必大组织和雇用人员进行，所需资本应该是由周必大支出，体现的是家刻特征。而雕版完成之后的印书与出版发行，则由印刷承包商承揽，是商业性书坊承揽，所需资本是由印刷承包商承担，体现的是商业性坊刻特征。

像刻印《文苑英华》这样大部头的书籍，不仅工程浩大，花费巨大，而且旷日持久。官府临时组织一个印刷班子，远不如利用已有的专业化的书坊机构刊刻更为有利和方便。为了保证刊刻质量，避免书坊刻书的缺陷与问题，采取了严把两头、监管全过程的方法。一方面编辑、校勘书籍全部由专业人员而非书坊人员担任，每卷后标题后空一行书"登仕郎胡柯、乡贡进士彭叔夏校正"衔名。

另一方面专门派员监督雕版和印刷的全过程，对于雕版进行监督、校正，"王思恭对点兼督工""王思恭，专一手抄《文苑英华》，并校正重复，提督雕匠"，从而保证了印刷质量。

登仕郎胡柯、乡贡进士彭叔夏校正，反映编辑情况。

成忠郎新差充筠州临江巡辖马递铺王思恭对点兼督工，反映官府委托书坊刻书，为了保证刻书质量，专门派人进行对点、督工。

前面的校正，是在编辑过程中对于书稿的校正，后面王思恭的校正，则是对于雕版过程中对于雕刻书版的校正。

当然，商业性书坊接受委托刻书的更为具体的细节、流程，特别是其中十分重要的经费问题等，在上述文献中，不仅是十分简略的，而且像经费这样重要的问题，则完全没有涉及。这不免是一种遗憾。而南宋时期周必大刊刻大型类书《文苑英华》的有关出版史料，则提供了更为详细的委托刻书的出版过程与细节，而且还涉及出版经费等重要问题，不仅可以提供南宋时期委托刻书的实证与细节，部分弥补上述遗憾，而且还提供了重要的迄今为止笔者所发现的独一无二的出版经费方面的重要出版史料。

精加校勘、写手上版，督责雕版，周必大显然一方面充分利用了中央官府刻书在编辑、校勘方面的成功经验；另一方面也充分利用了商业性书坊在雕版、印刷和出版方面的专业化、职业化和与官刻、家刻相较在成本上更为低廉的优势。

这一出版方式，一方面在编辑、校勘、印刷、出版和发行上，可以集官刻、家刻和坊刻三大刻书体系的众家之所长；另一方面在刊刻书籍的人员组织、精力耗费和出版经费上，都可以更为优化。官刻和家刻的优势在于编辑和校勘方面。周必大刊刻《文苑英华》精加校勘、写手上版，督责雕版，显然充分借鉴和利用了家刻甚至是官刻在编辑、校勘方面的成功经验。而印刷、出版和发行，则是更为职业化的商业性书坊显然具有明显的优势。他们不仅有职业化的印书团队，而且有出版发行的渠道、网络。在这方面，非职业化的地方官刻与家刻，往往都是临时雇人，组成出版团队，所耗费的时间和经费，其成本显然会大大高于从事专业出版工作的书坊了。周必大也充分利用了商业性书坊在印刷和出版方面的专业化、职业化和与家刻相较在成本上更为低廉的优势。

而《文苑英华》刊刻成本之后，还进呈御览。一方面固然是他出版心愿"盖欲流传斯世,广熙陵右文之盛,彰阜陵好善之优"。熙陵,即宋太宗永熙陵号,阜陵即宋孝宗永阜陵号。宋太宗是诏修《文苑英华》等三大类书的皇帝,而宋孝宗则曾有刊刻《皇朝文鉴》之意,周必大因之提出了校勘出版《文苑英华》的建议。但由于《文苑英华》存在问题太多,校勘人员又不得力,所以出版之愿未能实现。

此本刻成后便进呈内府,内府用黄绞封面进行装订,完全打扮成官书气度,置于南宋皇家藏书楼缉熙殿。五十六年后,也就是到了南宋理宗景定元年(1260),又经过装裱人员检修过。今传世的宋版《文苑英华》卷231—240,末有"景定元年十月初六日装背臣王润照管讫"木记;卷251—260,卷271—280,卷291—300,末有"景定元年十月廿五日王润照管讫"木记;卷601—610,末有"景定元年十一月初一王润照管讫"木记;卷611—620,卷621—630,卷641—650,卷651—660,末有"景定元年十月廿六日王润照管讫"木记可证。[①]

除了"成老臣发端之志",另一方面,客观上进呈御览之后,不仅可以提高书籍身价,而且可以获得皇帝在物质和名誉上的嘉奖。见《续资治通鉴长编》《宋会要辑稿·献书》《爱日精舍藏书志》《皕宋楼藏书志》。

周必大刊刻《文苑英华》也提供了一个更为复杂的由周宅和印匠分别承担雕版和印书费用,印书部分由周宅委托印匠承揽的刻书案例,在宋代出版史上实属具有实践意义的创新之举。周必大在刊刻《文苑英华》的过程中,在刊刻方式上采用了活字印刷的新技术,在出版方式上突破常规,采用了集家刻和坊刻优势为一身的新型家刻与委托结合的方式,充分发挥了不同刻书体系的各自优势,创新了出版模式,在宋代出版史上也是罕见之例。从而在印刷与出版两个方面,都形成了创新与贡献,因此,周必大在宋代出版史上的创新与贡献,应该得到重新认识和高度肯定。

本文研究发现的周必大新的委托书坊刻书的出版方式,也冲击和动摇了中国印刷史、出版史研究传统的家刻与坊刻的划分与区别的刻书分类体系,甚至动摇了官刻与私刻(坊刻、家刻)之间传统分类的三大刻书体系的明确界限,打破了传统中国印刷史、出版史刻书三大体系的分类模式

---

① 傅增湘:《藏园群书经眼录》第四册,卷十七·集部六·总集类一,中华书局2009年版,第1237—1238页。李致忠:《关于〈文苑英华〉》,《文献》1997年第1期。

和划分体系，挑战了传统的刻书划分标准。

学术界研究中国出版史惯用的传统的刻书分类体系，是官刻、家刻和坊刻三大体系，由于标准和认识不同，同一出版物，被划分到不同的出版体系中的情况，也是屡见不鲜。比如陆子遹在地方官任上刊刻其父陆游的诗集《剑南诗稿》是属于官刻还是家刻？许多文章著述都将陆子遹作为家刻的著名代表，将陆子遹在地方官任上刊刻其父陆游的诗集《剑南诗稿》视为家刻。事实上，在官刻与家刻之间，在家刻与坊刻之间，往往存在复杂而难以明确划分的情况。李致忠先生新近在《中国出版通史·宋辽西夏金元卷》中也是考虑到了出版史上的复杂情况，提出了根据出资主体划分刊刻系统的标准。[①] 较之此前的分类标准，显然有更大的合理性。其出版主体的界限是明确、清晰的，官刻的刻书主体是官府，刻书费用由官府承担。家刻的刻书主体是家塾，刻书经费由家庭承担。而坊刻的刻书主体是书坊，刻书费用由书坊承担。

但是在周必大刊刻《文苑英华》这一出版案例中，本文研究发现的新型的委托书坊刻书，这种从北宋就开始存在的书籍刊刻、出版方式中，其界限就不再明确和清晰了。官府委托，是属于官刻还是坊刻？私人委托，是属于家刻还是坊刻？

显然周必大在《文苑英华》刊刻中采用的出版方式，既非传统典型意义上的官刻，也非传统典型意义上的家刻或者坊刻。而是一种家刻雕版基础上合作、委托书坊印书的混合型刻书、出版方式，是一种合作、委托的混合的刻书方式。而这不仅对于宋代印刷史和出版史都是一个重要的创新与补充，而且对中国印刷、出版史研究刻书系统的固有分类模式也形成了挑战。

---

① 李致忠：《中国出版通史·宋辽西夏金元卷》，中国书籍出版社2008年版，第6—7页。

都市书坊业：新型文学生产的
文化媒介与物质基础
——以吴文英《丹凤吟赋陈宗之芸居楼》为核心的考察

  临安都市文化繁荣催生了近代意义的新型文学生产的萌芽，笔者对吴文英《丹凤吟赋陈宗之芸居楼》进行了细致分析与考证，分别从都市文化繁荣与潜在新型文学消费群体的诞生，都市文化繁荣与坊刻业发展、文学传播现代传媒的物质基础的奠定，都市文化与新型文学生产者群体的聚集三个方面，揭示新型文学生产这一中国文学史上从未有过的文学现象在临安都市中的诞生。

  南宋著名词人吴文英（1200?—1260?）字君特，号梦窗，晚号觉翁，四明（浙江宁波市）人。终生不仕。曾在江苏、浙江一带当幕僚。他的词上承温庭筠，近师周邦彦，在辛弃疾、姜夔词之外，自成一格。他的词注重音律，长于炼字。雕琢工丽。张炎《词源》说他的词"如七宝楼台，眩人眼目，拆碎下来，不成片段"。而尹焕《花庵词选引》则认为"求词于吾宋，前有清真，后有梦窗"。他有《丹凤吟赋陈宗之芸居楼（一题作芸居）》：

    丽景长安人海，避影繁华，结庐深寂。灯窗雪户，光映夜寒东壁。心涸鬓改，镂冰刻水，缥简离离，风签索索。怕遣花虫蠹粉，自采秋芸熏架，香泛纤碧。
    更上新梯窈窕，暮山澹著城外色。旧雨江湖远，问桐阴门巷，燕曾相识。吟壶天小，不觉翠蓬云隔。桂斧月宫三万手，计元和通籍。

软红满路,谁聘幽素客。①

研究陈起,多引此词,但是多为证明两人交游而已。然而,细读此词,可以分析出许多重要信息。

"丽景"三句,言临安乃是当时的南宋首都,其繁华的闹市人流似海,而芸居楼却是避繁趋静,开设在这环境幽静的睦亲坊内。陈起书肆往来无白丁,故环境幽静,更显其高雅。"结庐"句明显是用陶渊明"结庐在人境"之典故。"灯窗"两句,化用"囊萤映雪""凿壁偷光"的典故。言陈起结交了很多沉沦下僚的读书人,由于他开设了"芸居楼",就能方便这些清贫士子来这儿寻求知识,这就像古人能借得光明苦读诗文一样。"心凋"四句。"镂冰刻水",喻徒劳无功也。"镂冰",意思是在冰上雕刻,虽极尽工巧能事,一旦融化,终化乌有。所以《史通》说:"镂冰为璧不可得而用也,画地为饼不可得而食也。"② 黄庭坚也有诗"镂冰文章费工巧"③,都可证之。以之形容陈起刊刻书籍的艰辛。"缥",淡青色。简是书简,古人多以淡青颜色的丝织品为书套,"缥简"指代书卷。

风签,有人臆断为俗书,完全没有任何依据。有人认为是书卷,不准确。我认为应该是书签。元戴表元撰《谢陈君祥宪使时郡家以余充岁贡陈侯颇怜之令无行》一诗中有:"问侯何所学,净几飘风签。"④

"离离",盛多貌。《诗·小雅·湛露》:"其桐其椅,其实离离。"毛传:"离离,垂也。"郑玄笺:"其实离离,喻其荐俎礼物多于诸侯也。"⑤《文选·张衡〈西京赋〉》:"神木灵草,朱实离离。"薛综注:"离离,实垂之貌。"⑥ 宋叶适《哀巩仲至》诗:"君文蚤贵重,蜀锦载胡车,离离三千首,雅正排淫哇。"⑦ 吴文英此处是形容陈起藏书楼书籍众多。

"怕遣"三句。言陈起这些书籍恐怕招来蠹虫毁掉,所以亲自去山野采集芸草,熏洗书架,驱赶蠹虫。香气弥漫满室,渗透进套着青绿色书套

---

① (宋)吴文英:《梦窗丙稿》卷三,四库全书本。
② (唐)刘知几:《史通》卷五,《内篇采撰》卷十五,四库全书本。
③ (宋)黄庭坚:《山谷集》卷二《送王郎》,四库全书本。
④ (宋)戴表元:《剡源文集》卷二十七,四库全书本。
⑤ (汉)郑玄注,(唐)陆德明音义、孔颖达疏:《毛诗注疏》卷十七,四库全书本。
⑥ (梁)萧统编,(唐)六臣注:《文选》卷二,四库全书本。
⑦ (宋)叶适:《水心集》卷七,四库全书本。

的藏书中。芸香满室,"芸居楼"由此得名。上片重在叙述陈起惨淡经营书肆的艰难情景。"更上"两句,一转而绘书肆周围环境。言词人登上书店新设的小巧的扶梯上楼,临窗极目远眺,也可以望见城外苍茫暮色中淡淡的山景。"旧雨"三句。"旧雨"、"燕",可释为江湖诗友。吴文英有《齐天乐·会江湖诸友泛湖》词中"重集湘鸿江燕"句可互证之。① "桂斧"两句,言陈起交往均为一时之才俊。"软红"两句,承上而产生怀才不遇之叹。梦窗结交陈起约在淳祐年间,在杭州。赵师秀《赠卖书陈秀才》诗方回注云:"陈起字宗之,睦亲坊卖书开肆,予丁未(1247)至行在所,至辛亥(1251)凡五年,犹识其人,且识其子;今近四十年,肆毁人亡,不可见矣。"② 以此考之可知矣。

通释全词之后,仍然有几处需要特别加以仔细分析。

其一是"灯窗雪户,光映夜寒东壁",不仅是使用"囊萤映雪""凿壁偷光"的典故,那么"东壁"这一用词,是否有典?按:《晋书·天文志上》:"东壁二星,主文章,天下图书之秘府也。"③ 因以称皇宫藏书之所。唐张说《恩制赐食于丽正殿书院宴赋得林字》诗:"东壁图书府,西园翰墨林。"④ 可见"东壁"有图书秘府之意。吴文英以此典故称赞陈起的藏书楼。另外,方回《瀛奎律髓》载:"陈起睦亲坊开书肆,自称陈道人。起字宗之,能诗,凡江湖诗人皆与之善,尝刊江湖集以售。时又有卖书者号小陈道人。据此,则当时临安书肆陈氏多有著名。惟陈思在大街,陈起在睦亲坊,即今弼教坊,皆非鞔鼓桥之书铺也。"⑤

吴自牧《梦粱录》卷七"禁城九厢坊巷"条:"睦亲坊,俗呼宗学巷。纯礼坊,元名后洋街巷。保和坊,旧称砖街巷。报恩坊,俗名观巷。以上在御街西首一带。"⑥

宋李心传撰《建炎以来朝野杂记》乙集卷十三"宗学博士"条:

---

① (宋)吴文英:《梦窗丙稿》卷三,四库全书本。
② (元)方回编:《瀛奎律髓》卷四十二,四库全书本。
③ (唐)太宗文皇帝御撰:《晋书》卷十一,四库全书本。
④ (唐)张说:《张燕公集》卷五,四库全书本。
⑤ 叶德辉:《书林清话》,中华书局1957年版,第378页。
⑥ (宋)吴自牧:《梦粱录》卷七,四库全书本。

宗学博士，旧诸王官大、小学教授也。至道元年，太宗将为皇侄等置师傅，执政谓环卫之官非亲王比，当有降。乃以教授为名。咸平初，遂命诸王府官分兼南、北宅教授。南宫者，太祖、太宗诸王之子孙处之，所谓睦亲宅也。北宫者，魏悼王子孙处之，所谓广亲宅也。二宅教授，初止六员。治平初，以宗室浸盛，有诏三十以上，增置讲书四员；十四以下，别置小学教授十二员，以分教之。崇宁初，以官宅相去远，乃令各宫置大、小二学，增教授二员，不置讲书。五年，又改称某王官宗子博士，位在国子博士之上。靖康之乱，宗学遂废。绍兴四年，复始置诸王官大、小学教授二员，隆兴省官，旋减其一。自是月朔止一人上讲，所教惟南班宗室十余人，往往华皓（按：四库全书本为"革魄"）。每教授初除朔望，则赴堂一揖而退。嘉定九年十二月，始复置宗学，改教授为博士，又置宗学教谕一员，并隶宗正寺。博士在太常博士之下，教谕在国子正之上，俸给、人从、赏典依国子博士及正体例，于是宗室疏远者皆得就学。而彬彬可观矣。旋有旨复存诸王官大、小学教授一员。①

此条记录，不仅简述了宗学博士沿革情况，而且也间接解答了"睦亲坊，俗呼宗学巷"，这个坊、巷名称的由来。正是由于宋室南渡后，于此坊内置睦亲宗学，故地名以睦亲为坊名，因为坊内有宗学，所以俗呼宗学巷。

宋代十分重视对于宗室子弟的教育，其"彬彬可观"，在中国传统历史上大概是无出其右，②陈起书坊的位置，开在宗学之旁，说明其十分具有商业头脑。宗室子弟学习，既有购买各类书籍的文化之需求，又不乏购书之财力，是一重要而稳定的消费群体。

其实不仅如此，陈起书坊的位置，同时也在御街旁边。陈宅书籍铺因其所刊书籍常在卷末印有"临安府棚北大街陈宅书籍铺印行""临安府棚北街陈解元书籍铺印行"等，叶德辉撰《书林清话》卷二"南宋临安陈

---

① （宋）李心传：《建炎以来朝野杂记》乙集卷十三，中华书局2000年版，第724页。参考四库全书本《宋会要辑稿》"宗学博士"条。

② 详细情况可参考 John W. Chaffee, *Branches of Heaven: A History of the Imperial Clan of Sung China*, publisher by the Harvard University Asia Center, Cambride, 1999.［美］贾志扬：《天潢贵胄：宋代宗室史》，赵冬梅译，江苏人民出版社2005年版。

氏刻书之一"条,考之甚详:

睦亲坊在御街西首。宋周淙《乾道临安志》二坊市:"左二厢:睦亲坊、官巷。"又云"乐众坊、南棚巷,定民坊、中棚巷"。又施谔《淳祐临安志》七坊巷:"城内左二厢,定民坊、中棚巷,睦亲坊、宗学巷。"又潜说友《咸淳临安志》十九府城:"左二厢,睦亲坊、定民坊相对,俗呼宗学巷;定民坊、戒民坊相对,俗呼中棚巷。并在御街西首一带。"吴自牧《梦粱录》七禁城九厢坊巷条:"左二厢所管坊巷,定民坊即中棚巷,睦亲坊俗呼宗学巷。以上在御街西首一带。"据此,知陈宅书铺在御街西北,故其刻书印记称睦亲坊南。赵师秀赠诗云"门对官河水",叶绍翁赠诗云"官河深水绿悠悠",盖即施志之所谓西河,南至旱河头直北至众安桥止者也。《潜志·京城图》睦亲坊与近民坊平列,中隔御街。御街之对面即戒民坊一带。戒民坊一带之后即御河。河有棚桥,故此一带街巷皆以棚名。其街甚长,故分南棚、中棚两巷,尾至棚北大街。施、周两志属钱唐县界小河。(棚桥睦亲坊明时犹存,属仁和县。明嘉靖己酉沈朝宣《仁和县志》一街巷,东自義和坊,西自寿安坊,自南至北,中间一直大道,乃宋时御街。其街东自南至北转西抵中正桥,其街西自南至北转西抵中正桥。而戒民坊、睦亲坊名隶属于下。睦亲坊下注:今立弼教坊,宋时有宗学。)其时宗学多立如此。故近处多书坊,而陈姓尤盛。①

可见陈起的书坊,一方面是临宗学,另一方面又临御街。而御街为都城最为重要和繁华的主干道,② 官员、士子、游人如织,自然是最具商机的理想地理位置。

其二是词中提到的陈起的芸居楼,为陈起藏书楼。陈起并非一个单纯的商人,而是一个文化人,今天俗称"儒商"。他是乡贡第一,故称陈解元。宋代虽然商业繁荣,但是士大夫群体仍然轻视商人,③ 而士大夫对于书商的佳评,也往往在于他们所具有的士大夫阶层的文化特征。参往来诗

---

① 叶德辉:《书林清话》,中华书局1957年版,第47—54页。
② 参见林正秋《南宋都城临安》,西泠印社1986年版,第87—89页。
③ 参见刘子健《中国转向内在》,赵冬梅译,江苏人民出版社2002年版。

词对于陈起的评价和魏了翁、陈振孙对于陈思的评价。陈起是集刻书、销书和藏书为一体的出版商。陈起的藏书楼是当时江湖诗人的一个活动中心。在他这里可以借书，张弋《秋江烟草·夏日从陈宗之借书偶成》云："案上书堆满，多应借得归。"① 又杜耒《赠陈宗之》云："成卷好诗人借看。"② 又赵师秀《清苑斋诗集·赠陈宗之》云："最感书烧尽，时容借检寻。"③ 这样，他的藏书楼便兼有了图书馆的性质。

同时，其藏书楼的楼名芸居，芸为香草名。即芸香，多年生草本植物，其下部为木质，故又称芸香树。叶互生，羽状深裂或全裂。夏季开黄花。花叶香气浓郁，可入药，有驱虫、驱风、通经的作用。《礼记·月令》："（仲冬之月）芸始生。"郑玄注："芸，香草也。"④ 宋沈括《梦溪笔谈·辨证一》："古人藏书辟蠹用芸。芸，香草也。今人谓之'七里香'者是也。"⑤ 晋成公绥《芸香赋》："美芸香之修洁，禀阴阳之淑精。"⑥

正是因为"古人藏书辟蠹用芸"的缘故，因此古人多用此词构成与书籍相关的词汇。比如"芸香"，唐杨巨源《酬令狐员外直夜书怀见寄》诗："芸香能护字，铅椠善呈书。"⑦ 宋周邦彦《应天长》词："乱花过，隔院芸香，满地狼藉。"⑧ "芸扃"，唐卢照邻《双槿树赋》："芸扃石室，图天揆日。"⑨ "芸编"，宋陆游《夏日杂题》诗之五："天随手不去朱黄，辟蠹芸编细细香。"⑩ 等等。因此，吴文英词中"怕遣花虫蠹粉，自采秋芸熏架，香泛纤碧"三句，与其藏书身份绾合。

刘克庄《赠陈起》云："陈侯生长繁华地，却似芸居自沐薰。炼句岂非林处士，鬻书莫是穆参军。"⑪

---

① （宋）陈起编：《江湖小集》卷六十八，四库全书本。

② （宋）陈起编：《前贤小集拾遗》卷三，读画斋刊《南宋群贤小集》本，清嘉庆六年（1801）序刊。

③ （宋）赵师秀：《清苑斋诗集》，四库全书本。

④ （汉）郑氏注、（唐）陆德明音义，孔颖达疏：《礼记注疏》卷十七，四库全书本。

⑤ （宋）沈括：《梦溪笔谈·辨证一》，四库全书本。

⑥ 《御定历代赋彙逸句》卷二，四库全书本。

⑦ 《御定全唐诗》卷三百三十三，四库全书本。

⑧ （宋）周邦彦：《片玉词》卷上，四库全书本。

⑨ （唐）卢照邻撰：《卢升之集》卷一，四库全书本。

⑩ （宋）陆游撰：《剑南诗稿》卷四十六，，四库全书本。

⑪ （宋）刘克庄：《赠陈起》，（元）方回：《瀛奎律髓》四十二寄赠类，四库全书本。

"芸居自沐薰"正言其藏书楼及其人,"鬻书莫是穆参军"则恰恰反映了陈起鬻书的某些特征。可惜自来谈陈起的文章,基本会引刘克庄《赠陈起》诗歌,但是却没有认真去考证这个用典的含义。

> 穆修……晚年得《柳宗元集》,募工镂板,印数百帙,携入京相国寺,设肆鬻之。有儒生数辈,至其肆,未评价值,先展揭披阅。修就手夺取,瞑目谓曰:"汝辈能读一篇,不失句读,当以一部赠汝。"其忤物如此,自是经年不售一部。①

刘克庄正是以此典故来称颂陈起。

其三,"旧雨江湖远,问桐阴门巷,燕曾相识。吟壶天小,不觉翠蓬云隔。桂斧月宫三万手,计元和通籍。软红满路,谁聘幽素客"。

陈起与众多才俊相互往来,不仅是提高声誉、声名,其靠拢和认同主流文化,而且也具有重要商业功能,培养一个比较稳定的供稿队伍,一个新型文学生产的生产者群体。传统士大夫的文学创作,是不屑于为市场而生产的。宋代的文学家,除苏轼等少数诗集被盗版商业刊刻出版之外,多数诗文集是属于家刻,并非是商业出版。② 其目的不是为了在市场流通,也并非为市场而生产。而书坊的生存和发展,则必须依赖书籍的消费市场,因此必须有一个为满足和适合消费市场而进行文学生产的群体。陈起与众多江湖才俊相互往来,这些人往往生存艰难,因为宋代取士人数,是唐代的近10倍,③ 从而导致大量冗官、冗员的出现,就是录取了,许多年仍然没有实职可授;另外也积累了愈来愈多的不能录取的读书人。而这使江湖诗人、下层文人的数量急剧增加。书商陈起就是一个典型的例子,他是乡贡第一,但是仍然不能考取进士科等科名。

南宋时期科举考试竞争之激烈,录取之困难,从宋李心传撰《建炎以来朝野杂记》乙集卷十五中的一则史料中可见一斑:

> 省试。旧以十四人取一名,隆兴初,建、剑、宣、鼎、洪五州进

---

① (宋)魏泰:《东轩笔录》卷三,四库全书本。
② 参见张秀民著、韩琦增订《中国印刷史》,浙江古籍出版社2006年版;肖东发:《中国图书出版印刷史论》,北京大学出版社2001年版。
③ 关于宋代科举录取,参见龚延明、祖慧《宋登科记考》,江苏教育出版社2005年版。

士，三举实到场者，皆以覃恩免解，有旨增省额百人，遂以十七人取一人，而四川类省试则十六人取一名，后不复改。①

而冗官问题的严重和难以解决，在宋李心传撰《建炎以来朝野杂记》乙集卷十六的"特奏名冗滥"条中，同样可见一斑：

> 特奏名进士。旧二人而取一。淳熙初，议者以为冗滥尤甚，请裁节之。诏吏部同给舍详议。于是尚书程泰之、给事中王仲行、舍人陈叔晋等，奏乞三人取一人。其不入四等人，旧许纳敕再试，今止许一试。旧免解人有故不入试者，理为一举，今不理。旧潜藩五路举人及久在学校充职事人，并升甲，今止升名。奏可。六年三月也其后朝廷每有庆霈，则前后不中选者，尽取而官之，往往千数百人，充塞仕路，遂成熟例，不可复减矣。②

宋代参与科举考试基数大幅度增长，读书而不能及第者，形成数量很大的阶层。宋代本来就冗官、冗员问题突出，无力吸收这一阶层，使其游离于仕进之外，成为士人阶层社会的边缘人物，既不能入仕，作为传统读书人的唯一正途，又因为读书而不能像其他非读书人从事农工商，或者说不愿进入农工商，处于中间阶层与尴尬处境。

宋代科举制度的繁荣，大大促进了全社会的读书热潮，这固然是好事。但是社会为读书人准备的传统出路就只有通过科举考试一条道路。所以美国汉学家研究宋代科举的著作，就起了荆棘之门，③ 这些沉沦下僚的读书人为生存所迫，不得不从而由传统的文学创作方式被迫转型为新型的文学生产方式，成为中国历史上第一批为文学市场而从事文学生产的文化群体。

不断增多的冗官造成了士人进身之路的困难。宋代的冗官体制，在中国的历代王朝中是非常突出的，而论及这一点时，首先应该考虑的就是科举制度的影响。同时，虽然宋代科举取士人数比较唐代大大增加，但是科

---

① （宋）李心传：《建炎以来朝野杂记》，中华书局2000年版，第775页。
② 同上书，第777页。
③ John. W. Chaffee, *The Thorny Gates of learning in Sung China: A Social History of Examinations*, Cambridge University Press 1985.

举制从北宋开始，其参与者的基数就不断扩大，参加科举人数不断增加而录取人数虽然已经大大超越唐代，但是毕竟增加有限，从而使录取比例不断缩小，从而导致了一个使读书人"逐渐变为'地方精英'的过程"。①

虽然一些文章著述也涉及陈起刻书对于江湖诗派兴起的作用，但是未能从媒介文化转型的历史意义高度来认识这一文化现象与文学现象，也未能意识到江湖诗派的诗人在以陈起刻书为中介，形成实质上已经不再是传统文学史意义上的诗歌流派，而是在新的传播媒介、商业化社会的新型文化语境下、新型的文学生产方式。改变了传统文学的性质，从一种非商业化、文人自娱方式的、非生产性活动，变化为一种商业化、生产性的文学活动。②

在与陈起交往的江湖诗人中，就保存了这方面的情况描写。黄文雷《看云小集》自序云："芸居见索，倒箧出之，料简仅止此。自《昭君曲》而上，盖经先生印正云。"③ 又许棐《梅屋四稿》自跋云："甲辰一春诗，诗共四、五十篇，录求芸居吟友印可。"④ 又张至龙《雪林删余》自序云："予自髫龀癖吟，所积稿四十年，凡删改者数四。比承芸居先生又为摘为小编，特不过十四之一耳。……予遂再浼芸居先生就摘稿中拈出律绝各数首，名曰《删余》。"⑤ 又危稹《巽斋小集·赠书肆陈解元》二首之一云："巽斋幸自少人知，饭饱官闲睡转宜。刚被旁人去饶舌，刺桐花下客求诗。"其二："兀坐书林自切磋，阅人应似阅书多。未知买得君书去，不负君书人几何。"⑥ 又赵师秀《清苑斋诗集·赠陈宗之》云："每留名士饮，屡索老夫吟。"⑦ 这说明，陈起经常关注着同时代的江湖诗人的创作

---

① 参见［美］包弼德《唐宋转型的反思——以思想的变化为主》，刘宁译，《中国学术》第三辑，商务印书馆2000年版。

② 刘方：《宋代两京都市文化与文学》，中国社会科学出版社2016年版。

③ （宋）陈起编：《江湖小集》卷五十，黄文雷《看云小集》，四库全书本。

④ （宋）许棐：《梅屋集》卷四，《梅屋第四稿》，四库全书本。宋陈起：《江湖小集》卷七十七。许棐：《梅屋稿》，四库全书本。

⑤ 张至龙：《雪林删余》，（明）毛晋：《汲古阁景宋钞南宋群贤六十家小集本》卷33《西麓诗稿·雪林删余》。

⑥ （宋）陈起编：《江湖小集》卷六十危稹《巽斋小集》，四库全书本。危稹：《巽斋小集》，（明）毛晋：《汲古阁景宋钞南宋群贤六十家小集本》卷30《秋江烟草·癖斋小集·巽斋小集》。

⑦ （宋）赵师秀：《清苑斋诗集》，四库全书本。

情况，并与他们保持着最密切的联系。陈起索要和编辑、出版这些诗人的作品，而这个诗人群体，也就成为陈起书坊出版满足新型市民审美趣味的文学消费品的比较稳定的文学生产群体。

陈起在《题西窗食芹稿》一诗中自道其编辑、刊刻的艰辛："曾味西窗稿，经年齿颊清。细评何物似？碧涧一杯羹。"① 显然，陈起在编辑中带有自己的审美观，带有对满足大众消费市场审美趣味的需求的编辑标准，以上所引"印正""即可""摘为小编""拈出"云云，都应该是陈起根据市场消费大众的趣味所进行的规导和影响。这样，在陈起的周围就聚集了一大群江湖诗人，为其提供稿源，"以书贾陈起为声气之联络"。②

另外，众多江湖才俊，也是一个比较稳定的书籍消费群体，陈起与他们的广泛交往，同时也为自己书坊的书籍销售，开拓了一个比较稳定的消费市场群体。

在与陈起交往的江湖文人的相互赠诗中，有多首记载陈起赠书的情况，说明对一些无力购书的贫士，他赠送书籍，允许他们赊书。许棐《梅屋四稿·陈宗之叠寄书籍小诗为谢》云："君有新刊须寄我，我逢佳处必思君。"③ 又黄简《秋怀寄陈宗之》云："惭愧陈征士，赊书不问金。"④ 这样，他的书铺就并不完全是商业性经营，而一大群江湖诗人聚集在他的周围，也不完全是功利性交往。但是需要考虑的是，陈起赠书，毕竟是个别、有限的读者，而根据这一事实，可以作如下的进一步推断：

一是这些为感谢其赠书而创作的诗歌及其受赠者本人，成为其书坊的有效的广告，一方面是书坊的广告，吸引更多士子购买书坊之书。另一方面是对于书坊主人的人格的广告，宣传了他诚信的人品。而这两方面对于一个书坊的成功，都是很重要的。

二是这些诗人，当其有经济能力之时，是会购买陈起书坊的书籍的，不可能总是赠书，赠书只是偶尔为之，而这些心存感激的诗人，在有经济能力的时候，也会购买书坊的书籍。所以赠书在客观上也是在培养潜在消费群体。

---

① （宋）陈起编：《江湖小集》卷二十八陈起《芸居乙稿》，四库全书本。
② 四库全书《〈梅屋集〉提要》，四库全书本。
③ （宋）许棐：《梅屋集》卷四，《梅屋第四稿》，四库全书本。
④ （宋）陈起：《前贤小集拾遗》卷四，读画斋刊《南宋群贤小集》本，清嘉庆六年（1801）序刊。

三是偶尔对于少数江湖士子的赠书,也正意味着和暗示了大多数人毕竟是通过购买方式获得的,表明了其消费群体中是有一个比较可观的数量的士子阶层。

但是陈起书坊的经营方式和与士大夫群体的广泛交往并非是唯一的,而只是众多如此经营的书坊之中的一个典型。对比刻书业更为发达的福建建阳,则城市文化对于书坊繁荣、发展的意义和影响的重要作用就凸显出来。

城市特别是作为首善之区的都城,文化发达,士大夫文人集中,人文荟萃,有发达的文化需求,城市经济、商业发达、繁荣,形成新型市民阶层同样有不同层次的文化需求,而经济、商业的繁荣也为之提供了经济支撑,才能形成如此多的书坊同时并存。

而建阳城市文化本身难以支持,主要是以外销为主,则缺乏对于文学生产的直接、有效的影响,难以形成像临安陈起书坊那样的模式。两者对比,则城市文化繁荣的意义、作用就体现出来了。

诸陈刊刻各具特色的书籍,只是希望能够有品位、有文化意味地"射刊",而不是单纯地考虑经济利益,同时,希望有社会效益和文化品位。他们当然在当时预见不到这一举动在中国文化史上的重大意义,同样,为陈起的书坊提供稿源、投稿,开始面向市场而进行商业性写作的江湖士子,当然也不清楚,在不情愿和被迫、无奈的情况下,为了能够通过一种有文化品位的更为体面的方式谋生,从而开启了具有现代文学生产意义、性质的新型文学的大门和道路。

对于他们而言,历史的深远意义是无法预见的,正像哈耶克《自由秩序理论》所指出的一样[①],人类许多重要的发明、创新、文化事件,都是最初在不经意间,无意识地(并非为某项人类重大价值的工程而工作,当时也并未引起时人注意的方式)开始进行这个历史进程中被后人所重视的工作的。而他们的工作,从今天考察其意义,他们跨出了一小步,人类文明迈进了一大步,新型文学生产发展了一大步。

---

① Hayek, F. A., *The Constitution of Liberty*, Chicago: The University of Chicago Press. 1960 p. 22. [英]哈耶克:《自由秩序原理》,邓正来译,生活·读书·新知三联书店 1997 年版。

印刷文化背景下的新型文字狱与新学术领域发展

宋代印刷文化的繁荣，文学出版的发达，也带来了消极后果，其中比较重要的一个就是新型文字狱。北宋有著名的"乌台诗案"，南宋则有著名的"江湖诗案"。印刷媒体的影响力就是以这样严酷的事实，宣告了其登上中国文学与文化的历史舞台，以其惨痛的代价，揭示了其巨大而难以逆料的社会影响力。

一个学术共同体要形成公认的话语就要求相关学科具有用途广泛的文献积累。藏书楼、出版业对学术的转型发挥了重要作用。宋代开始繁荣的版本学、校勘学、私家目录学等，均需要一个相当数量的文献藏书才能开展和进行。

一　杭州（临安）：印刷文化背景下新型文字狱的发生空间

宋代印刷文化的繁荣，文学出版的发达，也带来了消极后果，其中比较重要的一个，就是文字狱。北宋有著名的"乌台诗案"，南宋则有著名的"江湖诗案"。

北宋著名的"乌台诗案"，可以说与浙江有千丝万缕的联系，"乌台诗案"的导火线——《钱塘集》，是杭州书坊刻书的商业化访客本。而案中主犯苏轼，则被直接从湖州任上抓到京城。

从媒介文化的角度看，"乌台诗案"是以印本书的盛行为文化背景的。《钱塘集》的雕印刊行是北宋中期杭州民间出版空前活跃的表现，也反映了印刷出版业初步繁荣阶段政府管理上的失控。在雕版印刷蓬勃发展的北宋中期，出现了"乌台诗案"这样的文字狱，令士大夫们人人自危，不仅挫伤了自庆历以来形成的士大夫奋然报国之积极性，而且影响了出版业的发展。此后，文禁甚严，书稿审查趋于详密。

"乌台诗案"的导火线——《钱塘集》，主要收录的是熙宁四年（1071）冬至熙宁七年（1074）秋苏轼在杭州通判任上的诗。苏轼是在因不满新法而辗转外任后，带着满腹牢骚去作诗的，正所谓"作为诗文，寓物讬讽，庶几流传上达，感悟圣意"①。这样，《钱塘集》便成了苏轼"讥讽时政"的罪证。

元丰二年（1079），监察御史里行何正臣、舒亶和御史中丞李定等人上札弹劾苏轼。李定在札子里列了苏轼四大罪状："怙终不悔，其恶已著"；"傲悖之语，日闻中外"；"言伪而辨，行伪而坚"；"一切毁之（指新法），以为非是"。舒亶指斥苏轼"应口所言，无一不以诋谤为主"。由于《钱塘集》已雕印刊行，所以传播甚广。何正臣在札子中说："轼所为讥讽文字传于人者甚众。"舒亶还"上轼印行诗三卷"，并且指出，苏轼诗文在当时广为传播的情况——"小则镂板，大则刻石，传播中外"。②

《钱塘集》，全名《苏子瞻学士钱塘集》。并非苏轼本人集诗所辑所刊，而是民间好事者的逐利行为。苏轼诗文盖世，家喻户晓。宋人毛滂在《上苏内翰书》中说："先生之名满天下，虽渔樵之人、里巷之儿童、马医厮役之徒、深山穷谷之妾妇，莫不能道也。"③陈师道之兄陈传道曾将苏轼知密州、知徐州时的作品分别收入《超然集》《黄楼集》。元祐年间，陈传道曾致信苏轼，欲为其刊行诗集，被苏轼谢绝。苏轼在回信中特意指出："钱塘诗，皆率然信笔，一一烦收录，只以暴其短尔。某方病市人逐于利，好刊拙文。欲毁其板，矧更令人刊耶？"④苏轼所说的"钱塘诗"，系指他在杭州任职时的诗作。他所说的欲毁之板，即指已为"逐利市人"雕行的《钱塘集》。

苏轼下狱后，苏辙十分焦急，写了一份救命请愿书《为兄轼下狱上

---

① （宋）苏轼：《乞郡札子》，《苏轼文集》卷二九，四库全书本。
② （宋）李焘：《续资治通鉴长编》卷二九九，元丰二年（1079）七月己巳条，四库全书本。
③ （宋）毛滂：《东堂集》卷六，四库全书本。
④ （宋）苏轼：《答陈传道五首》之二，《苏轼文集》卷五三，四库全书本。

书》。其中有这样一段文字:"轼居家在官,无大过恶,惟是赋性愚直,好谈古今得失;前后上章论事,其言不一。陛下圣德广大,不加谴责,轼狂狷寡虑,窃恃天地包含之恩,不自抑畏。顷年通判杭州及知密州日,每遇物托兴,作为歌诗,语或轻发,向者曾经臣寮缴进,陛下置而不问。轼感荷恩贷,自此深自悔咎,不敢复有所为。但其旧诗已自传播。"① 解释苏轼诗文之流播,借助了先进的传播手段——雕印,而这不是苏轼本人所能左右的,乃"已自传播"。②

诗案所体现的现代性,就是隐藏在诗案背后的日益普及的各种传播媒介与事件之间难以割舍的纠葛。围绕着诗案,印刷、石刻等作为传播媒体以不同形式或明或暗地登上社会政治场面。这些传播媒介此时正以从未有过的速度在社会上扩大其影响力。我们从苏轼事件显而易见,同时代的士大夫言行和各种传播媒介联结在一起,开始对社会产生比较广泛的影响。③

虽然惹下入狱之祸的苏轼,在乌台诗案之前,并没有预先正确地把握印刷媒体的影响力,对于新型的传播媒介的社会影响与文化功能,还缺乏预计,而这一新型的传播、出版的文学存在方式,就是以这样严酷的事实,宣告了其登上中国文学与文化的历史舞台,以其惨痛的代价,揭示了其巨大而难以逆料的社会影响力。

而南宋江湖诗祸始末,其源头则可以上溯到刘子翚《汴京纪事》其七:

> 空嗟覆鼎误前朝,骨朽人间骂未销。夜月池台王傅宅,春风杨柳太师桥。④

---

① (宋)苏辙:《为兄轼下狱上书》,苏辙:《栾城集》卷三五,四库全书本。
② 乌台诗案详情,参见周宝荣《宋代出版史研究》,中州古籍出版社2003年版,第105—118页。
③ [日]内山精也:《苏轼及其周围士大夫的文学》,朱刚等译,上海古籍出版社2005年版。
④ (宋)刘子翚:《屏山集》卷十八《汴京纪事》,四库全书本。有关刘子翚及其《汴京纪事》组诗的详细情况,参见刘方《宋代两京都市文化与文学》,中国社会科学出版社2016年版,第275—296页。

这一首，表达了对祸国殃民的奸臣的痛恨。他们刮尽了民脂民膏，建造大花园、大住宅，荒淫无耻，弄得国破家亡，结果被万人笑骂。对蔡京、王黼这两位误国权奸做了极具辛辣的讥刺。钱锺书在《宋诗选注》中对此诗作如是解："覆鼎"出于《易经》里鼎卦的爻辞，指误国失职的大臣，这里指官封"太傅楚国公"的王黼和官封"太师鲁国公"的蔡京，这两个祸国殃民的权奸，他们在汴京都有周围几十里的大住宅。不过，蔡京的住宅在靖康元年（1126）闰十一月八日被愤怒的市民烧毁，所以说"太师桥"表示只是个遗址。①

此诗从北宋末年一些奸臣居住的旧址，联想到他们生前祸国殃民，玩弄权术以致无力抵抗金人入侵，酿成国亡的惨祸。一开头，诗歌的矛头便直指奸臣。"覆鼎"语出《周易·鼎》，"鼎足折，公覆餗"，喻大臣失职。"骨朽"与"骂未销"是句中对比，骨头已经朽烂，人们的咒骂却未消散，足见此辈之死有余辜，愤恨至极，痛快淋漓。到底是什么样的奸臣会遭到如此之愤恨呢？后二句点明作者鞭挞的对象乃是徽宗朝"六贼"首恶的王黼和蔡京。"王傅宅"，即指太傅王黼的住宅。王黼字将明，徽宗朝宰相，曾封太傅楚国公。他弄权贪赃，卖官鬻爵。徽宗赐第，周遭数里。正厅以青铜瓦覆盖，宏伟壮丽。后堂起高楼大阁，辉耀相对。后园聚花石为山，中列四巷，侈丽之极。钦宗即位后受到贬斥，在流放途中被杀。籍其家私，得金宝以亿万计。"太师桥"就是太师蔡京宅前的桥，在汴京州桥之西。蔡京字元长，官至太师，封鲁国公。在汴京有赐第多处。足见其骄奢淫逸，猖獗一时。《靖康要录》卷四："近年用事之臣，欺君妄上，专权怙宠，蠹财害民，坏法败国，奢侈过制，赇贿不法者，蔡京始之，王黼终之。"② 所以，刘子翚分别以"王傅宅"和"太师桥"来指代奸臣王、蔡二人，作为他批判的主要对象。这两处历史陈迹也不幸成为奸贼祸害国家、鱼肉百姓的铁证。作者用"夜月池台""春风杨柳"这样美丽的人间景色来写王、蔡府第可谓用意深曲，正是以"池台""杨柳"的美好来反衬王、蔡之流的丑恶，以"夜月""春风"的永恒来反衬奸臣生涯的短暂，同时也表明这些奸贼的臭名连同其府第将永远成为人们唾骂、嘲讽的对象。可见结尾两句之妙，尤在假吟风弄月之形，行口诛笔伐之

---

① 钱锺书：《宋诗选注》，人民文学出版社1979年版，第174页。
② 《靖康要录》卷四，四库全书本。

实,艺术技巧相当高超。

诗人以嗟叹起笔,以"骂"字表达痛恨,又分别以"夜月池台""春风杨柳"状王傅宅和太师桥之清雅,似赞美而实谴责,可谓是构思精巧,意在言外。

刘子翚的这首诗歌,十分有名,影响很大,因为与一场诗祸联系在一起了。

南宋理宗宝庆年间,江湖诗人因诗引起了一场诗祸,刊载此诗的陈起的《江湖诗集》版被毁,仕人作诗遭禁,五六位诗人因此事牵连遭严谴。这在南宋乃至整个中国文学史上,都是很典型的。而诗祸的发生,与有人仿拟刘子翚《汴京纪事》二十首之中的这首诗的"夜月池台王傅宅,春风杨柳太师桥"有极密切的关系。有关情况在宋代的几种笔记中有存在差别的记载:

> 渡江以来,诗祸殆绝,唯宝、绍间,《中兴江湖集》出,刘潜夫诗云:"不是朱三能跋扈,只缘郑五欠经纶。"又云:"东风谬掌花权柄,却忌孤高不主张。"敖器之诗云:"梧桐秋雨何王府,杨柳春风彼相桥。"曾景建诗云:"九十日春晴景少,一千年事乱时多。"当国者见而恶之,并行贬斥。景建,布衣也,临川人,竟谪春陵,死焉。其往春陵也作诗曰:"挟策行行访楚囚,也胜流落峤南州。鬟丝半是吴蚕吐,襟血全因蜀鸟流。径窄不妨随茧栗,路长那更听钩辀。家山千里云千迭,十口生离两地愁。"①

宋末元初的文人周密,也在其所著《齐东野语》卷十六"诗道否泰"条中记载有此事。他说:

> 诗道否泰,亦各有时。政和中,大臣有不能诗者,因建言诗为元祐学术,不可行。时李彦章为中丞,望风旨,遂上章论渊明李杜而下,皆贬之,因诋黄张晁秦等,请为科禁。何清源至修入令式,诸士庶习诗赋者,杖一百。闻喜例赐诗,自何文缜后,遂易为诏书训戒。

---

① (宋)罗大经撰,王瑞来点校:《鹤林玉露》乙编卷四《诗祸》条,中华书局1983年版,第188页。

是岁冬初雪，太上皇喜甚，吴居厚首作诗三篇以献，谓之口号。上和赐之，自是圣作时出，讫不能禁，而陈简斋遂以墨梅诗擢置馆阁焉。宝庆间，李知孝为言官，与曾极景建有隙，每欲寻衅以报之。适极有《春》诗云："九十日春晴景少，百千年事乱时多。"刊之《江湖集》中，因复改刘子翚《汴京纪事》一联为极诗云："秋雨梧桐皇子宅，春风杨柳相公桥。"初，刘诗云："夜月池台王傅宅，春风杨柳太师桥。"今所改句，以为指巴陵及史丞相。及刘潜夫《黄巢战场》诗云："未必朱三能跋扈，都缘郑五欠经纶。"遂皆指为谤讪，押归听读。同时被累者，如敖陶孙、周文璞、赵师秀，及刊诗陈起，皆不得免焉。于是江湖以诗为讳者两年。其后史卫王之子宅之，婿赵汝楳颇喜谈诗，引致黄简黄中吴仲孚诸人，洎赵崇龢进明堂礼成诗二十韵，于是诗道复昌矣。①

这里关键的两句诗是："秋雨梧桐皇子府，春风杨柳相公桥"，"以为指巴陵及史丞相"。所谓"巴陵"即指最后"降封巴陵县公"的宁宗皇子赵竑自韩侂胄抗金失败被杀以后，史弥远在宁宗时为相十七年，权倾朝廷内外，赵竑对其极为不满，曾流露出"吾他日得志"，将把史弥远流放到琼崖之意。又曾称史弥远为"新恩"，"以他日非新州则恩州也"。② 于是史弥远对其怀恨在心。宁宗去世后，史弥远擅作主张，废赵竑，立赵昀为帝，是为理宗。因为史弥远对理宗有拥立之功，故又在理宗时"独相九年，擅权用事，专恣捡壬"③。这两句诗鲜明地道出了"皇子宅"的萧条冷落与"相公桥"畔的春风得意，揭露了史弥远权倾天下的事实。

据上文所引《鹤林玉露》，罗大经认为"皇子宅""相公桥"诗乃敖器之所写，但周密的《齐东野语》则记得最详，说这两句诗是曾极从刘子翚的《汴京纪事》"夜月池台王傅宅，春风杨柳太师桥"演脱出来的，因此，曾极在这场诗祸中遭遇也最惨。曾极本是临川的一个普通老百姓，即所谓"布衣"，诗案发生后，被流放到舂陵，并且死在了那里。曾极在前往舂陵的路上曾作诗说："杖策行行访楚囚，也胜流落峤南州。鬓丝半

---

① （宋）周密撰，张茂鹏点校：《齐东野语》卷一六"诗道否泰"条，中华书局2004年版，第293页。

② 《宋史》卷二四六《赵竑传》，中华书局1977年版，第8735页。

③ 《宋史》卷四一四《史弥远传》，中华书局1977年版，第12418页。

是吴蚕吐，襟血全因蜀鸟流。径窄不妨随茧栗，路长那更听钩辀。家山千里云千叠，十口生离两地愁。"两鬓斑白的曾极，别了十口之家，满怀愁绪，虽庆幸发配地只是楚地的舂陵，不是岭外的南州，但最终还是一去不返，永远作了"楚囚"。

江湖诗案，牵连不少文人，而且产生了很大的社会影响。

由宋入元的戴表元撰《题汤仲友诗卷》：

  汤君仲友，兵后犹在吴中。余屡得其诗读之，盖年七十余矣。深沉酝藉，足称遗老。此卷固是其少作耶，旧时江湖间诸公以诗行不少，谓之诗客，公卿折节交之，自华子山敖器之刘潜夫前后诗祸作，士气稍稍摧沮，虽不绝，然不得如昔矣。剡源戴表元书。①

方回编《瀛奎律髓》卷四十二《赠陈起》一诗下方回有一条注释：

  此所谓卖书陈彦才，亦曰陈道人。宝庆初，以"秋雨梧桐皇子府，春风杨柳相公桥"诗为史弥远所黥。诗祸之兴，捕敖器之、刘潜夫等下大理狱，郑清之在琐闼止之。予及识此老，屡造其肆，别有小陈道人，亦为贾似道编管。②

元方回编《瀛奎律髓》卷二十梅花类，收有刘克庄《落梅》二首：

  一片能教一断肠，可堪平砌更堆墙。飘如迁客来过岭，坠似骚人去赴湘。乱点莓苔多莫数，偶黏衣袖久犹香。东风谬掌花权柄，却忌孤高不主张。

  昨夜尖风几阵寒，心知尤物久留难。枝疏似被金刀剪，片细疑经玉杵残。痛叱山童持帚去，苛留野客坐苔看。月中徒倚凭空树，也胜吴儿赏牡丹。

方回在诗歌下注：

---

① （宋）戴表元：《剡源文集》卷十八，四库全书本。
② （宋）方回编：《瀛奎律髓》卷四十二，四库全书本。

潜夫淳熙十四年丁未生，二十五为靖安尉。嘉定中，从李大江淮制幕监南岳庙以归，诗集始此。初有《南岳五稿》，此二诗，嘉定十三年庚辰作，年三十四。时正奉祠家居，后从辟巡广西帅蜀知建阳县，当宝庆初，史弥远废立之际，钱塘书肆陈起宗之能诗，凡江湖诗人皆与之善。宗之刊《江湖集》以售，《南岳稿》与焉。宗之赋诗有云"秋雨梧桐皇子府，春风杨柳相公桥"，哀济邸而诮弥远，本改刘屏山句也。敖臞庵器之为太学生时，以诗痛赵忠定丞相之死，韩侂胄下吏逮捕，亡命，韩败乃始登第，致仕而老矣。或嫁秋雨春风之句为器之所作。言者并潜夫梅诗论列，劈《江湖集》板，二人皆坐罪。初弥远议下大理逮治，郑丞相清之在琐闼，白弥远，中辍，而宗之坐流配。于是诏禁士大夫作诗，如孙花翁惟信李蕃之徒寓在所，改业为长短句。绍定癸巳，弥远死，诗禁解，潜夫为病后访梅九绝句云"梦得因桃却左迁，长源为柳忤当权。幸然不识桃并柳，却被梅花累十年"……时潜夫废闲恰十年矣。①

作为诗祸的当事人和受害者之一，刘克庄《祭郑丞相文》开篇第一句就是："曩遭诗祸，几置台狱。公在琐闼，力解当轴。"② 这个意思和对于清之的感谢，在《与郑丞相书》中讲得更为具体："忆昨试邑建阳，适为要路所嫉，组织言语，横肆中伤，几逮对御史府矣。时大丞相方在琐闼，深惟国体，力解当权，谓文字不可以罪人，谓明时不可杀士，某之所以获全要领，我公之赐也。"③ 刘克庄《诗话》下："其后景建亦坐诗祸，谪春陵而卒。"④

景建即曾极，这条记载，也印证了上述罗大经《鹤林玉露》、周密《齐东野语》记载的真实性。而且刘克庄《跋宋自达梅谷序》中再一次提及此事：

建安士人范君，自号梅谷二十年，余尝为赋诗，后又为作跋焉。晚识金华宋君，居于洪之西山，亦自号梅谷。范宋竞谷千载而下遂与

---

① （宋）方回编：《瀛奎律髓》卷二十，四库全书本。
② （宋）刘克庄：《后村集》卷一百三十八《祭郑丞相文》，四库全书本。
③ （宋）刘克庄：《后村集》卷四十六《与郑丞相书》，四库全书本。
④ （宋）刘克庄：《后村集》卷十八《诗话》，四库全书本。

王谢争墩作对矣。然宋无范之贵力，范无宋之才思，晚有游勉，德润诸名人为着语，宋仅宝藏临川曾景建一序而已。按宝庆丁亥，景建以来诗祸谪春陵，不以其身南行万里为戚，方且惓惓然忧宋君营栖之无力，尤可悲也。余厚宋之诸昆，亦厚景建，感今念昔，览卷慨然。①

刘克庄由于为宋自达的文集作序，而"宋仅宝藏临川曾景建一序"，不禁又怀想起因为诗祸而谪春陵而卒的曾极，尤为令刘克庄，也借了刘克庄的记载而同样令千载而下的我们感动的是，曾极诗祸谪春陵，"不以其身南行万里为戚，方且惓惓然忧宋君营栖之无力"。在人生逆境，遭遇坎坷之际，对于自己的命运，不以为戚，却在书信中忧虑朋友的生活。这样的人格，的确是令人肃然起敬的。而刘克庄的这段简要记载，也弥足珍贵，使我们对于曾极其人，有了更为深入的理解，对于他所遭遇的不幸，有了更为强烈的同情。

虽然因为有丞相郑清之的援手，刘克庄得以免除牢狱之灾，成为诗案中最为幸运者。但是，诗祸依然给他的人生留下了阴影，刘克庄《荅南雄翁教授》："仆他无以愈人，但遭诗祸以来，灰心仕进，其后复出，非心思巧力所能致也。"②

四库全书集部四《梅屋集》提要：

> 梅屋集五卷，宋许棐撰。棐字忱夫，海盐人。嘉熙中，居于秦溪，自号曰梅屋，因以名集。……以书贾陈起为声气之联络，《赠陈宗之诗》所谓"六月长安热似焚，鄽中清趣总输君"。又《谢陈宗之叠寄书籍诗》所谓"君有新刊须寄我，我逢佳处必思君者"是也。以刘克庄为领袖，《读南岳新稿诗》所谓"细把刘郎诗读后，莺花虽好不须看"者是也。厥后以《江湖小集》中"秋雨梧桐"一联卒构诗祸，起坐黥配，克庄亦坐弹免官。③

关于卒构诗祸的"秋雨梧桐"一联的作者，也有不同的说法，除了

---

① （宋）刘克庄：《后村集》卷三十一，四库全书本。
② （宋）刘克庄：《后村集》卷四十七，四库全书本。
③ 四库全书集部四《梅屋集》提要。

上引文献之外,《三朝野史》载:

> 史弥远之立理宗而废济王,或者谓其与梦寐之中有所感而然也。后村先生刘克庄以诗讥之云:"春风杨柳丞相府,梧桐夜雨济王家"。①

《乐清县志》卷八云:

> 赵汝迕,字叔午,以诗名,登嘉定甲戌第,佥判处州,尝斌诗有"夜雨梧桐王子府,春风杨柳相公桥"之句,史相闻之怒,左迁沦落而卒。②

两句诗虽然文字有异,但含义却完全相同。对作者的记载纷纭,沸沸扬扬,竟达五人之多。——陈起、刘克庄、敖陶孙、曾极(李知孝诬嫁)、赵汝迕——这在诗史上还是罕见的。这两句诗分别收入《全宋诗》卷二九五三《李知孝集》、卷三〇〇九《赵汝迕集》、卷三〇八一《刘克庄集》、卷三〇八三《陈起集》,唯《敖陶孙集》未收。同一联诗收入四个人的集子,既无辩证,也无一处注出重见资料处理,实似不够严谨。

清朱彝尊《信天巢遗稿序》云:当宋嘉定间,东南诗人集于临安茶寮酒市,多所题咏,于是书坊取南渡后江湖之士以诗驰誉者,刊为《江湖集》。至宝庆初,李知孝为言官,见之弹事,于是刘克庄潜夫、敖陶孙器之、赵师秀紫芝、曾极景建、周文璞晋仙,一时同获罪,而刊诗陈起亦不免焉。③

这起诗案至少有两点值得注意。

其一是南宋末年,奸相权力无限膨胀,对其稍有触犯,祸患随之而来。

其二是诗案不仅只涉及作者本人,而且更牵扯到刊刻者。连刊刻者都要坐罪,这实在是一空前的做法。也许,这就是随着我国雕版印刷事业的

---

① 陶宗仪编:《说郛》卷四九引《三朝野史》,委宛山堂本。
② 李登云、钱宝镕编:《乐清县志》卷八,清光绪辛丑季冬工竣,东瓯郭博古斋刻印。
③ 朱彝尊:《曝书亭集》卷三十六,四库全书本。

发展，在禁书方面派生出来的一项新举措。

同时，"江湖诗祸"也是新型文学生产中出现的新型的文学祸难类型。北宋苏轼诗集的出版，就引起过"乌台诗案"，但是仅涉及作者、毁版，党人碑也只是禁书、毁版，而江湖诗祸，则出版者被流放，出版书坊事业被毁。

"江湖诗祸"的发生一方面影响了江湖诗人的创作，使他们畏祸而较少咏及时事；另一方面却也使得江湖诗派名扬一时，反而提高了他们在诗坛上的声誉。

二 两浙城市藏书文化繁荣、新学术领域发展及其学术转型

从社会学角度而言，藏书构成了一种社会行为，而由于书籍作为一种特殊的人类文化的物质载体、媒介，因而藏书行为同时也构成了一种特殊的文化活动。而作为一种文化活动，从社会学和文化学的角度而言，很重要的一个特征，就是这一行为与行为主体自身的文化素养直接有关联，并且以其自己的文化意识自觉观照着这一行为。

因此，藏书这一社会行为的发生，一方面必须是藏书者具有支撑大量收藏书籍所需要的经济实力、丰厚的财力；另一方面必须是藏书者具有大量收藏书籍的文化需求与心理动力。缺乏经济实力，则是历史上众多士大夫文人有藏书愿望而无法实现。缺乏文化需求与心理动力，则是历史上大量富可敌国的富人，却往往其藏书乏善可陈。中国历史上的藏书家基本上全是读书人、爱书人、文人学者，就在于藏书是一种特殊的文化消费活动，仅仅是针对特殊的文化群体才构成意义和价值。

而如果一个地区能够出现普遍的藏书热，出现大量的对于藏书的热衷和追求，从而形成众多的藏书家，则必然是一方面经济在这一地区普遍繁荣；另一方面文化在这一地区普遍繁荣。宋代两浙，特别是在南宋时期，就恰恰具备了这一特征。宋代福建主要集中于建阳、四川主要集中于成都，北方主要集中于汴京、洛阳。与此不同的是，宋代两浙，特别是在南宋时期，藏书文化达到了一个历史的新高度，不仅是一种普遍繁荣，在两浙各个府、州，均出现大量藏书家，而且藏书文化与其他文化要素相互结合、相互影响，促进了新的学术领域的扩展、生成和繁荣，形成了宋代学

术的重要转型。

而从一个长时段的历史眼光来考察，我认为宋代经济重心南移，特别是南宋时期，两浙成为经济中心和重心，同时也成为文化中心和重心。正是宋代两浙经济的普遍繁荣，为藏书文化的繁荣奠定了坚实而雄厚的物质、经济基础。经济的繁荣，一方面直接支撑了藏书的购买活动；另一方面支撑了更多的家庭从事科举、谋取进士，[1] 因为科举考试的家庭，需要一定的经济实力,[2] 经济的繁荣使更多的家庭参与到科举考试的进程中来，从而普遍大大提高了文化水平，通过普遍的发奋读书，从而产生更为广泛的对于书籍和藏书的文化与社会需求。因此，两浙经济的繁荣，同时也促进了文化的繁荣，特别是读书、科举和学术文化的发展，从而激发了更为广泛的藏书热情。

宋代两浙印刷、出版事业繁荣，无论是官刻、私刻还是坊刻、寺刻，都是十分普及和繁荣。激发藏书，提供物质、技术条件，加速藏书文化的发展。

印刷复制远比抄写快速而便宜。从而使书籍的成本大大降低：十三经白文不下一百万字，假设一个抄书手每日能抄写一万字，则至少需要一百个工作日才能抄完。当然，雕版需时更久，但雕版完成后，便能以较快的速度和较便宜的成本印制更多的复本。虽然书价时有上落，但自唐至明约七百年间，印刷术使书籍制作的成本平均降低90%。[3]

因此，宋代印刷术的普遍利用，出版繁荣，使书籍的数量数十倍增长，范围大幅度扩展，而原来的手抄本同时并存，使得书籍的可收藏的数量的总量大大增加；而印刷术的普遍使用，又使印本的价格大大下降，使购书、藏书的成本大大下降，从而使更多的人进入到藏书热潮之中，成为藏书家。

两宋时期，由于国家十分重视收集、整理图书事业，也促进了社会文化事业的发展，同时也影响了两宋私人编撰书目风气的增长。两宋的有些私人藏书家，具有在馆阁任职，参加过校书编目工作的阅历，而其自身也有着较高的学识和丰富经验，为编撰个人藏书目录提供了有利条件。

---

[1] John W. Chaffee, *The Thorny Gate of Learning in Sung China*. Cambridge University Press, 1985.

[2] 参何柄棣《读史阅世六十年》，广西师范大学出版社2005年版。

[3] 钱存训：《中国古代书籍纸墨及印刷术》，北京图书馆出版社2002年版。

在文化进程中，书籍印刷及其日益增长的读者群可以视为一种潜在的力量，既推动着人类认知的发展，也推动着社会的变化，而远非是其间的一种消极力量。印刷一方面成为扩大哲学、科学反思的一种工具；另一方面促进了社会的民主化进程并对社会其他方面产生了日益增长的影响。

从宋代理学家的经注作品中，我们就可以发现传统知识范式已发生重大变化。宋代经注的初步变化肇始于对汉唐注疏的否定。

托马斯·库恩曾对专业化学者形成的共同体与技术性写作实体的关系进行过富有开拓性的研究。[①]

一个学术共同体要形成公认的话语就要求相关学科具有用途广泛的文献积累。知识系统必须积累有关文献，才能加快新的学术著作发表、出版的速度。除书院制度和各种形式的赞助外，藏书楼、出版业对学术的转型发挥了重要作用。

藏书家是学术研究的首要条件之一。他们收藏、出版史料，向有关学术研究提供必要的参考文献。没有这些藏书，文献考证家就无法获得研究必需的材料。宋代开始繁荣的版本学、校勘学、私家目录学等，均需要一个相当数量的文献藏书才能开展和进行。

知识社会学是对知识进行社会学考察的一门学科，它研究知识与社会的互动关系，主要是研究社会对知识的影响和作用。卡尔·曼海姆（1893—1947）于1929年发表的《意识形态与乌托邦——知识社会学导论》一书，标志着知识社会学作为一门独立的学科正式诞生。在曼海姆看来，思想或知识表面上是从思想家个人头脑中产生的，而实际上，它们终究是由思想家所处的各种社会环境、社会状况决定的。因此知识社会学必须致力于探讨"思想的社会决定"或"知识的社会决定"。曼海姆把这叫作"社会境况决定论"。[②]

陈振孙（？—约1261）字伯玉，号直斋，浙江安吉人，平时喜欢收书、藏书。任地方官职20余年，所到之地，必搜集藏书，故积书最富。于是仿晁公武《晁志》例，撰《直斋书录解题》，多著录版本、说明版本编刻情况、比较版本异同、鉴定版本、考订版本源流及评价版本优劣的内

---

① [美]托马斯·库恩：《科学革命的结构》，金吾伦、胡新和译，北京大学出版社2003年版。

② [德]卡尔·曼海姆：《意识形态与乌托邦》，黎鸣等译，商务印书馆2000年版。

容。《直斋书录解题》是根据他在江西、福建、浙江任职时所搜购、抄录的藏书编成。共著录图书 3039 种，51180 卷，大大超过了宋代及以前的私人藏书，其藏量超过了官藏书目《中兴馆阁书目》的 44486 卷，另一突出特点是在图书分类上有所改革，设立了语孟、别史、诏令法令、时令、音乐等新类目，被宋以后的公私目录广泛使用。①

从知识社会学的这一角度，去认识陈振孙的《直斋书录解题》，其重点就不在于传统研究的书目学或者版本学本身，而是思考在什么语境下，依据什么标准（标准由何而来），在一个什么样的学术共同体和知识共同体中，陈振孙从事其学术工作，等等。比如对于《直斋书录解题》卷一《梁谿易传》解题："其书未行于世，馆阁亦无之。莆田郑寅子敬从忠定之曾孙得其家本，顷倅莆田日，借郑本传录。"卷四《元经薛氏传》解题："此书始得于莆田，总三卷，止晋成帝。后从石林叶氏得全本，录成之。"就不是仅仅揭示其指明版本来源，述写本来源的问题，而且从中可以考见藏书家之间的藏书以及学术、版本交流。

陆游（1125—1210），字务观，越州山阴人，著《渭南文集》《老学庵笔记》《剑南诗稿》，是南宋最著名的爱国诗人，同时还是南宋的著名藏书家。其在版本学方面的成就堪与朱熹比肩，他认识到了版本于治学的重要性，对同书异名多有考察，并精勤于校勘。还发展了版本术语，对版本鉴定方法颇有心得，考证过宋代国史朱墨本和黄本的由来。陆游《老学庵笔记》卷十："太宗时史官张洎等撰太祖史，凡太宗圣谕及史官采摭之事，分为朱墨书以别之，此国史有朱墨本之始也。"② 对版本优劣及宋代印本之失也多有评价。如《跋唐卢肇集》中陆游就校证指出："子发尝谪春州，而集中误作青州，盖字之误也。《题清远峡观音院》诗，作青州远峡，则又因州名而妄窜定也。前辈谓印本之害，一误之后，遂无别本可证，真知言哉。"③

陆游的主要成就在文学，版本、校勘、考证，应该说是他的因为得藏书之便而养成的业余爱好，研究宋代有关的学术情况的著述，也一般不会

---

① （宋）陈振孙撰，徐小蛮、顾美华点校：《直斋书录解题》，上海古籍出版社 1987 年版。
② （宋）陆游：《老学庵笔记》卷十，中华书局 1979 年版，第 129 页。
③ （宋）陆游著，马亚中、涂小马校注：《渭南文集校注》，浙江古籍出版社 2015 年版，第 235 页。

专门研究陆游。① 然而，正是从陆游这样的众多的业余爱好者的实例，我们可以看到当时形成的普遍的学术风气。

而也正是在这一更为宏观的视野和新的研究框架下，藏书文化的历史价值、意义的更为深厚的内涵，才有可能被更为全面、深入地彰显出来。

---

① 参见张富祥《宋代文献学研究》，上海古籍出版社2006年版。

文学的大众传播模式萌芽对于南宋文学发展的影响与制约

在南宋印刷文化繁荣基础上，私人坊刻竞争下的市场化形成与繁荣，在中国文学史上，第一次形成了以大众传播模式为特征的文学传播方式。文学的大众传播模式的萌芽，可以超越时间与空间，使文学的大众广泛阅读成为可能。而这样一个历史文化现象的实现，必然深刻和深层影响文学生产的动机、机制、过程、技巧、形式和理想读者的预设等，使文学产生一系列深刻和深层的变化，使文化的世俗化和文学的去精英化、通俗文学的繁荣开始出现和成为可能。文学创作变化为文学生产，成为为满足消费群体而进行的文学生产活动，从而对于南宋及其之后的中国文学发展产生了深远的影响与制约。

一 宋代文学传播研究的实践与反思

宋代文学，特别是宋词的文学传播研究，近年来已经有了相当多的研究成果，从王兆鹏先生具有开拓性研究的系列论文，如《宋文学书面传播方式初探》《宋词的口头传播方式初探——以歌妓唱词为中心》《中国古代文学传播方式研究的思考》等文章，到钱锡生《唐宋词传播方式研究》，谭新红《宋词传播方式研究》等多种博士论文的出版，到王兆鹏先生具有总结性和代表性的新著《宋代文学传播探原》，等等，[①] 这些研究

[①] 王兆鹏：《宋文学书面传播方式初探》，《文学评论》1993年第2期；王兆鹏：《宋词的口头传播方式初探——以歌妓唱词为中心》，《文学遗产》2004年第6期；王兆鹏：《中国古代文学传播方式研究的思考》，《文学遗产》2006年第2期。钱锡生：《唐宋词传播方式研究》，复旦大学出版社2009年版。谭新红：《宋词传播方式研究》，武汉大学出版社2010年版。王兆鹏：《宋代文学传播探原》，武汉大学出版社2013年版。

成果，体现了宋代文学传播研究的重要创获。但是目前的研究成果，基本上是采用早期的传播学理论与模式，特别是拉斯韦尔著名的"5W"传播模式。而且基本上是关注五要素中的媒介这一要素，比较集中于传播方式研究。而本文认为在南宋印刷文化繁荣基础上，私人坊刻竞争下的市场化形成与繁荣，逐渐形成了文学的大众传播模式萌芽。文学的传播，是从文学的产生之时就开始存在了，而文学的大众传播模式的萌芽，则是在大众传媒产生之后，在一系列社会、文化和经济、技术诸方面条件形成后，才出现在人类历史和文学发展进程之中的。

因此，本书与目前的研究成果，具有两个方面的明显并且重要的区别。

其一，上述研究成果基本上是同时关注多种传播媒介，而且往往是平行看待和研究这些不同传播媒介的。而本书则仅仅关注印刷传播媒介。当然区别的要点并不在于关注一种媒介还是同时关注多种媒介。本书是从人类媒介的发展与人类文明发展进程关系的角度，诸媒介中，唯一具有革命性意义，开创人类文明新时代，同时也必然对于作为文明的重要构成部分的文学的历史发展，产生革命性意义与影响的，则是印刷媒介。虽然上述研究成果几乎无一不涉及这一媒介，但是也几乎无一正视、关注、意识到这一点。因此也就几乎无一研究是从媒介历史的革命，从媒介革命的角度来认识和认真思考印刷媒介及其引发的一系列重要的相关问题。而本书恰恰是从媒介革命的角度切入，从这一特定视角，观察和研究印刷媒介在宋代作为文学传播的革命性媒介的出现，引发的一系列新的文学传播及其相关问题。虽然唐宋时期，文学传播媒介具有多种，但是真正对于宋代文学的发展与变革产生革命性意义与影响的，只有印刷媒介这一具有媒介革命意义的一种。按照麦克卢汉等人的理论观点，媒介即信息，一种媒介导致和培养一种与之相适应的文学，成为主流，旧有者或者逐渐消失，退出文学的历史舞台，或者逐渐成为次要，被边缘化。① 而伊尼斯在《传播的偏向》一书中，则对于研究媒介在历史文明和经济发展中起到的作用提供了一种新颖的角度，即"一

---

① ［加］麦克卢汉：《理解媒介：论人的延伸》，何道宽译，商务印书馆2003年版，第33—50页。［法］弗雷德里克·巴比耶：《书籍的历史》，肖阳等译，广西师范大学出版社2005年版，第38页。

种新媒介的长处，将导致一种新文明的产生"①。他的研究方法为我们寻找更能阐述两宋时期媒介发展的理论框架，提供了范式和启迪。也为我们更为全面地认识和思考印刷术对于宋代文明的全面影响，开辟了新的视野和途径。

其二，是上述研究成果，基本上是采用早期的传播学理论与模式，也基本上是关注人际传播问题，而且就是早期传播模式中，也基本上是关注五要素中的媒介这一要素。1948年，拉斯韦尔明确提出了传播过程及其五个基本构成要素，即：谁（Who），说了什么（Says what），通过什么渠道（In Which Channel），对谁说（To Whom），取得了什么效果（With What Effect）。这就是著名的"5W"传播模式。

这一特征，在钱锡生《唐宋词传播方式研究》，谭新红《宋词传播方式研究》，这两部在文学传播研究中颇有好评的优秀著作中同样明显存在。

而对于文学传播主体，文学传播内容和文学传播的受众及其效果，尚缺乏基本的研究。王兆鹏专著《宋代文学传播探原》应该是具有代表性和权威性的文学传播研究的最新著作，虽然在绪论中讨论的文学传播的六个层面，而在实际上正文的研究内容中，除了第六、七两章中研究文学传播效果，其他各个章节也仍然是研究文学传播方式的各种媒介这一传播学的要素之一。

而西方技术型传播学理论，基本上是侧重于新闻传播或者是政治、舆论传播，很少考虑文学传播问题，其理论也往往与文学传播有距离和差异。

目前的传播学各种模式，基本上是基于新闻传播、舆论传播或者政治宣传为基础而进行的研究和模式总结，参考各种传播学、大众传播学理论、著作，而这些新闻、政治、舆论等，其自身特征与传播特征，（包括"5W"或者"7W"中基本要素）显然与文学传播之间有比较大和比较明显的区别与差异，从传播主体、传播信息、传播途径到接受者、接受过程、传播主体的目的、接受主体的阅读、接受期待与目的，显然都与新闻、政治和舆论宣传等有巨大的甚至是根本性的差异。比如传播学理论基本上都是关注信息传播问题，而文学传播的信息，显然是

---

① ［加］伊尼斯：《传播的偏向》，何道宽译，中国人民大学出版社2003年版，第28页。

与新闻、政治和舆论宣传等信息有根本性差异与区别。传播学比较关注的是传播者对于接受者的控制及其效果问题，这些问题在文学传播中则非主导，甚至是不存在的。而文学传播对于传播信息的重复性阅读，思考，甚至研究，在新闻、政治和舆论宣传等大众传播中则很少见，是极少数专家的非主导型的行为。

各种方式的文学唱和，是文学传播中最为常见的反馈方式，而恰恰在新闻、政治和舆论宣传等大众传播中很少见，甚至是根本不存在的。

文学雅集、文人结社，同样是文学传播中的重要方式，而在新闻、政治和舆论宣传等大众传播中很少见的，甚至是根本不存在的。因此在传播学、大众传播学的理论和论著中，没有涉及的，也因此在我们研究文学传播的论著中，受到其所采用的传播理论的本身的局限、限制，而基本上没有涉及这些方面的文学传播内容。显然，文人雅集、文人结社是文学史上十分突出的现象，也是近年来文学史研究中的热点之一，文学传播的研究者当然不是因为不熟悉而忽略，而是呈现出来视而不见的特征，而这显然是与文学传播研究者所简单采用和套用一般性传播学理论与模式，进行文学传播的研究有直接的关系，是明显受到传播学理论本身的视域局限所造成的。

此外，完全忽视文学传播环境、生态、语境，文学传播的静态化研究；完全忽视文学传播中各种常见的反馈方式，唱和、信简、题跋（谭新红《宋词传播方式研究》中注意到序跋，但是可惜没有注意到题跋），一些文学传播中才具有的特殊的反馈方式，同题、步韵、集句；此外，文学传播中异代唱和，如苏轼和陶渊明诗集的全部作品，宋人完全用杜诗集句，宇文所安《追忆》中讨论的案例，等等，都是文学传播中比较特殊的反馈方式。

而目前为止的文学传播研究者，尚未见到有对于这一问题的自觉意识与反省意识，就更为谈不上对于目前的这些传播学理论与传播模式进行改造，以适应文学传播的实际了。

而本文认为只有在印刷文化繁荣基础上，私人坊刻竞争下的市场化形成与繁荣，才逐渐形成了文学大众传播模式。官刻以意识形态建构为主要目标，故以经史典籍为主。家刻则以家集、亲旧集或者经典为主，多一次性刊刻，很少进行连续性刊刻，而且官刻和家刻大多不具有市场化特征，不具有完全商业化、市场化、以营利为目标的特征。唯有坊刻，完全市场化，具有完全商业化、市场化、以营利为目标的特征，在比较充分的坊刻市场竞争中，而且必须面向文学消费大众群体的情况的前提下，才能够在中国文学史上，第一次开始出现以大众传播模式为特征的文学传播方式。

大众传播方式中，中国古代文学传播所依赖的各种媒介中，唯一符合需要，能够形成大众传播的即是印刷媒介。

南宋形成杭刻、闽刻、蜀刻三大刻书中心，均以市场化的坊刻为主体。

而形成文学的大众传播模式，与一般性人际文学传播模式，具有一系列性质上的重要区别与差异，涉及社会阅读共同体的建构，大众阅读文化的形成，等等。

虽然通俗文学或者是民间文学可以一直追溯到文学起源的《诗经》的时代，但是均是被文人所记录，而其重要原因则与其所具有的社会性功能，所谓兴观群怨，或者《诗经》起源中所谓采诗说等，联系在一起。

六朝时代的通俗文学、民间文学，同样是通过文人士大夫所记录、传播，而其重要原因是为了建构自我文化身份等。[1]

一直到南宋，通过印刷文化繁荣，通俗性文学作品大量刊刻、传播和阅读，作为社会性构成的通俗文化才真正形成。而此前只是存在于文本之中，文人记录之中，而缺乏社会性真实性、现实实际存在，是被建构和被代替了的声音。没有自己的话语权，是一种被代表的声音。[2]

只有在南宋城市繁荣，市民阶层形成，文化消费市场形成，坊刻竞争和繁荣下，印刷文化才真正面向市场和文化消费大众，大众才成为真实的存在，成为必须被认真考虑对待其需求和趣味的群体性存在，并且影响到文学商品的创作与生产，即坊刻刊刻什么。

正是在这一时期，对于通俗文化、通俗文学（以江湖诗人为代表的

---

[1] 参考宇文所安《下江南：关于东晋平民的幻想》，载王尧、季进编《苏州大学海外汉学演讲录》，复旦大学出版社 2011 年版，第 27—42 页。宇文所安：《中国早期古典诗歌的生成》，胡秋蕾、王宇根译，生活·读书·新知三联书店 2014 年版。

[2] 参考斯皮瓦克《斯皮瓦克读本》，北京大学出版社 2007 年版，第 90—136 页。*The Post - Colonial Studies Reader*, Edited by Bill Ashcroft, Gareth Griffiths and Helen Tiffin, First published 1995 by Routledge, pp. 24–28.

诗歌创作、戏曲、话本小说等）的批判与争论，才成为社会性和文学批评的重要议题。印刷文化建构了大众、受众群体的同时，也建构了批判理论。①

当文学发展的历史进入到了以印刷媒介为主体的传播时代，以印刷媒介为主体所建构的传播方式，也就必然成为对于文学发展产生多种影响的重要因素，而伴随着南宋时期文学的大众传播模式的萌芽，作为一种重要的文学现象和传播现象的文学的大众传播，逐渐显露于中国文学发展的历史之中，对于此后的中国文学发展，产生持续性的和不断加强的影响。

二 媒介革命、南宋临安坊刻出版繁荣与文学大众传播模式萌芽

印刷技术的发展和传播，在人类文化史上绝对是一项具有重大意义的技术革新，因为有了它，人们可以对仅有的原作进行大批量的复制。当印刷技术充分应用后，引发了传统社会中许多为期比较短或更直接的变化，比如创造了新的行业（雕版、印刷工、坊刻等）、新的职业（如作家、编辑、书商等）。印刷技术的传播也促使其他更为深远的社会、经济、政治和文化关系的产生。

今天的电子媒介革命，使我们有必要重新认识和发现印刷媒介革命在唐宋变革中、在中国近世社会形成中的重要作用、意义。今天，相对当今日新月异的电子媒介而言，以书籍为代表的印刷媒介已经变成了旧媒介。但"新媒介之所以会产生影响是因为它与旧媒介不同，它改变了依赖于早期传播手段的那些社会方面"②。

从某种意义上说，人类的一部文明史，就是由媒介及其革命书写和改写的不同时期、阶段和特征的历史。麦克卢汉率先提出媒介历史分期，提出口语、拼音文字、机器印刷和电子技术等四大媒介革命。这个思想不但被大多数的媒介环境学者接受，而且成为绝大多数人文学科和社会学科学

---

① 参考赵勇《整合与颠覆：大众文化的辩证法》，北京大学出版社 2005 年版，第 91—95 页。

② ［美］约书亚·梅罗维茨：《消失的地域：电子媒介对社会行为的影响》，肖志军译，清华大学出版社 2002 年版，第 65 页。

者的共识。在麦克卢汉看来，一切人造物包括有形的人造物和无形的人造物都是技术，一切技术都是媒介，一切技术都是环境，一切技术都是文化。①

从媒介史学的角度来看，在中国历史时期中，这个媒介文化从口语到印刷文化的转型，则发生在宋代。而宋代产生的媒介革命，则是由于印刷术的普及所导致的。

宋代的雕版印刷事业，是中国雕版印刷史上的黄金时代。在五代奠定的基础上，中央政府继续刻印图书，除国子监承刻之外，其他政府部门和地方官署都刻书、印书，全面开展了政府刻书事业，私家和坊间刻书也有了更进一步的发展。形成官、私、坊刻书系统的庞大网络。刻书内容范围更加扩大，不仅刻印儒家经典著作，又遍刻正史、医书、诸子、算书、字书、类书和名家诗文，政府还编印了四部大型类书以及佛、道藏经典。私人刻书以文集最多，坊间刻书则以售卖营利为主，除了刻印经文以外，又另刻有字书、小学等民间所需要及士子应举所需要的读物，品类丰富繁多。

南宋绍兴中期，战火稍息，宋廷即留意经籍刊刻。宋人李心传云："监本书籍者，绍兴末年所刊也。国家艰难以来，固未尝及，九年（1139年）九月，张彦实待制为尚书郎，始请下诸道州学取旧监本书籍，镂版颁行，从之。然所取诸书多残缺，故胄监刊《六经》无《礼记》，正史无《汉书》。二十一年五月，辅臣复以为言，上谓秦益公曰：'监中其他缺书，亦令次第镂版，虽重有所费，盖不恤也。'由是经籍复全。"②

事实上，南宋初期朝廷采取了多种措施，其恢复经籍的努力，在多种文献中均有反映，正是在君臣上下普遍关注并且实施多种鼓励措施的情况下，南宋经籍刊刻出版不仅迅速恢复，而且很快超越北宋，形成印刷文化的繁荣时期。据张秀民先生《宋孝宗时代刻书述略》中的统计，自隆兴元年（1163）到淳熙十六年（1189），二十七年间授版之书总二百零八种，其中经约四十种，史约四十六种，图经志书较多，子以医方为多，集部宋人诗文别集、总集约五十余种，③ 由此可见孝宗时期刻书

---

① 参考［加拿大］麦克卢汉《理解媒介》，何道宽译，商务印书馆2003年版。
② （宋）李心传撰，徐规点校：《建炎以来朝野杂记》甲集卷4．中华书局2000年版，第114—115页。
③ 张秀民：《张秀民印刷史论文集》，印刷工业出版社1988年版，第96页。

之盛。

临安作为南宋王朝的都城，不仅是两浙地区的出版业中心，也是全国性的出版业中心。无论是官方出版业还是民间出版业，出版种类还是刻印技术，出版规模还是社会影响，都堪称全国之最，尤其是其中的书坊出版业，更是代表了明以前中国古代商业性出版活动的最高发展水平。出版业成为临安城市文化的一个重要组成部分，这在中国古代城市发展史上是一种深刻的变化。

中国传统三大刻书系统中，官刻、家刻与寺刻系统，均不以射利为目的，也均不关心市民通俗文学的发展和新兴市民阶层对于通俗文化、通俗文学方面的精神需求这一新社会现象。只有坊刻，因为是要立足市场，以射利为目的，自身又是新兴市民阶层的一员，他们既有自身商业盈利的需要，又了解新兴市民的精神需求，才会出版这一类通俗文学作品，以满足市民之需求，从而获得商业利益。利益的驱动，使他们发展出了新兴的出版物，而正是这一类型出版物的大量出版，形成了新兴市民文化的一个重要组成部分，为建构新兴市民文化做出了重要贡献。从这个意义上说，美国文化学者泰勒·考恩在《商业文化礼赞》中强调商业文化对于促进和发展文学与文化的积极意义，是正确的。[①] 可惜的是，对于通俗文学作品的刻本，传统士大夫是不重视甚至是蔑视的，收藏家也不认为有价值，没有兴趣收藏。同时考虑到这些通俗文学刻本主要是面向市民大众，其定价必然不能太高，为降低成本，刊刻不精，印刷质量不高，是比较合理的情况。因此，本身也不容易长期保存。而购买者是作为消遣、娱乐之需求，也同样没有收藏意识和需求，不会加以珍惜和妥善保存。诸种因素，使通俗文学作品的宋刻本难以保存到今天。从上述几种侥幸保存下来的作品可以推断，在南宋时期这类作品一定是书坊大量刊刻之物。

在南宋临安都市文化繁荣背景下，迅速成长和繁荣起来的临安都市书坊市场，对于南宋时代的文学风尚、文学趣味甚至文学发展趋向，都渐渐通过出版和传播特定范围和扩展新的出版作品范围，而开始施展自己的影响。

临安众多书坊中，以陈起书坊最为著名和具有代表性。陈宅书籍铺所

---

① [美] 泰勒·考恩：《商业文化礼赞》，严忠志译，商务印书馆2005年版。

刊书籍常在卷末印有"临安府棚北大街陈宅书籍铺印行""临安府棚北街陈解元书籍铺印行"等，叶德辉撰《书林清话》卷二，"南宋临安陈氏刻书之一"条，考之甚详。①

陈起作为坊刻主人，与临安城中众多落第才俊、江湖文人相互往来。不仅是提高声誉、声名，而且也具有重要商业功能，培养一个比较稳定的稿源，一个新型文学生产的生产者群体。传统士大夫的文学创作，是不屑于为市场而生产的。宋代的文学家，除苏轼等少数诗集被盗版商业刊刻出版之外，多数诗文集是属于家刻，并非是商业出版。其目的不是为了在市场流通，也并非为市场而生产。而书坊的生存和发展，则必须依赖书籍的消费市场，因此必须有一个为满足和适合消费市场而进行文学生产的群体。陈起与众多江湖才俊相互往来，这些人往往因为科举不利，生存环境困难。南宋时期，伴随着科举考试竞争愈演愈烈，积累了愈来愈多的不被录取的读书人，属于江湖诗人、下层文人的人数急剧增加。书商陈起自身就是一个典型的例子。他是乡贡第一，但是仍然不能考取进士科等科名。

宋代科举制度的繁荣，大大促进了全社会的读书热潮，这固然是好事。但是社会为读书人准备的传统出路就只有通过科举考试一条道路。所以美国汉学家研究宋代科举的著作，就起了荆棘之门，② 这些沉沦下僚的读书人为生存所迫，不得不从而由传统的文学创作方式被迫转型为新型的文学生产方式，成为中国历史上第一批为文学市场而从事文学生产的文化群体。

虽然一些文章著述也涉及陈起刻书对于江湖诗派兴起的作用，但是未能从媒介文化转型的历史意义高度来认识这一文化现象与文学现象，也未能意识到江湖诗派的诗人在陈起刻书为中介，形成实质上已经不再是传统文学史意义上的诗歌流派，而是在新的大众传播媒介，商业化社会的新型文化语境下，新型的文学生产方式。改变了传统文学的性质，从一种非商业化、文人自娱方式的、非生产性活动，变化为一种商业化、生产性的文学活动。③

---

① 叶德辉：《书林清话》，中华书局1957年版，第47—54页。

② John. W. Chaffee, *The Thorny Gates of learning in Sung China*: *A Social History of Examinations*, Cambridge University Press 1985.

③ 刘方：《宋代两京都市文化与文学》，中国社会科学出版社2016年版。

但是陈起书坊的出版、经营方式和与士大夫群体的广泛交往并非是唯一的,而只是众多如此经营的书坊之中的一个典型。而正是众多如此经营的书坊的商业出版活动,建构了南宋文学的大众传播模式的萌芽。

西方学术界普遍认为,1446年德国的 J. 谷登堡发明的金属活字印刷,在人类文明史上具有重大意义,它使人类的大众传播得以实现,人类开始进入大众传播的时代。① 伊丽莎白·爱森斯坦称为"传播革命"。② 现代大众传播媒介主要分为两大类:印刷类和电子类。而在传统社会中,在人类发明电子传媒之前,印刷媒介是建构大众传播的唯一大众媒介。而大众传播极大地推动了人类社会和文化的多方面和深远的变革。③

"那么,何谓大众媒介?何谓大众传播?在当代各种传播理论和传播著作中可谓众说纷纭,美国著名传播学家斯坦利·巴伦有比较简洁的界定:

当媒介成为可以把信息传送给众多接收者的一种技术手段时,我们把它称为大众媒介。……大众传播是大众媒介和受众之间制造"含义共享"的过程。"④

作为大众媒介技术手段的印刷术,在唐代即已经出现。⑤ 而历经数百年发展,南宋时期的中国社会,印刷技术的提高导致的媒介革命,⑥ 新的

---

① 参考麦克卢汉《理解媒介》,何道宽译,商务印书馆2003年版。[美]斯坦利·巴伦:《大众传播概论:媒介认知与文化》(第三版),刘鸿英译,中国人民大学出版社2005年版,第47—49页。按:金属活字印刷的发明时间与人物,在西方学术界有争议,参考[法]费夫贺、马尔坦《印刷书的诞生》,李鸿志译,广西师范大学出版社2006年版,第26—32页。

② 伊丽莎白·爱森斯坦: *The Printing Press as an Agent of Change*, Cambridge, England; Cambridge University Press, 1979, p. 43。

③ [加拿大]马歇尔·麦克卢汉著,埃里克·麦克卢汉等编:《麦克卢汉精粹》,何道宽译,南京大学出版社2000年版,第148—222页。

④ [美]斯坦利·巴伦:《大众传播概论:媒介认知与文化》(第三版),刘鸿英译,中国人民大学出版社2005年版,第7页。

⑤ 参考钱存训著,郑如斯编订《中国纸和印刷文化史》,广西师范大学出版社2004年版。张秀民著,韩琦增订《中国印刷史》,浙江古籍出版社2006年版。

⑥ 刘方:《唐宋变革与宋代审美文化转型》第四章《宋代媒介革命、新型的文学生产与审美文化的诞生与影响》,学林出版社2009年版,第222—266页。

活字印刷技术的实践,① 造纸、制墨技术的发展,造纸成本大幅下降,②科举社会的形成,③ 城市革命引发的商业繁荣及其市民阶层的崛起,大众文化消费需求的形成,④ 等等,这些社会、文化与经济诸因素,在特定历史条件下的整合,因缘和合,最终在南宋出现了文学的大众传播模式的萌芽。

三 大众传播模式萌芽与南宋通俗文学风尚形成及其发展走向
——以临安坊刻出版为核心的考察

中国古代典籍数量大,影响深。在数以万计的古代书籍中,坊刻本占有大量比例,因而它在历史上占有重要的地位,产生了深远的影响。正如郑鹤声、郑鹤春兄弟在《中国文献学概要》中说:"坊肆本者,诸书坊书肆所刻书也。书籍之流播,全赖坊肆之雕刻。"⑤ 虽然语似有过,但正说明了坊刻书籍在文化传播中无可替代的作用。

宋代是我国历史上雕版印刷事业发展的黄金时代,南北两宋刻书之多、雕镂之广、规模之大、版印之精、流通之宽,都是空前未有的,刻书地点遍及全国。这些刻书地点中,以书坊刻书最活跃,分布最多,从书籍的总生产量看,坊刻本的比例要大于官刻本、家刻本。宋代刻书中心基本上在杭州、川蜀、福建和京师汴梁,特别是福建,坊肆不但很多,而且也很有名。全国各地书坊林立,出现了不少刻书世家。他们子承父业,世代

---

① 黄宽重:《南宋活字印刷史料及其相关问题》,《中研院史语所集刊》,55 本 1 分,第 133—138 页。

② 参考潘吉星《中国科学技术史·造纸与印刷卷》,科学出版社 1998 年版。张秀民:《张秀民印刷史论文集》,印刷工业出版社 1988 年版。钱存训:《中国古代书籍纸墨及印刷术》,北京图书馆出版社 2002 年版。钱存训著,郑如斯编订:《中国纸和印刷文化史》,广西师范大学出版社 2004 年版。

③ 参见梁庚尧《宋代社会经济史论集》,上册/下册,允晨文化实业股份有限公司 1997 年版。何忠礼:《科举与宋代社会》,商务印书馆 2006 年版。

④ 刘方:《唐宋变革与宋代审美文化转型》第三章《唐宋城市革命、市民审美文化的崛起与繁荣》,学林出版社 2009 年版,第 139—169 页。刘方:《盛世繁华:宋代江南城市文化的繁荣与变迁》,浙江大学出版社 2011 年版,第 21—37 页。

⑤ 郑鹤声、郑鹤春:《中国文献学概要》,上海古籍出版社 2001 年版,第 167 页。

相沿，苦心经营，历久不衰；不仅在刻书内容和版刻形式上形成了特有的风格，而且为保存我国古代典籍，传播民众文化以及促进印刷术的发展，都做出了重要的贡献。

然而，自古至今，许多人对坊刻评价较低，指责过苛。尽管坊刻本存在着一些错误，但是我们不能因为坊刻本部分的滥恶而全盘否定，毕竟许多坊刻本还是比较好的，特别是著名的坊刻世家，他们在雕刻、核对、版印、纸张等方面，都比较优秀。如建安余氏，历经几百年而不衰，就是因其质量优良，较适合民众的需求。

在南宋临安都市文化繁荣背景下，迅速成长和繁荣起来的临安都市书坊市场，对于南宋时代的文学风尚、文学趣味甚至文学发展趋向，都渐渐通过出版和传播特定范围和扩展新的出版作品范围，而开始施展自己的影响。

南宋临安的商业性书铺往往在城中热闹地段。如临安的中瓦子南街和众安桥一带，就有不少以家族命名的"经坊""书籍铺"，有尹家、郭家、荣六郎家、贾官人、张家等。仅陈姓书铺就有数家之多，以陈起父子最为有名。陈起好刻唐人诗集，至今我们还可以看到陈氏刻的20余部唐人诗集，书后大都刻有"临安府棚北大街睦亲坊南陈宅书籍铺刊行"一类的牌记。陈宅所刻之书，雕印精良，为历代藏书家所珍重。应该说，后人所以能见到较多的唐宋之人诗词是与陈起等书坊刻书家的功绩分不开的。在不到50年时间里几乎刻遍了唐宋人诗文集和小说，唐人集可能刻了百种以上，有"字书堪称晋，诗刊欲遍唐"之誉。宋人集则分编为江湖前、后、续、中兴各集各若干卷。① 太庙前尹家书籍铺也是当时有名的一家书坊，宋吴自牧在《梦粱录·铺席》中曾著录。尹家书籍铺所刻书多属子部杂记、小说家类，如宋徐度的《却扫编》、何薳的《春渚纪闻》、朱弁的《曲洧旧闻》，梁代任昉的《述异记》等。今国家图书馆藏有它刻的唐李复言编《续玄怪录》四卷，目录后有"临安府太庙前尹家书籍铺刊行"一行。傅增湘先生见有《述异记》明影宋本，序后有"临安府太庙前经

---

① 参考张宏生《江湖诗派研究》，中华书局 1995 年版，第 20—24 页。陈起刻书详细情况，参考黄韵静《南宋出版家陈起研究》第三章、四章《刻书考》上、下，花木兰文化出版社 2006 年版，第 71—126 页。刘方：《盛世繁华：宋代江南城市文化的繁荣与变迁》，浙江大学出版社 2011 年版，第 268—291 页。

籍铺尹家刊行"一行。①

保佑坊前张官人经史子文籍铺,或称中瓦子张家,刊有现存唯一的宋人平话小说《大唐三藏取经诗话》三卷。鲁迅在《中国小说史略》中,把它置于"宋元之拟话本"一节,说:"《大唐三藏法师取经记》三卷,旧本在日本,又有一小本曰《大唐三藏取经诗话》,内容悉同,卷尾一行云:'中瓦子张家印',张家为宋时临安书铺。"②

事实上,印刷、出版和坊刻普及、繁荣的新媒介,不仅在影响新的通俗诗歌时尚和诗歌发展新的趋势,③ 而且也在影响和推动某些新型文学生产的萌芽和产生。书坊的坊刻中,开始出现了通俗文学的话本。宋人文言小说《夷坚志》,《郡斋读书志》卷五下附志宋赵希弁撰:

《夷坚志》四十八卷。右洪文敏公迈记异志怪之书也,其名盖取列子所谓大禹行而见之,伯益知而名之,夷坚闻而志之,说者谓夷坚乃古之博物者云。④

《钦定天禄琳琅书目》卷二《宋版史部》记载了《容斋三笔》的宋版情况,并且就杭州书坊的诸陈刻书进行了考证:

《容斋三笔》一函四册,宋洪迈著,十六卷。迈自序。《宋史》洪迈字景卢,博极载籍,虽稗官虞初释老旁行,靡不涉猎,有《容斋五笔》《夷坚志》,行于世。陈振孙《书录解题》云:《容斋随笔》《续笔》《三笔》《四笔》各十六卷,《五笔》十卷,每编皆有小序,五笔未成书,此三笔自序,成于庆元二年,凡二百四十八则。目录后记:临安府鞔鼓桥南河西岸陈宅书籍铺印。考《杭州府志》鞔鼓桥属仁和县境,今桥名尚沿其旧,与洪福桥马家桥相次,在杭州府城内西北隅。按魏了翁《鹤山集》《书苑菁华序》云:临安鬻书人陈思集

---

① 参见傅增湘《藏园群书题记》,上海古籍出版社1989年版,第379—381页,第456—458页。
② 鲁迅:《中国小说史略》,上海文化出版社2005年版,第101页。
③ 参考刘方《宋代两京都市文化与文学》,中国社会科学出版社2016年版。
④ (宋)晁公武:《郡斋读书志》卷五下,附志宋赵希弁撰,四库全书本。(宋)晁公武撰,孙猛校证:《郡斋读书志校证》,上海古籍出版社1990年版,第1233页。

汉魏以来论书者为一编,最为该博。又《南宋六十家小集》亦陈思汇编,书尾皆识:临安府棚北大街陈氏书籍铺刊行。方回《瀛奎律髓》载陈起睦亲坊开书肆,自称陈道人。起字宗之,能诗,凡江湖诗人,皆与之善,尝刊《江湖集》以售,时又有卖书者,号小陈道人。据此则当时临安书肆,陈氏多有著名。惟陈思在大街,陈起在睦亲坊,即今弼教坊,皆非鞔鼓桥之书铺也。①

宋代讲史话本《宣和遗事》,据黄丕烈称藏书有宋本,《士礼居丛书》重刊本。②《新编五代史平话》,董康题跋认为是麻纱坊刻,为宋椠无疑。③此外,宋周密撰《癸辛杂识续集》卷下"画本草三辅黄图"条记载:

先子向寓杭,收拾奇书。大庙前尹氏书肆中,有彩画《三辅黄图》一部,每一宫殿绘画成图,极精妙可喜,酬价不登,竟为衢人柴望号秋堂者得之。至元斥卖内府,故书于广济库,有出相彩画《本草》一部,极奇,不知归之何人,此皆画中之奇品也。④

可见,尹家书籍铺除了刊刻大家熟悉的子部杂记、小说家类,也刊刻地志类的《三辅黄图》,而且还配有极精妙可喜的彩画。可惜这个刻本已经无存,那些精妙可喜的彩画也不可见到了。而今人的《三辅黄图》整理本,⑤也没有注意到宋代还曾经存在过这样一个彩画《三辅黄图》刻本。

宋版原本稀少,而这些通俗读物,则更为稀少。但是当时必定是数量很大。这些通俗文学作品的出版与传播,体现了书坊针对城市文化繁荣背景下,新型市民文化阶层形成后,这一阶层的新型的文化需求,新的文学现象与文化现象。

可见临安出版市场在激烈的市场竞争中,为了谋取生存,一些出版书

---

① 于敏中:《钦定天禄琳琅书目》卷二,宋版史部,四库全书本。
② 参程毅中:《宋元小说研究》,江苏古籍出版社1998年版,第297页。
③ 同上书,第288页。
④ (宋)周密:《癸辛杂识》,吴企明点校,卷下,中华书局1988年版,第166—167页。
⑤ 何清谷:《三辅黄图校释》,中华书局2005年版。

坊，其刊刻选题、编辑，已经逐渐形成自己的特色、独家的风格，此乃中国书坊业、出版业的一大进步。

值得注意的是宋周弼诗歌在临安书坊的出版情况，李龏在为其诗歌编辑成《端平诗隽》并且刊刻出版所作的序中说：

> 汶阳周伯弜，与予同庚生同寓里，相与往来论诗三十余年。尝手刊《端平集》十二卷行于世。伯弜十七八时即博闻强记，侍乃翁晋仙已好吟泊，长而四十年间宦游吴楚江汉，足迹所到，所作于七国两汉三国六朝隋唐之体，靡不该备。声腾名振江湖，人皆争先求市，但卷帙中有晚学未能晓者稍多，予恐有不行之弊，兹于古体歌诗五言律七言律并五七言绝句，摘其坦然者，兼集外所得者，近二百首，目曰《端平诗隽》，俾万人海中。续芸陈君书塾入梓流行，庶使同好者便于看诵，吾伯弜平生心不下人，今隔九原阅予此选必不以予为谬。宝佑丁巳冬至日菏泽李龏和父述。①

《四库全书》集部四《端平诗隽》别集类三提要："《端平诗隽》四卷，宋周弼撰，弼字伯弜，汶阳人……此本有临安府棚北街陈解元书籍铺印行字，盖犹自宋本录出，其诗风格未高，不外宋末江湖一派，而时时出入晚唐，尚无当时粗犷之习，一邱一壑亦颇有小小佳致也。"②

从李龏的诗序，我们可以知道周弼在世之时，就尝手刊《端平集》十二卷行于世。而且销售情况十分可观，所谓"声腾名振江湖，人皆争先求市"。而过世之后，他的平生好友，又为其编《端平诗隽》，起因也交代得很清楚，因为已经刊刻的诗集"卷帙中有晚学未能晓者稍多，予恐有不行之弊"，所以要"摘其坦然者，兼集外所得者"，后者是为了集佚，而前者则是为了普及。大众文学的一个重要特征，就是通俗。如果考虑仅仅是士大夫群体阅读，则根本不会考虑读不懂的问题，江西诗派的作品，远比周弼的诗歌晦涩难懂得多，也未见有此类担心，因为阅读群体只是三五同好，流传也大体在士大夫阶层内部。他们只考虑诗歌写得是否可以在士大夫中争胜，根本不关心是否读得懂，流传得广泛。而周弼则不

---

① 李龏：《端平诗隽》序，四库全书本。
② 《四库全书》集部四《端平诗隽》别集类三提要。

同,他的诗集是要书坊刊刻发行,是要考虑市场的需求和阅读的消费群体的偏好的。正是由于要考虑市场发行的问题,所以才"恐有不行之弊",才需要选择重新编排,出版发行,以获得更多的读者群体,"俾万人海中",争取更大的销售市场。可以说传统的文学一直是为小众而创作,而新型的文学生产则是为大众服务,满足大众审美趣味和精神消费需求的。这是中国文学史的发展,一直到江西诗派诸君,都没有考虑过的问题。而为市场消费者群体的文学生产,则必然在内容、形式、题材和语言、艺术手法、审美趣味等诸多方面,需要首先考虑的是市场,是大众消费群体的需求,而不是自己的言志、缘情或者诗教。

正如法兰克福学派的洛文塔尔在其《文学、通俗文化和社会》一书的导言中研究指出的:

> 随着要满足多种宣泄需求的大众传媒的发展,越来越多的艺术家或非艺术家开始"生产"。这些生产者必然更加关心如何占领渠道、如何与对手竞争,而不是表达自己的观点。因此,在为大众传媒而生产时,受众"需要"什么很可能日渐重要。①

临安坊刻市场形成的南宋文学大众传播模式萌芽并非孤立地存在,南宋的刻书业形成了临安、建阳和成都—眉山三大中心,建阳和成都—眉山的刊刻、书坊业同样十分发达。建阳在南宋号称"图书之府",建本图书不仅流播天下,而且传播海外。② 而蜀刻本在当时即以刊刻精美校勘精审而出名。③ 这些刻书中心书坊竞争下市场化程度,绝不亚于临安书坊市场。建宁距临安较远,因此对扩大商品销路产生迫切要求,他们不像临安书铺因地处都市可自己直接出售商品,而要靠商人转手贩书到外地,必须考虑产品便于携运和减低成本等问题,于是不断创造出从内容到形式适应

---

① [德]洛文塔尔:《文学、通俗文化与社会》导言,张萍译,《文化与诗学》2009年第2期,第252页。

② 参见谢水顺、李珽《福建古代刻书》,福建人民出版社1997年版。林应麟:《福建书业史:建本发展轨迹考》,鹭江出版社2004年版。

③ 参见李致忠《宋版书叙录》,北京图书馆出版社1994年版,第345—357页。宋代蜀刻详细情况,参考潘美月《龙坡书斋杂著——图书文献学论文集》,花木兰出版社2011年版,第289—388页。

市场需要的书籍。①

事实上，不仅是三大刻书中心，就是在一些不出名的刻书地区，在南宋也同样在书坊市场化竞争中，形成了文学的大众传播模式的印刷出版情形。比如长沙地区并非著名刻书地区，而在南宋时期，就刊刻了著名的《百家词》，宋陈振孙撰《直斋书录解题》卷二十一：

> 《笑笑词集》一卷
> 临江郭应祥承禧撰。嘉定间人。自《南唐二主词》而下，皆长沙书坊所刻，号"百家词"。其前数十家皆名公之作，其末亦多有滥吹者。市人射利，欲富其部帙，不暇择也。②

无论是学术界对于"百家词"的理解是百家词人的作品集，还是百种词集，都不妨碍我们认定《百家词》是具有明确出版规划、系统性专题出版的文学系列作品，具有鲜明的文学大众传播特征。

都市市民消费群体的诞生和发展，刺激、产生和发展了新型文学生产方式、文学传播方式和文学消费方式。而为商业利益驱动下，书坊业所发挥的创造性作用，是十分重要和功不可没的。正如洛文塔尔曾经在讨论印刷出版下文学大众传播的社会影响之时谈到：

> 总之，文学传播世界（the world of literary communication）在17世纪发生了决定性的改变，其实质是：从私人捐赠和有限的观众转向公众捐赠和潜在的无限的观众。这种改变在美学领域和伦理领域产生了最为深远的影响，同时影响到了文学实体和文学形式，更不必说这对作家本人的日常习惯和所关心问题的影响。一项较早的研究试图详细地描绘由这种改变引发形成的文学类型和文学制度，这种文学类型和文学制度反过来也促进了这种改变；这说明文学观念

---

① 除现存建宁书坊印本数量远超临安等地书坊印本外，《宋会要辑稿·刑法禁约》中一再著录建宁府书坊违禁雕印书籍事［如绍熙元年（1190）三月八日诏、庆元四年（1198）二月五日国子监言、同年三月二十一日臣僚言］，由此可推知建宁一地印刷业发达之一斑。并参见宿白《南宋刻本书的激增和刊书地点的扩展》，载宿白《唐宋时期的雕版印刷》，文物出版社1999年版。

② 宋陈振孙撰：《直斋书录解题》卷二十一，上海古籍出版社1987年版，第629页。

正在转型。①

而书坊出版的这些江湖士子的诗集,其定位也并非是社会性或者文化性的经典,而是普及性大众文化的精神消费品。而正是这些不被正统雅文化的士大夫所看重的,甚至是蔑视的文化消费品,孕育着中国历史上第一次出现的新型大众文化。②

更为重要的在于,文学的大众传播模式的萌芽,可以超越时间与空间,使文学的大众广泛阅读成为可能。而这样一个历史文化现象的实现,必然深刻和深层影响文学的生产的动机、机制、过程、技巧、形式和理想读者的预设等,使文学产生一系列深刻和深层的变化,使文化的世俗化和文学的去精英化、通俗文学的繁荣开始出现和成为可能。

当作品仅仅以抄本流传的时候,作家主体是一种自娱和与士大夫、朋友之间的文学活动,而当成为印刷品的时候,成为一种文化消费商品,对于作家主体同样产生了深远影响,面对的不再是自己、不再仅仅是投卷的对象、也不再仅仅是自己的朋友和熟人,而是为陌生的远方的甚至是异时空间的读者而写作,潜在读者发生根本改变,文学创作变化为文学生产,成为为满足消费群体而进行的文学生产活动。

---

① Leo Lowenthal. *An Historical Preface to the Popular Culture Debate*, in Mass Media in Modem Society. Norman Jacobs. New Brunswick U. S. A: Transaction Publishers, 1992, p. 73.

② 关于大众文化的特征、定义等,参见英国著名新文化史代表人物彼得·伯克《欧洲近代早期的大众文化》,杨豫、王海良等译,上海人民出版社2005年版,第1—78页。

下 编
城市文化繁荣视域中宋代文学的新变与拓展

丰乐楼：文学书写中宋代两都的一座酒楼传奇

城市中的酒楼、茶肆，在宋代的发展、繁荣，并且逐渐成为公共舆论与公共空间，为士子提供了政治机遇和命运的转机。一些话本小说中，士子巧遇皇帝的空间场所——丰乐楼是两宋都城最著名的酒楼，是都市的标志性建筑，发生在丰乐楼中的一个个传奇故事，的确能够反映出都市文化繁荣下文学自身发生的变革，从这一系列故事中可以看到文学活动中，创作主体、服务对象和传播方式、消费语境等都发生了巨大的甚至是本质性的变化。

一 城市公共空间与城市文学

伴随着北宋汴京的都市繁荣，许多大型酒楼开始出现，而大型酒楼的产生，自然与城市文化繁荣、城市商业消费的发展有直接关系。

日本的著名汉学家加藤繁在20世纪30年代初所撰写《宋代都市的发展》一文中，就有《酒楼》一节，深刻指出：宋代城市中的酒楼，"都是朝着大街，建筑着堂堂的重叠的高楼"，"这些情形都是在宋代才开始出现的"。[①] 加藤繁的这些具体阐述和基本判断，已经为研究者所普遍认同。宋孟元老《东京梦华录》卷二"酒楼"条的记载：

> 凡京师酒店门首，皆缚彩楼欢门。唯任店入其门，一直主廊约百

[①] ［日］加藤繁：《中国经济史考证》，吴杰译，第一卷，商务印书馆1959年版，第274—277页。

余步，南北天井两廊皆小合子，向晚灯烛荧煌，上下相照。浓妆妓女数百，聚于主廊檐面上，以待酒客呼唤，望之宛若神仙。①

伊永文在《行走在宋代的城市》中是这样介绍宋代的酒楼：

  在宋代以前的城市里，高楼并非没有，但都是皇宫内府、建筑供市民饮酒作乐，专事赢利的又高又大的楼房，是不可想象的。只是到了宋代城市，酒楼作为一个城市繁荣的象征，才雨后春笋般发展起来了。
  以东京酒楼为例，仅九桥门街市一段，酒楼林立，绣旗相招，竟掩蔽了天日！有的街道还因有酒楼而得名，如"杨楼街"。这的的确确是中国古代城市历史上出现的新气象。
  酒楼，它在城市各行业中还总是以数量最多，规模最大，利润最高先拔头筹，它往往决定着这个城市的主要的饮食命脉，而且绝大多数都以华丽宏伟的装饰建筑，雄踞一城。②

而酒楼的建筑装饰，在《东京梦华录》和《梦粱录》中都有具体描述。其中最具有特色的是所谓欢门和彩楼。所谓"欢门"，"近里门面窗户，皆谓之'欢门'"。③

彩楼欢门是两宋时代酒食店流行的店面装饰，指店门口用彩帛、彩纸等所扎的门楼；也指建筑廊间半月形雕饰的门，以木质杆件绑缚而成，结构大量使用在中国传统木作营造体系中不多见的斜撑、X形支撑、三角支撑以及绳索拉结等方式。而这种建筑装饰在一些宋代绘画中也有所体现，可以直观地看到宋代酒楼彩楼欢门的具体形制。

周宝珠《〈清明上河图〉与清明上河学》中谈道：

  《清明上河图》画面，正店、脚店均有，基本上反映出了宋东京

---

① （宋）孟元老著，伊永文笺注：《东京梦华录笺注》，中华书局2006年版，第174—176页。
② 伊永文：《行走在宋代的城市》，中华书局2005年版，第2180—2181页。
③ （宋）孟元老著，伊永文笺注：《东京梦华录笺注》卷四，中华书局2006年版，第430页。

酒户的状况。在闹市区十字路口东侧的一家酒店，酒旗高悬，上写"孙羊店"三字。门前有遮拦人马的权子，权子内的楞形花柱面上一面写着"正店"，字迹完整，一面写"孙记"字样……门一侧另一楞柱上，一面写有"香X"二字，另一面今天已看不清楚，可能也是四字对称。孙羊店的铺面为二层楼建筑，房屋高大，门面雄壮，门前搭建的彩楼欢门也特别讲究。楼上高朋满座，楼前车水马龙。就店铺门面而言，在画中可谓独一无二。酒楼后院宽出处大酒缸空倒着，成排堆放在后院，叠累数层，这从一个侧面反映出该店造酒量是相当大的。[1]

柯宏伟《从〈清明上河图〉看北宋东京酒店建筑的特色》一文中有更具体的分析：

> 宋代的酒店布局和建筑形式可分为楼阁型，宅邸型和花园型。楼阁型以二至三层的楼阁为主体，楼阁大多取九脊顶，设有腰檐、平座。首层布置散座，上层分隔为一间间的阁子雅座。或者有廊庑环绕，前辟庭院。或者不留空隙，全为楼阁。《清明上河图》中的孙羊正店和十千脚店等大型酒楼即取后者形式。
>
> 宋时大型酒店装修十分富丽，门口设置高大的"彩楼欢门"，装权子、帘幕、悬挑栀子灯，以招徕顾客。《清明上河图》中绘有彩楼欢门的多达七处，除了"刘家上色沉檀楝香"一家医药铺外，余皆为酒店。有字号可见的如"孙记正店"、"十千脚店"。而无字号的酒店门前，从其绣旗酒招，亦可辨认。宋代酒楼前的彩楼欢门可分为两种形式：一种做成一面拍子，与屋身柱梁榫卯结合；另一种本身组成独立的构架，围成四方形或多角形。有的仿楼阁造型设腰檐、平座，有的以帘幕分层，作上下划分。彩楼欢门的构造和造型特点是平地立柱，纵横用粗细不同的圆木相绑扎，顶部两侧或四角斜出三角形片状构架，正面或四面中部高高耸出三角框架。较大型的彩楼欢门下部还

---

[1] 周宝珠：《〈清明上河图〉与清明上河学》，河南大学出版社1997年版，第97—98页。

围以栅栏，形成小院。①

除了《清明上河图》，在旧作五代卫贤的《闸口盘车图》中同样绘有酒店门的彩楼欢门。余辉《地志学研究与〈闸口盘车图卷〉》考证：

> 旧作五代卫贤的《闸口盘车图》卷（绢本设色，192.2 厘米×53.3 厘米，上海博物馆藏），图中的酒店挂有"新酒"的招牌，秋景，从民俗学的角度研究画中的时间约为中秋节前后。
>
> 初步将此图的绘制时代定在北宋元丰（1078—1085）末年至大观（1107—1110）年间，认定它系北宋中后期之作，画上的五代"卫贤"名款系后添。②

而在这幅实际上创作于北宋中后期的《闸口盘车图》中所描绘的酒店门前，就扎有彩楼欢门，其形制，与《清明上河图》中"十千脚店"处的彩楼欢门完全一致，而这种彩楼欢门，如上引文所指出，在《清明上河图》中描绘有 7 处之多。

彩楼欢门这种酒楼的建筑形制，因为深受广大消费者的喜爱，因此到了南宋的临安的酒楼，仍然保存了这种建筑形制。吴自牧《梦粱录》中记载：

> 中瓦子前武林园，向是三元楼康、沈家在此开沽。店门首彩画欢门，设红绿杈子，绯绿帘幕，贴金红纱栀子灯装饰厅院廊庑，花木森茂，酒座潇洒。但此店入其门，一直主廊，一二十步，分南北两廊，皆济楚阁儿，稳便坐席。向晚灯烛荧煌，上下相照，浓妆妓女数十，聚于主廊（檐）面上，以待酒客呼唤，望之宛如神仙。③

开在南宋都城临安中的酒楼，不仅酒楼面前建筑形制和装饰风格模仿

---

① 柯宏伟：《从〈清明上河图〉看北宋东京酒店建筑的特色》，《河南大学学报》（社会科学版）2004 年第 4 期。又参考刘涤宇《宋代彩楼欢门研究》，《建筑师》2012 年第 2 期。

② 上海博物馆：《千年丹青：细读中日藏唐宋元绘画珍品》，北京大学出版社 2010 年版，第 124—130 页。

③ 吴自牧：《梦粱录》卷十六《酒肆》，山东友谊出版社 2001 年版，第 211 页。

北宋东京酒楼,就是"向晚灯烛荧煌,上下相照,浓妆妓女数十,聚于主廊(檐)面上,以待酒客呼唤,望之宛如神仙"的情形,也与《东京梦华录》的记载与描绘如出一辙。

在北宋众多豪华酒楼之中,最为著名的就是丰乐楼了。丰乐楼,即樊楼,原名白矾楼,乃是南京商贩销售白矾的处所。改为酒店时,更名为樊楼。是北宋时汴京最豪华的酒楼。宋孟元老撰《东京梦华录》卷二:

> 白矾楼后改为丰乐楼。宣和间,更修三层相高,五楼相向,各有飞桥栏槛,明暗相通,珠帘绣额,灯烛晃耀。初开数日,每先到者,赏金旗。过一两夜则已。元夜则每一瓦陇中,皆置莲灯一盏。内西楼后来禁人登眺,以第一层下视禁中。大抵诸酒肆瓦市,不以风雨寒暑,白昼通夜,骈阗如此。①

丰乐楼"宣和间,更修三层相高,五楼相向,各有飞桥栏槛,明暗相通,珠帘绣额,灯烛晃耀"。这一在《东京梦华录》所提到的宏伟、豪华的建筑形制与熙熙攘攘车水马龙的酒楼营业场景,充分生动地体现在《清明上河图》画中。形成《东京梦华录》中所谓"彩楼相对,绣旆相招,掩翳天日"的壮观景象。②

樊楼在北宋商业上十分成功,俨然成为酒楼业的榜样,不仅其他的酒楼在经营风格、建筑格局、装饰布置上,加以效仿。其影响力甚至跨越国界,引起了敌国金人对丰乐楼的羡慕与效仿。在宋代话本《杨思温燕山逢故人》中,写到靖康之变后,杨思温在金人的燕京中看到金人建造的秦楼道:"原来秦楼最广大,便似东京白矾楼一般。楼上有六十个阁儿,下面散铺七八十副桌凳。"甚至连酒楼里的过卖(即店小二)也是雇用的靖康之变后流落此地的"东京白矾楼过卖"。③

东京的著名商业区,酒楼林立的闹市区马行街和其中最为著名的地标式酒楼丰乐楼,甚至都成为当时的禅宗大师上堂说法,为弟子开示悟道门径的手段。《慈受深和尚广录》中记载慈受怀深禅师上堂说法:

---

① (宋)孟元老撰、伊永文笺注:《东京梦华录笺注》,中华书局2006年版,第174—176页。

② 同上书,第176页。

③ 程毅中辑注:《宋元小说家话本集》,齐鲁书社2000年版,第641页。

上堂。僧问。如何是无心法。师云。木人夜半将花摇。进云。如何是有心法。师云。丰乐楼前马沓沓。

上堂。元宵灯烛斗荧煌。幸马纵横彻晓忙。倒底不知灯是火。区区几个解回光。若论此事。正如上元夜灯球相似。玲珑八面。花光互分。一点灵明。通身不昧。高低普照。前后无差。从来佛手不能遮。任是劫风吹不灭。直得马行街上。四时春色盈门。丰乐楼前。半夜歌声聒耳。处处祖师鼻孔。众生日用不知。头头古佛眼睛。几个闹中瞥地。是故。诸佛出世。传此一灯。祖师西来。亦传此一灯。从一灯传百千灯。光明无尽。所以道。佛法无人说。虽慧不能了。譬如暗中宝。无灯不可见。宝者。是一切众生心也。暗者。一切众生恼烦也。灯者。一切善知识说法也。乃至一大藏教。五千四十八卷。皆是与人为灯为烛。德山入门便棒。临际入门便喝。亦是与诸人为灯为烛。赵州庭柏。灵云桃花。亦是与诸人为灯为烛。敢问诸人。百千万亿灯。既从此一灯出。且道。此一灯。自何而得。举拂子云。还会么。明明一点无遮障。大地山河莫覆藏。①

释怀深（1077—1132），号慈受，俗姓夏，寿春六安（今属安徽）人。年十四受戒。后四年，访道方外。徽宗崇宁初，往嘉禾依净照于资圣寺悟法。政和初，出住仪真资福寺。政和三年（1113），先后居镇江府焦山寺、真州长芦寺。政和七年（1117），居建康府蒋山寺。钦宗靖康间住灵岩尧峰院（《中吴纪闻》卷六）。高宗绍兴二年卒，年五十六。为青原下十三世，长芦崇信禅师法嗣。事见《慈受怀深禅师广录》，《嘉泰普灯录》卷九、《五灯会元》卷六有传。②

宋徽宗曾经诏翰林学士王安中，令登丰乐楼望而赋诗，其诗云：

日边高拥瑞云深，万井喧阗正下临。金碧楼台虽禁御，烟霞岩洞却山林。巍然适构千龄运，仰止常倾四海心。此地去天真尺五，九霄岐路不容寻。③

---

① 侍者善清：《慈受深和尚广录》卷一、卷三，《慈受怀深禅师广录》（卍续藏本），蓝吉富教授主编《禅宗全书》第四十一册，文殊文化有限公司1989年版。
② 傅璇琮等主编《全宋诗》第24册，北京大学出版社1992年版，第16119页。
③ （宋）王明清：《挥尘录》，上海书店出版社2001年版，第77页。

王安中诗歌中极力描绘了丰乐楼的高耸入云和金碧辉煌的豪华奢侈。蔡京之季子蔡绦南宋年间在流放地回忆说:"大观政和之间,天下大治,四夷向风……天气亦氤氲异常。朝野无事,日惟讲礼乐庆祥瑞,可谓升平极盛之际。"① 刘昌诗《芦浦笔记》卷十记载十五首《鹧鸪天·上元词》,自注云:"右《鹧鸪天》十五首,备述宣政之盛,非想象者所能道,当与《梦华录》并行也。"其中有一首描写到丰乐楼,词云:

五日都无一日阴,往来车马闹如林。葆真行到烛初上,丰乐游归夜已深。人未散,月将沉,更期明夜到而今。归来尚向灯前说,犹恨追游不称心。②

"五日都无一日阴",是描写上元节日的天气晴好。五日是指上元放假的时间。宋洪迈撰《容斋三笔》卷一《上元张灯》对此有详细的记述:

上元张灯,《太平御览》所载《史记·乐书》曰:"汉家祀太一,以昏时祠到明。"今人正月望日夜游观灯,是其遗事。而今史记无此文。唐韦述《两京新记》曰:"正月十五日夜敕金吾弛禁,前后各一日,以看灯。"本朝京师增为五夜,俗言钱忠懿纳土,进钱买两夜,如前史所谓买宴之比。初用十二、十三夜,至崇宁初,以两日皆国忌,遂展至十七十八夜。予按《国史》乾德五年(967)正月,诏以朝廷无事,区宇乂安,令开封府更增十七、十八两夕。然则俗云因钱氏及崇宁之展日,皆非也。太平兴国五年十月下元,京城始张灯如上元之夕,至淳化元年六月,始罢中元、下元张灯。③

洪迈不仅追溯了汉唐上元张灯的起源与旧制,也讨论了从唐代三日张灯到北宋进一步发展为五日张灯的情况,和北宋从三元张灯到罢中元、下元张灯的历史情况。对于北宋发展为五日张灯的历史,宋代正史与宋人笔记多有记载和讨论。宋李焘撰《续资治通鉴长编》卷八太祖乾德五年

---

① (宋)蔡绦:《铁围山丛谈》卷二,中华书局1983年版,第27—28页。
② (宋)刘昌诗:《芦浦笔记》卷十,中华书局1986年版,第77—78页。
③ (宋)洪迈:《容斋随笔》三笔卷一,上海古籍出版社1978年版,第427—428页。

(967)春正月:"诏以时平年丰,增上元张灯为五夜。"① 宋蔡绦撰《铁围山丛谈》卷一记载:

> 上元张灯,天下止三夕,都邑旧亦然。后都邑独五夜,传谓吴越钱王来朝,进钱若干买此两夜,因为故事,非也。盖乾德间蜀孟氏初降,正当五年之春正月,太祖以年丰时平,使士民纵乐,诏开封增两夜,自是而始。开宝末,吴越国王始来朝。
>
> 国朝上元节烧灯盛于前代,为彩山峻极而对峙于端门。彩山,故隶开封府仪曹及仪鸾司共主之,崇宁后有殿中省,因又移隶殿中,与天府同治焉。大观元年,宋乔年尹开封,乃于彩山中间高揭大榜金字书曰:"大观与民,同乐万寿。"彩山自是为故事。随年号而揭之,盖自宋尹始。②

蔡绦辨析了五日张灯的由来,也记述了兴起的情况,对于宋代元宵节的历史发展、制度变迁和灯节内容,都有十分重要的史料价值。

北宋汴京丰富的都市元宵节日文化,汴京不同社会身份,处于不同社会地位的都市中的各个阶层的人们,对于汴京元宵节盛大的节日庆典与难忘的狂欢场景,都留下了深刻印象,为城市文学创作提供了丰富的生活素材。③

朱熹的老师刘子翚,在宋室南渡之后,追忆当日帝京旧游而写的《汴京纪事》组诗。其中有一首,便是"忆樊楼":

> 梁园歌舞足风流,美酒如刀解断愁。忆得少年多乐事,夜深灯火上樊楼。(其十七)

诗歌回忆沦陷之前汴京酒楼的热闹情况,以及作为少年的作者在京都生活的欢乐记忆。歌舞、美酒、夜深的灯火,一首诗寥寥几句便勾画了宋

---

① (宋)李焘:《续资治通鉴长编》卷八太祖乾德五年春正月,中华书局1995年版,第187页。

② (宋)蔡绦:《铁围山丛谈》卷一,中华书局1983年版,第17页。

③ 相关研究参考刘方《汴京与临安:两宋文学中的双城记》第四章第一节《夜未央:节庆狂欢与凝视东京灯节的多重文学目光》,上海古籍出版社2013年版,第115—195页。

代汴京文人墨客夜生活状况。宋代以前的城市实行宵禁，暮鼓之后，居民不能夜行。而宋代开始就不禁夜市了，加上商业发展，夜市更日趋繁荣。酒楼业因此盛极一时，酒楼林立，大大地丰富了宋文人的夜生活。可以想象当时夜夜灯火、处处笙歌、佳人美酒的都市夜生活景象。对于刘子翚来说，汴京有着他青春年华的美好时光和特殊记忆。汴京岁月成为他生命中的重要组成部分。整个汴京从繁荣鼎盛到急剧衰败的一段伤心史、痛史，而他恰恰是这段历史的亲历者、见证者。

东京都市文化作为物质性存在的地理空间，在刘子翚的记忆诗歌中被加以重现，汴京组诗出现大量真实建筑名称、汴京都市文化的城市地标，这就与多数南渡诗人、词人的泛泛而谈的回忆作品很不相同，是一个具体化的对于汴京的往日追忆。汴京是一个具象的物质性的可感知和触摸的真实存在，而非仅仅是一个概念、一个地理名称，因此能够唤起亲历者的真实的具体的感受，经历、体验的回忆。正如美国著名建筑理论家、城市学家凯文·林奇在《城市意象》中所指出的：

> 环境意象是观察者与所处环境双向作用的结果。环境存在着差异和联系，观察者借助强大的适应能力，按照自己的意愿对所见事物进行选择、组织并赋予意义。尽管意象本身是在与筛选过的感性材料的相互作用过程中不断得到验证，但如此产生的意象仍局限并着重于所见的事物，因此对一个特定现实的意象在不同的观察者眼中会迥然不同。[①]

在刘子翚《汴京纪事》组诗中，正是通过具体的东京城市意象、地标，从而产生特定的联系中的回忆，唤醒纷繁复杂的昔日记忆，而非泛泛而谈的回忆。

同样地，真实、具体的建筑为代表的汴京城市地标，也使曾经亲历者的回忆增添了强烈的真实性、亲临性和在场性。那些对于旁人仅仅是一个地名的建筑，对于在汴京生活的人而言，则产生完全不同的效果，他们是具体的、丰满的，与他的生命中的一部分、一些生命事件、一些刻骨铭心

---

① [美] 凯文·林奇：《城市意象》，方益萍、何晓军译，华夏出版社2001年版，第4—5页。

的记忆、一些终生难忘的美好往昔联系在一起。①

因为丰乐楼的影响力巨大,北宋后期,建筑在西湖边的一座名为耸翠楼的大酒楼也改名为丰乐楼。这座建筑在南宋以来的方志、笔记中记载颇多。记载比较详细的如宋潜说友撰《咸淳临安志》卷三十二：

> 丰乐楼在丰豫门外,旧名耸翠楼。楼据西湖之会,千峰连环,一碧万顷,柳汀花坞,历历栏槛间。而游桡画舰,櫂讴堤唱,往往会合于楼下,为游览最。顾以官酤喧杂,楼亦卑小,弗与景称。淳祐九年,赵安抚付与鉎撤新之,瑰丽宏特,高切云汉,遂为西湖之壮。其旁花径曲折,亭榭参差,与兹楼映带,搢绅多聚拜于此。②

明田汝成撰《西湖游览志》卷八《北山胜迹》：

> 出涌金门而北,为丰乐楼。丰乐楼,宋初为众乐亭,寻改耸翠楼。政和中,改今名。淳祐九年安抚赵与筹重构之。瑰丽峥嵘,掩映图画,俯瞰平湖,千峰连环,一碧万顷,柳汀花坞,历历栏槛间。亭榭翚飞,远近映带,游桡冶骑,菱歌渔唱,往往会合于楼前。……宋赵忠定公咏丰乐楼柳梢青词："水月光中,烟霞影里,涌出歌台。空外笙箫,云间笑语,人在蓬莱。天香暗逐风回,正十里荷花尽开。买个小舟,山南游遍,山北归来。"③

从这一记载可以了解丰乐楼环境如画,建筑本身则高大华美。有关南宋时期丰乐楼等临安酒楼的情况,宋周密《武林旧事》卷六《酒楼》记载：

> 和乐楼（升旸宫南库）和丰楼（武林园南上库。宋刻无"南"字）。中和楼（银瓮子中库）春风楼（北库）太和楼（东库）西楼

---

① 相关分析与研究,参考刘方《宋代两京都市文化与文学》第七章,中国社会科学出版社2016年版,第275—296页。

② （宋）潜说友：《咸淳临安志》卷三十二,四库全书本。

③ （明）田汝成：《西湖游览志》卷八《北山胜迹》,浙江人民出版社1980年版,第82页。

（金文西库。宋刻"金文库"）。太平楼丰乐楼南外库北外库西溪库已上并官库，属户部点检所，每库设官妓数十人，各有金银酒器千两，以供饮客之用。每库有祇直者数人，名曰"下番"。饮客登楼，则以名牌点唤侑樽，谓之"点花牌"。元夕诸妓皆并番互移他库。夜卖各戴杏花冠儿，危坐花架。然名娼皆深藏邃，未易招呼。凡肴核杯盘，亦各随意携至库中，初无庸人。官中趁课，初不藉此，聊以粉饰太平耳。往往皆学舍士夫所据，外人未易登也。熙春楼三元楼五间楼赏心楼严厨花月楼银马杓康沈店翁厨任厨陈厨周厨巧张日新楼沈厨郑厨（只卖好食，虽海鲜头羹皆有之。）屹眼（只卖好酒）张花已上皆市楼之表表者。每楼各分小十余，酒器悉用银，以竞华侈。每处各有私名妓数十辈，皆时妆服，巧笑争妍。夏月茉莉盈头，春满绮陌。凭槛招邀，谓之"卖客"。又有小环，不呼自至，歌吟强聒，以求支分，谓之"擦坐"。又有吹箫、弹阮、息气、锣板、歌唱、散耍等人，谓之"赶趁"。及有老妪以小炉炷香为供者，谓之"香婆"。有以法制青皮、杏仁、半夏、缩砂、豆蔻、小蜡茶、香药、韵姜、砌香、橄榄、薄荷，至酒分得钱，谓之"撒"。又有卖玉面狸、鹿肉、糟决明、糟蟹、糟羊蹄、酒蛤蜊、柔鱼、茸、干者，谓之"家风"。又有卖酒浸江、章举蛎肉、龟脚、锁管、密丁、脆螺、鲎酱、法、子鱼、鱼诸海味者，谓之"醒酒口味"。凡下酒羹汤，任意索唤，虽十客各欲一味，亦自不妨。过卖鐰头，记忆数十百品，不劳再四传喝。如流便即制造供应，不许少有违误。酒未至，则先设看菜数碟；及举杯，则又换细菜，如此屡易，愈出愈奇，极意奉承。或少忤客意，及食次少迟，则主人随逐去之。歌管欢笑之声，每夕达旦，往往与朝天车马相接。虽风雨暑雪，不少减也。①

元代著名界画画家夏永绘有《丰乐楼图》册页，绢本、墨笔，纵25.8厘米，横25.8厘米，图中有夏永小楷书"十里擎平丰乐楼"长题，未署款，钤有"夏明远印"一方，现均藏故宫博物院。作者采用对角构图法，用水墨界画殿阁山水，线条纤如毫发，背景远山平缓润泽，开阔的水面与依依杨柳恰到好处地交待出建筑处于江南的环境。展观其作品，方

---

① （宋）周密：《武林旧事》卷六《酒楼》，山东友谊出版社2001年版，第108—110页。

寸之间微入毫芒,画家再现了宏大建筑的整体和细部,技艺精湛超凡,令人叹服。此幅构图之用笔与故宫藏夏永另几幅界画作品如出一辙,作品所取材的"丰乐楼"早已不存,夏永极度写实的画风以及右上以"小如蚁目"的蝇头小楷题写的31行《丰乐楼赋》,无疑成为今天了解这座在宋代杭州曾颇有声名的楼阁的重要史料。[①]

而《丰乐楼图》上所题写的31行《丰乐楼赋》,据宋周密撰《武林旧事》卷五记载"林晖、施北山皆有赋"。施北山所作赋未见,宋潜说友撰《咸淳临安志》卷三十三记载了林晖所作赋:

丰乐楼,林晔德撰赋,以"楼成湖上,与众同乐"为韵。十里掌平,丰乐楼兮,波头截横,诚一时之佳致。果不日以能成。朝野无尘,当与时而同乐。湖山如画,多对景以舒情。钱塘故地之豪奢,临安新府之雄壮。三千巷陌兮,丛花柳以竞妍。十万人家兮,列绮罗而夸尚。笙歌极天下之选,风物骇人间之望。流传今古,只夸两浙之间多少繁华尽簇。西湖之上,踞虎盘龙横霓架虹。平地耸蓬莱之岛,飞仙移紫府之宫,萦绿杨于南北,迷芳草于西东。幸太平之日久,宜行乐以民同。碧天连水水连天,鱼在琉璃影里。画阁映山山映阁,雁横锦障图中。珠帘半卷兮,映上下之栏干。酒旗无力兮,亚高低之楼阁。落霞楚天之空阔,细雨杨园之淡泊。谢屐登临,陶巾落魄。休夸随鹿之游,更任狎鸥之乐。玉女岩、金沙井、依依邺水之凫。烟霞洞、玛瑙坡、隐隐扬州之鹤。苹末风收浪花卷球,梅坞竹阁松亭柳州。池涌金于门外,泉跳珠于湖头。碧落云垂兮,月照月。平沙影倒兮,楼叠楼。风光相对,似逢春而更好。湖波长在,不与岁以俱流。翻思烟锁洞庭,输渔樵之闲话。月沉湘浦,付羁旅以凝愁。于是陪五陵年少之欢,簇三岛神仙之众,望樵岭以富览,指兰舟而目送。葛仙旧陂兮,丝池边之草。吴王故苑兮,付樽前之梦。雕梁巢旧日之燕,画栋彩当年之凤。佳人携手,望穿虎跑之泉。故老传杯,遥认龙泓之洞。山水如故,星霜屡逾。春风易老于长陌,夕阳几度于平湖。胜赏难遇,佳期莫辜。脆管繁弦,奏乐府新声之曲。轻衫短帽,醉高阳旧

[①] 上海博物馆:《怀远:故宫博物院 上海博物馆 晋唐宋元书画国宝》,紫禁城出版社2010年版,第215—216页。

酒之徒。其或莺花懒兮，蓼岸苹洲。露荷阴兮，兰汀蕙渚。秋风桂子之兴味，腊雪梅花之情绪。伤高怀远兮几时穷，并朱颜而留与。①

此赋极写湖山之美。开头写丰乐楼的地理位置，位于"十里掌平"的西湖畔。宋蔡戡撰《定斋集》卷十八《过鄱阳湖适遇便风喜而有作》："千里湖光似掌平。"

宋董嗣杲撰明陈贽和《西湖百咏》卷上：

> 丰乐楼在涌金门外，旧为丰豫门。政和七年于湖堂右以众乐亭旧基建楼，扁耸翠。建炎后改今名。干淳间设法酤酒，继有挽政者罢之。淳祐九年改建，官为扃钥。城之西有四门，曰钱湖、曰清波、曰钱塘，出此三门，皆不见湖。独涌金门正与湖水相对，建楼掩之，关闭风水。古传楼未建时，山水或漂城居。

> 莺花箫鼓绮罗丛，人在熙和境界中。海寓三登歌化日，湖山一览醉春风。水摇层栋青红湿，云锁危梯粉黛空。十里掌平都掩尽，有谁曾纪建楼功。②

丰乐楼建成之后，成为"一时之佳致"。赋中次写天下安宁，与民同乐。面对如画的湖光山色，书写内心情感。然后转入对于临安历史名城、城市繁华的具体描绘。"三千巷陌兮，丛花柳以竞妩。十万人家兮，列绮罗而夸尚。笙歌极天下之选，风物骇人间之望。"而"流传今古，只夸两浙之间多少繁华尽簇。西湖之上，踞虎盘龙横霓架虹"。一方面对于前文的描绘作结；另一方面转入对于西湖畔丰乐楼壮美景观的描绘。"平地耸蓬莱之岛，飞仙移紫府之宫，紫绿杨于南北，迷芳草于西东。"以蓬莱、紫府，这些神仙世界来夸耀丰乐楼的华美景观。《史记》卷六《秦始皇本纪》第六记载："海中有三神山，名曰蓬莱方丈瀛洲，仙人居之。"《汉书·郊祀志》云："此三神山者，其传在勃海中，去人不远。盖尝有至者，诸仙人及不死之药皆在焉。其物禽兽尽白，而黄金白银为宫阙。未至，望之如云，及至，三神山乃居水下；临之，患且至，风辄引船而去，

---

① （宋）潜说友：《咸淳临安志》卷三十三，四库全书本。
② （宋）董嗣杲：《西湖百咏》卷上，四库全书本。

终莫能至云。世主莫不甘心焉。"

紫府为道教称仙人所居。晋葛洪《抱朴子·祛惑》："及至天上，先过紫府，金床玉几，晃晃昱昱，真贵处也。"前蜀休《寄天台道友》诗："紫府称非远，清溪径不迁。"

"碧天连水水连天，鱼在琉璃影里。画阁映山山映阁，雁横锦障图中。"写在丰乐楼上所见西湖碧水和水中倒影的动人画面。"珠帘半卷兮，映上下之栏干。酒旗无力兮，亚高低之楼阁。"着力描绘丰乐楼本身建筑形制与外部装饰。"落霞楚天之空阔，细雨杨园之淡泊。"则描绘丰乐楼所见不同时节，不同气候中的美景。"谢屐登临，陶巾落魄。休夸随鹿之游，更任狎鸥之乐。"用谢灵运和陶渊明的典故。谢屐《宋书·谢灵运传》："寻山陟岭，必造幽峻，岩嶂十重，莫不备尽。登蹑常着木履，上山则去其前齿，下山去其后齿。"唐李白《梦游天姥吟留别》："脚着谢公屐，身登青云梯。"陶巾，陶潜的软帽。《宋书·隐逸传·陶潜》："郡将候潜，值其酒熟，取头上葛巾漉酒毕，还复着之。"后因以为文人放诞闲适之典。唐王绩《尝春酒》诗："野觞浮郑酌，山酒漉陶巾。"宋陆游《开元暮归》诗："日暖登山思谢屐，病余漉酒负陶巾。"丰乐楼赋二句的构思，或者正从陆游此二句诗歌而来。

随鹿，唐白居易撰《白氏长庆集》卷十七《答元八郎中杨十二博士》："尽日观鱼临涧坐，有时随鹿上山行。"宋彭汝砺撰《鄱阳集》卷六《寄学芝山正叔寄诗有想叹之意次元韵》："草褐岸巾随鹿豕，佳山野水外尘埃。"狎鸥，《列子·黄帝》："海上之人有好沤鸟者，每旦之海上，从沤鸟游，沤鸟之至者百住而不止。其父曰：'吾闻沤鸟皆从汝游，汝取来，吾玩之。'明日之海上，沤鸟舞而不下也。"二句写率性而游，天然之乐。

接下来，罗列著名景点和风光，极写丰乐楼畅饮的情怀，丰乐楼所见四时佳景等，最后以"伤高怀远兮几时穷，并朱颜而留与"的生命感伤作结。《丰乐楼赋》写景、抒情并举，运笔纵横开阖，不仅能够描摹刻画丰乐楼所见极佳殊景，而且能够传达观景之人丰富复杂的内心情怀。文笔不仅可以赋五彩之美景，而且有书写情感、思想之深度。堪称佳作。

更为重要的还在于，北宋时期以来，酒楼已经成为都市空间中重要的公共空间，是公共生活与大众传播的重要场域。

公共空间是德国学者哈贝马斯在《公共领域的结构转型》一书中提

出的概念，哈贝马斯说："所谓'公共领域'，我们首先意指我们的社会生活的一个领域，在这个领域中，像公共意见这样的事物能够形成。"它是18世纪末作为私人领域的市民社会向作为公共权力领域的国家政府争取权力的中间领域，是一个"私人集合而成的公共的领域"，① 公共空间是一个体现社会公共领域的现实空间，社会中的人们，聚集在这一空间中讨论某些社会话题并形成对于社会问题的公共意见。

显然，从哈贝马斯的意义上的公共领域而言，宋代显然是稀缺的，就是被广泛研究的明清时期，也存在很大争议。②

在研究方法的运用上，公共领域的理论与范畴应该是在调整以更为适应中国历史、社会和文化的条件下加以使用。虽然是一种更为宽泛意义上的运用，但是，仍然与哈贝马斯的理论有着密切联系。本文是在更为宽泛意义上，从文化、思想特别是文学传播的层面上，也包括了各种信息的传播、交流意义上，加以使用。

作为第一位运用这一理论成功研究中国城市社会的美国汉学家罗威廉，③ 在面对争议和批评，④ 提出作为一种分析手段来运用公共领域概念的问题，⑤ 我以为是可行和有效的。

而与本文所要讨论的酒楼公共空间的分析最为接近的研究，是王笛对于传统中国社会中茶馆的城市公共空间和公共生活的考察与研究。⑥ 因为在传统中国社会中，无论是酒楼还是茶馆，都不仅是娱乐休闲的场所，也是社会中各个阶层的形形色色的人物聚集的空间与活动的舞台而在传统中国社会中，酒楼与茶馆这样的空间，也同样具有某些哈贝马斯所讨论的西方咖啡馆公共空间的特征。特别是一个城市中的著名的酒楼，在宋代以来

---

① 汪晖、陈燕谷：《文化与公共性》，生活·读书·新知三联书店1998年版，第138页。
② 黄宗智主编《中国研究的范式问题讨论》，社会科学文献出版社2003年版。
③ 参阅［美］罗威廉《汉口：一个中国城市的商业和社会》，江溶、鲁西奇译，中国人民大学出版社2005年版。［美］罗威廉：《汉口：一个中国城市的冲突和社区》，鲁西奇、罗杜芳译，中国人民大学出版社2008年版。
④ ［美］魏斐德：《市民社会和公共领域问题的论争》，载黄宗智主编《中国研究的范式问题讨论》，社会科学文献出版社2003年版，第141—158页。
⑤ ［美］罗威廉：《晚清帝国的市民社会问题》，载黄宗智主编《中国研究的范式问题讨论》，社会科学文献出版社2003年版，第172—195页。
⑥ 王笛：《茶馆：成都的公共生活和微观世界（1900—1950）》，社会科学文献出版社2010年版。

的传统中国社会中,常常能够成为城市地方社会日常生活和社会热点聚集、交流与传播的中心。

宋周密撰《齐东野语》中记载有《沈君与》的故事:

> 吴兴东林沈偕君与,即东老之子也。家饶于财。少游京师,入上庠,好狎游。时蔡奴声价甲于都下,沈欲访之。乃呼一卖珠人于门首茶肆内,议价再三,不售,撒其珠于屋上。卖珠者窘甚。君与笑曰:"第随我来,依汝所索还钱。"蔡于帘中窥见,大惊,唯恐其不来。后数日乃诣之,其家喜相报曰:"前日撒珠郎至矣!"接之甚至,自是常往来。一日携上樊楼。楼乃京师酒肆之甲,饮徒常千余人。沈遍语在坐,皆令极量尽欢,至夜,尽为还所值而去,于是豪侈之声满三辅。既而擢第,尽买国子监书以归。①

据《嘉泰吴兴志》卷一七记载,沈偕,字君与。沈东老子。神宗元丰二年(1079)进士。少入上庠,好狎游,继而擢第,尽买国子监书以归。

显然沈偕十分善于利用公共空间来传播特定信息,从而形成公共舆论,而使自己迅速成为公众人物。

公共舆论或"公众意见"(public opinion),是指具有一定数量的公民对某一问题所具有的共同倾向性的看法或意见。公共舆论,中国古代称之为"舆人之论",即众人的议论,如《晋书·王沉传》:"自古贤圣乐闻诽谤之言,听舆人之论。"正如李普曼在他的成为传播领域的奠基之作《公众舆论》中指出的:

> 我们对具有广泛影响的公共事件充其量只能了解其中某个方面或某一片段。……我们的见解不可避免地涵盖着要比我们的直接观察更为广泛的空间、更为漫长的时间和更为庞杂的事物。因此,这些见解是由别人的报道和我们自己的想象拼合在一起的。②

---

① (宋)周密撰:《齐东野语》卷十一,中华书局1983年版,第205—206页。
② [美]李普曼:《公众舆论》,阎克文、江红译,上海人民出版社2002年版,第65页。

因此，善于制造一些具有某种倾向性的公共事件，从而对于大众形成某种特定的成见，从而能够达到自我宣传的目的。沈偕虽然生活在宋代，也不懂得什么传播理论，但是他却能够自发地利用这一理论，达到了在都城之中迅速成为公众舆论的热点人物的目的。

当然，这种自我营销手段并非沈偕的首创与发明，真正的首创与发明者是唐代诗人陈子昂。《太平广记》卷一百七十九《陈子昂》：

> 陈子昂，蜀射洪人。十年居京师，不为人知。时东市有卖胡琴者，其价百万，日有豪贵传视，无辨者。子昂突出于众，谓左右，可辇千缗市之。众咸惊问曰："何用之？"答曰："余善此乐。"或有好事者曰："可得一闻乎？"答曰："余居宣阳里。"指其第处，"并具有酒，明日专候。不唯众君子荣顾，且各宜邀召闻名者齐赴，乃幸遇也。"来晨，集者凡百余人，皆当时重誉之士。子昂大张燕席，具珍羞，食毕，起捧胡琴，当前语曰："蜀人陈子昂有文百轴，驰走京毂，碌碌尘土，不为人所知。此乐贱工之役，岂愚留心哉。"遂举而弃之，舁文轴两案，遍赠会者。会既散，一日之内，声华溢都。①

两个人的手法如出一辙，但是具体操作则各有异同，反映了唐宋都市文化变迁情况和个人自我宣传的动机与目标的差异。

两个人均自觉运用了在公共空间中的大众传播的方式。按照拉斯韦尔的著名的"5W"模式理论，谁（Who）、说什么（Says What）、通过什么渠道（In Which Channel）、对谁（To whom）、取得什么效果（With what effects）。②

陈子昂是十年居京师不为人知。沈偕是初到京师。陈子昂是通过炫耀财富而最终获得士大夫群体对于他的文章的成就认同。面对的是士大夫群体，所谓"当时重誉之士"，因此选择的是胡琴这种艺术品。

沈偕则是通过炫富而迅速获得个人名声的知名度。因此采取和选择的对象与陈子昂明显不同。第一是选择以非常方式购买珍珠这种消费品、奢

---

① （宋）李昉等编：《太平广记》卷一百七十九，中华书局1961年版，第1331页。
② ［美］斯坦利·巴伦：《大众传播概论：媒介人之与文化》，刘鸿英译，中国人民大学出版社2005年版，第5—6页。

侈品的异常手段，获得关注。第二是通过结识蔡奴这一京城头牌，蔡奴在当时的名头不亚于李师师。其人颇有来历。

宋陆游撰《老学庵笔记》卷一记载：

> 潘子贱《题蔡奴传神》云："嘉祐中，风尘中人亦如此，呜呼盛哉。"然蔡实元丰间人也。仇氏初在民间，生子为浮屠曰了元，所谓佛印禅师也。已而为广陵人国子博士李问妾生定，出嫁郜氏，生蔡奴。故京师人谓蔡奴为郜六。①

根据陆游的说法，可见蔡奴与佛印禅师、李定是同母异父的兄妹关系了。而佛印禅师是当时著名的僧人，苏轼的好朋友，其号佛印则是宋神宗所赐。李定更是当时的公众人物，仇氏死，不守孝服丧，苏轼讥他"不孝"。日后著名的乌台诗案中，已经做了御史中丞的李定历数苏轼的四项罪行，说明应当处苏轼极刑，他说："苏轼初无学术，滥得时名，偶中异科，遂叨儒馆，有可废之罪四。"② 李定虽然属于要将苏轼等人置之死地的新党人物，但是在当时也是颇有政声的，"李定后名益重，世并宋敏求苏颂称为熙宁三舍人。"③ 能够与名臣宋敏求、苏颂并称，可见也并非庸碌之辈。

宋刘克庄撰《后村诗话》前集卷二：

> 汴都角妓郜六、李师师多见前辈杂记。郜即蔡奴也。元丰中，命待诏崔白图其貌入禁中。师师著名宣和，入至掖庭。④

蔡奴出名，早于李师师，在宋神宗时期，而李师师则是在宋徽宗时期。蔡奴名声之大，"元丰中，命待诏崔白图其貌入禁中。"可见不仅蔡奴有同母异父的出名兄长，而且自己也是声名远扬，连宋神宗都要命著名画家，画院待诏崔白图其貌入禁中。小说中说"蔡奴声价甲于都下"应该并非虚谈。

---

① （宋）陆游撰：《老学庵笔记》卷一，中华书局1979年版，第6页。
② （宋）李焘：《续资治通鉴长编》卷二百九十九，四库全书本。
③ 《宋史》卷三百三十一列传第九十"李大临"，四库全书本。
④ （宋）刘克庄撰、王秀梅点校：《后村诗话》，中华书局1983年版，第29页。

陈子昂为了使自己的文章出名，因此主要需要影响的是士大夫群体，因此，通过购琴、砸琴的异常方式，对于"重誉之士"的士大夫群体施加影响，"一日之内，声华溢都"。

而沈偕则不然。他是面向都市市民大众，虽然包括了传统士大夫群体在内，但是更为重视在人数上和财富上都更为具有优势的市民大众。因此，他不是采取的士大夫喜好的艺术方式，而是市民文化更感兴趣的奢侈品的消费、与红极一时的名妓的聚会（"蔡奴声价甲于都下"）、在京城最为著名的酒楼樊楼（"京师酒肆之甲，饮徒常千余人"）中的豪饮与为所有顾客买单这种方式，迅速获得声名，"豪侈之声满三辅"。

而通过两人比较，两人选择的制造公共舆论的公共空间。陈子昂是东市，而沈偕则是茶肆、青楼、樊楼（丰乐楼）。恰恰反映了唐宋变革之后，伴随宋代城市革命，坊市制的破坏，在唐代仅仅被局限在东市、西市的商业贸易，在宋代则完全没有了空间限制了。而茶肆、酒楼在宋代的发展，使其成为新型的城市公共空间。

二　市民文化与都市公共空间中的市民浪漫传奇

作为都市文化特别是市民文化繁荣的一个标志性建筑，丰乐楼也作为都市公共空间，成为上演市民浪漫传奇的场所。

宋代罗烨《醉翁谈录》丙集卷二载北宋词人柳永的风流韵事：

> 耆卿居京华，暇日遍游妓馆。所至，妓者爱其有词名，能移宫换羽；一经品题，声价十倍。妓者多以金物资给之。惜其为人出入所寓不常。耆卿一日经由丰乐（续四库全书本、周校本均作"条"，非是，显为"乐"之手民刊误）楼前。是楼在城中繁华之地，设法卖酒，群妓分番。忽闻楼上有呼"柳七官人"之声，仰视之，乃角（续四库全书本作"甲"，依周校）妓张师师。师师耍峭而聪敏，酷喜填词和曲，与师师密。及柳登楼，师师责之曰："数时何往？略不过奴行。君之费用，吾家恣君所需，妾之房卧，因君罄矣，岂意今日得见君面，不成恶人情去，且为填一词去。"柳曰："往事休论。"师师乃令量酒，具花笺，供笔毕。柳方拭花笺，忽闻有人登楼声。柳藏纸于怀，乃见刘香香至前，言曰："柳官人，也有相见。为丈夫岂得

有此负心！当时费用，今忍复言。怀中所藏，吾知花笺矣。若为词，妾之贱名，幸收置其中。"柳笑出笺，方凝思间，又有人登楼之声。柳视之，乃故人钱安安。安安叙别，顾问柳曰："得非填词？"柳曰："正被你两姐姐所苦，令我作词。"安笑曰："幸不我弃。"柳乃举笔，一挥乃止。三妓私喜："仰官人有我，先书我名矣。"乃书就一句。（乃云）："师师生得艳冶"，香香、安安皆不乐，欲攫其纸。柳再书（第二句）云："香香于我情多"，安安又嗔柳曰："先我矣！"授其纸，忿然而去。柳遂笑而复书（第三句）云："安安那更久比和，四个打成一个。（过片）幸自苍皇未款，新词写处多磨，几回扯了又重授，奸字中心着我。（曲名西江月）"三妓乃同开宴款柳。师师即席借柳韵和一词："〔西江月〕一种何其轻薄，三眠情意偏多，飞花舞絮弄春和，全没些儿定个。踪迹岂容收拾，风流无处消磨，依依接取手亲授，永结同心向我。"柳见词，大喜，令各尽量而饮。香香谓安安曰："师师姐既有高词，吾已醉，可相同和一词。""〔西江月〕谁道词高和寡，须知会少离多，三家本作一家和，更莫容它别个。且恁眼前同乐（续四库全书本作"条"，周校疑为"乐"，周校是，显为"乐"之手民刊误，且"乐"才能协韵），休将饮里相磨，酒肠不奈苦揉挼，我醉无多酌我。"和词既罢，柳言别，同祝之曰："暇日望相顾，毋似前时一去不复见面也。"柳笑而下楼去也。①

罗烨《醉翁谈录》中所记载的风流倜傥的北宋著名词人柳永的故事，就发生在北宋著名的酒楼丰乐楼中。宋词的繁荣本与宋代都市商业繁荣，市民娱乐密切相关。而宋词的演唱与传播也与宋代歌伎群体密不可分。②而柳永与歌伎的长期而密切的关系，不仅在宋代大量的文人笔记中有多方面记载，而且在柳永的词作中也有大量反映。此则罗烨所记的柳永故事，应该是有一定历史依据，具有陈寅恪先生所言"通性真实"的特征。叶梦得《避暑录话》卷三说："永为举子时，多游侠邪，善为歌辞。教坊乐工，每得新腔，必求永为辞。"柳永的风流倜傥和文学才华不仅赢得了教

---

① （宋）罗烨编、周晓薇校点：《新编醉翁谈录》丙集卷二，辽宁教育出版社1998年版，第23—24页。

② 沈松勤：《唐宋词社会文化学研究》，浙江大学出版社2000年版，李剑亮：《唐宋词与唐宋歌伎制度》（修订本），浙江大学出版社2006年版。

坊乐工的推崇，而且也赢得了都城歌伎的青睐。柳永词中就写到过不少，柳永词中对于酒楼歌伎的艳情描写也比比皆是，如"英英妙舞腰肢软"(《柳腰轻》)、"虫娘举措皆温润"(《木兰花》)。故事中群伎邀请柳永填词，因为柳永"有词名，能移宫换羽；一经品题，声价十倍"。因此在当时，柳永之词，已成为一种时尚、流行的大众文化消费商品。一方面歌伎们需要柳词来提升身价；另一方面柳词又需要迎合市民阶层的喜好，从而获得生活所需的经济来源。

对于柳永词作的研究与讨论，历来是围绕着雅俗问题展开，并且延续至今。这一研究的角度固然没有什么错误，但是不仅容易陈陈相因，而且容易忽视更为深层的问题。特别是在今天的文化语境下，与传统批评对于柳永词的世俗的严厉批评相反，当下出现不少肯定和称颂柳永词的俗的特征的文字，这自然与当下的大众娱乐甚至具有美国学者尼尔·波兹曼所称的娱乐致死的时代氛围与心态下，[1] 媚俗的批评风气有很大关系。然而，无论如何，柳永词作中具有三俗（低俗、庸俗、媚俗）特征的内容占有相当比例是无法掩盖的事实，无论打上什么美丽的光环，依旧不能够抹去在柳永众多成功、优秀作品之外，大量存在的格调低下的三俗之作。至于有人甚至将柳永咏伎、赠伎的一些三俗之作，冠以尊重和同情女性，具有人文关怀的桂冠，乃至于声称柳永词作是歌颂女性光辉的具有现代女性主义精神的评论，就更是把一个"惜其为人出入所寓不常"的风流才子拔高到现代女权主义者的高度。看一看当时女性是如何表述对于柳永的评价的："数时何往？略不过奴行。君之费用，吾家恣君所需，妾之房卧，因君馨矣""柳官人，也有相见。为丈夫岂得有此负心！当时费用，今忍复言。"两位与柳永熟悉女性的评价，似乎应该比当代一些仅仅凭借柳永一面之词写下的几句词作而赋予柳永的光环，更为接近历史的真相。

事实上，发生在丰乐楼中的柳永与歌伎的这一传奇故事，的确能够反映出不少都市文化繁荣下，文学自身发生的变革。从这一故事中可以看到文学活动中，创作主体、服务对象和传播方式、消费语境等，都发生了巨大的甚至是本质性的变化。

首先，从创作主体的文化身份而言，无论是与柳永同时代而批评讽刺柳永的富贵宰相晏殊，还是作为后辈同样批评柳永的苏轼，也都是词坛高

---

[1] [美]尼尔·波兹曼:《娱乐致死》，章燕译，广西师范大学出版社2004年版。

手,取得词作的成功。他们都不乏在宴饮中的题词、赠词。但是首先其身份是官员,是有朝廷俸禄衣食无忧不必担心经济问题的国家精英。而柳永则不同。虽然出身于士大夫家庭,父兄均为进士,柳永自己却多年应试落第,混迹京城,衣食无着,他需要利用自己的填词才华,为自己解决生活所需的经济收入问题。

其次,从为谁写作方面,晏殊、苏轼仍然延续传统精英文学为精英小众而写作。柳永则不得不面向新兴的都市市民大众,通过提供能够满足于大众娱乐消费的词作,而获得经济回报。"这种彻底地为市民的审美趣味服务,为大众的精神消费需求而进行文学生产的文学写作,彻底改变了传统诗歌为谁写、谁来读和为什么目的而写诸多重要的方面。其创作的潜在读者群体,发生了根本的变化。"①

最后,创作的语境与空间同样产生了明显而根本性的差异。晏殊是在京城中自己府第的家宴上,命自家的歌伎演唱自己创作的艳词。是在宇文所安所说的"雅正文化"下产生的"雅正文学"。叶梦得《避暑录话》记载了一则有代表性的逸事:

> 晏元宪公虽早富贵,而奉养极约,惟喜宾客,未尝一日不燕饮。而盘馔皆不预办,客至,旋营之……每有嘉客必留,但人设一空案一杯。既命酒,果实蔬茹渐至,亦必以歌乐相佐,谈笑杂出。数行之后,案上已灿然矣。稍阑,即罢遣歌乐曰:"汝曹呈艺已遍,吾当呈艺。"乃具笔札相与赋诗,率以为常。②

对于这一文献材料,宇文所安分析指出:

> 在晏殊的家宴上,酒阑宴罢,晏殊便即遣散歌伎,并说:"现在该是我辈献艺的时候了。"所谓我辈献艺,是指男性主人和宾客"相与赋诗"。这则轶事不仅使我们看到文体与性别的联系,更给我们看到它们被清楚地划出了各自的疆域,不得越界。

---

① 刘方:《唐宋变革与宋代审美文化转型》,学林出版社2009年版,第303页。
② (宋)叶梦得:《避暑录话》卷上,丛书集成初编本,长沙商务印书馆1939年版,第35页。

作为朝廷大臣的晏殊命歌伎在贵客面前演唱他写的艳词,不仅不为自己所写的浪漫曲词感到惭愧,反而从这些曲词中获得某种文化光环。①

而苏轼则是在其地方官任职的官宴上,为官伎撰写歌词。比如在杭州时期的《菩萨蛮·歌伎》中描写官伎"凄音休怨乱,我已先肠断。遗响下清虚。累累一串珠";《菩萨蛮·杭伎往苏迓新守》所谓"清香凝夜宴,借与韦郎看"。明田汝成撰《西湖游览志余》卷十记载:

> 子瞻守杭日,春时,每遇休暇,必约客湖上,早食于山水佳处,饭毕,每客一舟,令队长一人,各领数妓,任其所适。晡后,鸣锣集之,复会望湖楼,或竹阁,极欢而罢。至一二鼓,夜市犹未散,列烛以归城中,士女夹道云集而观之。故其诗云:"游舫已妆吴榜稳,舞衫初试越罗新。"又云:"映山黄帽螭头舫,夹道青烟雀尾炉。"诚熙世乐事也。
>
> 子瞻两任杭州,似有宿缘,而放浪湖山,耽昵声色,乐天之后,一人而已。
>
> 有美堂,在凤山之顶,左江右湖,举陈目下。子瞻九日泛湖,而鲁少卿会客堂上,妓乐殷作,子瞻从湖中望之,戏以诗云:"指点云间数点红,笙歌正拥紫髯翁。谁知爱酒龙山客,却在渔舟一叶中。"……一日,子瞻会客堂上,妓乐殷作,周长官邠同数僧泛湖,戏以诗,子瞻因和二首:"霭霭君诗似岭云,从来不许醉红裙。不知野屦穿山翠,惟见轻桡破浪纹。……②

而柳永则是在丰乐楼这样的都市消费场所,为乐工、歌伎写词,从而获得比较丰厚的报酬。

显然,在这里存在着根本性的差异,晏殊花费自己的俸禄,为精英群体中的朋友与自己自娱自乐而创作,在生产者消费者之间不存在商业交易

---

① [美]宇文所安:《华宴:十一世纪的性别与文体》,《学术月刊》2008年第11期,第30—31页。

② (明)田汝成:《西湖游览志余》卷十,中华书局1958年版,第167—169页。

关系，而且生产者往往就是消费者。苏轼是公款消费，同样是为精英群体中的朋友与自己的自娱自乐而创作，在生产者消费者之间同样不存在商业交易关系，而且生产者往往就是消费者。而柳永则不同。他不是消费者，而是为市民大众消费者提供大众娱乐的精神消费品，并且从中获得回报。在生产者与消费者之间存在商业交易关系，而生产者与消费者属于不同群体，生产者往往是为直接或者间接的市民大众娱乐消费服务。一方面"妓者爱其有词名，能移宫换羽；一经品题，声价十倍"；另一方面"妓者多以金物资给之"，在柳永与歌伎之间存在着互惠互利的金钱关系。而两者则都是面向都市市民大众娱乐消费市场提供符合其需求的消费品而获得报酬。

而像丰乐楼这样的公共消费空间，恰恰是在宋代都市商业繁荣，市民阶层崛起，市民娱乐消费成为现实需求的历史背景下产生的，而柳永的相当数量的词作，也恰恰是为了满足这一新的都市文化娱乐消费空间而生产出来的。这一新的文化娱乐消费空间，为柳永这样的文人，在都市中的生存，提供了一种新的生存方式。宋代都市出现的市民大众的娱乐消费，成为柳永这样的文人生存的经济来源。市民大众成为他们这一群体的衣食父母，柳永之流，通过为这一新的都市消费群体提供服务而在都市中生存。因此与晏殊、苏轼这样的传统文学精英，依靠皇帝、官家提供的职位与俸禄，从而继续延续传统文学精英的非商业性，为自己所身处的文学精英小众群体自身而进行文学创作，不以赢利为目的的传统文学创作方式不同，柳永这样的新兴群体，开创了商业性文学生产的新的历史，以赢利为目的，面向新兴都市市民大众娱乐消费，为其提供商业性的符合其需求的文学消费品，从而获得合理的经济报酬，成为在都市生存的经济收入与来源。

柳永应该是中国历史上第一位著名的具有职业化色彩的为都市市民大众娱乐服务从而获得名声和成功，成为大众明星式的人物，因此，才有关于柳永的许多传说。宋曾敏行撰《独醒杂志》卷四中记载：

> 柳耆卿风流俊迈闻于一时。既死，葬于枣阳县花山。远近之人，每遇清明日，多载酒殽饮于耆卿墓侧，谓之吊柳会。[①]

[①] （宋）曾敏行：《独醒杂志》卷四，丛书集成初编本，上海商务印书馆1937年版，第27页。

从这一传闻可见柳永当日在社会上的成功、影响和柳永词作的流行与柳永粉丝的众多。而宋代杨湜《古今词话》中记载，柳永是"沦落贫窘，终老无子，掩骸僧舍，京西妓者鸠钱葬于枣阳县花山"①。虽然学者考证这些传闻只是传说，并不符合历史事实。但是宋代如此普遍流行这些传说，也足以证明了柳永的影响，特别是柳永与歌伎的密切关系和柳永作为大众娱乐明星的成功。

而到了《众名姬春风吊柳七》之类的话本中，更是极力描绘歌伎们的心声是："不愿君王召，愿得柳七叫；不愿千黄金，愿得柳七心；不愿神仙见，愿识柳七面。"因此有诗叹云："乐游原上妓如云，尽上风流柳七坟。可笑纷纷缙绅辈，怜才不及众红裙。"②

而追根溯源，柳永的成功，恰恰与丰乐楼这样的宋代开始出现的新的都市消费、娱乐空间分不开，柳永之流的文学创作是为这一新兴的都市文化空间而生产而存在的，从根本上有别于传统精英文学创作，开辟了一个中国文学的新天地。

柳永自身最终通过科举考试，进士及第，回到体制内部，成为士大夫官僚中的一员。而在宋元话本中，还有纯粹是市民身份的主人公，发生在丰乐楼的传奇故事。

宋元话本中有一篇悲剧故事《闹樊楼多情周胜仙》，讲述了宋朝东京大酒店樊楼老板的弟弟范二郎，与一位东京城市中富商周家女孩周胜仙，演绎了一场生生死死的爱情故事。

樊楼，即丰乐楼，在《闹樊楼多情周胜仙》里尤其举足轻重，不仅成为小说叙事结构的一个重要组成部分，推动了情节，起结了人物，而且折射出北宋市民丰富复杂的文化心理，深刻反映了北宋时期的市民文化所追求的审美趣味与爱情理想。

故事讲述了女主角周胜仙的父亲周大郎是个做出海贸易的商人，家里有几分钱财。周胜仙一次偶然遇到了一个英俊青年男子范二郎，两人一见钟情，但是婚姻却遭到周胜仙的父亲周大郎的反对，周胜仙一时气绝，家人以为已死，便加以厚葬。盗墓贼挖开坟墓，她又活了过来，寻找时机，

---

① 唐圭璋编：《词话丛编》，中华书局1986年版，第25页。

② （明）冯梦龙：《喻世明言》第十二卷《众名姬春风吊柳七》，北京十月文艺出版社2004年版，第188、196页。

逃出盗墓贼家，跑到樊楼，结果范二郎以为遇鬼，真的将周胜仙误伤致死。这个市民爱情的悲剧故事，提供了多方面的市民文学与市民文化的新视野。

第一，故事情节曲折多变，极富传奇色彩。但是却又与六朝的志怪小说和唐传奇小说的非现实性不同，话本仍然具有写实主义的特征。周胜仙一时气绝，是假死。盗墓贼挖开坟墓，她又活了过来，是真实世界可能发生的事情。有研究者认为"宋人话本里另有一则《闹樊楼多情周胜仙》也是个人鬼恋的故事"①。其说法是不准确的。而故事的悲剧性的结局，同样不同于浪漫传奇故事的大团圆结局。话本的写实性，比如盗墓的过程的细节描绘，从工具到方式，从反侦察到盗墓过程，都绝非可以向壁虚构：

> 你道拖出的是甚物事？原来是一个皮袋，里面盛着些挑刀斧头，一个皮灯盏，和那盛油的罐儿，又有一领蓑衣。娘都看了，道："这蓑衣要他作甚？"朱真道："半夜使得着。"当日是十一月中旬，却恨雪下得大。那厮将蓑衣穿起，却又带一片，是十来条竹皮编成的，一行带在蓑衣后面。原来雪里有脚迹，走一步，后面竹片扒得平，不见脚迹。
>
> 捉脚步到坟边，把刀拨开雪地。俱是日间安排下脚手，下刀挑开石板下去，到侧边端正了，除下头上斗笠，脱了蓑衣在一壁厢，去皮袋里取两个长针，插在砖缝里，放上一个皮灯盏，竹筒里取出火种吹着了，油罐儿取油，点起那灯，把刀挑开命钉，把那盖天板丢在一壁。②

这些细节写实的描绘，在唐传奇中基本是不存在的。这既有社会生活经验问题，也有阅读、听众对象的审美趣味，关注焦点的变化问题。

第二，新型的市民恋情。打破了传统精英文学才子佳人、郎才女貌的模式。也打破了传统恋情故事中女子被动的地位。《闹樊楼多情周胜仙》

---

① 廖玉蕙：《从生眷属到死冤家——谈宋话本中的人鬼婚恋故事》，台湾《联合文学》第190期（2000.8），第49页。

② 程毅中辑注：《宋元小说家话本集》，齐鲁书社2000年版，第794—795页。

中的女主角周胜仙初见范二郎便自思量道:"若还我嫁得一似这般子弟,可知好哩。今日当面挫过,再来那里去讨?"而范二郎则是"行到了茶坊里来,看见一个女孩儿,方年二九,生得花容月貌。这范二郎立地多时,细看那女子,生得:色,色,易迷,难拆。隐深闺,藏柳陌。足步金莲,腰肢一捻,嫩脸映桃红,香肌晕玉白。娇姿恨惹狂童,情态愁牵艳客。芙蓉帐里作鸾凰,云雨此时何处觅?"

话本中对于两人的一见钟情,是以"元来情色都不由你"这一体现市民阶层对于人性欲望的自然满足的观念加以解释的。完全没有传统精英文化所谓男女授受不亲,也与精英文化的男女恋情,所谓琴瑟友之、钟鼓乐之不同,也没有红叶题笺的浪漫,互赠诗笺的雅致。只是自然本性的男欢女爱。而且作为市民阶层的周胜仙,也没有被动等待的意识,而是想到"若还我嫁得一似这般子弟,可知好哩。今日当面挫过,再来那里去讨?"便通过巧妙的方式,自我介绍:"我是曹门里周大郎的女儿,我的小名叫作胜仙小娘子,年一十八岁,不曾吃人暗算。你今却来算我!我是不曾嫁的女孩儿。"这种情形,在公共空间中的自我征婚广告方式的介绍,在中国文学史中,前所未有。也几近空前绝后。

传统中国社会十分强调"男女授受不亲"(《孟子·离娄上》)。《礼记·曲礼》中要求:

> 男女不杂坐,不同椸枷,不同巾栉,不亲授,嫂叔不通问,诸母不漱裳,外言不入于捆,内言不出于捆,女子许嫁,缨,非有大故不入其门,姑姊妹女子子已嫁而反,兄弟弗与同席而坐,弗与同器而食。
>
> 注:皆为重别防淫乱。不杂坐,谓男子在堂,女子在房也。椸,可以枷衣者。通问,谓相称谢也。诸母,庶母也。漱,澣也。庶母贱可使,漱衣不可使。漱裳,裳贱,尊之者,亦所以远别。外言、内言,男女之职也。不出入者,不以相问也。捆,门限也。女子许嫁系缨,有从人之端也。大故,宫中有灾变,若疾病,乃后入也。女子有官者,亦谓由命士以上也。春秋传曰群公子之舍,则已卑矣。女子十年而不出嫁,及成人可以出矣。犹不与男子共席而坐,亦远别也。[①]

[①] (汉)郑氏注,(唐)陆德明音义,孔颖达疏:《礼记注疏》卷二曲礼上,四库全书本。

不要说与陌生人，就是在自己家中，与自己的亲人在一起，都要遵守如此严格的规矩，遵守各种的礼法。而这种严格而烦琐的礼法，在宋代时同样存在。宋司马光《书仪》卷四婚仪下：

> 凡为宫室，必辨内外，深宫固门，内外不共井，不共浴室，不共厕。男治外事，女治内事。男子昼无故，不处私室。妇人无故，不窥中门。有故出中门，必拥蔽其面。①

然而，《闹樊楼多情周胜仙》中的女主角周胜仙，不仅外出活动，而且主动结识青年男性，主动为自己寻找如意郎君，私定终身。反映了宋代市民经济发展和市民阶层的兴起之后，市民阶层的女性并不遵守贵族、士大夫的礼法，她们开始主动走入城市社会生活中，她们也开始大胆追求自身的幸福，甚至在爱情方面，敢爱敢恨。话本小说中的女性形象与传统才子佳人小说中的女性形象相比，开始有了明显的差异。

而故事的发生地点——茶肆、酒楼，则更为具有时代特色和市民特征，因为在宋代之前，这一故事空间还不可能形成。而年轻女子在茶肆、酒楼中活动，则同样反映了宋代城市文化繁荣之后，市民阶层崛起。市民阶层女性不同于士大夫阶层女性的特征。②

第三，反映了宋代出现的新的婚姻观念。宋代史家郑樵在《氏族序》中谈到一个重要历史现象："自隋唐而上，官有簿状，家有谱系。官之选举必由于簿状，家之婚姻必由于谱系"，"自五季以来，取士不问家世，婚姻不问阀阅"③。正是在商业繁荣，商品经济发展的宋代，北宋蔡襄就在其《福州五戒文》中感叹："今之俗，娶其妻，不顾门户，直求资财。"④

正是这种宋代开始风行的社会习俗，因此，对于"我哥哥是樊楼开酒店的，唤作范大郎，我便唤作范二郎，年登一十九岁，未曾吃人暗算。

---

① （宋）司马光撰：《书仪》卷四婚仪下，四库全书本。

② 关于宋代的婚姻和妇女生活，参考［美］伊沛霞《内闱：宋代的婚姻和妇女生活》，胡志宏译，江苏人民出版社 2004 年版。

③ （宋）郑樵撰，王树民校点：《通志·二十略》《氏族略》第一，《氏族序》，中华书局 1992 年版，第 1 页。

④ （宋）蔡襄撰：《端明集》卷三十四，四库全书本。

我射得好弩，打得好弹"这样的范二郎，虽然有个有钱的哥哥，而自己只是射得好弩，打得好弹，不是读书人，更不是金榜题名的进士，因此不能够得到周大郎的认可：

> 周妈妈与周大郎说知上件事。周大郎道："定了未？"妈妈道："定了也。"周大郎听说，双眼圆睁，看着妈妈骂道："打脊老贱人！得谁言语，擅便说亲！他高杀也只是个开酒店的。我女儿怕没大户人家对亲，却许着他！你倒了志气，干出这等事，也不怕人笑话。"

显然，同样作为商人的周大郎，却并不认为开酒店的能够与自己门当户对，而是认为女儿应该与大户人家对亲。在周大郎看来，同样为商人的同属于一个阶层的人家，已经不是合适的门当户对的婚姻对象。在宋代门第界限打破，而富有家财的周大郎，对于女儿的婚姻对象，有了更高的要求和企图了。而周大郎的要求，倒是符合北宋教育家胡瑗的主张，他在《遗训》中训导子孙后代："嫁女必须胜吾家者。"[①]

第四，复杂、多元的人物角色，体现宋代市民阶层的众生相。在话本中涉及这样一些情节：

> 只听得外面水盏响，女孩儿眉头一纵，计上心来，便叫："卖水的，倾一盏甜蜜蜜的糖水来。"那人倾一盏糖水在铜盂儿里，递与那女子。
>
> 茶博士入来，推那卖水的出去。
>
> 迎儿道："隔一家有个王婆，何不请来看小娘子？他唤作王百会，与人收生，做针线，做媒人，又会与人看脉，知人病轻重。邻里家有些些事都浼他。"
>
> 王婆离了周妈妈家，取路径到樊楼来，见范大郎正在柜身里坐。
>
> 妈妈大哭起来。邻舍听得周妈妈哭，都走来看。张嫂、鲍嫂、毛嫂、刁嫂，挤上一屋子。原来周大郎平昔为人不近道理，这妈妈甚是和气，邻舍都喜他。周大郎看见多人，便道："家间私事，不必

[①] （宋）刘清之：《戒子通录》卷五，四库全书本。（宋）朱子纂集：《宋名臣言行录》前集卷十"胡瑗安定先生"，四库全书本。

相劝!"

得周大郎买具棺木,八个人抬来。周妈妈见棺材进门,哭得好苦!周大郎看着妈妈道:"你道我割舍不得三五千贯房奁,你那女儿房里,但有的细软,都搬在棺材里!"只就当时,教件作人等入了殓,即时使人分付管坟园张一郎,兄弟二郎:"你两个便与我砌坑子。"

且说当日一个后生的,年三十余岁,姓朱名真,是个暗行人,日常惯与件作的做帮手,也会与人打坑子。

女孩儿迤逦走到樊楼酒店,见酒博士在门前招呼。

曹门里贩海周大郎的女儿。

原来开封府有一个常卖董贵。①

在这些人物叙述中,涉及了卖水者、茶博士、王婆、张嫂、鲍嫂、毛嫂、刁嫂、件作、管坟园者、暗行人、酒博士、贩海、常卖等各色市民阶层人物。这些人物大多不需要解释便可以知道其身份和职业。而有些则需要进一步地解释。

贩海,程毅中注释为疑当作"泛海",而在对于泛海的解释是——出海经商。并且引《宋史·食货志》:"商人出海外蕃国贩易者令并诣两浙司市舶司请给官券。"② 宋代海外贸易发达,宋包恢撰《敝帚稿略》卷一《禁铜钱申省状》(广东运使)中谈道:

此土贩海之商,无非豪富之民。江、淮、闽、浙,处处有之。亦多有假作屯驻之所营运军需为名者。虽曰他有杂货,其实以高大深广之船,一船可载数万贯文而去。每是一贯之数,可以易番货百贯之物。百贯之数,可以易番货千贯之物,以是为常也。③

因此,正是这种"丰厚的利润撩拨着社会的各个阶层。富至百万之家,穷至如洗之民,贵至公卿大臣,重至拥兵大将,或亲自扬帆出海,或

---

① 程毅中辑注:《宋元小说家话本集》,齐鲁书社2000年版,第787—800页。
② 同上书,第32、801页。
③ (宋)包恢:《敝帚稿略》卷一,四库全书本。

与人合股，或租船募人，远赴海外聚财殖货"①。

常卖，据《汉语大词典》的解释：1. 谓串街叫卖常用物品。2. 指串街叫卖常用物品的小贩。而程毅中注释为"买卖旧货的小商贩"②。按之话本情节，以程毅中注释为是。但是程毅中注释所引证的《云麓漫钞》《孙公谈圃》等似均不十分能够印证其说，比如宋赵彦卫《云麓漫钞》卷七："方言以微细物，博易于乡市自唱，曰常卖。"则印证的恰恰是串街叫卖常用物品的小贩的解释。今检索得宋代文献数条，以为佐证。宋范成大撰《吴郡志》卷五十："常卖者，收拾毁弃及破缺畸残器物沿门贩鬻者。"宋代米芾《画史》："范大珪，字君锡，富郑公婿。同行相国寺，以七百金常卖处买得雪图，破碎甚古，如世所谓王维者。"宋黄庭坚撰《山谷外集》卷十二《答王道济寺丞观许道宁山水图》："大梁画肆阅水墨，四图宛然当物色。自言早过许史门，常卖一声傥然得。"宋王安中撰《初寮集》卷二《题李成山水》："画史如山尔何得，贵人费尽千黄金。宝奁玉轴谁敢争，一声常卖落公手。"事实上，从宋代文献看，所谓常卖之人，既有叫卖常用物品的，也有买卖旧货的，既有沿街叫卖的，也有固定店铺的。潘永因编《宋稗类钞》卷三十中记载了这样一件故事：

> 华亭县市中有小常卖铺，适有一物如小桶而无底，非竹非木，非金非石。既不知其名，亦不知何用。如此者凡数年，未有过而睨之者。一日，有海舶老商见之，骇愕且有喜色，抚弄不已，叩其所值。其人亦駔狯漫索五百缗，商嘻笑偿以三百，即取钱付駔。因叩曰："此物我实不识，今已成交得钱，决无悔理，幸以告我。"商曰："此至宝也，其名曰海井。寻常航海，必须载淡水自随，今但以大器满贮海水置此井于水中，汲之皆甘泉也。平生闻其名于番贾，而未尝遇。今幸得之，吾事济矣。"③

这则故事中，常卖就是有固定店铺而买卖旧货的。而其中所涉及的海舶老商才认识的至宝"海井"，也恰恰反映了宋代海外贸易发达之后，航

---

① 黄纯艳：《宋代海外贸易》，社会科学文献出版社 2003 年版，第 99 页。
② 程毅中辑注：《宋元小说家话本集》，齐鲁书社 2000 年版，第 802 页。
③ 潘永因编：《宋稗类钞》卷三十，书目文献出版社 1985 年版，第 655 页。

海的实际需要与伴随海外贸易的发展,海外物品的流入与知识视野的扩展。

而常卖作为城市中买卖旧货,包括书画、器物的人员在宋代的职业化和普遍化,也是与宋代文化繁荣,金石学、器物学的形成有密切关系。[①]

第五,故事的悲剧性结局的简要讨论。《闹樊楼多情周胜仙》故事的结局是:"范二郎欢天喜地回家。后来娶妻,不忘周胜仙之情,岁时到五道将军庙中烧纸祭奠。有诗为证:情郎情女等情痴,只为情奇事亦奇。若把无情有情比,无情翻似得便宜。"而周胜仙为了范二郎死而复生,生而复死,"奴两遍死去,都只为官人",是一个典型的痴情女子。但是,周胜仙作为痴情女子,既没有与有情人终成眷属,也并非遇到了负心汉。而是一个薄命女子,生生死死的痴情,获得的只是悲剧性的结局。程毅中《宋元话本》认为周胜仙"得到悲剧性的结局。即使不是范二郎误会而失手打死了她,她也不大可能如愿以偿的。因为真正的障碍是封建社会里的婚姻制度"。[②] 而在《宋元小说研究》中进一步说是:"揭露了封建社会婚姻制度的不合理。"[③] 陈平原《中国散文小说史》则认为:"话本小说中的女性,依然一往情深、无所顾忌地追求爱情,而男性则多显得被动、软弱、没有主见。……设想说书场中及话本小说的基本读者为男性市民,以其得益而不受祸的'艳遇'为中心来结构故事,便是再自然不过了。"[④] 比起"揭露了封建社会婚姻制度的不合理"的解释,显然陈平原的解释更为合理和更为符合实际。即希望获得艳遇,又不希望承担责任,是古今中外,无论何种婚姻制度下,男性市民的普遍心态。

《闹樊楼多情周胜仙》故事中,没有演绎出一曲范二郎与周胜仙人鬼情未了的可歌可泣的悲剧性故事,也没有讲述范二郎曾经沧海的内心永怀,而是"范二郎欢天喜地回家"。这一个欢天喜地,冲淡了多少爱情悲剧性的感人魅力,但是也恰恰体现的是都市市民阶层不同于文人士大夫的情感世界与对于男女情爱的现实态度。范二郎毕竟不是负心汉,也不是无情之人,"后来娶妻,不忘周胜仙之情,岁时到五道将军庙中烧纸祭奠"。

[①] 参考王国维《宋代之金石学》,载王国维《王国维遗书》第五册《静安文集续编》,上海书店1983年版,第70页。

[②] 程毅中:《宋元话本》,中华书局2003年新一版,第81—82页。

[③] 程毅中:《宋元小说研究》,江苏古籍出版社1998年版,第334页。

[④] 陈平原:《中国散文小说史》,上海人民出版社2004年版,第286页。

虽然不似焦仲卿或者梁山伯的悲剧与浪漫，但是更为符合都市市民的现实生活。而周胜仙之死，出于范二郎失手误伤，自然从情节安排上缺乏唐传奇爱情故事的动人魅力，但是这一情节也是故事中不可缺少的环节，引发了故事的进一步发展，形成了故事的曲折性。这一情节的安排，一方面更为具有日常生活化的平常性；另一方面体现的是不同于士大夫文人诗性追求审美趣味的追求写实性的市民阶层的审美趣味。

第六，话本中丰乐楼等新的都市空间的描绘与对于新的都市文学生产的意义。在整个话本中樊楼（丰乐楼）反复被提到或者出现共达9次之多。可见这一都市公共空间对于整个话本的结构与内容、情节的发展所具有的重要而不可缺少的作用与功能。话本开头就言道："如今且说那大宋徽宗朝年东京金明池边，有座酒楼，唤作樊楼。"然后介绍说："这酒楼有个开酒肆的范大郎，兄弟范二郎，未曾有妻室。"而在范二郎与周胜仙一见钟情之后，范二郎有样学样，也借机自我介绍的时候，"我哥哥是樊楼开酒店的，唤作范大郎，我便唤作范二郎"，反复强调了其社会身份。樊楼是北宋都城中最为高大著名的酒楼，因此，对于市民阶层而言，亮明自己的樊楼店主的弟弟的身份，显然是具有标志意义的。因此，当周胜仙要王婆说媒，说明："那子弟唤作范二郎。"王婆听了道："莫不是樊楼开酒店的范二郎？"这一细节也充分说明了樊楼店主的弟弟，在北宋都市市民阶层中的声望。而故事随后是王婆到樊楼提亲成功，在遭到父亲反对，周胜仙一气假死，被盗墓贼朱真偶然救起之后，周胜仙寻机逃离，到樊楼去见范二郎，樊楼中范二郎以为是鬼，失手误伤，酿成悲剧。樊楼成为悲剧上演的场所。

此外，话本结尾官府捉拿盗墓贼朱真，"当时搜捉朱真不见，却在桑家瓦里看耍，被作公的捉了，解上开封府"。瓦，即瓦子，又称"勾栏""瓦肆""瓦舍"，为北宋时期都市中开始出现的表演场所，反映了在宋代都市市民文化阶层崛起之后，为满足市民文化生活而诞生的一种更为大众性的娱乐公共空间开始形成。《东京梦华录》记载在北宋汴京城里，有桑家瓦子、中瓦、里瓦以及大小勾栏50余座，为大众提供了观赏各种表演的场所。"不以风雨寒暑，诸棚看人，日日如是"，"每日五更头回小杂剧，差晚看不及矣"，加上其内"多有货药、卖卦、喝故衣、探搏、饮食、剃剪、纸画、令曲之类"多种服务项目，方便观众，以致人们"终日居此，不觉抵暮"，成为市民闲暇时间的经常去处。桑家瓦子，就是其中著名的一个。《东京梦华录》的"东角楼街巷"条载:"街南桑家瓦子,近北则中瓦,次里瓦,其中大小勾栏五十余座。内中瓦子莲花棚、牡丹棚。里瓦子夜叉棚、象棚最大,可容数千人。自丁先现、王团子、张七圣辈,后来可有人于此作场。瓦中多有货药、卖卦、喝故衣、探搏、饮食、剃剪、纸画、令曲之类。终日居此,不觉抵暮。"①

中国的城市化,是在传统血缘—宗法文化基础之中发展起来的,与西方城市化相比,面临更为复杂的人与土地的隔离,特别是与血缘—宗法社会关系的断裂。城市人容易形成精神生态危机。段义孚(Yi-Fu Tuan)把恋地情结(Topophilia)引入地理学中,用于表示人对地方的爱恋之情。段义孚的著作《空间与地方》(*Space and Place*)中主张将一座城市整体作为一个地方,认为"城市是一个地方,主要是意义的中心。它具有许多极为醒目的象征;更重要的是,城市本身就是一个象征。传统的城市象征化了超验与人造的秩序,而与现世或地狱的自然之狂乱力量相对抗;其次,它是理想的人类社区之代表"。②

话本中的樊楼、桑家瓦子对于宋代都市市民而言,就是一个都市中的地标性公共空间,可以唤起听众的记忆与家园感。因为正如凯文·林奇《城市意象》中所指出的:"景观也充当一种社会角色。人人都熟悉的有名有姓的环境,成为大家共同的记忆和符号的源泉,人们因此被联合起来,并得以相互交流。为了保存群体的历史和思想,景观充当着一个巨大的记忆系统。"③

正是这些话本对于东京市民生活空间的描写、记录、反映和叙述,才使一座城市有了鲜活的气息和丰满的血肉。

三 士人阶层都市公共空间中的文学书写与传奇

在北宋都市大型商业性酒楼樊楼之中,不仅上演着市民阶层男欢女爱的悲剧故事,而且也编织了进京士子金榜题名的成名梦想。

宋元话本《赵旭遇仁宗传》就讲述了这样一个故事。小说写宋仁宗

---

① (宋)孟元老著,伊永文笺注:《东京梦华录笺注》卷二《东角楼街巷》,中华书局2006年版,第144—145页。

② 段义孚(Yi-Fu Tuan):*Space and Place*, University Of Minnesota Press, 2001, p.161.

③ [美]凯文·林奇:《城市意象》,方益萍、何晓军译,华夏出版社2001年版,第95页。

时，西川成都府秀才赵旭上京应举。来到东京，行到状元坊，寻个客店安歇，守持试期。入场赴选，一场文字已毕，回归下处，专等黄榜。赵旭自认为："我必然得中也。"谁知赵氏虽文章名列前三名，但其卷中将"唯"字原是"口"旁，写作"厶"旁。仁宗向他指出，赵旭不肯认错，辩道"此字皆可通用"，遂致仁宗不悦。就御案上取文房四宝，写下八个字，递与赵旭，写着"箪单、去吉、吴矣、吕台"，说"卿言通用，与朕拆来"。赵旭看了半晌，无言以对。仁宗曰："卿可暂退读书。"后来出了金榜，果然无赵旭之名。赵氏羞归故里，流寓京师。一年之后，有一夜三更时分，仁宗梦见一金甲神人，坐驾太平车一辆，上载着九轮红日，直至内廷。翌日早朝，仁宗宣问司天台苗太监，此梦主何吉凶？苗太监奏曰："此九日者，乃是个'旭'字，或是人名，或是州郡。"当下占课，依课示，苗太监与皇帝扮作白衣秀士，私行街市，暗地察访。两人先到了樊楼，又行到状元坊，到茶肆吃茶，见白壁之上，有词两首，语句清佳，字画精壮，后写"锦里秀才赵旭作"。苗太监问茶博士壁上之词是何人所写，茶博士道："这个作词的，他是一个不得第的秀才，羞归故里，流落在此。"仁宗想起前因，叫茶博士去找赵秀才。闲谈中，仁宗见赵旭志向高远，故意问起落榜原因，赵旭说是"乃学生考究不精，自取其咎，非圣天子之过也"。仁宗见其自觉悔改，便声称西川王制置是其外甥，要修封书，着人送赵旭同去投他，教赵旭发迹。次日付一锭白银五十两，给了文书，赍到成都府去。赵旭到了之后才知道遇到的是仁宗，仁宗已经任命他为西川五十四州都制置。赵旭衣锦还乡。

在话本中仁宗扮作白衣秀才，与苗太监一道，径往御街并各处巷陌游行，便到过樊楼。话本中有对于樊楼的描绘：

> 见座酒楼，好不高峻！乃是有名的樊楼。有《鹧鸪天》词为证：
> 城中酒楼高入天，烹龙煮凤味肥鲜。公孙下马闻香醉，一饮不惜费万钱。招贵客，引高贤，楼上笙歌列管弦。百般美物珍羞味，四面栏杆彩画檐。①

词中既书写了酒楼的建筑与装饰"城中酒楼高入天"，"四面栏杆彩

---

① 程毅中辑注：《宋元小说家话本集》，齐鲁书社2000年版，第592页。

画檐",也反映了酒楼中的奢华消费"烹龙煮凤味肥鲜","一饮不惜费万钱",还描绘了酒楼的环境"楼上笙歌列管弦",北宋樊楼的繁盛与奢华,一一见诸笔端。

在故事中,有一个重要情节,就是赵旭多次在墙壁题诗、题词。首先是赵旭初到京城,对科举考试十分满意,踌躇满志的情况下填写:

> 不则一日,来到东京。遂入城中观看景致。只见楼台锦绣,人物繁华,正是龙虎风云之地。行到状元坊,寻个客店安歇,守持试期。入场赴选,一场文字已毕,回归下处,专等黄榜。赵旭心中暗喜:"我必然得中也。"次日,安排早饭已罢。店对过有座茶坊,与店中朋友同会茶之间,赵旭见案上有诗牌,遂取笔,去那粉壁上,写下词一首。词云:
>
> 足蹑云梯,手攀仙桂,姓名已在登科内。马前喝道状元来,金鞍玉勒成行队。宴罢归来,醉游街市,此时方显男儿志。修书急报凤楼人,这回好个风流婿。①

赵旭自认为锦绣前程唾手可得,想象着金榜题名之后的种种风光。而在赵旭冒犯了皇帝,仁宗叫他"卿可暂退读书"之后:

> 众朋友来问道:"公必然得意!"赵旭被问,言说此事,众皆大惊。遂乃邀至茶坊,啜茶解闷。赵旭蓦然见壁上前日之辞,嗟吁不已,再把文房四宝,作词一首。云:
>
> 词羽翼将成,功名欲遂,姓名已称男儿意。东君为报牡丹芳,琼林赐与他人醉。"唯"字曾差,功名落地,天公误我乎生存。问归来,回首望家乡,水远山遥,一千余里。②

真实反映了在种种美梦破灭之后的失望与凄凉。而恰恰是题写在茶肆中的两首词,成为故事发展中的一个重要机缘:

---

① 程毅中辑注:《宋元小说家话本集》,齐鲁书社2000年版,第588—589页。
② 同上书,第590页。

行到状元坊，有座茶肆。仁宗道："可吃杯茶去。"二人入茶肆坐下，忽见自壁之上，有词二只，句语清佳，字画精壮，后写："锦里秀才赵旭作。"仁宗失惊道："莫非此人便是？"苗太监便唤茶博士问道："壁上之词是何人写的？"茶博士答道："告官人，这个作词的，他是一个不得第的秀才，差归故里，流落在此。"苗太监又问道："他是何处人氏？今在何处安歇？"茶博士道："他是西川成都府人氏，现在对过状元坊店内安歇。专与人作文度日，等候下科开选。"仁宗想起前因，私对苗太监说道："此人原是上科试官取中的榜首，文才尽好，只因一字差误，朕怪他不肯认错，遂黜而不用，不期流落于此。"便教茶博士："去寻他来，我要求他文章，你若寻得他来，我自赏你。"①

茶肆题词，成为赵旭人生转机中的一个重要机缘与都市公共空间。

事实上，题壁文化是中国历史上起源很早的一种文化传统。根据学者研究，题壁文化历史悠久，始于两汉，盛于唐宋。唐宋时期，中国传统诗歌文化处在高峰期，题壁诗骤然大增，形成一种文化潮流。②

历史似乎重新上演，到了南宋，同样是在名为丰乐楼的酒楼之中，发生了类似的故事，这就是话本《俞仲举题诗遇上皇》，讲述："俞良八千有余多路，来到临安，指望一举成名，争奈时运未至，门龙点额，金榜无名。"无脸回乡，流落杭州。饱受艰辛后准备自尽。"见座高楼，上面一面大牌，朱红大书：丰乐楼。"想起身边只有两贯钱，吃了许多酒食，捉甚还他？不如题了诗，推开窗，看着湖里只一跳，做一个饱鬼。"而另一方面"上皇（按：指宋高宗）忽得一梦……扮作文人秀才，带几个近侍官，都扮作斯文模样，一同信步出城。行到丰乐楼前"，读到俞良的诗，龙颜暗喜，想道："此人正是应梦贤士……当下御笔亲书六句："锦里俞良，妙有词章。高才不遇，落魄堪伤。敕赐高官，衣锦还乡。"孝宗见了上皇圣旨……即刻批旨："俞良可授成都府太守，加赐白金千两，以为路费。"故事的结局也就是俞良被"前呼后拥，荣归故里"。③

---

① 程毅中辑注：《宋元小说家话本集》，齐鲁书社2000年版，第592—593页。

② 刘金柱：《中国古代题壁文化研究》，北京人民出版社2008年版。

③ 程毅中辑注：《宋元小说家话本集》，齐鲁书社2000年版，第746—756页。

故事中,有一个重要细节,就是俞良赴杭应考落榜,钱也用光了,准备自杀。而在丰乐楼题写了一首词:

俞良独自一个,从晌午前直吃到日晡时后,面前按酒,吃得阑残。俞良手抚雕栏,下视湖光,心中愁闷。唤将酒保来:"烦借笔砚则个。"酒保道:"解元借笔砚,莫不是要题诗赋?却不可污了粉壁,本店自有诗牌。若是污了粉壁,小人今日当直,便折了这一日日事钱。"俞良道:"恁地时,取诗牌和笔砚来。"须臾之间,酒保取到诗牌笔砚,安在卓上。俞良道:"你自退,我教你便来,不叫时休来。"当下酒保自去。

俞良拽上槅门,用凳子顶住,自言道:"我只要显名在这楼上,教后人知我。你却教我写在诗牌上则甚?"想起身边只有两贯钱,吃了许多酒食,捉甚还他?不如题了诗,推开窗,看着湖里只一跳,做一个饱鬼。当下磨得墨浓,蘸得笔饱,拂拭一堵壁子干净,写下《鹊桥仙》词:

"来时秋暮,到时春暮,归去又还秋暮。丰乐楼上望西川,动不动八千里路。

青山无数,白云无数,绿水又还无数。人生七十古来稀,算恁地光阴,能来得几度!"

题毕,去后面写道:"锦里秀才俞良作。"①

此词从四时往复的时间性写起,中间则从丰乐楼极目远眺的空间性感怀,最后以自然的时间性中的个体生命体验产生的悲剧性感伤作结。此词构思巧妙,在修辞上颇具特色,强化了主题,达到了很好的艺术效果。因此,话本中讲太上皇宋高宗到丰乐楼,看见了这首词,大为赏识,找到俞良推荐给孝宗皇帝,俞良于是衣锦还乡,回成都做官。

话本中这个俞良的原型,也许就是南宋实有其人的俞国宝。宋周密撰《武林旧事》卷三记载:

湖上御园,南有聚景、真珠、南屏,北有集芳、延祥、玉壶,然

---

① 程毅中辑注:《宋元小说家话本集》,齐鲁书社2000年版,第749—750页。

亦多幸聚景焉。一日,御舟经断桥,桥旁有小酒肆,颇雅洁,中饰素屏,书《风入松》一词于上,光尧驻目称赏久之。宣问何人所作,乃太学生俞国宝醉笔也。其词云:"一春长费买花钱,日日醉湖边。玉骢惯识西泠路,骄嘶过,沽酒楼前。红杏香中歌舞,绿杨影里秋千。暖风十里丽人天,花压鬓云偏。画船载取春归去,余情付,湖水湖烟。明日重携残酒,来寻陌上花钿。"上笑曰:"此词甚好,但末句未免儒酸。"因为改定云"明日重扶残醉"则迥不同矣。即日命解褐云。①

而据宋陈振孙撰《直斋书录解题》卷二十著录:

《醒庵遗珠集》十卷,临川俞国宝撰,淳熙前人。②

可以知道,俞国宝还曾经撰有文集《醒庵遗珠集》十卷,对于俞国宝的词作,况周颐《蕙风词话》卷二评价说:"此则屡经记载,稍涉倚声者知之。其实……俞第流美而已。……顾当时盛传,以其句丽可喜,又谐适便口诵,故称述者多。"③

的确如况周颐所说,这个故事应该在当时十分出名,广为传播,因此到元代,著名文学家虞集为此故事专门题写有诗歌。元代著名文学家虞集撰《道园学古录》卷四:

绍兴间,临安士人有赋曲:(词略)思陵见而喜之,恨其后迭第五句"重携残酒"酸寒,改曰:"重扶残醉",因欧阳原功言及此,与陈众仲寻腔度之歌之一再,董北宇求书其事,因书之并系以此诗。

重扶残醉西湖上,不见春风见画船。头白故人无在者,断堤杨柳舞青烟。④

---

① (宋)周密撰,傅林祥注:《武林旧事》卷三,山东友谊出版社2001年版,第46页。
② (宋)陈振孙撰,徐小蛮、顾美华校点:《直斋书录解题》卷二十,上海古籍出版社1987年版,第607页。
③ 况周颐:《蕙风词话》卷二,人民文学出版社1960年版,第43页。
④ (元)虞集:《道园学古录》卷四,四部丛刊本。

可见在元代士大夫中不仅此事传播广泛，而且引发了士大夫"寻腔度之歌之一再"。而明代著名文学家王世贞撰《弇州四部稿》卷一百五十二也记载并且评论了此事件：

> 高宗在德寿宫，游聚景园，偶步入一酒肆，见素屏有俞国宝书《风入松》一词，嗟赏之。诵至"明日重携残酒，来寻陌上花钿"，曰"未免酸气"，改："明日重扶残醉"，仍即日予释褐，此词之遇者也。耆卿词毋论触讳，中间不能一语形容老人星，自是不佳。"重扶残醉"胜初语数倍，乃见二主具眼。①

元、明两朝著名文学家仍然在讨论、传播此事此词，可见其流传久远，影响广泛。

城市中的酒楼、茶肆，在宋代的发展、繁荣，并且逐渐成为公共舆论与公共空间，也为士子提供了政治机遇和命运的转机。上述话本小说中，士子巧遇皇帝的空间场所——丰乐楼是两宋都城最著名的酒楼，是都市的标志性建筑。②

这两个发生在都市空间中的故事，既反映了士子的心态，同时也参与了国家意识形态话语的建构与再生产。宋代王栐的笔记小说《燕翼诒谋录》卷一中云：

> 唐末，进士不第，如王仙芝辈唱乱，而敬翔、李振之徒，皆进士之不得志者也。盖四海九州岛之广，而岁上第者仅一二十人，苟非才学超出伦辈，必自绝意于功名之途，无复顾藉。故圣朝广开科举之门，俾人人皆有觊觎之心，不忍自弃于盗贼奸宄。开宝二年三月壬寅朔，诏礼部阅贡士十五举以上曾经终场者，具名以闻。庚戌，诏曰："贡士司马浦等一百六人，困顿风尘，潦倒场屋，学固不讲，业亦难专，非有特恩，终成遐弃，宜各赐本科出身。"此特奏所由始也。自是士之潦倒不第者，皆觊觎一官，老死不止。……英雄豪杰皆汩没消

---

① （明）王世贞：《弇州四部稿》卷一百五十二，伟文图书出版社有限公司1976年版，第6931页。

② 参孟元老《东京梦华录》卷二《酒楼》，上海古典文学出版社1956年版，第15页。周密：《武林旧事》卷六《酒楼》，上海古典文学出版社1956年版，第441页。

靡其中而不自觉，故乱不起于中国，而起于夷狄，岂非得御天下之要术欤。①

这段重要记载，反映的是宋代对于那些英雄豪杰因为科举之不得志，而可能犯上作乱的防御性制度措施。而《俞仲举题诗遇上皇》《赵伯升茶肆遇仁宗》这些小说，真实地反映了处于科举考试激烈竞争中的士子，在都城这一既是科举考试空间——决定着自己命运的场所，又是天子的政治空间中，幻想通过偶然、机缘和运气来获得命运转机的心态。而与此同时，小说又不自觉地参与到了国家意识形态的共谋关系之中，再生产并参与建构了维护这一权力的社会稳定的国家意识形态。②

---

① （宋）王栐：《燕翼诒谋录》卷一，中华书局1981年版，第1页。
② 孙逊、刘方：《中国古代小说中的城市书写及其现代阐释》，《中国社会科学》2007年第5期。

东南形胜：北宋杭州都市景观与文学表达

杭州在宋初就已经呈现出较为繁胜的景象，为词人所关注，并形诸歌咏，反映了伴随着宋代城市革命之后，不断成长和繁荣的杭州都市文化之美。在北宋的杭州，自然景观与都市文化景观，已经成为互为依存的风景，于都市文化之中，体验山水之美，两者不再是对立的，而是和谐一体的。这无疑是开始了一种观念革命的历程，也是预示了一种生存方式的重大转折。在杭州都市文化的文学书写中，可以清晰地感受到这个变化与发展的脉动。

杭州在宋初就已经呈现出较为繁胜的景象，为词人所关注，并形诸歌咏。反映了伴随着宋代城市革命之后，不断成长和繁荣的杭州都市文化之美。在北宋的杭州，自然景观与都市文化景观，已经成为互为依存的风景，于都市文化之中，体验山水之美，两者不再是对立的，而是和谐一体的，这无疑是开始了一种观念革命的历程，也是预示了一种生存方式的重大转折。在杭州都市文化的文学书写中，可以清晰地感受到这个变化与发展的脉动。

> 东南形胜，三吴都会，钱塘自古繁华。烟柳画桥，风帘翠幕，参差十万人家。云树绕堤沙，怒涛卷霜雪，天堑无涯。市列珠玑，户盈罗绮，竞豪奢。
> 重湖叠巘清嘉，有三秋桂子，十里荷花。羌管弄晴，菱歌泛夜，嬉嬉钓叟莲娃。千骑拥高牙，乘醉听箫鼓，吟赏烟霞。异日图将好景，归去凤池夸。[①]

[①] 柳永著，薛瑞生校注：《乐章集校注》，中华书局1994年版，第169页。

柳永的这首《望海潮》,千百年来,传诵人口。据南宋罗大经《鹤林玉露》记载,这首词是作者写来献给当时驻节杭州的两浙转运史孙何的:

> 孙何帅钱塘,柳耆卿作《望海潮》词赠之云:(略)此词流播,金主亮闻歌欣然有慕于三秋桂子,十里荷花,遂起投鞭渡江之志。近时谢处厚诗云:谁把杭州曲子讴,荷花十里桂三秋。那知卉木无情物,牵动长江万里愁。余谓此词虽牵动长江之愁,然卒为海陵被杀之媒,未足恨也。至于荷艳桂香,妆点湖山之清丽,使士夫流连于歌舞嬉游之乐,遂忘中原,是则深可恨耳。因和其诗云:须知快剑是清讴,牛渚依然一片秋。却恨荷花留玉辇,竟忘烟柳汴宫愁。①

关于此词的创作,还有一个传说:"柳耆卿与孙相何为布衣交。孙知杭州,门禁甚严。耆卿欲见之不得,作《望海潮》词,往谒名妓楚楚曰:'欲见孙相,恨无门路。若因府会,愿借朱唇歌于孙相公之前。若问谁为此词,但说柳七。'中秋府会,楚楚宛转歌之,孙即日迎耆卿预坐。"② 虽将柳永的这首《望海潮》与金人南下,与南宋士夫流连于歌舞嬉游之乐,遂忘中原,产生联想,不免附会,但是也从一个侧面反映了此词的巨大影响力。柳永这首词的主要内容是咏叹杭州湖山的美丽和城市的繁华。钱塘江畔的杭州自古就是著名的大都市,风景秀丽,人文荟萃,经济繁荣,生活富足。在这首词里,柳永以生动的笔墨,把杭州描绘得富丽非凡。

一 杭州的城市发展与北宋时期的都市风光

杭州是个历史悠久的城市,据地质学家考察,早在四千多年前,这里就有人居住了。20世纪考古发现的著名的良渚文化遗址,即在这一地区。春秋战国时,它是吴越争霸之地。秦代定名为钱塘县,隋朝改称杭州。杭

---

① (宋)罗大经:《鹤林玉露》丙编,卷一,中华书局1983年版,第241—242页。
② (清)徐釚撰,王百里校笺:《词苑丛谈》卷7,第68条,人民文学出版社1988年版,第424页。

州的繁荣实始于唐代。《乾道临安志》记唐贞观中杭州户口，至十一万人。中唐而后，唐代宗永泰元年李华作《杭州刺史厅壁记》，便称为"东南名郡"了。到唐德宗时，白居易撰《卢元辅袭杭州刺史制》也说"江南列郡，余杭为大"。唐末五代时期，是一个干戈扰攘、四方鼎沸的时代，独两浙在钱氏保据之下，晏然无事者垂九十年；两浙既然是当时唯一的乐土，因而杭州就成了乐土中的天堂，其繁荣富盛，自非复其他兵乱之余的都会所可比拟了。上述原因，是促使杭州成为"东南第一州"的主因，此外五代北宋时又有下列数事，对于杭州都市的发展，显然亦有相当的重要性。一是海岸石塘的修筑，二是城区运河的整治，三是市舶司的设置，四是手工业的发达。[①]

事实上，除了众人皆知的《望海潮》之外，柳永还作有另外一首《早梅芳》词，同样是歌咏杭州的城市词，只是因为《望海潮》过于出名而使得《早梅芳》较少被人了解。柳永此词写道：

> 海霞红，山烟翠，故都风景繁华地。谯门画戟，下临万井，金碧楼台相倚。芰荷浦溆，杨柳汀洲，映虹桥倒影，兰舟飞棹，游人聚散，一片湖光里。
>
> 汉元侯，自从破虏征蛮，峻陟枢庭贵。筹帷厌久，盛年昼锦，归来吾乡我里。铃斋少讼，宴馆多欢，未周星，便恐皇家，图任勋贤，又作登庸计。[②]

柳永的这首词同样是献给一位孙姓太守。根据薛瑞生的细致考证，这首词是献给孙沔的，[③] 柳永词的上阕，同样是描摹刻画了北宋仁宗时期杭州繁华秀丽的城市风貌。词的开头，描写杭州美丽的山光水色。海霞红，杭州本不靠海，而是临钱塘江，所以应该是描写江霞。杭州江霞之美，唐

---

① 参见谭其骧《杭州都市发展之经过》，周峰主编《南宋京城杭州》，浙江人民出版社1988年版，第7—18页。陈桥驿：《杭州》，载陈桥驿主编《中国七大古都》，中国青年出版社2005年版，第273—305页。

② 柳永著，薛瑞生校注：《乐章集校注》，中华书局1994年版，第7页。

③ 同上书，第11页。另外，薛瑞生认为《望海潮》同样是献给孙沔的，宋代以来一直流传的献孙何说不能成立。见柳永著，薛瑞生校注《乐章集校注》，中华书局1994年版，第173—175页，可备一说。

代白居易就有著名的《忆江南》:

> 江南好,风景旧曾谙。日出江花红胜火,春来江水绿如蓝。能不忆江南?
> 江南忆,最忆是杭州。山寺月中寻桂子,郡亭枕上看潮头。何日更重游?①

柳永的"海霞红",或许就是"日出江花红胜火"的化用。而且与白居易词先江水之景,后山川之色的描写顺序一样,柳永接下来就说"山烟翠",林木繁茂,接着对于杭州城市文化有一个整体评价,称为"故都风景繁华地"。五代时吴越建都于此,因此称为故都。风景繁华之地。则是对于北宋仁宗时期杭州城市文化的称赞。"谯门画戟,下临万井,金碧楼台相倚",从几个场景具体化杭州城市的繁华富丽。"芰荷浦溆"数句,则转而描绘西湖景色,正可与柳永的《望海潮》相对读。然而,与《望海潮》一词不同的是,《早梅芳》的下阕,还进一步描绘了杭州城市中的社会政治文化。"铃斋少讼,宴馆多欢",体现的是政治清明,政清人和,士大夫常常雅集的社会与文化情形,则在内容上较之《望海潮》更为全面、丰富。

其实在柳永之前,北宋初年潘阆的十首一组《酒泉子》歌咏杭州,也十分著名。其一、其二写杭州:

> 长忆钱塘,不是人寰是天上。万家掩映翠微间,处处水潺潺。异花四季当窗放,出入分明在屏障。别来隋柳几经秋,何日得重游?
> 长忆钱塘,临水傍山三百寺。僧房携杖遍曾游,闲话觉忘忧。栴檀楼阁云霞畔,钟梵清宵彻天汉。别来遥礼只焚香,便恐是西方。②

两首词一写杭州天堂一般的景色,二写杭州佛寺之盛,都是抓住了杭州的特征。宋代项安世有诗《春日堤上》专咏堤上人家道:"高高下下十五里,白白红红千树花。总在蔬篱断垣里,背堤临水小人家。"③ 这种太

---

① (唐)白居易著,朱金城笺校:《白居易集笺校》,上海古籍出版社1988年版,第2353页。
② 唐圭璋:《全宋词》,中华书局1965年版,第5页。
③ 傅璇琮等主编:《全宋诗》44册,北京大学出版社1992年版,第27455页。

平景象，何等旖旎。

"临水傍山三百寺"，杭州佛教，始于两晋，盛于吴越。朱彝尊《书钱武肃王造金涂塔事》："寺塔之建，吴越武肃王倍于九国。按《咸淳临安志》九厢四壁，诸县境中，一王所建，已盈八十八所。合一十四州悉数之，且不能举其目矣。"① 北宋杭州承吴越影响，佛教盛行。宋代蔡襄在《杭州新作双门记》中说杭州是"俗尚浮屠，归施无节"，② 宋代秦观《雪斋记》中也说："其俗工巧，羞质朴而尚靡丽，且事佛为最勤。故佛之宫室，棊布于境中者，殆千有余区。其登览宴游之地，不可胜计。"③ 因此，"栴檀楼阁云霞畔，钟梵清宵彻天汉"实在是对于杭州都市文化景观的一个如实描绘。明田汝成撰《西湖游览志余》卷十四："杭州内外及湖山之间，唐已前为三百六十寺，及钱氏立国，宋朝南渡，增为四百八十，海内都会未有加于此者也。"④ 苏轼在《怀西湖寄晁美叔同年》诗中也说："独专山水乐，付与宁非天。三百六十寺，幽寻遂穷年。"⑤ 杭州的佛寺建筑往往非常讲究，欧阳修《送慧勤归余杭》中形容是：

> 越俗僭宫室，倾赀事雕墙。佛屋尤其侈，耽耽拟侯王。文彩莹丹漆，四壁金焜煌。上悬百宝盖，宴坐以方床。胡为弃不居，栖身客京坊。辛勤营一室，有类燕巢梁。南方精饮食，菌笋鄙羔羊。饭以玉粒粳，调之甘露浆。一馔费千金，百品罗成行。晨兴未饭僧，日昃不敢尝。乃兹随北客，枯粟充饥肠。东南地秀绝，山水澄清光。余杭几万家，日夕焚清香。烟霏四面起，云雾杂芬芳。岂如车马尘，鬓发染成霜。三者孰苦乐，子奚勤四方。乃云慕仁义，奔走不自遑。始知仁义力，可以治膏肓。有志诚可乐，及时宜自强。人情重怀土，飞鸟思故乡。夜枕闻北雁，归心逐南樯。归兮能来否，送子以短章。⑥

---

① （清）朱彝尊：《曝书亭集》卷四十六，世界书局中华民国二十六年版，第557页。
② （宋）蔡襄：《莆阳居士蔡公文集三十六卷》卷二十，宋刻本。
③ （宋）秦观撰，徐培均笺注：《淮海集笺注》卷三十八，上海古籍出版社1994年版，第1220页。
④ （明）田汝成：《西湖游览志余》卷十四，上海古籍出版社1980年版，第260页。
⑤ （宋）苏轼：《苏东坡全集》卷七，中国书店1986年版，第112页。
⑥ （宋）欧阳修著，洪本健校笺：《欧阳修诗文集校笺》卷二，上海古籍出版社2009年版，第37页。

此诗从居室、饮食、城市山水风光等三方面比较了杭州与东京之间的苦乐，极力描绘了杭州都市文化的繁荣，劝说慧勤南归，也从一个侧面，反映了北宋杭州经济、文化的发达，城市文化的繁荣。

仁宗嘉祐二年（1057）龙图阁学士、吏部郎中梅挚出知杭州，仁宗赵祯有五言律诗《赐梅挚知杭州》：

> 地有湖山美，东南第一州。剖符宣政化，持橐辍才流。暂出论思列，遥分旰昃忧。循良勤抚俗，来暮听歌讴。①

首联强调杭州的美好和重要，颔联、颈联铺叙梅挚本是处于持橐替笔、议论思考之列的才智近臣，目前暂时中止原先职务，剖符受任杭州知州，远去宣达政事教化，分担君主勤政的忧心。南宋陈岩肖《庚溪诗话》卷上记载："嘉祐初……梅挚公仪出守杭州，上特制诗以宠赐之……梅既到杭，欲侈上之赐，遂建堂山，名曰有美，欧阳修为记以述之。"②这就是有美堂和《有美堂记》，有美堂建在杭州城中的吴山顶上，大约嘉祐二年（1057）落成。有美堂一时成了杭州人士登临、酬酢的新热点。

二 西湖场景与钱塘观潮：都市化的自然山水

杭州很美，但最美的还在西湖。南宋康伯可游西湖《长相思》词说的"南高峰，北高峰，一片湖光烟霭中"③，可以与柳永的词句对照阅读。而柳永词中最堪称美的，是"三秋桂子，十里荷花"。"三秋桂子"同西湖美丽的传说有关，晚唐诗人皮日休有《天竺寺八月十五日夜桂子》一诗云："玉颗珊珊下月轮，殿前拾得露华新。至今不会天中事，应是嫦娥掷与人。"④

柳永一首《望海潮》百余字的慢词，用铺叙手法描绘都市生活和自然风景，从各个不同侧面来表现杭州风光之美丽迷人和都市之繁荣富庶。

---

① 傅璇琮等主编：《全宋诗》第 7 册，北京大学出版社 1992 年版，第 4399 页。
② （宋）陈岩肖：《庚溪诗话》卷上，丁福保辑：《历代诗话续编》（上），中华书局 1957 年版。
③ （明）田汝成：《西湖游览志余》卷十，上海古籍出版社 1980 年版，第 176 页。
④ （唐）陆龟蒙：《松陵集》卷八，四库全书本。

将这个当时世界性的都市留在文字的世界，使我们的目光穿越千年，去一睹那盛世杭州的繁盛。而潘阆的十首《酒泉子》其三、其四同样是写西湖：

> 长忆西湖，湖上春来无限景。吴姬个个是神仙，竞泛木兰船。楼台簇簇疑蓬岛，野人只合其中老。别来已是二十年，东望眼将穿。
> 长忆西湖，尽日凭阑楼上望。三三两两钓鱼舟，岛屿正清秋。笛声依约芦花里，白鸟成行忽惊起。别来闲整钓鱼竿，思入水云寒。

前一首很容易让人联想到韦庄《菩萨蛮》的"人人尽说江南好"，后一首或许启发了柳永词中的西湖描写。

苏轼两次到杭为官，对于西湖感情极深，他在元祐五年四月二十九日写的《杭州乞度牒开西湖状》中说：

> 杭州之有西湖，如人之有眉目，盖不可废也。唐长庆中，白居易为刺史，方是时，湖溉田千余顷。及钱氏有国，置撩湖兵士千人，日夜开浚。自国初以来，稍废不治，水涸草生，渐成葑田。熙宁中，臣通判本州，则湖之葑合者，盖十二三耳。至今者十六七年之间，遂堙塞其半。父老皆言十年以来，水浅葑横，如云翳空，倏忽便满，更二十年，无西湖矣。使杭州无西湖，如人去其眉目，岂复为人乎？①

熙宁六年（1073）春，苏轼创作了描写西湖之美而著称于世的名篇七言绝句《饮湖上初晴后雨》诗题下本来还有"二首"的字样，著名的是第二首："水光潋滟晴方好，山色空蒙雨亦奇。欲把西湖比西子，淡妆浓抹总相宜。"② 脍炙人口，叹为绝唱。两宋之际的诗人武衍，甚至于在《正月二日泛舟湖上》诗中说："除却淡妆浓抹句，更将何语比西湖？"③人们的倾倒，由此可见一斑。后来到了南宋，人们干脆把西湖叫成西子

---

① （宋）苏轼著，孔凡礼点校：《苏轼文集》卷三十，中华书局1986年版，第863页。
② （宋）苏轼撰，（清）王文诰辑注，孔凡礼点校：《苏轼诗集》卷九，中华书局1982年版，第430页。
③ （宋）武衍：《正元二日与菊庄汤伯起归隐陈鸿甫泛舟湖上二首》，载（宋）陈思编，（元）陈世隆补：《两宋名贤小集》卷三百三十三，四库全书本。

湖，"西子湖边一短窗，几年和雨看湖光"①"吏隐他年并海漘，倦游悔现宰官身。谁知西子湖边寺，重见东林社里人"。② 因此，梁诗正等辑《西湖志纂》卷一"宋苏轼则有临安眉目之喻，至比之西子，遂称西子湖。"③真可以说湖山为之生色增光了。

杭州胜境，除了四时的西湖外，还有八月的钱塘。柳永《望海潮》的"云树绕堤沙，怒涛卷霜雪，天堑无涯"视线就是从城内转到钱塘江边，来写钱塘"形胜"。潘阆在雍熙年间（984—987）就以咏钱塘江潮词著名，当时太子中舍李允为之作"潘阆咏潮图"，李允又请苏州吴县知县罗思纯为序，长洲知县王禹偁为赞。④ 王禹偁在雍熙年间所作《潘阆咏潮图赞并序》说：

> 处士潘阆……总角之岁，天与诗性，故亲族骇其语焉。弱冠之年，世有诗名，故贤英服其才焉。今内翰广平宋公（白）赠诗云："宋朝归圣主，潘阆诗人。"其见许也如是。……脱履场屋，耻原夫之流，栖心云泉，有终焉之计。言念吴越，跨江而来，钱塘会稽卖药自给，因赋浙江观涛之什，称为冠绝。太子中舍李公（允）以春宫之臣被墨绶之贬，好奇尚异，有古人风。乃出轻绡征彩毫写彼诗景，悬为句图，飞翰走僮以越茂苑，且曰若得吴县序之、长洲赞之，可垂于不朽矣。会予卧病不果，疾闲之日，复出图以阅之，诵诗以味之，乃知处士之句绝唱也，李公之画好事也，罗君之序乐善也。援毫赞之，以卒予志。⑤

潘阆的《酒泉子》其十写观潮：

> 长忆观潮，满郭人争江上望。来疑沧海尽成空，万面鼓声中。弄涛儿向涛头立，手把红旗旗不湿。别来几向梦中看，梦觉尚心寒。⑥

---

① （宋）周紫芝：《太仓稊米集》卷二十五《将别湖居二首》，四库全书本。
② （宋）李洪：《芸庵类稿》卷四《简月阇黎》，四库全书本。
③ （清）梁诗正等辑：《西湖志纂》卷一，上海古籍出版社1993年版，第344页。
④ 王兆鹏：《两宋词人丛考》，凤凰出版社2007年版，第11—12页。
⑤ （宋）王禹偁：《小畜外集》卷一〇，《四部丛刊》本。
⑥ 唐圭璋：《全宋词》，中华书局1980年版，第6页。

这是写钱塘观潮十分著名和成功的一首。裹带着雷轰鼓鸣般的巨响，江潮奔腾而至，而更为神奇的是，涛头浪尖竟然傲立着几位矫健的弄潮勇士，他们随波出没，而手中的红旗却始终不湿，这真是何等地惊心动魄和扣人心弦！

正因为潘阆的词在当时十分有影响，所以有好事者又把潘阆本人画成《潘阆咏潮图》广泛流传。北宋吴处厚《青箱杂记》卷六说：

> 昔王维爱孟浩然吟哦风度，则绘为图以玩之。李洞慕贾岛诗名，则铸为像以师之。近世有好事者，以潘阆遨游浙江，咏潮著名，则亦以轻绡写其形容，谓之《潘阆咏潮图》。①

据《新唐书·文艺传下·孟浩然》："王维过郢州，画浩然像于刺史亭，因曰浩然亭。咸通中，刺史郑诚谓贤者名不可斥，更署曰孟亭。"所谓"王维爱孟浩然吟哦风度，则绘为图以玩之"，当即此事。而"李洞慕贾岛诗名，则铸为像以师之"的事迹，则多种文献中有大同小异的记载。孙光宪《北梦琐言》卷七云："进士李洞慕贾岛，欲铸而项戴，尝念'贾岛佛'，而其诗体又僻于贾。"②王定保《唐摭言》卷十亦记李洞"慕贾阆仙为诗，铸铜像其仪，事之如神"③。《唐才子传·李洞传》更谓"酷慕贾长江，遂铜写贾源，载之巾中。常持数珠念贾岛佛，一日千遍。人有喜岛者，洞必手录岛诗赠之。叮咛再四曰：'此无异佛经，归焚香拜之。'其仰慕一何如此之切也"。④

吴处厚把当时人把潘阆本人画成《潘阆咏潮图》这件文学事件与唐代著名的王维绘孟浩然画像和李洞铸贾岛塑像联系起来，加以比附，足见在当时潘阆词的成功和出名了。

观潮是杭州盛景，宋人笔记多记之。宋吴自牧撰《梦粱录》卷四《观潮》条：

---

① （宋）吴处厚：《青箱杂记》，中华书局1985年版，第60页。
② （五代）孙光宪：《北梦琐言》卷七，中华书局2002年版，第164页。
③ （五代）王定保：《唐摭言》卷十，中华书局上海编辑所1959年版，第109页。
④ （元）辛文房撰，傅璇琮主编：《唐才子传校笺》，第四册，中华书局1990年版，第213页。

临安风俗，四时奢侈赏玩，殆无虚日，西有湖光可爱，东有江潮堪观，皆绝景也。每岁八月内，潮怒胜于常时，都人自十一日起，便有观者，至十六十八日，倾城而出，车马纷纷，十八日最为繁盛。①

宋周密撰《武林旧事》卷三《观潮》条：

浙江之潮，天下之伟观也。自既望以至十八日为最盛。方其远出海门，仅如银线，既而渐近，则玉城雪岭，际天而来，大声如雷霆，震撼激射，吞天沃日，势极雄豪。杨诚斋诗云"海涌银为郭，江横玉系腰"者是也。每岁京尹出浙江亭教阅水军，艨艟数百，分列两岸。既而尽奔腾分合五阵之势，并有乘骑弄旗标枪舞刀于水面者，如履平地。倏尔黄烟四起，人物略不相睹，水爆轰震，声如崩山。烟消波静，则一舸无迹，仅有数舟为火所焚，随波而逝。吴儿善泅者数百，皆披发文身，手持十幅大彩旗，争先鼓勇，溯迎而上，出没于鲸波万仞中，腾身百变，而旗尾略不沾湿，以此夸能。②

对于钱塘潮的景观气势，宋代文人诗歌中有不少记载，皇祐元年（1049）正月，资政殿学士、给事中、知邓州范仲淹移知杭州。这年观潮，他写出五言排律《和运使舍人观潮》二首。其一云：

何处潮偏盛，钱唐无与俦。谁能问天意，独此见涛头。海浦吞来尽，江城打欲浮。势雄驱岛屿，声怒战貔貅。万迭云才起，千寻练不收。长风方破浪，一气自横秋。高岸惊先裂，群源怯倒流。腾凌大鲲化，浩荡六鳌游。北客观犹惧，吴儿弄弗忧。子胥忠义者，无覆巨川舟。③

这诗从多个角度抒写钱塘江潮的壮大威势，也结合比喻、夸张等手法，可以说达到了淋漓尽致的程度。结尾，联系春秋吴国大夫伍员死后成

---

① （宋）吴自牧：《梦粱录》卷四《观潮》，山东友谊出版社2001年版，第45页。
② （宋）周密：《武林旧事》卷三，山东友谊出版社2001年版，第54页。
③ （宋）范仲淹：《范文正公文集》卷六，宋刻本，第31页。

了钱塘江潮神的传说,祈祷江潮作为忠义英灵的化身,不要倾覆江上的船只。诗人的寄意同样是十分深长的。

宋蔡襄撰《端明集》卷七《和江上观潮》:

  地卷天回出海东,人间何事可争雄。千年浪说鸱夷怒,一信全疑渤澥空。 寂静最宜闻夜枕,峥嵘须待驾秋风。寻思物理真难测,随月亏圆亦未通。①

关于"弄涛儿向涛头立"的惊心动魄,在"梦觉尚心寒"中写出,不是无因,的确十分危险。就是观潮,都有一定危险性,宋庄绰撰《鸡肋编》卷中记载:"是岁八月十八日,钱塘观潮,往者特盛……人皆乘薪而立,忽风驾洪涛出岸,激薪崩摧,死者有数百人。"② 因此,在宋蔡襄撰《端明集》卷三十四中保存有《杭州戒弄潮文》:

  斗牛之分,吴越之中,唯江涛之最雄。乘秋风而益怒,乃其俗习于以观游,厥有善泅之徒,竞作弄潮之戏,以父母所生之遗体,投鱼龙不测之深渊,自为矜夸,时或沉溺,魂魄永沦于泉下,妻孥望哭于水滨,生也有涯,盍终于天命,死而不吊,重弃于人伦,推予不忍之心,伸尔无穷之戒,所有今年观潮,并依常例,其军人百姓,辄敢弄潮,必行科罚。③

可见"弄涛儿向涛头立"的危险性,难怪会给所有观看的人,留下终身难忘的印象了。

在北宋文人对于杭州都市文化风物的吟赏中,我们可以看到自然风景之于中国文人的关系渐趋转变。与传统的诗歌吟咏的和城市对立的自然风光不同,在北宋的杭州,自然景观与都市文化景观,已经成为互为依存的风景,并承载着普通的日常生活。虽然山水雅集古已有之,但是如此紧密地和城市生活交织在一起,形成城市中的自然山水、自然山水中的城市胜

---

① (宋)蔡襄:《莆阳居士蔡公文集三十六卷》,宋刻本,卷七。
② (宋)庄绰:《鸡肋编》卷中,中华书局1983年版,第64页。
③ (宋)蔡襄:《莆阳居士蔡公文集三十六卷》,宋刻本,卷二十五。

览，则是伴随北宋杭州都市发展与繁华，才突出体现出来。欧阳修作于嘉祐二年（1057）《有美堂记》云：

> 夫举天下之至美与其乐，有不得而兼焉者多矣。故穷山水登临之美者，必之乎宽闲之野、寂寞之乡而后得焉。览人物之盛丽，夸都邑之雄富者，必据乎四达之冲、舟车之会而后足焉。盖彼放心于物外，而此娱意于繁华，二者各有适焉。然其为乐，不得而兼也。
>
> 今夫所谓罗浮、天台、衡岳、庐阜、洞庭之广，三峡之险，号为东南奇伟秀绝者，乃皆在乎下州小邑、僻陋之邦。此幽潜之士、穷愁放逐之臣之所乐也。若乃四方之所聚，百货之所交，物盛人众，为一都会，而又能兼有山水之美以资富贵之娱者，唯金陵、钱塘。
>
> 然二邦皆僭窃于乱世。及圣宋受命，海内为之一，金陵以后服见诛，今其江山虽在，而颓垣废址，荒烟野草，过而览者，莫不为之踌躇而凄怆。独钱塘自五代时知尊中国，效臣顺。及其亡也，顿首请命，不烦干戈，今其民幸富完安乐。又其俗习工巧，邑屋华丽，盖十余万家。环以湖山，左右映带，而闽商海贾，风帆浪舶，出入于江涛浩渺、烟云杳霭之间，可谓盛矣！
>
> 而临是邦者，必皆朝廷公卿大臣，若天子之侍从，又有四方游士为之宾客，故喜占形胜，治亭榭，相与极游览之娱，然其于所取，有得于此者，必有遗于彼。独所谓有美堂者，山水登临之美，人物邑居之繁，一寓目而尽得之。盖钱塘兼有天下之美，而斯堂者又尽得钱塘之美焉，宜乎公之甚爱而难忘也。①

宋祝穆撰《古今事文类聚续集》卷九，宋谢维新撰《古今合璧事类备要别集》卷十七均记载有"梅公作此堂，最得登临佳处。欧公为之作记，人谓公未尝至杭，而所记如目览。坐堂上者，使之为记，未必能如是之详也"。② 明徐一夔撰《始丰稿》卷十也说："昔者欧阳公未尝至杭，

---

① （宋）欧阳修著，洪本健校笺：《欧阳修诗文集校笺》卷四十，上海古籍出版社2009年版，第1035—1036页。

② （宋）祝穆：《古今事文类聚续集》卷九，四库全书本。（宋）谢维新：《古今合璧事类备要别集》卷十七，四库全书本。

其著《有美堂记》，模写江山景物，虽数造者不能言也。"[1] 欧阳修虽然没有亲临杭州，目睹杭州的都市繁华与美景，但是，他的《有美堂记》则道出了一个重要的事实，即"天下之至美与其乐，有不得而兼焉者"，而唯一的"四方之所聚，百货之所交，物盛人众，为一都会，而又能兼有山水之美以资富贵之娱者"，在历史的发展与王朝的兴衰之后，就只有杭州才具备了。到了北宋，杭州将"山水登临之美"与"人物邑居之繁"能够融合为和谐的一体。而这种新的城市文化的发展与变迁，也在北宋文人的歌咏中传达出来。

这一城市文学与城市文化的新的发展趋势，同样反映在北宋陪都洛阳的文化活动与文学唱和以及司马光、邵雍为代表的诗歌作品中，[2] 而在杭州，我们同样可以看到这个从北宋开始明显出现的，伴随城市化进程而发展的新的都市文化现象与文学现象。从陶渊明以来的远离城市、回归田园的社会追求之下，自然山水、田园风光之于文人理想的生存方式与审美化的生活，[3] 到于都市文化之中体验山水之美，两者不再是对立的，而是和谐一体的。这无疑是开始了一种观念革命的历程，也是预示了一种生存方式的重大转折。而这些社会、城市的变化，观念的革命，自然会直接或者间接，明显或者隐含地影响和反映在这一时代的文学创作之中。在杭州都市文化的文学书写与诗意赞美之中，我们同样可以清晰地感受到这个变化与发展的脉动。

---

[1]（明）徐一夔：《始丰稿》卷十，四库全书本。
[2] 参见刘方《独乐精神与诗意栖居——司马光城市文学书写与洛阳城市意象的双向建构》，《江西社会科学》2008年第1期。刘方：《都市日常生活的诗化与城市文学的转型——邵雍城市诗歌书写的文学史意义》，《浙江社会科学》2010年第7期。
[3] 参见刘方《艺术化人生：中国传统士大夫的审美理想》，《四川大学学报》2001年第1期。又，中国人民大学复印报刊资料《美学》2001年第3期。

北宋都市佛教新变与士大夫的结社诗歌创作
——以《杭州西湖昭庆寺结莲社集》为核心的考察

笔者依据近年新发现的北宋杭州西湖白莲社结社诗歌，同时广泛征引和稽考相关文献，对于结社诗歌的文学与文化多元内涵在此进行初步分析和研究。以诗歌为媒介进行宗教结社，是一种前所未有的创新方式。而结社诗歌鲜明体现了三教融合与北宋士大夫对于佛教思想理解的深化。结社诗歌一方面强调了对于庐山慧远莲社的典范的追慕；另一方面也在建构起宋代城市文化繁荣背景下新的特征。

德国著名社会学家马克斯·韦伯在比较分析不同文化的城市历史与特征的时候，曾经提到中国古代城市特征：

> 缺少"市民"这个概念，正如缺乏"城市社区"的概念一样。在中国，封建时代的状况完全相同，但是自从实行官僚体制的统治以来，不同等级的中举的文人与非文人相对立，此外也存在着享有经济特权的商人同业公会和手工业者的职业团体。但是在那里也不存在城市社区和城市市民的概念。在中国和日本，职业团体可能有"自治"，但是城市却没有自治，恰好同农村形成鲜明对照。在中国，城市是要塞和皇帝的行政机构的官邸所在地。在日本，根本没有在这个意义上的城市。[①]

[①] ［德］马克斯·韦伯著，约翰内斯·温克尔曼整理：《经济与社会》（下卷），林荣远译，商务印书馆1997年版，第586页。

正是因为中国的城市的历史发展，走了一条与欧洲不同的道路，中国的各个城市，往往首先是一个地区的政治中心。也正是因为这个特征，一个地区的中心城市，往往作为这个地区的政治行政中心，而成为这一地区的文化、社会中心。

传统是以血缘、家族等建构起来的一种共同体。而城市人口的聚集，打破了血缘、家族的关系。城市革命、城市化进程、大都市的出现、城市人口激增形成新的城市文化。每一个人在城市中面对基本相同的问题，面对茫茫人海、陌生、无助，需要一种新型的共同体的心理基础。城市具有的流动性、不稳定性、偶发性等特征[①]，故以行业形成各种行会、行业组织。而士大夫则以文会友，通过文学活动、会社等，形成文学共同体。这样形成的诗会，以文学活动为契机，推动文学创作，作为现场形式的城市文化活动，构成士大夫追求诗雅文学趣味的日常生活的城市社会活动，同时诗会、雅集也是一种社会组织的共同体，在政治、仕途等诸多方面，相互协调、相互携手，绝非简单、单一的文学活动。[②]

而研究士大夫在城市中结成的各种会社，一方面是探索与城市化发展，宋代科举繁荣、成熟，人口流动性和密度增加，新的城市化特征增加等之间的内在联系；另一方面研究这些会社在文学功能主体之外的政治、文化、社会等重要功能，交际、交流功能，建构文化资本、社会资本的获取功能等，城市会社是建构一种共同体，共享一些理念、思想。

从社会史和文化史的脉络，来研究宋代士大夫城市活动中结成共同信仰的社团，研究其围绕宗教结社展开的文学活动，可以从一个特殊的角度，考察士大夫文学活动与城市文化之间的一种互动、反应与建构。

一 信仰共同体与都市宗教社会文化

在宋代士大夫文人那里，向内转构成了鲜明突出的特征。[③] 正是在这种社会文化与时代精神状态转型背景下，佛教特别是禅宗自然适意的人生哲学和随缘任运的诗性栖居的审美情趣，更进一步契合了士大夫们深层的

---

① 参见［德］斯宾格勒《西方的没落》，吴琼译，上海三联书店2006年版。
② 参见［德］滕尼斯《共同体与社会》，林荣远译，商务印书馆1999年版。
③ ［美］刘子健：《中国转向内在——两宋之际的文化内向》，赵冬梅译，江苏人民出版社2002年版。

心理需要，而成为其重要的精神支柱，并进一步积淀、内化为文化心理结构。①

两宋时期，士大夫的信佛参禅活动的全面展开，已成为一种令人瞩目的社会普遍现象。据大慧宗杲《宗门武库》记载：

> 王荆公一日问张文定公，曰："孔子去世百年生孟子，亚圣后绝无人，何也？"文定公曰："岂无人？亦有过孔孟者。"公曰："谁？"文定曰："江西马大师、坦然禅师、汾阳无业禅师、雪峰、岩头、丹霞、云门。"荆公闻举，意不甚解，乃问曰："何谓也？"文定曰："儒门淡薄，收拾不住，皆归释氏焉。"公欣然叹服。后举似张无尽，无尽抚几，叹赏曰："达人之论也。"②

这几位论禅人物，均为位居显职的官僚士大夫，他们的议论与叹服张方平之论，也正体现出作为接受儒家正统思想教育的官僚士大夫们无可奈何的心态。③

信仰佛教的僧人结社修行，起源较早，至唐代而极盛。④ 如唐开成五年（840），会稽大禹寺请释玄英法师讲《金纲经》于余姚平原精舍，会众多达1250人，结成"九品往生社"，"挹其遗踪，施有等差，阶陈九品"⑤。"九品往生社"碑刻，埋于绍兴大禹寺中，金石家皆未见及。道光末年，"寺中僧人始钼地得之，遂为方可中所拓，碑复发见"⑥。

入宋以后，受到佛教结社的社会风气影响，开始出现一些文人士大夫与僧人结成兼具诗社与法会性质的会社。宋代士大夫仿效晋代高僧慧远结白莲社的有不少，如《庐山记》云："宋元丰中，真净禅师住归宗，时濂溪周先生归老庐山，数至归宗，因结青松社以踵白莲社。""濂溪周先生"

---

① 刘方：《中国禅宗美学的思想发生与历史演进》，人民出版社2010年版。

② 大慧普觉禅师：《宗门武库》，载《禅宗语录辑要》，上海古籍出版社1992年版，又见志磐《佛祖统纪》，文字稍异。

③ 刘方：《宋型文化与宋代美学精神》，巴蜀书社2004年版。

④ 相关研究参考侯旭东《五六世纪北方民众佛教信仰——以造像记为中心的考察》，中国社会科学出版社1998年版。刘淑芬：《中古的佛教与社会》，上海古籍出版社2008年版。

⑤ 处讷：《结九品往生社序》，《唐文拾遗》卷五十，上海古籍出版社1990年影印版。

⑥ 陈去病：《五石脂》，江苏古籍出版社1997年版。

即著名理学家周敦颐,他效法晋代高僧慧远在庐山东林寺与高贤结"白莲社",同修净业的故事,在庐山与真净禅师等人结"青松社",旨在说禅论道,深究理学。①

在西方净土信仰迅速发展的同时,宋代佛教结社呈现繁荣局面。如明州天台教主礼法师,"聚徒四百众,以往生净土诀劝众修行。晚结十僧,修三年忏,烧身为约。杨大年慕其道,三以书留之云:'亿闻我师比修千日之忏,特(《湘录》作将)舍四大之躯,结净社(《湘录》作土)之十僧,生乐邦之九品。'"②

结社活动是佛教在世俗社会展开的重要方式,也是佛教走向社会民间的重要途径。通过士大夫居士这一中间环节,各类佛教结社把寺院僧侣、世俗社会上层以及普通民众结合在一起,使纷纷走上以称名念佛为主要特征的往生西方净土之路,卓有成效地促进了出世间与世间的紧密联系。③

而宋代宗教结社中,影响最大,牵涉到当时大批政治家与文学家的,是北宋杭州西湖白莲社。西湖白莲社的基本史实,祝尚书《宋初西湖白莲社考论》整合有关文献和研究,④ 已经大体勾勒出来了基本的情况,笔者在此基础上,也尝试从城市文化与宗教社会学特别是信仰共同体的角度,进行进一步的文化史与社会史的探索。⑤ 但是由于西湖白莲社入社诗文献的缺失,此前包括从祝尚书到笔者的研究在内的研究文献,均未能对于西湖白莲社的诗歌创作具体情况加以研究,特别是其内容与艺术特征等方面问题的研究,一直阙如。金程宇《稀见唐宋文献丛考》介绍了韩国所藏《杭州西湖昭庆寺结莲社集》残本,此残本保留有90人入社诗歌,十分珍贵。⑥ 本文即依据金程宇校录的《相国向公诸贤入社诗》,同时广泛征引和稽考相关文献,对于结社诗歌的文学与文化多元内涵进行初步的

---

① 陈令举:《庐山记》,载《大正新修大藏经》卷四一十九《史部》三。
② 杨亿:《请法智住世书》,载《全宋文》卷二九二,巴蜀书社1994年版。
③ 潘佳明:《中国居士佛教史》,中国社会科学出版社2000年版,第587页。
④ 祝尚书:《宋初西湖白莲社考论》,《文献》1995年第3期。又收入祝尚书《宋代文学探讨集》,大象出版社2007年版。
⑤ 刘方:《盛世繁华:宋代江南城市文化的繁荣与发展》,浙江大学出版社2011年,第38—61页。
⑥ 金程宇:《稀见唐宋文献丛考》,中华书局2009年版,第137—153页。本文所引结社诗歌,均据此本,为避烦琐,不另出注。

探讨、分析和研究。

宋太宗淳化初，杭州昭庆寺僧省常结净行社，又称白莲社。除僧众外，当时朝廷公卿大夫及著名文士亦纷纷寄诗入社。真宗时，丁谓将入社诗汇编成集。白莲社持续了三十多年，影响遍及朝野，成员包括僧俗，号称一时盛事。

释省常（959—1020），字造微，钱塘（今浙江杭州）人，俗姓颜氏。七岁出家，十五落发，礼菩提寺吴越副僧统圆明大师。十七受具戒，二十通性宗。二十五岁时，钱俨上表奏赐紫方袍，又从五云大师志逢传唯心法门，赐号圆净大师。真宗天禧元年（1017）正月十二日，归寂于昭庆寺上方草堂，寿六十二，腊四十四。其人于内学之外，为诗甚工，宋白以为与汤休、皎然不相上下。

省常所住昭庆寺，又称大昭庆寺，在西湖之滨。《咸淳临安志》卷七九谓其在"钱塘门路由北山至九里松"途中。又曰："大昭庆寺，乾德五年（967）钱氏建，旧名菩提，太平兴国七年（982）改赐今额。太平兴国三年（973）建戒坛。"①

释省常于昭庆寺结社，时在太宗淳化初。宋白《大宋杭州西湖昭庆寺结社碑铭》曰：

> 太宗在宥于大宝，淳化纪号之元年（990），天象高明，七政齐而璿玑定；人时上瑞，五稼登而玉烛和。车书混一于寰中，玉帛骏奔于天下，俗跻仁寿，运洽升平。将相名臣，精通文武之教；缁黄上士，勤行道释之宗。由宝命以惟新，致彝伦之欣叙。芯荔盛事，简策宜书。杭州昭庆寺僧曰省常，身乐明时，心发洪愿，上延景祚，下报四恩，刺血和墨，书写真经。书之者何？即《大方广佛华严经·净行》一品也。每书一字，必三作礼，三围绕，三称佛名。良工雕之，印成千卷，若僧若俗，分施千人。又以栴檀香造毗卢像，结八十僧同为一社。再时，经象成，乃膝地合掌，作是言曰："我与八十比丘、一千大众，始从今日登菩提心，穷未来际，行菩萨行，愿尽此报，已生安养国，顿入法界，圆悟无生，修习十种波罗蜜多，亲近无数真善知识。身光遍照，令诸有情得念佛三昧，如大势至；闻声救苦，令诸

---

① 《咸淳临安志》卷七九，四库全书本。

有情获十四无畏，如观世音；修广大无边行愿海，犹如普贤；开微妙甚深智慧门，犹如妙德；边际智满，次补佛处，犹如弥勒；至成佛时，若身若土，如阿弥陀。八十比丘、一千大众转次授记，皆成正觉。我今立此愿，普为诸众生，众生不可尽，我愿亦如是。"伟矣哉，上人之言如是、志如是。心如北斗，建之而天下春；舌如南箕，鼓之而万物动。由是幅员四境，棋布百城。士人闻之，则务真廉，息贪暴，慎刑网，矜人民；释子闻之，则勤课诵，谨斋戒，习禅谛，悟苦空；职司闻之，则慕宽仁，畏罪业，尊长吏，庇家属；众庶闻之，则耳苦辛，乐贫贱，精伎业，催宪章。善者闻之而迁善，恶者闻之而舍恶，夫何异哉？嘻！世末时移，风凋俗弊，悭痴塞路，忨佷（引者按：原文如此，疑为"狼"之误）成群，王化有所不憨，国命有所不从。上人以是因缘，悉生迴向，如趋宝肆，如登春夏，所谓出其言善，千里之外应之也。乃有朝廷缙绅之伦，泉石枕漱之士，猗顿豪右之族，生肇高洁之流，皆指正途，趋法会，如川赴海，如麟宗龙，贲然来思，其应如响。非夫励精素志，蓄激清心，入金仙之室，游古佛之门者，孰能感人心、隆大教若斯之盛也！上人姓颜氏，字造微，钱塘人也。母孙氏，始梦梵僧，终证法器。年方韶龀，性绝荤茹。七岁舍家，十五落发，檀菩提寺吴越副僧统圆明大师志兴为师。十七受具戒，二十通性宗，二十一杭牧翟守素请讲《大乘起信论》，二十五金师钱俨上表奏赐紫方袍。又从五云大师志逢传唯心法门。雍熙中，梦感神僧示文殊像，由是化四众以造成，拟五台之相好。次则慕远公启庐山之社，易莲花为净行之名。福无唐捐，功已成就。内学之外，为诗甚工，汤休、皎然，不相上下。噫！昔慧远当衰季之时，所结者半隐沦之士；今上人属升平之世，所交者多有位之贤。方前则名氏且多，垂裕则津梁无已。道光远裔，行冠前修，此而不书，将遗巨美。白望风金地，恭职玉堂，遥赟斯文，以备僧史。凡入社之众，请勒名石阴。铭曰：牛斗之下，吴越之区。山辉韫玉，川媚含珠。公王奥壤，神仙下都。名闻北阙，金曰西湖。中有精蓝，斯为胜境。云霞晓光，松篁翠影。水象龙宫，峰伴鹜横。云谁居之，颜僧曰省。有大智慧，有大声名。层冰性洁，鹄鹤神清。据彼灵刹，高开化成。刳香为像，墨血书经。乃募时贤，乃招净者。无论玄素，不限朝野。以《华严品》，结莲花社。龙必登门，燕皆贺厦。惟上良缘，唯兹福田。

如豫出地，如翰戾天。深通实际，顿悟真筌。慧灯相照，法印相传。八十比丘，一千大众。题名宝方，随喜香供。金磬成音，天花浮动。如彼云韶，来仪威凤。猗欤上人，拟人于伦。取诸名士，非止遗民。璨如珪璧，和若阳春。英声冠古，令范长新。不刊不刻，孰彰名德？非颂非歌，宁宣懿绩？将辉佛乘，宜镌乐石。善利能仁，流芳万亿。①

据宋白所述，杭州西湖昭庆寺结社，是在宋太宗淳化元年（990），当时正是宋太宗统治后期。在雍熙三年（986）北伐失败之后，不再进行大的战事。而从宋太宗时期，开始大力崇奉释老，佛教由此恢复和繁荣起来。② 正是在这个历史背景下，杭州昭庆寺僧省常，刺血和墨，书写真经。《大方广佛华严经·净行》，良工雕之，印成千卷，若僧若俗，分施千人。反映了在印刷术发达的宋代，刊刻佛教的历史情况。印刷术的起源，本来就是与佛教印制佛教典籍有直接关系，而这条碑铭，则是反映北宋太宗时期，寺院刻书的重要文献，也是中国印刷史的多种著作中，至今未能征引的文献。杭州为两宋刻书中心之一，而据张秀民《中国印刷史》杭州龙兴寺淳化至咸平（990—1003）刊刻《华严经》，③ 可见此经在北宋时期的流行。

省常不仅刊刻经书，分施千人。而且"结八十僧同为一社"。可知省常初结社时只有僧人参加，后来才"无论玄素，不限朝野"，把范围大大扩大了。又因结社由省常刺血和墨书刊《净行品》发端，故"易莲华为净行之名"，改称净行社，盖以参加者范围扩大到"时贤"，与东晋庐山惠远白莲社相似，故径称作白莲社、莲花社，又叫西湖白莲社，以与庐山白莲社相区别。其结社的基本目的，不外修证、福田和成佛几个方面。而其利益好处，则是各行各业、各个阶层都有极大获益。因此，不论僧、俗"皆指正途，趋法会，如川赴海，如麟宗龙，赍然来思，其应如响"。

---

① 宋白：《大宋杭州西湖昭庆寺结社碑铭》，《圆宗文类》卷二二，续藏经第二编第八套第五册。载曾枣庄、刘琳主编《全宋文》，上海辞书出版社、安徽教育出版社2006年版，第3册，第59卷，第410—412页。

② 参见漆侠《探知集》，河北大学出版社1999年版。关于雍熙北伐大败的后果，参见何忠礼《宋代政治史》，浙江大学出版社2007年版。

③ 张秀民著，韩琦增订：《中国印刷史》（增订版），浙江古籍出版社2006年版，第49页。

孙何《白莲社记》，亦尝详述其事：

　　达人之大观也，经非纸上，讵假乎贝叶之文；佛在心中，宁劳乎旃檀之像？而情由化革，识乃悟新，非言语无以证四禅，非相好无以示三昧。鸿渐性海，假乎筌罤。西湖者，余杭之胜游；《净行》者，《华严》之妙品。境与心契，人将法俱。浮图省常结社于此，举白莲以喻其洁，依止水以方其清。栋梁飞动乎溪光，云木参差乎山翠。追道安之故事，则我在圣朝，躅惠远之遗踪，则彼无公辅。尔乃镂香为玉毫之状，洒血缮金口之文。八十高僧，一千大众，受持正觉，劝导迷途。故参预苏贰卿序之于前，今承旨宋尚书碑之于后。仍贻丽句，以赞真宗，辉映士林，蔚为唱首。于是乎钧台上列，宥密近臣，文昌名卿，玉署内相，顼闼夕拜，谏垣大夫，纶阁舍人，卿寺少列，郎曹应宿，仙馆和铅，曲台礼乐之司，延阁著述之士，殿省春坊之俊，幕府县道之英，凡若干人，莫不间发好辞，演成盛事。摘锦布绣乎堂上，合璧连珠于牖间。峡路运使、史馆丁刑部，顷岁将命瓯闽，息肩乡里，复又写二林之幽腾，集群彦之歌诗，作为冠篇，鼎峙兰若。虽梁肃载出，裴休复生，一字千金，无以增损，况何之固陋乎！今所叙者，始以枢机大臣，台阁名士，闻法随喜之岁月，寄诗入社之后先，辨其官班，列彼名氏。至夫义利交战，道胜者为至人；爱恶相攻，德成者为君子。若乃混韦布乎公衮，等林泉于市朝，身在庙堂，心在江海，以王、谢之名位，慕宗、雷之风猷者，则有相国河内向公、贰抑长城钱公在密地日，参政太原王公、夕拜东平吕公在纶阁日，密谏颖川陈公、度支安定梁公任省倅日，尚书琅玡王公、夕拜清河张公在余杭日，侍读学士东平吕公任司谏日，工部侍郎致仕沛国朱公在翰林日，大谏始平冯公任翊善日，紫微郎赵郡李公、安定梁公、弘农梁公在史馆日，故邓帅陇西李公在秘阁日，故副枢广平宋公在翰林日，故阁老太原王公在扬州日，皆文为国华，望作人杰，仰止师行，发为声诗。丽句披沙，孰谓布金之地；英辞润石，郁为群玉之山。大矣哉！朝野欢娱，车书混一。禅扉接影，将府署以争辉；焦梵交音，舆颂声而间作。常公定力坚固，有自诚而明之心；法性圆通，有为善最乐之谕。欲使人修净行，家习净名，睹相起慈悲之缘，披文生利益之意，转置热恼之众，延集清凉之乡。足以发挥后来，启迪先进，住第一义谛,入不二法门,岂徒夸阳春白雪之辞,衒螭首龟趺之作,肇飞鸟止,壮兜率之斋宫,凤跋龙拏,书竺乾之梵夹而已!咸平四年(1001),常公远自湔水,来乎姑苏,旅寓半年,以碑阴为请,且就他山之石,将刊不朽之名。何厕儒家流,领太史氏。受承旨尚书之顾,三读为荣;添武功参预之知,九原未报。丁刑部言阳事举,既接科名。心照神交,实由道契。依经作傳,敢萌左氏之辞;相质披文,但愧陆机之说。舆我同志,无多诮焉。①

孙何(961—1004),字汉公,蔡州汝阳(今河南汝南)人。与丁谓齐名。太宗淳化三年(992)进士,通判陕州。入直史馆,迁秘书丞,为京西转运副使。历右正言、右司谏。真宗咸平二年(999)为京东转运副使,徙两浙转运使。景德元年知制诰、掌三班院,卒,年四十四。有文集四十卷,已佚。《宋史》卷三〇六有传。

从孙何仕历,咸平四年(1001)应该是在两浙转运使的任上。记文开头阐述了结社的理论上的问题与解释。"达人之大观也,经非纸上,讵假乎贝叶之文;佛在心中,宁劳乎旃檀之像?而情由化革,识乃悟新,非言语无以证四禅,非相好无以示三昧。鸿渐性海,假乎筌罥。"显然这是在禅宗大盛,士大夫靡然向风,强调不立文字,教外别传的时代背景下,② 首先要为结社这样拘于形迹的信仰活动做出理论上的解释,强调了文字、佛像等工具在证悟过程中的作用。"西湖者,余杭之胜游;《净行》者,《华严》之妙品。境与心契,人将法俱。浮图省常结社于此,举白莲以喻其洁,依止水以方其清。栋梁飞动乎溪光,云木参差乎山翠。追道安之故事,则我在圣朝,躅惠远之遗踪,则彼无公辅。"接下来交代了西湖白莲社的由来,并且特别强调了西湖白莲社与庐山白莲社的区别。

在《圆宗文类》中保留有两篇结华严社会的愿文,其中《华严社会愿文》云:

夫圣人之设教也,示其无诳,化彼有缘。观身则晓露迎风,炼性

---

① 孙何:《白莲社记》《咸淳临安志》卷七九。又见《西湖志》卷一二。载曾枣庄,刘琳主编《全宋文》,上海辞书出版社、安徽教育出版社 2006 年版,第 9 册,第 186 卷,第 209—211 页。

② 刘方:《中国禅宗美学的思想发生与历史演进》,人民出版社 2010 年版。

则寒潭浸月。妄生妄而同拘下界,空至空而莫遣大期。是以麟野伤怀,负手应两楹之梦。鹄林变色,分身结双树之悲。则验去之与来,有若形之与影,既乃息形止影,是为舍幻归真。且昔庐峰远公与众立誓,志期西境,遗美可寻。况览巨唐法藏和尚,寓我祖师大德书云,夙世同因,今生同业,愿当来世,舍身受身,同于卢舍那会,听受无尽妙法。则知儒室则颜回早逝,天上修文。释门则智顗相逢山中,叙旧宛如符契。皆自因缘,矧乃方广真筌,世雄至鉴包大空而阔视,从上界以退,宣苟能协于志斯宗。必也追踪于曩会,然则同声相应,固当适我愿兮,诸善奉行。孰曰非吾徒也。既究一乘之妙义,尽明三世之宿因。故我业中先达龙象,共缔香社,特营法筵,如有先示灭者,众集皇福寺,讲经一日,追冥福也。噫,时当像末,俗尚浇浮,众病难除,但仰净名居士,流年渐促,谁封老寿,将罕见归人,然后识行人至大觉,然后知大梦,莫不心存我净,目想他方,聊振妙音,同申弘愿。所愿者,祖师已降后进之徒,永离辽海之隅,高涉灵山之会,栖身净域,悬智镜而照群迷,携手香城,驾慈轩而恣常乐。纵销天石,继洒雨华。①

虽然这不是直接反映西湖白莲社的结社情况,但是也可以从一个侧面,反映结社动机、目标等。而且,从结社愿文的文笔看来,颇具文采,大量运用佛典、儒典典故,应该是士大夫身份的结社者所撰写。文章"是以麟野伤怀,负手应两楹之梦"。是先运用了儒家圣人孔子将逝的典故,麟野伤怀,晋杜氏注唐陆德明音义孔颖达疏《春秋左传注疏》卷五十九:

> 经十有四年春,西狩获麟。注:麟者,仁兽,圣王之嘉瑞也。时无明王出而遇获,仲尼伤周道之不兴,感嘉瑞之无应,故因鲁春秋而修中兴之教,绝笔于获麟。

两楹之梦,《礼记·檀弓》上第三:

---

① 《卍新纂续藏经》第五十八册 No. 1015《圆宗文类》。

夫子曰：赐，尔来何迟也。夏后氏殡于东阶之上，则犹在阼也。殷人殡于两楹之间，则与宾主夹之也。周人殡于西阶之上，则犹宾之也。而邱也，殷人也。予畴昔之夜，梦坐奠于两楹之间。夫明王不兴，而天下其孰能宗予，予殆将死也。盖寝疾七日而没。

而"鹄林变色，分身结双树之悲"则是运用了佛陀涅槃的佛教典故。据《大般涅盘经后分》卷上：

娑罗树林四双八只——西方一双在如来前、东方一双在如来后、北方一双在佛之首、南方一双在佛之足。尔时，世尊娑罗林下寝卧宝床，于其中夜入第四禅，寂然无声。于是时顷，便般涅盘。大觉世尊入涅盘已，其娑罗林东西二双合为一树、南北二双合为一树，垂覆宝床盖于如来，其树实时惨然变白，犹如白鹤，枝叶、花果、皮干悉皆爆裂堕落，渐渐枯悴，摧折无余。尔时，十方无数万亿恒河沙普佛世界一切大地皆大震动，出种种音唱言："苦哉！苦哉！世界空虚。"演出无常苦空哀叹之声。①

而在愿文中也特别谈到"且昔庐峰远公与众立誓，志期西境，遗美可寻"。事实上，正如有研究者研究指出："净土信仰在宋代士人中很流行，北宋初年省常依据《华严经·净行品》弘扬净土，创立了华严信仰与净土信仰融合的一种形态，在佛教界和社会各阶层影响深远，尤其得到士大夫的广泛响应。""其实，省常倡导的这种杂糅性质的净土信仰，虽然依据了《华严经》，虽然吸收了华严宗的佛菩萨，却不是建立在华严教义基础上的系统学说。同样，它也不是照搬净土经典的内容。这种净土信仰与已有的佛教经论相抵触处很多，且十分明显，但这些不但无人指责，反而使其具有惊人的号召力和感染力。"②

其实，恰恰是这种不仅华严信仰与净土信仰融合，而且杂糅了儒家思

---

① 《大正新修大藏经》第十二册 No. 377 大唐南海波凌国沙门若那跋陀罗译《大般涅盘经后分》卷上。

② 魏道儒：《宗教融合与教化功能——以宋代两种华严净土信仰为例》，《中华佛学学报》第 13 期卷上，第 300、302 页。相关问题亦可参考王颂《宋代华严思想研究》，宗教文化出版社 2008 年版，第 192—204 页。

想与佛教思想的信仰,才真正能够获得大量士大夫的认同,而得到广泛传播,产生巨大影响。

而孙何《白莲社记》中最为宝贵的是记录的入社的重要士大夫的名单。所述共十九人,乃是以"闻法随喜之岁月,寄诗入社之先后"排列。因孙何未记名字,里贯又多书郡望,故其中少数人今天已不详或难以确考,祝尚书《宋初西湖白莲社考论》对大多数人有关的事迹,进行了考证。在此基础上,进一步作史料补充考证,略述如下。

"故参预苏贰卿",即苏易简。苏易简(958—996),字太简,太宗太平兴国五年(980)进士。八年,以右拾遗知制诰。雍熙三年(986),充翰林学士。淳化二年(991),迁中书舍人,充承旨。四年,除参知政事。有文集二十卷,已佚。《宋史》卷二六六有传。淳化二年作《净行品序》,盖是时即寄诗入社,故列为"唱首"。有《赠翰林学士宋公白》诗歌:

> 天子昔取士,先俾分媸妍。济济俊兼秀,师师麟与鸾。小子最承知,同辈寻改观。甲第叨荐名,高飞便凌烟。遂使拜辰坐,果得超神仙。迄今才七岁,相接乘华轩。①

按:苏易简为太宗太平兴国五年(980)进士。而此年的知贡举官,就是宋白。因此有座主之宜。此后数年间他们师徒二人先后召为翰林学士。自然是十分荣耀的事情。苏易简此诗,应该就是在他被召为翰林学士之后,写给宋白的,所以结句有"迄今才七岁,相接乘华轩"。

"今承旨宋尚书",即宋白。太祖建隆二年(961)进士。太平兴国五年(980),知贡举。八年,改集贤殿直学士。未几,召为翰林学士。至道初,为翰林学士承旨。二年(996),拜刑部尚书、集贤院学士判院事。四年,以工部尚书致仕(《续资治通鉴长编》卷六七)。真宗大中祥符五年正月卒,年七十七。谥文安。《宋史》卷四三九有传。宋白诗,有《宋文安公宫词》百首。宋代就以书棚本《十家宫词》流传。②

"相国河内向公",即向敏中。敏中(949—1020)字常之,开封(今

---

① 钱塘厉鹗:《宋诗纪事》卷三:"蔡宽夫诗史:苏参政易简取开封府解时,宋尚书白为试官,是岁登第。后十年,白为翰林学士,易简亦继召入,赠白诗云云。"上海古籍出版社1981年版,第73页。

② 祝尚书:《宋人别集叙录》,中华书局1999年版,第8—11页。

属河南）人。太宗太平兴国五年（980）进士。历知制诰、枢密直学士，以右谏议大夫同知枢密院事。真宗咸平元年（998），拜兵部侍郎，参知政事。四年（1001），拜同平章事，充集贤殿大学士。坐事罢相，以户部侍郎出知永兴军。大中祥符五年（1012）复拜同平章事。天禧元年（1017）加吏部尚书，进左仆射，监修国史。四年（1020）卒，年七十二。谥文简，累赠燕王。有文集十五卷，已佚。《宋史》卷二八二有传。孙何写《记》的真宗咸平四年（1001），拜同平章事，充集贤殿大学士。故称为相国。

"贰卿长城钱公"，即钱若水。若水（960—1003），字澹成，至道初同知枢密院事，封长城郡开国公，《宋史》卷二六六有传，杨亿《武夷新集》卷九有墓志铭。据若水卒年，"贰卿"前似当脱"故"字。

"参政太原王公"，即王旦。王旦（957—1017），字子明，大名莘县（今属山东）人。太宗太平兴国五年（980）进士。真宗即位，除中书舍人，为翰林学士。咸平三年（1000），拜给事中、同知枢密院事。四年（1001），以工部侍郎参加政事。景德三年（1006），除工部尚书、同中书门下平章事、集贤殿大学士。天禧元年（1017）卒，年六十一。赠魏国公，谥文正。有文集二十卷，已佚。《宋史》卷二八二有传。祝尚书认为《续资治通鉴长编》卷六二，王旦拜相在景德二年（1005）二月丁酉，孙何只称"参政"，则《记》作于此前。而《记》中又述丁谓作集序事，检丁序末署"景德三年春三月十日"，根据王旦拜相时间，"三月"疑有误。[①]

按：《宋史》卷二八三载："丁谓，字谓之，后更字公言。苏州长洲人。少与孙何友善，同袖文谒王禹偁，禹偁大惊重之，以为自唐韩愈柳宗元后三百年始有此作，世谓之孙丁。淳化三年（992），登进士甲科，为大理评事，通判饶州。逾年直史馆，以太子中允为福建路采访。"显然孙何与丁谓关系十分密切，而在《记》文中"峡路运使、史馆丁刑部，顷岁将命瓯闽，息肩乡里，复又写二林之幽腾，集群彦之歌诗，作为冠篇"，孙何称丁谓为峡路运使、史馆丁刑部，从文义，则是丁谓太宗淳化五年（994）出为福建路采访之前集群彦之歌诗，作为冠篇，则与丁序末署"景德三年（1006）春三月十日"出入比较大，显然不仅是"三月"疑有误的问题了。景德三年（1006）尚在孙何写此《记》文的咸平四年

[①] 祝尚书：《宋初西湖白莲社考论》，《文献》1995年第3期。

(1001) 之后 5 年，孙何如何可以预先得见？则孙何此记中所谓 "作为冠篇" 必定非指景德三年 (1006) 丁序。

"夕拜东平吕公" 祝尚书注未详。夕拜即给事中。① 笔者怀疑或为吕蒙正。富弼《吕文穆公蒙正神道碑》开头就说："东平吕公，相我太宗、真宗垂二十年。" 后面述太宗太平兴国 "八年迁都官郎中，召入翰林充学士，是冬擢为左谏议大夫、参知政事，俄升给事中"，则在太平兴国九年 (984) 升给事中。吕蒙正 (946—1011)，字圣功，河南（今河南洛阳）人。太宗太平兴国二年 (977) 进士，通判升州，召直史馆。五年迁知制诰、翰林学士。擢左谏议大夫、参知政事。端拱元年 (988)，拜同中书门下平章事。淳化二年 (991) 坐事罢，四年复相。至道元年 (995) 出知河南府。真宗咸平四年 (1001) 再复相位。景德二年 (1005) 春告老归洛。大中祥符四年 (1011) 卒，年六十六。谥文穆。《名臣碑传琬琰集》上集卷一四、《宋史》卷二六五有传。但是吕蒙正端拱元年 (988) 即拜同中书门下平章事，而《记》中称 "夕拜东平吕公" 而不称相国，然而符合此时期官拜给事中高位的东平吕公，未见有他。《记》中称 "夕拜东平吕公在纶阁日"，而吕蒙正 "真宗绍位，就加左仆射，咸平三年 (1000) 诏归，四年复为上相，益以昭文馆大学士"②，则或称其馆阁之任职，姑且存疑待考。③

"密谏颍川陈公"，金程宇认为是陈尧叟，虽然仕履符合，但是陈尧叟 (961—1017)，字唐夫，阆中人，并非颍川陈氏，姑且存疑待考。

"工部侍郎致仕沛国朱公"，即朱昂。按：朱昂 (925—1007) 字举之。有集三十卷，已佚。《宋史》卷四三九有传。祝尚书认为此称其 "在

---

① （宋）洪迈：《容斋随笔·四笔》，四库全书本。

② （宋）富弼：《吕文穆公蒙正神道碑》。（宋）杜大珪：《名臣碑传琬琰集》上卷，四库全书本。

③ 金程宇《稀见唐宋文献丛考》（中华书局 2009 年版）介绍了韩国所藏《杭州西湖昭庆寺结莲社集》，此残本保留有 90 人入社诗歌，十分珍贵。但是金程宇认为 "夕拜东平吕公" 为吕祐之，显然是有问题的，一则吕祐之并无夕拜履历，二则孙何记文中有 "侍读学士东平吕公"，与吕祐之正合（详下）。而韩国所藏残本中有吕文仲，按：吕文仲 (？—1007)，字子臧，歙州新安（今安徽歙县）人。南唐进士，历翰林侍读、直御书院，关西巡抚使、御史中丞。真宗景德三年 (1006)，迁工部侍郎，未几卒。也不符合。由于韩国所藏《杭州西湖昭庆寺结莲社集》为残本，保留有 90 人入社诗歌，尚有 33 人缺失，显然，"夕拜东平吕公" 另有其人。笔者仍然怀疑其为吕蒙正。

翰林日",以入社先后,则应在太宗时;然据《宋史》本传及夏竦《朱公行状》(《文庄集》卷二八),朱昂太宗时未入翰林,未详。

按:朱昂真宗咸平二年(999)为翰林学士。以入社先后,朱昂之前的"尚书琅玡王公、夕拜清河张公在余杭日,侍读学士东平吕公任司谏日",而张去华真宗时期知杭州,吕佑之真宗时为翰林侍读学士,则以真宗咸平二年(999),为翰林学士的朱昂,排列在他们之后,称为"工部侍郎致仕沛国朱公在翰林日",并没有问题。

"大谏始平冯公",祝尚书文认为是冯伉,金程宇认为是冯起,是。

"紫微郎赵郡李公",祝尚书文认为未详。① 后收入文集则补称"李宗谔为赵郡人,又尝修史,然无中书经历"。② 此说似不确。笔者认为即李宗谔(965—1013),字昌武,饶阳(今属河北)人。李昉子。太宗端拱二年(989)进士(《隆平集》卷四),授校书郎。真宗景德二年(1005)为翰林学士。有文集六十卷、《内外制》四十卷(《隆平集》、《东都事略》卷三二本传),均佚。《宋史》卷二六五有传。《记》中称其官制为"紫微郎"、"在史馆日",按《宋史》卷二六五"宗谔,字昌武。七岁能属文,耻以父任得官,独由乡举第进士,授校书郎。明年献文自荐,迁秘书郎、集贤校理、同修起居注。先是,后苑陪宴,校理官不与,京官乘马不得入禁门,至是皆因宗谔之请复之,遂为故事。真宗即位,拜起居舍人,预重修太祖实录",则其履历与紫微郎赵郡李公在史馆日正合。真宗即位,李宗谔拜起居舍人,再入史馆,按:起居舍人为中书省职官③,与紫微郎正合,是此时入社。

按:今据韩国所藏《杭州西湖昭庆寺结莲社集》残本中,正有李宗谔,印证了笔者的判断。

"故阁老王公",即王禹偁。禹偁(954—1001),字元之,累知制诰,为翰林学士,《宋史》卷二九三有传。王禹偁对于孙何、丁谓有知遇之恩。其知扬州在至道二年(996)十一月由滁州移知。而此年在滁州任上,为孙何之父撰墓志铭。④

王禹偁有《寄杭州西湖昭庆寺华严社主省常上人》一诗:

---

① 祝尚书:《宋初西湖白莲社考论》,《文献》1995年第3期。
② 祝尚书:《宋代文学探讨集》,大象出版社2007年版,第414页。
③ 龚延明编著:《宋代官制辞典》,中华书局1997年版,第173页。
④ 徐规:《王禹偁事迹著作编年》,商务印书馆2003年版,第154页。

> 梦幻吾身是偶然，劳生四十又三年。
> 任夸西掖吟红药，何似东林种白莲。
> 入定雪龛灯焰直，讲经霜殿磬声圆。
> 谪官不得余杭郡，空寄高僧结社篇。①

按：孙何《记》中认为王禹偁诗写于在扬州日，徐规考证为在滁州移知扬州前，均在至道二年（996）。②

从中可以看到，孙何并没有完全按照入社的时间前后排列人物，不仅考虑了"寄诗入社之后先"，而且"辨其官班"，考虑了官职高低来"列彼名氏"。

孙何《记》中所记录的这些在他看来举足轻重的人物，其相互关系尚无人考证，今简要考证如下：

《宋史》卷二八三："丁谓，字谓之，后更字公言。苏州长洲人。少与孙何友善，同袖文谒王禹偁，禹偁大惊重之，以为自唐韩愈柳宗元后三百年始有此作，世谓之孙丁。"

宋湜雍熙三年（986）以右补阙知制诰，与苏易简同知贡举。苏易简为太宗太平兴国五年（980）进士，而此年的知贡举官就是宋白，因此有座主之谊。此后数年间他们师徒二人先后召为翰林学士，自然是十分荣耀的事情。苏易简诗《赠翰林学士宋公白》，应该就是在他召为翰林学士之后写给宋白的。

"参政太原王公"，即王旦，其第二个女婿苏耆是苏易简之子，第三个女婿吕公是吕夷简之子③，而吕夷简为吕蒙正之侄子。

李宗谔，李昉子。而李至与李昉不仅为同僚，而且关系十分密切，二人唱和诗歌编为《二李唱和集》。④ 而李昉与王禹偁，同为宋初白体诗歌的代表人物。

几篇研究文章均未引用清人吴树虚的《大昭庆律寺志》，而吴树虚的《大昭庆律寺志》的文献价值首先在于，他特别提到最初结社的人员情况：

---

① （宋）王禹偁：《小畜集》卷十，四库全书本。
② 徐规：《王禹偁事迹著作编年》，商务印书馆2003年版，第154页。
③ 陶晋生：《北宋士族：家族、婚姻、生活》，中央研究院历史语言研究所专刊2001年版，第105页。
④ 祝尚书：《宋人总集叙录》，中华书局2004年版，第1—4页。

> 永智之后，允堪以前，有省常结社胜事。考庐山慧远，躬厉清修，于时刘程之、张野、周续之、雷次宗、宗炳、张诠、毕颖之等，诣山依仰，结白莲之社。省公效之，亦结华严净行社。师德行素高，道风遐扇，一时名公卿士庶，翕然来归。踵故事，池种白莲，亦称白莲社。初招朝贤十七及己共十八人，都共一百二十三人，皆符庐山社人之数，事详于宋承旨、苏翰林、孙运使碑《序》《记》《铭》。今略为按《记》检史，列其官班姓氏。十八人次第如左。①

文献中提到"初招朝贤十七及己共十八人"，应该是意在模仿庐山莲社，而《大昭庆律寺志》卷五记载的入社士大夫，并且有简要生平考证，这些人是：

> 同知枢密院事河内向敏中、同知枢密院事长城钱若水、右正言知制诰太原王旦、直昭文馆知制诰东平吕祐之、三司河南东道判官颍川陈尧叟、三司关西道判官安定梁颢、右赞善大夫知杭州琅琊王化基、给事中知杭州清河张去华、左谏议大夫东平吕文仲、翰林学士沛国朱昂、太子中允始平冯元、集贤校理同修起居注赵郡李宗谔、著作佐郎安定梁鼎、右补阙史馆修撰弘农梁周翰、礼部侍郎直秘阁学士陇西李至、翰林学士广平宋湜、工部郎中知扬州太原王禹偁、翰林学士承旨宋白、翰林学士苏易简、陕路运使丁谓、两浙运副使孙何。②

这份名单，包括省常，共计22人，与其前文所谓18人不符合，不知何故。虽然数量上超过了孙何的《白莲社记》、钱易的《西湖昭庆寺结净社集总序》、丁谓的《西湖结社诗序》、宋白的《大宋杭州西湖昭庆结社碑铭并序》等文献中所涉及的结社人物，但是仍然远远少于韩国所藏《杭州西湖昭庆寺结莲社集》。此残本保留有90人入社诗歌，足见其珍贵。但是由于韩国所藏《杭州西湖昭庆寺结莲社集》为残本，尚有33人缺失，而清人吴树虚的《大昭庆律寺志》卷五记载入社的士大夫中有右

---

① （清）吴树虚：《大昭庆律寺志》《杭州佛教文献丛刊》第十二册，杭州出版社2007年版，第59页。

② 同上书，第67—68页。

补阙史馆修撰弘农梁周翰，则是韩国所藏《杭州西湖昭庆寺结莲社集》残本及其他文献所未见。

参与结社的士大夫，有不少宋太宗和宋真宗时期的高官，正如吴树虚的《大昭庆律寺志》所指出：

> 如上二十二人，四宰相，二参政，五尚书，一状元，而王文正为有宋三百年中首推之贤相。向文简之淳良、钱尚书之识鉴、王学士之气节文章冠天下，皆为间气仅有。余亦名驰九州，行载史传，赫奕于当代，而声称施于后世，可谓盛矣。

正如寺志指出，从最初的18人到后来的123人，其间历经了一个比较长的时期：

> 自咸平至天禧十有余年，当更有继迹来入其社者，若陈文惠公尧佐，其兄文忠既预社，则当其任两浙运副时，未必自外，且有昭庆寺诗之咏。而王文穆公钦若，于天禧时帅杭州，奏请西湖为放生池，禁名采捕。王文惠公随继其任，撰《放生池碑记》，立于昭庆寺前石函桥之右。二公皆崇拜信二氏，量皆入社，预百二十三人之数者。陈与二王，皆宰相也。第以无据，未敢续列。

寺志根据当日情况和相关材料推测，在后来陆续入社的官员中有陈文惠公尧佐、王文穆公钦若、王文惠公随三人，此三人也未见录于《杭州西湖昭庆寺结莲社集》残本，而言之有据，可以补充结社名单。王钦若与王随也与佛教关系密切。① 特别是寺志还记载和推测了入社高僧的部分名单：

> 而当时之高僧，若慈云、式净、觉岳、智圆、慧圆、净之弟子虚白，《慈云传》中之齐一，书《放生碑》之思齐，《林和靖集》中寄

---

① 关于王随与佛教关系，参考潘佳明《中国居士佛教史》，中国社会科学出版社2000年版，第504—505页。关于王钦若与佛教关系，参考黄启江《宋代的译经润文官与佛教》，《故宫学术季刊》1990年夏，第13—31页。

赠之希社师、然社师,定皆预社,在八十高僧之书者,亦以无据不列。①

可见吴树虚《大昭庆律寺志》仍然有其不可替代的特殊文献价值。

从上述简要考证,可以看出这些人物之间,或者为姻亲,或者为同年,或者为同僚,或者为座主门生等,大多数相互之间有着各种不同的人际关系,而在政治上,也往往是可以相互帮助。因此,他们共同参加白莲社,成为宗教信仰的共同体,从而也加深和强化了他们之间原有的关系,使其进一步密切。

德国著名哲学家、宗教学家西美尔在其《宗教社会学》中,从宗教社会学的角度指出:

> 人们把信仰看作宗教的本质和核心。可是,信仰最初是作为人与人之间的一种关系而出现的,因为这里所说的是并不低于或逊于理论真理一等的实践信仰。
>
> 对于社会化过程中的人,我们完全可以依此类推。我们相互之间的关系并非完全建立在真正了解对方的基础之上,毋宁说我们的情感和意向表现在那些我们只能称之为信仰的观念当中,但就其自身而言,这些观念反过来又对实践关系产生影响。②

在西美尔看来宗教信仰首先是一种人际关系,在共同信仰中建立起来的人际关系,也会对实践关系产生影响。因此,信仰具有增强人际关系的凝聚力和整合性的重要社会功能。西美尔指出:

> 集体的整合性究竟在何种程度上属于宗教所发挥的功能,对此,我们可以再作两点阐明。集体整合性的基础或特征就在于,集体内部应当有别于一切对外关系而保持和睦共处,没有纷争,这在原始时期表现得尤为明显。或许,没有任何领域能像宗教那样把目标一致、趣

---

① (清)吴树虚:《大昭庆律寺志》,《杭州佛教文献丛刊》第十二册,杭州出版社2007年版,第67—68页。

② [德]西美尔:《宗教社会学》,曹卫东译,上海人民出版社2003年版,第13—14页。

味相投的共处各方的存在形式表现得如此彻底、如此全面。然而，这里所强调的集体内部的和平特征只是相对的。集体奋斗过程中也经常会发生诸如排挤同道、损人利己以及把自己的成就和欢乐建立在别人的痛苦上之类的事。可以说，大概只有在宗教领域里，每个人的潜能才都能够得到充分的发挥，而又不会相互倾轧，因为耶稣有论：天国里人人平等。尽管大家共有一个目标，但耶稣仍能确保每个人都有可能实现这种目标，而且不会相互排挤，反而只会相互依赖。

它们把为同样的宗教激情所驱使的人的整合性表现得一目了然——从原始宗教中的粗犷节日（在这些节日中，整合性达到极致时通常都表现为纵欲）直到那种远远超越个别集体之上的最纯洁的人类和平的呼唤。和睦共处奠定了作为集体生活形式的整合性的基础，可是，由它建立起来的整合性又总是相对的和局部的，只有在宗教范围内才能真正彻底地实现和睦共处。跟对待信仰一样，这里也可以认为宗教在本质上表现为调控集体生活的形式和功能，在某种程度上甚至可以说就是这些形式和功能的实质化。它们还在神职人员身上获得了人格形式：神职人员在历史上虽然总是与一定的阶层密切相关，但就其基本思想而言，他们还是高居于一切个体之上，并通过他们来把一切个体的理想生活内容连接和整合起来。所以说，像天主教的禁欲就把神父们从同这个或那个成员乃至同这个或那个集体的一切特殊关系中解脱出来，使他们跟所有成员都能建立起平等的关系。[①]

西美尔所揭示的和睦共处奠定了作为集体生活形式的整合性的基础，而宗教在本质上表现为调控集体生活的形式和功能等重要观点，可以让我们能够更为深刻认识这些士大夫参与结社的社会动机与产生的社会功能。而西美尔揭示的神职人员在历史上虽然总是与一定的阶层密切相关，但就其基本思想而言，他们还是高居于一切个体之上，并通过他们来把一切个体的理想生活内容连接和整合起来。虽然基督教神职人员与佛教僧侣有所不同，但是仍然能够使我们进一步了解省常结社的宗教意义与社会功能。

省常圆寂后，释智圆作《故钱唐白莲社主碑文》（《闲居编》卷三三），序云：

[①] ［德］西美尔：《宗教社会学》，曹卫东译，上海人民出版社2003年版，第20—21页。

圣宋天禧四年春正月十二日，白莲社主圆净大师常公归寂于钱唐西湖昭庆本寺之上方草堂，寿六十二，腊四十四。越二月三日，弟子辈号咽奉全身，瘗于灵隐山鸟巢禅师坟之右，建塔以识之，礼也。其年冬，门人之上首曰虚白者克荷师道，自状其事，再款吾庐，请吾之辞，传师之美，以勒丰碑，且言先人之遗旨也。吾辞不得命，乃文而序之。粤西圣之为教也，清净而无为，仁慈而不杀，抗辞幽说，蒇意眇指，大备诸夏。禀化之徒，得其小者近者，则迁善而远恶；得其大者远者，则归元而复性。噫，庐山远公其得乎大者远者舆！考槃居贞，修辞立诚，识足以表微，行足以作程。是故时贤仰其高，企其明，自是有结社之事焉。人到于今称之，而莫能嗣之。惟公理行谨严，修心贞素，闻庐山之风而悦之，且曰：晞骥之马，亦骥之乘。吾虽无似，敢忘思齐之诚邪！于是乎乃饰其躬，乃刳其心，乃矢结社之谋云。夫率其道必依乎地，尊其神必假乎像，行其化必凭乎言。以为西湖者，天下之胜游，乃乐幽闲而示嘉遯焉。无量寿佛者，群生之仰止，乃刻旃檀而焉其形容焉。《华严净行品》者，成圣之机要，乃刺身血而书其章句焉。其地既得，其像既成，其言既行，朝贤高其谊，海内藉其名。繇是宰衡名卿、邦伯牧长，又闻公之风而悦之，或寻幽而问道，或睹相而知真，或考经而得意。三十余年，为莫逆之交，预白莲之侣者，凡一百二十三人。其化成也如此，有以见西湖之社嗣于庐山者无惭德矣。尝试论之，远也，上地之圣也，公也，初心之宝也，实阶位不同，名声异号。然而远出衰晋，公生圣朝，彼招者悉隐沦之闲，此来者皆显达之士。绝长益短，古今相埒，不曰盛舆美舆！公每顾门人曰：国初以来，缙绅先生宗古为文，大率学退之之为人，以挤排释氏焉意。故我假远公之迹，诱以结社事，往往从我化。而丛碑委颂，称道佛法，以为归乡之盟辞，适足以积棘异涂，墙堑吾教矣。世不我知，或以我为设奇沽誉者，吾非斯人之徒也。君子曰：昔药山唯俨能迥李翱之心，俾知佛，而僧傅善之。今兹众闲庶几实相，钦崇大觉，朝宗于性海，共极于义天，非公之力而谁舆！其护法之功，代为不侔矣。公讳省常，字造微，姓颜氏，世为钱唐人。七岁厌俗，十七具戒。若乃托胎之祥瑞，受业之师保，传讲习禅之美，砥名砺节之事，则有社客群贤碑序及门人所录行状在焉，此不复云，直书其结社之道已。其文曰：

西圣之大，维远得之。庐山之高，维公悦之。西湖之社，群贤慕之。有始有卒，不磷不缁。我缘既终，我灭于兹。神游无何，名扬圣时。欲知我道兮，视此丰碑。①

释智圆（976—1022），字无外，自号中庸子，钱塘（今浙江杭州）人，俗姓徐。年八岁，受具于龙兴寺。二十一岁，传天台三观于源清法师（吴遵路《闲居编序》）。居杭州孤山玛瑙院，与处士林逋为友（《咸淳临安志》卷七〇）。真宗乾兴元年卒，年四十七。谥号法慧（《武林高僧事略》）。有杂著《闲居编》五十一卷，仁宗嘉祐五年刊行于世。智圆诗存于《闲居编》卷三七至卷五一。《闲居编》无单本传世，唯见《续藏经》。

释智圆的《故钱唐白莲社主碑文》，强调"彼招者悉隐沦之闲，此来者皆显达之士"，区别了与慧远结社的差异，可以与孙何《记》文相互参证。而"为莫逆之交，预白莲之侣者"，也印证了笔者前面所指出的结社者之间存在多种密切关系。至于"国初以来，缙绅先生宗古为文，大率学退之之为人，以挤排释氏焉意。故我假远公之迹，诔以结社事，往往从我化"，或许是其结社的目标之一，但是并非全部。与其说这是省常的结社目的，不如说是智圆的心愿，而赋予了省常结社一事。因为未闻省常与古文的理论和实践有什么关系，但智圆则对于唐代以来的古文运动有不少讨论文章。②

释省常墨血书经，结僧为社，体现了他的宗教虔敬，斥之为狂热，贬之为"惊世沽名，原不足道"③，显然对于真正的宗教信仰者是不客观、不公正的。

释省常因为"时贤仰其高，企其明，自是有结社之事焉"，而使太宗、真宗两朝许多著名政治家和诗人群起响应，或者在杭州者入社活动，不在杭州者寄诗，形成一个影响很大的信仰共同体，成为北宋杭州城市宗教文化与文学活动的一大盛事。

---

① 《闲居编》卷三三。又《乐邦文颣》卷三。释智圆：《故钱唐白莲社主碑文有序》《全宋文》卷三一五释智圆九，曾枣庄、刘琳主编《全宋文》，上海辞书出版社、安徽教育出版社2006年版，第15册，第315卷，第311—313页。

② 参见刘方《文化视域中的宋代文论》，学林出版社2006年版，第192—196页。

③ 祝尚书：《宋代文学探讨集》，大象出版社2007年版，第417页。

宋代无论僧俗、官民，出于对生命的虚无感，对死亡的恐惧，对往生的企求，使宗教信仰弘扬发达，信佛习道拜神渗入社会各层面。就社会上层而言，宋代士大夫修佛学禅，既是一种精神寄托，也是一种风尚。[1] 况且佛教发展到宋代，进一步与儒、道融合，更由于其世俗化的倾向，而深受宋上层官僚和知识分子阶层的喜爱，文人佛社成为士大夫阶层闲适、解脱和精神慰藉的场所。

宗教的产生与人类的生存境况中的生存焦虑总是密切地结合在一起的，无论我们是否认真地在生活中去思考过，但我们却会在不同程度上体验到我们在生存中所无法应付的某些很重要的局面。有时候，它是某些事件引起我们不愉快的感觉——压抑、恐惧、紧张等，常常会困扰着我们，而像战争、失败、疾病，尤其是死亡这类事情则提醒着我们对于我们的生命的一些主要的威胁，我们通常是无能为力的。当代著名哲学家、神家学保罗·蒂利希在《存在的勇气》一书中总结了人类的几种主要的生存焦虑：无法避免的死亡的忧虑、对生命的无意义和无目的性的恐惧，以及对于我们自身行为的后果的关注。[2]

佛教、禅宗对社会、人生具有根本不同于儒、道思想的洞察。基于一种乐观理性主义，儒家强调通过个体人格修养的方式，坚信以"仁政""仁君"的政治理想的实现，最终可以实现社会的和谐、美满、完善。从根本上回避了个体如何面对死亡的尖锐问题。（"未知生，焉知死"）；道家则希望通过消解生命与死亡的根本差异性（"齐生死"），将个体融入于"道"（自然），无为而治，认为如此可以达到一个理想的人类社会，同时也解决了人的生死问题。佛教、禅宗则不同，强调"一切皆苦"，认为人生的根本是苦，无论经济如何发展，社会如何和谐，都不足以从根本上解决人生的生死问题，不足以从根本上解决人生的苦厄问题，无论社会如何完善都不足以改变生命的无常性、偶在性和人的终将一死的命运。（"无常迅速，生死事大"）因此，解决"生死大事"才是最根本性和最紧迫性的问题。

就是宋代理学的中坚，努力辟佛的二程，也曾经无可奈何地说：

---

[1] 刘方：《中国禅宗美学的思想发生与历史演进》，人民出版社2010年版。
[2] ［美］保罗·蒂利希：《存在的勇气》，成显聪、王作虹译，贵州人民出版社1988年版。

昨日之会，大率谈禅，使人情思不乐，归而怅恨者久之。此说天下已成风，其何能救！古亦有释氏，盛时尚只是崇设像教，其害至小。今日之风，便先言性命道德，先驱了知者，才愈高明，则陷溺愈深。在某，则才卑德薄，无可奈何佗。然据今日次第，便有数孟子，亦无如之何。①

面对宋代士大夫参禅学禅大盛之风，程氏兄弟已经感到无力回天。②正是对于"性命道德"的生死关怀的强烈关注与深刻思考，才使禅宗不断吸引了士大夫趋之若鹜。一直到朱熹时，他在分析士大夫学佛心态时，还一再说：

某尝说，怪不得今日士大夫，是他心里无可作做，无可思量，"饱食终日。无所用心"，自然只是随利欲走。间有务记诵为词章者，又不足以救其本心之陷溺，所以个个如此。只缘无所用心，故如此。前辈多有得欲佛学，当利害祸福之际而不变者。盖佛氏勇猛精进、清净坚固之说，犹足以使人淡泊有守，不为外物所移也。（《语类》卷132）

或问："今世士大夫所以晚年都被禅家引去者，何故？"曰："是他底高似你。你平生所读许多书，许多记诵文章，所藉以为取利禄声名之计者，到这里都靠不得，所以被他降下。"（《语类》卷126）

朱熹所论均为过来人的透辟分析，是他平生学佛与辟佛的经验与体味的彻悟之论。③

很显然，正是在这一将"生死大事"作为最根本和最紧迫的问题，

---

① 《程氏遗书》卷二上，四库全书本。
② 对于这段文字中所涉及的具体情况、人物与历史文化背景的精彩而详细的考证与分析，参见余英时《朱熹的历史世界》，生活·读书·新知三联书店2004年版，第68—109页。有关宋代士大夫精神危机的具体情况，参见刘方《宋型文化与宋代美学精神》第四章，巴蜀书社2004年版。
③ 朱熹学佛习禅情况，参见束景南《朱子大传》，福建教育出版社1992年版，又见束景南《朱子大传》，商务印书馆2003年版。束景南《朱熹年谱长编》，华东师范大学出版社2001年版。

并提出现实的解决途径方面,才是构成对士大夫以及普通民众的莫大吸引力。①

众多各式各样的宗教性会社,也正是在这样的历史文化语境中形成和繁荣的。宗教结社提供了符合他们口味的精神慰藉场所。而入社者,许多人物之间原本就存在多种关系,共同信仰的宗教共同体,进一步加强和强化了他们之间的凝聚力和团体性,使结社也发挥了重要的宗教社会功能。

二 《杭州西湖昭庆寺结莲社集》：文学与文化的多元内涵探讨

金程宇《稀见唐宋文献丛考》介绍了韩国所藏《杭州西湖昭庆寺结莲社集》。此残本保留有90人入社诗歌,十分珍贵。由于韩国所藏《杭州西湖昭庆寺结莲社集》为残本,尚有33人缺失,本节即依据金程宇校录的《相国向公诸贤入社诗》,② 同时广泛征引和稽考相关文献,对于结社诗歌的文学与文化多元内涵进行初步的探讨、分析和研究。

在《圆宗文类》中,保存有枢密直学士权三司使右谏议大夫丁谓撰《西湖结社诗序》：

> 夫事不能自大,必因乎树立。境不能自胜,必假乎指名。故世之人观其树立而依归之,随其指名而趣向之。苟立事指境能如是,而为众所与者,所谓不可多得之人也。钱塘山水,三吴百越之极品,而西湖之胜又为最。环水背山二百寺,据上游而控胜概者,今当师所栖之寺曰昭庆者也。开阔物表,出入空际,清光百会,野声四来。云木之状奇,鱼鸟之心乐。居处有遥观,游者跨蹰,岂非万类之净界,达人之道场乎？师励志学佛,而余力于好事。尝谓庐山东林,由远公莲社而著称。我今居是山,学是道,不力慕于前贤,是无勇也。由是贻诗京师,以招卿大夫。自是,贵有位者闻师之请,愿入者十八九。故三公四辅,宥密禁林,西垣之辞人,东观之史官,泊台省素有称望之

---

① 参见刘方《中国美学的历史演进与现代转型》第十二章,《诗性栖居的永恒感、可能性与日常化：禅宗美学对中国美学的丰富与深化》,巴蜀书社2005年版。

② 金程宇：《稀见唐宋文献丛考》,中华书局2009年版,第137—153页。

士,咸寄诗以为结社之盟文。自相国向公而降,凡得若干篇,悉置意空寂,投迹无何。虽轩冕其身,而林泉其心。噫,作诗者其有意乎。观其辞,皆若绩画乎绝致,飞动乎高情。往心东南,如将傲富贵,趣遗逸,朝夕思慕,飘飘然不知何许之为东林也,孰氏之为远公也,宗雷之辈果何人也。远公之道,常师之知,宗雷之迹,群公悦之,西湖之胜,天下尚之,则是结社之名,亦千载之美谈也。谓爱常师能树立其事,指名其境,而为当世名公巨贤依归趣向之若是,真所谓不可多得之人也。既作诗以贻之,又命予为序,意若十八人中使遗民著述为多。景德三年春三月十日序。①

丁谓首先从阐述什么样的人是"不可多得之人"入手,介绍省常"力慕于前",庐山东林远公莲社,"贻诗京师,以招卿大夫",以诗歌为媒介进行宗教结社,是一种前所未有的创新方式。省常贻士大夫之诗,已经不可考见,推测除了佛教教义之外,应该有希望贻诗对象能够在世俗社会中获得精神超越的观念与内容,即丁谓序中所谓"轩冕其身,而林泉其心"。应该说省常的这一新型的以诗歌寄赠来宣传和力促士大夫进行宗教结社的方式,由于更为契合士大夫的文化风尚与精神追求,因此也收到了比较好的效果。序中称"贵有位者闻师之请,愿入者十八九"。联系实际入社者达百余人之众,应该是比较符合实际情况的。这一点在结社诗歌中也得到相当反映。在诗集中居于首位的向敏中的诗歌中就有"远将云水约,来诱宦名身"的描述。范仲淹《严先生祠堂记》曾经写道:"云山苍苍,江水泱泱,先生之风,山高水长。"② 通过对于严光的称赞,体现了宋代士大夫对于自由精神的追求。③ 而以云水之约,来诱宦名之身,也反映了众多北宋高官纷纷入社吟诗的一个重要的因素,积极入世的士大夫,内心深处对于精神自由的无限向往。宋湜诗歌中则有"善诱世人同结社……我有挂冠前约在,此生应得似遗民",与向敏中表达的是同样一种情怀。而裴庄的入社诗歌中开篇两句就是"白莲社结浙江皋,社主诗来诱我曹",李韶入社诗歌开篇两句为"珍重吾师宗净行,诱为莲社悟空

---

① 《卍新纂续藏经》第五十八册 No. 1015《圆宗文类》。
② 范仲淹:《范文正集》卷七,北宋刻本。
③ 刘方:《唐宋变革与宋代审美文化转型》第二章"隐士范型的重构与宋代士大夫新的审美精神追求",上海学林出版社 2009 年版,第 73—77 页。

人",张庶凝入社诗开篇两句同样写道"高僧诱我欲归真,预结莲花社里人",而艾仲儒的入社诗歌中也有"召我欲为高尚侣,愧君不是利名身",这些均反映了这一情况。康戬的诗句"结缘传宝偈,召士寄清吟"有自注"特贻嘉什见召,故有是句",更为明确地反映了这一情况。高僧以诗歌为媒介以招卿大夫,而响应者也以诗歌为媒介,结为宗教社团,这一新颖的方式,无论是就宗教史还是就文学史而言,都是前所未有的。

丁谓在序中也介绍了"寄诗以为结社之盟文""凡得若干篇"而形成西湖结社诗集的基本情况。而丁谓自己的入社诗则这样写道:

> 已悟何需傍水云,未休终是利名身。会当兰若亲禅客,且向蓬山号史臣。开卷每寻庄子马,援毫宁待仲尼麟。伊予冷笑陶彭泽,却作莲社外人。(引者按:此句似缺一字)

丁谓诗歌的开头仿佛是针对向敏中诗歌中的"远将云水约,来诱宦名身"。而从更为广泛的意义上而言,丁谓的"已悟何需傍水云,未休终是利名身"也是十分精辟和富于洞见的理性思考,同时也的确十分符合禅宗思想。丁谓作为一代权臣和奸相,历来为人所诟病,[①] 但是丁谓在当时也的确是才华出众,深得诗坛领袖人物王禹偁的称赏。而从其入社诗看也的确无论是在表达的思想、洞见还是艺术水平,都数诗集中的上乘之作。"会当兰若亲禅客,且向蓬山号史臣"句,据此诗歌附注"史馆日入社"据《宋史·丁谓传》:"淳化三年,登进士甲科,为大理评事、通判饶州。逾年,直史馆。"则丁谓入社时间应该在淳化四年(993),可见丁谓是属于早期入社成员。"开卷每寻庄子马,援毫宁待仲尼麟"则体现了丁谓三教融合的思想。庄子马,庄子《齐物论》有:"以指喻指之非指,不若以非指喻指之非指也;以马喻马之非马,不若以非马喻马之非马也。天地一指也,万物一马也。"仲尼麟,则是引用前文已经指出的西狩获麟的典故。而事实上,这也反映了宋代士大夫比较普遍的思想。陈尧叟"释妙与儒玄,何尝有先后",钱若水"已学庄周齐一马,终陪宗炳论三乘"。梁灏"端直无邪曲,儒释为季孟"等人的入社诗歌纷纷反映了这种

[①] 有关丁谓的研究,参考[日]池泽滋子《丁谓研究》,巴蜀书社1998年版。王瑞来:《宰相故事:士大夫政治下的权力场》,中华书局2010年版。

观念。

　　而这种在入社诗歌中普遍反映出来的儒、佛合一的思想观念，也恰恰折射出北宋初期就开始的宋代思想发展的一个显著特征。

　　宋学是在儒家思想同佛道两家思想长期既相斗争又相渗透的情况下产生的。作为宋代初期著名士大夫之一的晁迥，就是在儒家思想中广泛吸收佛家思想的代表，对宋学的形成产生了非常重要的作用。他特别是对宋学中的一支理学的形成，产生了尤为显著的作用。

　　晁迥字明远，历仕太宗、真宗、仁宗三朝。仁宗时以太子少保致仕，进太子少傅。他是一位长寿的老人，活了八十四岁，死后谥号文元。他早年仕途坎坷，诗学白体，中年迹升清贵，入派西昆，在宋初诗风的发展演变中，他是从白体到西昆体的一位重要的过渡人物。晁迥少从学于王禹偁，王禹偁为白体代表诗人，对晁迥有很大影响，而由于人生态度、生存方式的契合，晁迥后来对于白居易的推崇还远过王禹偁。真宗时期，晁迥开始仕途通达，与杨亿等修《册府元龟》，相互唱和，诗歌选入《西昆酬唱集》。晁迥又多次知贡举，晏殊、宋绶、夏竦等均出其门下。① 因此，后来晁说之《答李大同先辈书》云："足下雅意恨当今文章无盟主，莫有为之龙门者，乃远有得于古之人，顾孰敢继古之人而任今之责哉……嗟夫公卿之孙，黄散之子，能以门户为意，不忘家世之风矩者有几人哉。先世之事欲施于今日而不免于憔悴故也。宪成公与元献晏公、宣献宋公同在西掖，皆吾高祖文元公门下之人也。"②

　　晁迥晚年退居昭德坊，悉心参禅悟道，融会儒、释、道三家思想，强调穷理尽性，成为宋代理学的先驱。晁迥在文学与儒学方面的成就，不仅对晁氏家族产生重要的影响，而且在宋初诗风的演变与儒学的发展中都占有重要的地位。

　　晁迥的《法藏碎金录》融会儒、道、释三家思想，而归心释教。在《法藏碎金录》中一再强调学习佛家修心的必要性：心者身之本也，心不生不灭，则身不生不灭，定矣！荷泽法门有语言，虽备修万行，唯以无念为宗。无念，即无生之法也。千经万论，但广敷扬法之根源，止在无念。

---

① 参见刘焕阳《宋代晁氏家族及其文献研究》，齐鲁书社2004年版。
② 晁说之：《嵩山文集》卷十五，《四部丛刊》本。

念增缘起,乃入轮回。① 晁迥认为既然是众生之心原来就有这种本能,也就勿须乎"何假外求"。只要能够"启迪怀柔,须有颖悟之人,师资相授",使"灵明照了之用"充分发挥出来,就能够将修心止念学到手。为说明这个问题,晁迥还以前代学习佛家思想而有所成就的白居易的诗句为例,"白氏诗云:自从苦学空门法,消尽平生种种心。予因此语晓悟学空之理,乃是无碍法门"。② 归纳晁迥上面的论述,包括他的生活履践和文献上的探索,晁迥从"修心"两字入手,确实获得了佛学的三昧,而从外在依据向内在心性依据的转移,也正是从中唐到宋代思想发展的大势。

晁迥对宋学的形成具有重要的意义和作用。漆侠在《宋学的发展与演变》中概括为数点,其中尤为重要的,一是晁迥继承唐代士大夫向释道学习的遗风,给宋代士大夫开创和树立了向释道百家学习的新学风,从而使宋代士大夫的视野大为开阔,使宋学在其形成伊始,即具有与此前大不相同的新风貌。二是晁迥强调儒家《中庸》的作用,认为要坚持中庸之道,"事君"和"学道"都不可贰心,以忠事君,以诚学道。宋代士大夫第一个明确提出中庸具有重要意义和作用的,就是晁迥。宋学家们特别是其中的理学家们之重视《中庸》和中庸之道,以及以《中庸》治此方寸之地的意义和做法(诚、敬、静坐等),与晁迥对这些问题的论述,大都是一致的,理学家们之受晁迥的影响,也是极其明显的。③

而西湖白莲社入社诗歌中所表达的相关思想,可以说正是晁迥思想的发展与体现,也反映了这一思想已经开始从个别士大夫的思想,逐渐演变为一种比较普遍的社会思潮。

如果说援佛入儒,体现了宋代初期三教思想融合的一个方面,那么,为了生存与扩大影响,佛门子弟援儒入佛,力图将儒、佛二家思想沟通,由此进一步合作,向社会灌输二者的教义,则构成了另一个方面。生活在北宋初年的释智圆,就是突出代表,在宋代学术思想发展史上也产生了影响。④

智圆(976—1022),字无外,自号中庸子,又自称潜夫、病夫,钱塘(今浙江杭州)人。八岁受具于钱塘龙兴寺,十五知骚雅,好为唐律

---

① 晁迥:《法藏碎金录》卷三,四库全书本。
② 同上。
③ 参见漆侠《宋学的发展与演变》,河北人民出版社2002年版。
④ 参见漆侠《释智圆与宋学》,载漆侠《探知集》,河北大学出版社1999年版。

诗，欲以作文训世为志，会寝疾，遂改以习释为主，学儒为副。① 然其学问渊博，"旁涉庄、老，兼通儒、墨，至于论撰，多所宪章"。② 年二十一，从奉先寺源清法师学天台三观。大中祥符末卜居西湖孤山玛瑙院，世称孤山法师。一生孜孜研讨经论，撰述讲训，为天台宗山外派义学名僧。

陈寅恪先生曾经指出：

> 北宋之智圆提倡《中庸》，甚至以僧徒而号称中庸子，并自为传以述其义；其年代犹在司马君实作《中庸广义》之前，似亦于宋代新儒家为先觉。③

智圆以《中庸》和《中论》沟通儒、佛两家思想，对于儒家道统也发表自己的看法：

> 仲尼既没，千百年间，能嗣仲尼之道者，唯孟轲、荀卿、扬子云、王仲淹、韩退之、柳子厚而已，可谓写其貌、传其神者矣。④

在《闲居编自序》中，智圆自称"于讲佛经外，好读周、孔、扬、孟书，往往学古文，以宗其道，又爱吟五七言诗，以乐其性情"。以释子而学古文，这是很值得注意的。智圆论文，与古文家一样，也很强调所谓"为文之道"。他说：

> 夫论文者多类，而皆驳其妖蛊，尚其淳粹，俾根抵仁义，指归道德。不尔，而但在文之辞，似未尽文之道也。愚窃谓文之道者三：太上立德，其次立功，其次立言。……言者何？述其二者（指德、功）以训世，使及其言，则德与功其可至类。……故愚尝以仁义之谓文，

---

① 智圆：《中庸子传》，载智圆《闲居编》卷19，续藏经本。参见《补续高僧传》卷2《智圆传》。
② 吴遵路：《闲居编序》，续藏经本。
③ 陈寅恪：《冯友兰中国哲学史下册审查报告》，载陈寅恪《金明馆丛稿二编》，生活·读书·新知三联书店2001年版，第284页。
④ 智圆：《叙传神》，《闲居编》卷27，续藏经本。

故能兼于三也。①

智圆以为"文道"的根本是"仁义道德",智圆认为古文作者应当固志守道而不随俗。《送庶几序》曰:

> 夫为文者,固其志,守其道,无随俗之好恶而变其学也。李唐韩文公(愈)《与冯宿书》曰:"仆为文久,每自测,意中以为好,则人为恶矣;小称意,人亦小怪;大称意,即人必大怪之也。时时应事作俗下者,下笔令人惭,及示人,人以为好矣。小惭者亦蒙谓之小好,大惭者必为大好矣。"观文公之言,则古文非时所尚久矣,非禀粹和之气,乐淳正之道,胡能好之哉!若年齿且壮,苟于斯道加鞭不止,无使俗谓大好,无令心有大惭,然后砥砺名节,不混庸类,则吾将期若于圣贤之域也。②

智圆"为文者,固其志,守其道,无随俗之好恶而变其学"的主张,与同时的古文家穆修要求古文作者固守、坚持、力行的意见相一致,③反映了宋代初期古文运动发生时,古文作者处境艰难,必须固志守道,才能实现自己的文化理想。同时,固志守道、砥砺名节、不混庸类的理论主张,也反映了宋代初期士大夫开始对于道德、人格、气节的重视与强调,而"期若于圣贤之域"的理想目标,则反映了宋代思想的成就圣人理想的新声。④

而事实上,西湖白莲社的结社本身,一方面是佛门弟子省常努力援儒入佛,力图将儒、佛两家思想沟通,以此诱导和吸收士大夫群体加入佛门;另一方面是以儒家思想为主体的士大夫援佛入儒,融合三教思想,从而能够走到一起的一个具体事例。正如王化基入社诗歌的序中反映的:

> 净行师常公,多慕庐山道友,结莲社为出尘之会。……翰林主人首于前,文馆学士继于后。泊诸释友,同入道场。虽在僧在俗,立名

---

① 智圆:《答李秀才书》,《闲居编》卷24,续藏经本。
② 智圆:《送庶几序》,《闲居编》卷29,续藏经本。
③ 穆修:《答乔适书》,《穆参军集》卷中,四库全书本。
④ 刘方:《文化视域中的宋代文论》,学林出版社2006年版,第190—196页。

乃异，而事君事佛，为善则同。

在《圆宗文类》中，也保存有太常博士通判信州骑都尉钱（易）述《西湖昭庆寺结净行社集总序》，文章首先阐述佛理，因而引出结社缘由：

> 一切有为皆是尘妄，于尘妄了境乃无为也。大千法门不离自性，于自性识本乃菩提也。境泯则不着本，达则无惑我。三世诸佛，以河沙众生，演十二因缘，根于此也。其有精行洞识，化人无倦，立一心愿际诸十方，以有为而至无为，以利己而成利众，吾闻之于华严净社焉。

钱易在序文中首先阐发了自己对于佛教思想、理论的领悟与思考。

上述情况表明，宋代士大夫对于佛教的普遍信仰和对于佛理的熟悉，达到了一个前所未有的程度。①

据台湾学者黄启江《宋代的译经润文官与佛教》一文考证，宋代润文官可得十六人（刘方按：实际上均为北宋时期官员），② 而其中朱昂（925—1007）、梁周翰（929—1009）、杨亿（947—1020）、丁谓（966—1037）均为西湖白莲社成员，占宋代可考的佛经译经润文官的1/4。

正如黄启江所指出：

> 宋代润文官应都是通内外学之学者。这些学者人数的多寡、官阶的高低、信仰与交游等，都可能造成对佛教有利的情况，对帮助佛教的流布与当时学术社会风气定有相当程度的影响。从另一角度来看，佛学因为皇室的重视佛教，已变成一种专门学问，士大夫无论喜好与否，总会面对它，或思考与它相关的问题。③

对于西湖白莲社成员，祝尚书先生文章主要考证16人的简要履历，

---

① 参考潘佳明《中国居士佛教史》，中国社会科学出版社2000年版。孙昌武：《禅思与诗情》，中华书局1997年版。孙昌武：《中国佛教文化史》，中华书局2010年版。张煜：《心性与诗禅：北宋文人与佛教论稿》，华东师范大学出版社2012年版。
② 黄启江：《宋代的译经润文官与佛教》，《故宫学术季刊》1990年夏，第13—31页。
③ 同上书，第16—17页。

我自己的一些补充也主要在这一方面。而黄启江则对于朱昂、杨亿等译经润文官与佛教关系有考证，今引如下，以见西湖白莲社成员与佛教关系之一斑：

> 朱昂出生于儒学之家，但"深达佛老之旨"。在太宗时已名重一时。太宗端拱二年（989），开宝寺灵感塔成，太宗即诏翰林学士朱昂撰文志其事。太宗当时以儒人多薄佛典，而未见朱昂有讥佛之迹，故深加倚重。朱昂之文既成，"敦崇严重，太宗深加叹奖"。……朱昂致仕之年，真宗锡宴玉津园，群臣以诗志其事。杨亿之诗有此一联："素风有予堪传遗，禅论将谁共对酬。"可见朱、杨二人为谈禅论道之友。
>
> 杨亿在文学、政事上都是一流人物。苏辙称他"以文学鉴裁独步咸平、祥符间"，而事业"比唐燕、许无愧"。此殆非溢美之辞。杨亿"家世学佛，常参云门谅老安公大师，后依广慧琏禅师，始大策发"。其学博综儒释道三家，而于释氏禅观之学尤为致意。……由于杨亿在佛学上成就突出，曾先后受诏刊削东吴僧道原所编之《景德传灯录》及《大中祥符法宝录》。①

杨亿等人与佛教的密切关系，早已引起学者的关注与研究，前引潘佳明、孙昌武、张煜等著作均有讨论。而朱昂与佛教关系，则很少有学者注意到，黄启江先生的考证，则不仅让我们注意到朱昂与佛教关系十分沉迷，而且与杨亿为谈禅论道之友。

做过润文官的朱昂入社诗"祖以师传得，多年别二林。游方云纳坏，挂锡草堂深。池小通泉脉，庭幽转树阴。湛然空寂境，谁见四禅心"。而同样做过润文官的杨亿入社诗其二云："师住西湖寺，苑庵在翠微。二林新结社，六祖旧传衣。昼讲天花落，秋吟木叶飞。石门曾有约，何日得相依。"两人的诗歌都谈到师承，描写了寺院景色，而朱昂以"湛然空寂境，谁见四禅心"富于禅意的诗句作结，杨亿则通过"石门曾有约，何日得相依"表达了倾慕之情。同时，也可以看出，杨亿的诗歌同样是在京城而非杭州写成。石门典故，则是引用庐山慧远与诸人游石门并且赋诗

---

① 黄启江：《宋代的译经润文官与佛教》，《故宫学术季刊》1990 年夏，第 19—21 页。

的宗教史事件，慧远作有《庐山诸道人游石门诗序》（详下）。

讨论佛理，这一点在入社诗歌中有比较多的反映。比较典型的如梁灏入社诗歌：

> 端直无邪曲，儒释为季孟。洞达无障碍，今古相辉映。学海济源深，法界通辽敻。到岸不须舟，入室何劳径。夙探华严旨，颇现菩提性。动施方便力，期臻具足行。无著任虚空，有象离喧竞。白云物外浮，明日波间莹。宝地绝尘埃，慈航远泥泞。勤修大仙道，普救众生病。像教得荣观，梵音思谛听。种种悉求真，念念常持正。恶趣灭贪瞋，善缘滋吉庆。庐山逸已寂，钱塘踵其盛。尔时闻倡导，伊予同赞咏。愿做社中人，归依慕清净。

诗歌的主体部分都是在阐发佛理、阐述修行佛理、洞见真谛的方法。"种种悉求真，念念常持正。恶趣灭贪瞋，善缘滋吉庆"，则是反映了净土宗念佛三昧的修行方法。而值得注意的是"夙探华严旨，颇现菩提性"，恰恰反映了前面已经讨论指出的宋代净土宗与华严宗融合的趋势和西湖白莲社虽然是净土信仰但是融入了华严思想的特征。值得注意的是，钱易在序中同样明确将西湖白莲社称为华严净社。而这一点在入社诗歌中同样也有明确的反映。苏易简"昔年偃仰在鳌山，已睹华严净行篇"，梁鼎"清净华严海，圆明无上理"等均体现了这一方面的特征。[①]

接下来钱易具体介绍了结社缘起：

> 社建于钱唐昭庆寺，主于比丘省常上人。上人生钱唐，住昭庆寺，无碍之心，依古佛之行，精进圆满，诸戒具足，立大誓愿，而作是念。刺指取血，以血和墨，写模法式，书华严净行一品，一字三作礼，一礼一围绕，一围绕一念佛名号。然后始刻之方板，毕一千本，以一本施一人。又以栴檀香林，造毗卢圣像，圆此诚，感得之天匠，以八十开士为一社焉。白莲之称始继卢阜，况乎西湖之清音，昭庆之

[①] 北宋初年省常依据《华严经·净行品》弘扬净土，创立了华严信仰与净土信仰融合的一种形态，在佛教界和社会各阶层影响深远，参考魏道儒《宗教融合与教化功能——以宋代两种华严净土信仰为例》，《中华佛学学报》第13期卷上，第300—302页。相关问题亦可参考王颂《宋代华严思想研究》，宗教文化出版社2008年版，第192—204页。

精屋，尘劳万变中有静境，群动纷浊，独立戒定，如风烟歊杂，白云无间。荐绅大夫，争投文以求为社中人焉。

上述记载，恰好可以与智圆《故钱唐白莲社主碑文》、孙何《白莲社记》等文献记载相互印证。序文中又对于结社士大夫及其诗歌书写情况进行了概述：

> 上自丞相宥密，下及省阁名公，英裒声诗，远光江海。鸿彦弄藻，咸著铭纪。而斯皆道契清尚，以龟緺自卑凤缘坚牢，有香火之约，六尘洒落升堂者，悉入信门。三觉通明会境诸尽跻满教。故参知政事礼部侍朗武功苏公为净行篇序，今致仕吏尚书广平宋公为结社碑铭，故起居舍人知制诰孙公为结社卑阴序。今三司使给事中丁公为群公诗序。墨妙笔精，金相玉振。以春卿之妙词，内庭辍润色之暇，以天官之文伯，儒林为人之表，以西坦之才高难可，回御于修涂，以计相之识广慧通，外护于内典。今旧相右丞河内向公首缀风骚，相继百数，以国辅之重，辞臣之望，非上人用大慈大悲之鸿愿，以身以心之真恳，又何以拂当世之云天，萃巨儒之竹素。续之者如入三昧，捧之者若登四禅。苟或总叙胜因，合归大手。如易者，山阴人也。文谢头陀，迹惭都讲，徒连叨于科第，而骤司于礼乐，犹且枢衣法席，稽首禅扉，将饮醍醐，道映舟航觉海，忏三业之口舌，少赞大乘，殊软贼之轩车，未亲丈室。远承高命，俾假微词，公干病多，江淹思涩。他年入社，愿除陶、谢之俗情，今日序诗，聊助生、融之末简。时大中祥符二年冬十一月五日信州翠微亭序。①

钱易在序中，特别谈到自己是山阴人。接下来连用了两个相关的典故，自谦地称："文谢头陀，迹惭都讲。"

宋钱易撰《南部新书》卷七：

> 沃州山禅院在剡县南三十里，颇为胜境。本白道猷居之。大和二年有头陀白寂然重修，白居易为其记。白君自云白道猷肇开兹山，白

---

① 《卍新纂续藏经》第五十八册 No. 1015《圆宗文类》。

寂然嗣兴兹山，白乐天垂文兹山，沃州与白氏有缘乎？

根据宋施宿等撰《会稽志》卷八中记载：

> 沃州真觉院在县东四十里。方新昌未为县时，在剡县南三十里，居沃州之阳，天姥之阴，南对天台山之华顶、赤城，北对四明山之金庭、石鼓。西北有支遁养马坡、放鹤峰，东南有石桥溪。溪源出天台，石桥故以为名。晋帛道猷、竺法潜、支道林、乾兴渊、支道开，威、蕴、崇、实、光、诚、斐、藏、济、度、逞、印，皆常居焉。会昌废，大中二年，有头陀白寂然来游，恋恋不能去。廉使元微之始为卜筑，白乐天为作记，以为东南山水，越为首，剡为面，沃州天姥为眉目，其称之如此，旧名真封寺，不知其始，治平三年赐今额。

唐白居易撰《白氏长庆集》卷六十八有《沃洲山禅院记》：

> 沃洲山在剡县南三十里，禅院在沃洲山之阳，天姥岑之阴。南对天台而华顶、赤城列焉，北对四明而金庭、石鼓介焉。西北有支遁岭，而养马坡、放鹤峯次焉。东南有石桥溪，溪出天台，石桥因名焉。其余卑岩小泉如子孙之从父祖者，不可胜数。东南山水，越为首，剡为面，沃洲、天姥为眉目。夫有非常之境，然后有非常之人栖焉。晋宋以来因山洞开厥，初有罗汉僧西天竺人白道猷居焉。次有高僧竺法潜、支道林居焉。次又有乾兴渊、支道开、威、蕴、崇、实、光、识、斐、藏、济、度、逞、印，凡十八僧居焉。高士名人有戴逵、王洽、刘恢、许元度、殷融、郗超、孙绰、桓彦表、王敬之、何次道、王文度、谢长霞、袁彦伯、王蒙、卫玠、谢万石、蔡叔子、王羲之，凡十八人。或游焉，或止焉。故道猷诗云："连峰数千里，修林带平津。茅茨隐不见，鸡鸣知有人。"谢灵运诗云："暝投剡中宿，明登天姥岑。高高入云霓，安期还可寻。"盖人与山相得于一时也。自齐至唐，兹山寝荒，灵境寂寥，罕有人游。故辞人朱放诗云："月在沃洲山，上人归剡县。"江边刘长卿诗云："何人住沃洲。"此皆爱而不到者也。大和二年春，有头陁僧白寂然来游兹山，见道猷、支、竺遗迹，泉石尽在，依然如归故乡，恋

不能去。时浙东廉使元相国闻之，始为卜筑。次廉使陆君中丞知之，助其缮完，三年而禅院成，五年而佛事立。正殿若干间，斋堂若干间，僧舍若干间。夏腊之僧，岁不下八九十。安居游观之外，日与寂然讨论心要，振起禅风。白黑之徒，附而化者甚众。嗟乎，支、竺殁而佛声寝，灵山废而法不作。后数百岁而寂然继之，岂非时有待化有缘耶？六年夏，寂然遣僧常贽，自剡抵洛，持书与图诣从叔乐天乞为禅院记。道猷肇开兹山，寂然嗣兴兹山，乐天又垂文兹山。异乎哉，沃洲山与白氏其世缘乎？①

钱易序中谈到"文谢头陀"，应该就是引用其家乡历史上著名的士大夫与佛教徒相互往来，居士白居易撰写《沃洲山禅院记》的故实。

而"都讲"据《大宋僧史略》卷上《都讲》：

> 敷宣之士击发之由，非旁人而启端，难在座而孤起。故梁武讲经，以枳园寺法彪为都讲，彪公先一问，梁祖方鼓舌端，载索载征，随问随答，此都讲之大体也。又支遁至会稽，王内史请讲《维摩》，许询为都讲。许发一问，众谓支无以答。支答一义，众谓询无以难。如是问答连环不尽，是知都讲实难其人。又僧伽跋陀罗就讲，弟子法勇传译，僧念为都讲。又僧导者，京兆人也，为沙弥时，僧睿见而异之，曰："君于佛法且欲何为？"曰："愿为法师作都讲。"睿曰："君当为万人法主，岂对扬小师乎！"此则姚秦之世已有都讲也。今之都讲不闻击问，举唱经文，盖似像古之都讲耳。②

"支遁至会稽，王内史请讲《维摩》，许询为都讲。"许询，字玄度。即白居易撰写《沃洲山禅院记》中提到的许玄度。是东晋著名的玄学家、文学家。有才藻，善属文，与王羲之、孙绰、支遁等皆以文义冠世。他善析玄理，是当时清谈家的领袖之一，隐居深山，与孙绰并为东晋玄言诗的代表人物。

钱易自谦地称"文谢头陀，迹惭都讲"，是引用上述与他的故乡会稽

---

① （唐）白居易撰：《白氏长庆集》卷六十八，四库全书本。
② （宋）赞宁：《大宋僧史略》，《大正新脩大藏经》第五十四册 No. 2126。

佛教有密切关系的白居易和许询的典故，认为自己撰写与佛教相关的文章不及白居易，而协助高僧阐发佛理，也不及许询。

三 典范的追慕与典范的转移

西湖白莲社所追慕和模仿的是庐山慧远莲社，这一点无论是在各种碑铭、诗序中，还是在大量的入社诗歌中都有明确说明。胡适曾经谈到庐山史迹代表着中国文化历史的三大趋势，第一个即是"慧远的东林，代表中国佛教化和佛教中国化的趋势"。[1]

欲明了慧远的何以和如何的同化与创新，必须明了他彼时彼地所面临的在信仰、思想与知识诸方面的问题与困境，以及他已经承受的文化传承、身处的思想、文化语境和具有与可资利用的传统思想、知识的资源等。

正是在做为佛教中国化重要人物的慧远这里，以中国文化与传统思想为接受基质，创造性转化了印度佛教观念与思想，成为印度佛教思想发展到具有本土化中国佛教思想的一个重要环节。

慧远（334—416），东晋僧人，雁门楼烦人。俗姓贾，幼随舅父游学许洛。综博《六经》，尤善老庄之学。成年后从道安出家。24岁时登坛讲说，颇负盛名。东晋太元三年（378），前秦军陷襄阳，道安为前秦所留。慧远率弟子数十人下荆州，途经浔阳（今江西九江），见匡庐清静，遂不复他往。始住庐山龙泉精舍，后住东林寺，影不出山，迹不入市。时四方道俗，麿然从风，彭城刘遗民、豫章雷次宗、雁门周续之、新蔡毕颖之、南阳宗炳等，均系一时之秀，咸辞弃世荣，相从游止。[2] 因而后世有"东林十八高贤"的传说。[3]

慧远之学，内外兼综，于儒精《周易》《毛诗》、"三礼"，于道则擅

---

[1] 胡适：《庐山游记》，胡明编：《胡适精品集》，第5卷，第167页。光明日报出版社1998年版。

[2] 有关慧远生平，主要依据慧皎：《高僧传》卷6《慧远传》，中华书局1992年版。僧祐：《出三藏记集》，中华书局1995年版。僧祐：《弘明集》卷5，上海古籍出版社1991年版。

[3] 陈扬炯：《中国净土宗通史》，江苏古籍出版社2000年版，第103—106页。孙昌武：《庐山慧远与莲社传说》，载孙昌武：《文坛佛影》，中华书局2001年版，第130—154页。刘长东：《晋唐弥陀净土信仰研究》，巴蜀书社2000年版，第22—26页。

《庄子》《老子》，于佛则宗般若、毗昙。著述见于著录的有《大智度论要力量》20 卷，《问大乘中深义十八科》并《罗什答》3 卷，《法性论》2 卷，文集 10 卷，现仅存《问大乘中深义十八科》，改名《大乘大义章》，其余都已散佚，唯《出三藏记集》《弘明集》《广弘明集》《广弘明集》《高僧传》收录其部分论、序、赞、书等，其中以《沙门不敬王者论》影响较大。

在佛教理论上，慧远主要是继承和发展了道安的思想，着重发挥了佛教三世报应和神不灭的理论。慧远与当时许多文人名士一起结社，建斋立誓，奉行息心亡念、心注西方、观想念佛，即所谓念佛三昧，作为实现往生净土的修持方法。这也是以后净土宗的先导。①

中国文化在接受外来信仰的过程中，对于佛教思想的理解与解释，不可避免地产生误读与混乱。美国汉学家芮沃寿谈到佛教传播之初在中国与印度两种文化之间的鸿沟：

> 没有语言的差异比中国和印度之间更大了……汉语没有系统化的语法；而印度语言，尤其是梵语，有高规则、高度精致的语法系统。当我们转向文学模式的时候，我们发现中国人喜欢简洁，求相似的隐喻、具体的形象；而印度文学往往是散漫的、比喻夸张的，并充满了抽象。

两个传统最关键的分歧在于它们的社会和政治价值观。② 正如许理和在《佛教征服中国》中揭示的：

> 最重要的是，道安基于自身的血统和学养，意识到了佛教这种外来宗教和中国文化传承之间的根本差异，并在意识到之后终生致力于探索佛法最原初的含义。清醒地意识到佛教与中国传统思想之间的差异，致力于使佛学契合于有教养的中国人的根器，这在道安

---

① 关于慧远生平与思想的详细讨论，参考汤用彤《汉魏两晋南北朝佛教史》，中华书局 1983 年版。方立天：《慧远及其佛学》，中国人民大学出版社 1984 年版。任继愈主编：《中国佛教史》第 2 卷，中国社会科学出版社 1985 年版。[荷] 许理和：《佛教征服中国》，李四龙、裴勇等译，江苏人民出版社 1998 年版。曹虹：《慧远评传》，南京大学出版社 2002 年版。

② [美] 芮沃寿：《中国历史中的佛教》，常蕾译，北京大学出版社 2009 年版，第 24 页。

最具天资的学生慧远身上表现得更为明显。在庐山这个由僧俗两方面组成的佛教中心，我们发现，不仅南方士大夫佛教那些最具特点的因素，而且那种相当别致的信仰仪式（虽然也为有教养的俗家弟子践行），全都是地地道道的佛教方式。也就是说，这里未与中国固有的观念、习惯直接有关或掺杂不清。这是个开风气之先的极为重要的现象，似乎预示了一个中国佛教宗派的发展，这个宗派后来备负盛名。①

许理和深刻而清晰地揭示了道安的历史贡献在于"意识到了佛教这种外来宗教和中国文化传承之间的根本差异，并在意识到之后终生致力于探索佛法最原初的含义"。慧远的历史贡献则在于"清醒地意识到佛教与中国传统思想之间的差异，致力于使佛学契合于有教养的中国人的根器"。而在笔者看来，慧远的佛教中国化、本土化努力和特征的一个鲜明而突出的方面，就是将宗教活动与审美活动、宗教体验与审美体验有机融合，把宗教修行、宗教体悟与审美活动结合在一起，并且通过诗歌的形式，以诗的方式，传达佛教的思想与体悟。在慧远的著述中，反复表达了这种思想：

> 有退居之宾，步朗月而宵游，相与共集法堂。②
> 心法之生，必俱游而同感。俱游必同于感，则照数会之相因。己性定于自然，则达至当之有极。法相显于真境，则知迷情之可反。心本明于三观，则睹玄路之可游。然后练神达思，水镜六府，洗心净慧，拟迹圣门。寻相因之数，即有以悟无。推至当之极，每（别本无"每"字）动而入微矣。③
> 映彼玄流。漱情（《僧传》作"清"）灵沼，饮和至柔。照虚应简，智落乃周。深怀冥托，霄（《僧传》作"宵"）想神游。毕命一

---

① [荷] 许理和：《佛教征服中国》，李四龙、裴勇等译，江苏人民出版社 1998 年版，第 336 页。

② 慧远：《形尽神不灭五》，（梁）僧祐：《弘明集》卷五，上海古籍出版社 1991 年版，第 32 页下。

③ 慧远：《阿毗昙心·序》，（梁）僧祐：《出三藏记集》卷十，中华书局 1995 年版，第 378—379 页。

对，长谢百忧！(其五)①

上述文字，表明了慧远于目击清秀美景之中而领悟佛道的体验与感受，是在游赏山水中的忽有所悟，是不期然而得之意外，是于游的审美体验中的宗教体悟。

慧远在《庐山东林杂诗》中出现了"有客独冥游，径然忘所归"之句，② 这里慧远所强调的"独冥游"的性质与特征，也恰恰是庄子所谓"独与天地精神往来……上与造物者游"(《天下》)的游心于道，对万物根源"道"的直观体悟的过程。

慧远诗歌体现了融宗教实践与宗教体验于审美实践与审美体验之中的特征。不是如印度佛教的苦修，头陀行，而是强调在审美实践的山水之游与精神之游的审美体验过程中的宗教体验与宗教开悟，正是中国文化特征的反映，也体现和启示了中国佛教思想的一个重要发展方向，即宗教思想的审美化趋势，这一特征到宋代禅宗思想那里而最终成熟。③

元兴元年（402），慧远率众在精舍无量寿佛前建斋立誓，期生净土，结白莲社，一时参加者达123人，其中刘遗民、雷次宗、周续之、宗炳等人被称为"十八高贤"。结莲社是一个重要的事件，对后世产生了深远的影响。

被学术界普遍认定是慧远所作的《庐山诸道人游石门诗序》，④ 谈到了慧远以六十七岁高龄率刘遗民、王乔之、张野等庐山僧俗三十余人，兴高采烈，观赏庐山石门自然山水时的审美感觉。石门山水风景之优美，令诸僧俗"怅然增兴""众情奔悦，瞻览无厌"。自然山水的奇妙，缘何能如此引人入胜？慧远云：

---

① 慧远：《万佛影铭（并序）》，(唐)道宣：《广弘明集》卷十五，上海古籍出版社1991年版，第205页下。

② 慧远：《庐山东林杂诗》，载逯钦立辑校《先秦汉魏晋南北朝诗》，中华书局1983年版，第1085页。

③ 刘方：《宋型文化与宋代美学精神》，第十二章《从宗教禅到美学禅》，巴蜀书社2004年版，第249—283页。

④ 李泽厚、刘纲纪：《中国美学史》第二卷，中国社会科学出版社1987年版，第508—509页。

> 夫崖谷之间，会物无主。应不以情而开兴，引人致深若此，岂不以虚明朗其照，闲邃笃其情耶。并三复斯谈，犹昧然未尽。俄而太阳告夕，所存已往。乃悟幽人之玄览，达恒物之大情，其为神趣，岂山水而已哉？①

对于庐山慧远及其莲社的历史与传说，孙昌武在《庐山慧远与"莲社"传说》中研究认为：

> 慧远的结社是文化人的结社，这是和当时一般的法社以及后来群众性的净土社不同的。而传说又把陶、谢这样的大文豪纳入其中，更突出了它的文艺性质。
>
> 慧远本人具有卓越的文学才能，诗、文兼擅。今存所作《游庐山记》，是中国古典文学中早期山水记的名篇；他还留有《庐山东林杂诗》。他曾编辑《念佛三昧诗集》并为作序文，论述以禅理入诗的道理，对后代影响深远。今存刘遗民、张野、王乔之（江州别驾）的《和慧远游庐山诗》和佚名《庐山诸道人游石门诗序》，可见当时庐山诗文唱和的彬彬之盛。《隋书·经籍志》著录有《慧远集》十一二卷、《雷次宗集》十六卷、亡佚者有《刘遗民集》五卷，《唐志》又著录有《宗炳集》十五卷，可知这些人创作之宏富。宗炳又是大画家，并著有画论《画山水序》，其观点明显反映出佛教义理的影响。后世文人羡慕慧远等人结社的风范，也是特别看重其浓厚的文艺色彩。②

而对于慧远与莲社，与门徒的游观与文学活动，正如曹虹《慧远及其庐山教团文学论》中所介绍和分析的：

> 有年月可考的一次游山文咏活动，是在隆安二年（400）仲春时节游石门并有"共咏"。保存下来的作品就是旧题庐山诸道人《游石

---

① 慧远：《庐山诸道人游石门诗序》，逯钦立：《先秦汉魏晋南北朝诗》，中华书局1983年版，第1085页。
② 孙昌武：《文坛佛影》，中华书局2001年版，第152页。

门诗并序》，其实应出于慧远弟子之手。这一次师徒同游的动机是"因咏山水"，所以其文学集会的意味是不可忽视的。他们一方面为大自然的"神丽"而"众情奔悦，瞩览无厌"，表现出对山水美的欣赏热情；另一方面又不止于徜徉山水而已，更是"一次心灵上的体验"，他们共同探讨从山水中所获美感的根源，认为应在于虚明闲适之心，"并三复斯谈，犹昧然未尽"，即体悟到山水与心灵之间更深微的互动关系。山水欣赏与哲理领悟的结合是如此吸引他们的理论兴趣，就山水文学走向成熟的时代进程看，也是具有一定标志意义的。他们还把在山水间共同的感悟，用五言诗的形式固定下来，这就有了"共咏"的游石门诗。①

不仅把山水欣赏活动与佛教哲理领悟的过程结合起来，更为重要的是用诗的形式固定下来，也恰恰成为西湖白莲社入社诗集形成的根本原因。在入社诗歌的诗集中，内容反映西湖白莲社结社，希望追述先辈的典故引用，成为最为突出的特征，几乎篇篇涉及向敏中"庐阜当年事，唯师蹑后尘"，王化基"珍重当年结社人，白莲高会喜重闻"等，在此不一一引用。下面着重分析一下入社诗集中最长的一首，净行弟子给事中知杭州军府事张去华：

> 闻说东南多胜概，余杭胜概最为先。就中湖上昭庆寺，别是人间睹史天。僧有省常方结社，时多开士少差肩。梦中双管辞华异，握内明珠戒行圆。朝客趋隅皆悟道，诗牌盈壁尽名贤。从师励志通三学，洁行修心去十缠。秋阁静吟成雅句，夜窗高论达真诠。盘中旋摘经霜橘，池内惟开似雪莲。野鸟散来闻磬韵，白云飞尽见茶烟。看经每坐松间石，洗钵常临竹下泉。讲处异花飘席上，斋时饥狖集阶前。经声远出岚光外，霞片高飞塔影边。岩溜夜闻清梦寐，岭梅寒耐浸潺湲。非时雷电生阴谷，欲雨虹蜺饮暮川。草疏砚中涵岳影，捣衣石畔贴苔钱。身披坏衲聊终岁，手植青松不纪年。相识公卿皆入社，旋吟章句已成编。伊余自愧非名士，到此尤欣睹胜缘。因悟有为能几许，岂于浮世苦忙然。日高退食暂援笔，聊续群公净行篇。

---

① 曹虹：《慧远及其庐山教团文学论》，《文学遗产》2001年第6期，第18—20页。

作为入社诗集中最长的一首作品，全诗 40 句，280 字，涉猎内容、范围在入社诗集中也最为丰富、典型，而其艺术水平也在诗集中处于中上程度，因此将此诗作为一个典范文本，结合其他相关入社诗歌文本进行分析。

诗歌首先从杭州的地理位置和风景名胜写起。"东南形胜，三吴都会，钱塘自古繁华。"柳永的这首《望海潮》，千百年来，传诵人口。宋仁宗《赐梅挚知杭州》开篇即云："地有湖山美，东南第一州。"都是强调了杭州作为东南繁华都会的这一特征。昭庆寺为省常住锡地。差肩，比肩。《管子·轻重甲》："管子差肩而问曰：'吾不籍吾民，何以奉车革？'"《史通·忤时》："当今朝号得人，国称多士。蓬山之下，良直差肩；芸阁之中，英奇接武。"数句是称美省常杰出。

"朝客趋隅皆悟道，诗牌盈壁尽名贤。"上句是突出省常的教化水平高超，下句则反映了寺院题壁的中国古代特殊文化现象与文学传播方式。[①] 同时，也很有可能西湖白莲社入社诗歌作为佛门宣传的一个极好手段，这些作品本身就被陆续写在寺院中的诗牌上。因为丁逊的入社诗歌中同样有这样的诗句：

> 苦吟拟敌汤从事，结社还同远法师。篆名待刊名士记，粉牌多挂达官诗。

说明这些陆续入社的达官贵人的入社诗歌，应该是被陆续写在寺院中的诗牌上，作为寺院宣传和提高自己知名度和影响力的一种重要方式。高僧广结善缘，结交名士、重臣，扩大佛教影响力，并且这一方式的传播效果应该也是明显的，因此才会有多人在入社诗中谈及此事。

"从师"二句，写入社人员的动机与目标。所要通的三学，是指的佛教基本教义，即戒、定、慧。三学是学佛者必须修持的三种基本学业，三学概括了佛教基本教义和修行法门。十缠，十种烦恼。具体是指无惭、无愧、嫉、悭、悔、睡眠、掉举、昏沉、嗔忿、覆。缠者缚也，谓一切众

[①] 刘金柱：《中国古代题壁文化研究》，人民出版社 2008 年版。王兆鹏：《宋代的"互联网"——从题壁诗词看宋代题壁传播的特点》，《文学遗产》2010 年第 1 期。进一步研究，参考刘方《丰乐楼：宋代两都中的一座酒楼传奇》相关内容的研究。文章已经收入本书。

生，被此十法缠缚，不能出离生死之苦，证得涅槃之乐，故需要去除。

"秋阁静吟成雅句，夜窗高论达真诠"则是以文学想象的笔法，反映了具有文人雅好的士大夫入社成员，或者高谈阔论，疑义相与析，从而洞见佛理；或者秋阁静吟，落笔成章，从而撰写出体悟佛理的诗句。接下来的数句写寺院环境和学佛的状况，描绘了一幅十分富有诗情画意的学佛、读经、讲经的生活场景与画面："野鸟散来闻磬韵，白云飞尽见茶烟。看经每坐松间石，洗钵常临竹下泉。讲处异花飘席上，斋时饥狖集阶前。经声远出岚光外，霞片高飞塔影边。岩溜夜闻清梦寐，岭梅寒耐浸漪涟。非时雷电生阴谷，欲雨虹蜺饮暮川。草疏砚中涵岳影，捣衣石畔贴苔钱。"诗人着力描绘的既是诗意的境界，也是佛理的境界，禅思的境界。是一个学佛者去除十缠，获得的人生的清净境界，也是一个滚滚红尘中的官员渴望获得的自由诗性的生存境界。正如诗人在接下来的诗歌中所谈到的"因悟有为能几许，岂于浮世苦忙然"，也正如赵幹在其入社诗中所咏叹的："劳生名官盖缠深，几叹蹉跎雪鬓侵。"学佛、参禅可以在功利世界，名利场中，暂时获得一种清凉。

"相识公卿皆入社，旋吟章句已成编"二句，反映了结社成员的情况和诗集的编辑情况，而从相关文献和入社诗歌中所反映的情况来看，加入白莲社的士大夫官员，许多是寄诗入社。比如王旦："白莲社里终归老，红药阶旁预寄诗。"钱若水的诗序："常公上人，结香社与西湖，因寄拙诗一章，为他年入社之约。"梅询："公卿远远争投迹，猿鸟纷纷自著行。"龚绶："朝客寄诗求入社，草堂无事自安禅。"程瓘："不有达人重结社，争教朝士肯归心（自注：圣朝卿相咸寄诗入社，称门弟子）。"这些诗句、序、注，都共同反映了西湖白莲社寄诗入社，寄诗求入社的特殊结社方式。

西湖白莲社虽然是追慕和模仿庐山慧远的莲社而建立的宗教结社团体，但是也体现出比较鲜明的时代特征与文化特征。

首先是从山林到都市，宗教共同体环境变迁，其次是从虎溪三笑，到城市宗教共同体。庐山莲社是传统山林寺院中形成的宗教团体。而西湖白莲社则是在城市文化发展繁荣的宋代，在东南形胜的都会杭州结社，不少成员是居于京城的达官贵人。

关于虎溪三笑，宋代文献多有记载，宋陈舜俞撰《庐山记》卷二：

> 流泉匝寺下入虎溪，昔远师送客过此，虎辄号鸣，故名焉。陶元亮居栗里，山南陆修静亦有道之士，远师尝送此二人，与语合道，不觉过之，因相与大笑。

宋乐史撰《太平寰宇记》卷一百十一：

> 虎溪桥。远大师送客不过此桥。

宋祝穆撰《方舆胜览》卷二十二：

> 虎溪在彭泽县南三十五里，有桥，远师送客不过此桥。李白诗："东林送客处，月出白猿啼。笑别庐山远，何烦过虎溪。"

对于虎溪三笑的传说，《江西通志》卷一百二十九有王祎《自建昌州还经行庐山下记》考证：

> 慧远法师之结白莲社也，同社者十八人。陶靖节、陆修静皆与焉。远公居东林，在庐山北。靖节、修静尝访之。东林之近，有虎溪，远誓不过溪，或过溪，虎辄鸣。及送二人，不觉过虎溪，皆大笑。世故相传为三笑图。或曰慧远卒于晋义熙十二年丙辰，年八十三，修静殁于宋元徽五年丙辰，年七十二。丙辰相去六十载，推而上之，修静生义熙四年丁未，慧远亡时，修静才十岁尔。至宋元嘉末，修静始来庐山，时远公亡且三十余年，靖节死亦二十余年矣，安得所谓三笑乎。

虎溪三笑的传说，虽然并非完全是历史事实，但是其所蕴含的宗教与文化内涵，仍然有其意义。特别是其中反映的中国早期佛教的山林佛教特征，慧远誓不过溪，正是与世俗隔绝，与浮世特别是都市隔绝的一个象征。"深山藏古寺""天下名山僧占多"，这些耳熟能详的文字，鲜明地体现了山林佛教在中国文化中的特征与影响。荷兰著名汉学家许理和在他的名著《佛教征服中国》中的《法师与山林》一节就指出：

在大城市（在晋代襄阳辖下有 22700 个纳税户）里的僧团恐怕不太会赞同慧远去追求那种隐逸的生活理想。他却习惯了和道安一起生活在太行山的寺庙里，在静谧的山林中过着理想的佛教生活，远避纷扰、污秽的尘世。刚到襄阳不久（公元 365 年），他似乎就同意和另一位道安的弟子慧永辞别老师，远去南方的佛道教中心罗浮山（广东附近）。当时慧远因道安的挽留未能成行，由慧永独自前去。这里必须说明：寺庙与山林（尤其是名山）之间的密切关系是中国佛教的一大特色。我们提到，自公元 3 世纪中叶起已有住在山里的和尚。在前几章讲述历史时，我们已经讲过几个典型的例子。这种风气无疑源自道家，此外也有道安的影响。……这种风气有时也被认为有其印度佛教的原型，而暗含了某种佛教动机。譬如谢灵运（385—433）在一篇赞中就把庐山上的慧远的寺庙的重要作用比作王舍城（相传佛在该地开示了许多佛经）附近的灵鹫山的作用。

慧远抵达浔阳（现江西北部的九江）后，应当地官员之邀，住在庐山西侧专为他而设的精舍，这是在约公元 367 年。这座古代道教隐士经常出没的名山，现在又成了佛教的中心。慧远约在公元 380 年来到庐山，从他的《庐山记》佚文来看，他体验到了这座山"神秘的"气氛，该文描述了这座山的殊胜之处，记载了多少有些神秘的与他有关的事件。一方面，从慧远对秀丽、清净的山景的描写来看，他显然已陶醉于自然的秀色之中，自公元 4 世纪以来，这种陶醉一直是士大夫文化的特点。但另一方面，他又说在这座山里有远古时候的仙人，当时还能找到他的住处。①

按照许理和的看法，则虽然有道教影响和前代僧人的先例，但是慧远应该是中国著名的山林佛教的开创者。笔者认为应该与慧远对于当时社会、政治现实的判断及其个人的情趣有关。而对于虎溪三笑的传说，在西湖白莲社的诗集中也同样有所反映。杨亿"游览最怜天竺景，送迎宁过虎溪泉"和吕文仲"常公方外士，道与虎溪邻"等均引用的是这个典故。

---

① [荷]许理和：《佛教征服中国》，李四龙等译，江苏人民出版社 1998 年版，第 338—339 页。

而西湖白莲社，不仅昭庆寺在都市之中，而且白莲社成员更是以来自京城的高官显贵和杭州等地方官员为基本主体。入社成员身份发生了显著变迁，从以遗民、隐士、道士等为主体，到西湖白莲社所谓"三公四辅，宥密禁林"，以达官贵人为主体，反映了伴随宋代城市革命和都市文化繁荣，宗教传播与宗教信众的变迁与发展新特征。

但是有一点则是西湖白莲社继承和发展了慧远结社群体的一个特征，这是西湖白莲社与其他宗教团体比较，显得十分特殊之处，即寄诗入社。这是具有一定诗社色彩的宗教结社。成员希望通过诗歌表达自己领悟的佛教真理，体现了宗教与诗歌的密切关系，以及诗歌艺术与真理的传达之间的特殊关系。德国著名思想家海德格尔在后期转向通过阐述德国诗人荷尔德林等人的诗歌来阐述自己的思想，而不是再采用早期的《存在与时间》这样的传统的哲学论著的形式。正如海德格尔在其著名的文章《艺术作品的本源》一文中指出：

> 真理，作为所是的澄明和遮蔽，在被创造中产生，如同一诗人创造诗歌。所有艺术作为让所是的真理出现的产生，在本质上是诗意的。①

在洞察真理与如何能够有效传达自己所领悟的洞见问题上，海德格尔与庐山慧远以及西湖白莲社的成员，显然面临同样的困境，即向敏中入社诗所揭示的"有著终非悟，忘心即是真"，并且也同样寻找到了诗歌方式作为有效的手段。当海德格尔在其《诗人哲学家》这一哲理诗中写到："它们源于存在而到达真理"的时候，显然表达了追寻宇宙人生的真理与奥秘并且渴望传达给他人的人们的共同的心声。张岐的入社诗中"垒垒碧山窗外境，悠悠绿水槛前春"，或者是张瓘的"灵轻穿竹径，月冷锁松阴"，传达的是诗境，更是领悟佛教真理之后的思境与悟境。

从对于北宋杭州西湖白莲社结社诗歌的文学与文化多元内涵进行初步分析和研究，可以看到，一方面以省常为代表的高僧以诗歌为媒介进行宗

---

① ［德］海德格尔：《诗·语言·思》，彭富春译，文化艺术出版社1991年版，第67页。按：孙周兴译海德格尔《艺术作品的本源》此段文字为："作为存在者之澄明和遮蔽，真理乃通过诗意创造而发生。凡艺术都是让存在者本身之真理到达而发生，一切艺术本质上都是诗。"孙周兴选编：《海德格尔选集》，上海三联书店1996年版，第292页。

教结社和宣传，是一种在新的历史文化形势下前所未有的方法创新，并且收到了良好的效果；另一方面结社诗歌鲜明体现了三教融合思潮下北宋士大夫对于佛教思想理解的逐渐深化。结社诗歌一方面强调了对于庐山慧远莲社的追慕，另一方面也在建构起宋代城市文化繁荣背景下新的特征。正是来自佛教徒与士大夫双方更为积极的交往活动，使得此时期佛教在宗教实践与思想传播诸方面，都发生了新的变化。

露花倒影柳屯田：误读背后所遮蔽的北宋文学思想论争与都市文化语境

北宋时期，围绕柳永、秦观极为流行的词作展开的评论，最为具体、生动地展示了社会区隔与审美趣味差异。以苏轼为代表的士大夫精英，通过他们的趣味表达与文学批评，建构、维护与再生产着文化霸权、文化资本和精英文学标准。

苏轼提倡气格，是为了反对北宋伴随着都市文化繁荣，新兴的以柳永为代表的影响到秦观、黄庭坚的市民文化、大众文化、通俗文化为特征的都市词，其深刻反映了宋代文学发展与宋代都市文化繁荣、市民阶层扩大、市民文化开始在经济上立足，从而获得话语权，在商业化文学创作市场上产生影响的状况。虽然是初步，但是仍然向精英文学提出了挑战：为谁写作？

在北宋士大夫眼中的通俗文学写作——宋代都市风情词的词作中，有一些反映北宋都市民众金明池游赏、娱乐的作品。其中最为出色的作品之一就是柳永的《破阵乐》了：

> 露花倒影，烟芜蘸碧，灵沼波暖。金柳摇风树树，系彩舫龙舟遥岸。千步虹桥，参差雁齿，直趋水殿。绕金堤，曼衍鱼龙戏，簇娇春罗绮，喧天丝管。霁色荣光，望中似睹，蓬莱清浅。
> 时见。凤辇宸游，鸾觞禊饮，临翠水，开镐宴。两两轻舠飞画楫，竞夺锦标霞烂。罄欢娱，歌《鱼藻》，徘徊宛转。别有盈盈游女，各委明珠，争收翠羽，相将归远。渐觉云海沈沈，

洞天日晚。①

柳永的这首词，描绘北宋都城士庶游赏皇家花园金明池的盛况，反映了北宋京城游观的繁盛景象，视野开阔，内容丰富，展现了一幅繁华都市的城市图画长卷；②体现的是都市文化繁荣之后，形成的新的都市文化消费与文化娱乐方式。③从表现内容上看，该词体现了柳词对于词这一文体发展在题材上的新开拓。

作为一首长达一百三十余字的慢词，柳永在篇章结构的安排上，可谓精心结撰。上阕整体描绘京城市民游观金明池的喧嚣、盛大、华美、丰赡的动人场面，下阕则重点刻画金明池游观最为经典也最为激动人心的盛大表演，特别是金明池夺标的竞技表演可以与《东京梦华录》中相关文字的描写对读和相互引证、丰富与补充。据宋孟元老撰《东京梦华录》卷七《三月一日开金明池，琼林苑》条记载：

> 三月一日，州西顺天门外，开金明池、琼林苑，每日教习车驾上池仪范。虽禁从士庶许纵赏，御史台有榜不得弹劾。池在顺天门外街北，周围约九里三十步，池西直径七里许。入池门内南岸西去百余步，有面北临水殿，车驾临幸观争标，锡宴于此。往日旋以彩幄，政和间用土木工造成矣。又西去数百步乃仙桥，桥尽处，五殿正在池之中心，四岸石蹬向背，大殿中坐，各设御幄。朱漆明金龙床，河间云水戏龙屏风，不禁游人。殿上下回廊，皆关扑钱物、饮食、伎艺人作场，勾肆罗列左右。桥上两边，用瓦盆内掷头钱，关扑钱物、衣服、动使、游人还往，荷盖相望。桥之南立棂星门，门里对立彩楼。每争标作乐，列妓女于其上。门相对街南有砖石蹬砌高台，上有楼观，广百丈许，曰宝津楼。前至池门，阔百余丈，下瞰仙桥、水殿，车驾临幸观骑射、百戏于此。池之东岸，临水近墙皆垂杨，两边皆彩棚幕次，临水假赁，观看争标。街东皆酒食店舍，博易场户，艺人勾肆质

---

① （宋）柳永著，薛瑞生校注：《乐章集校注》，中华书局1994年版，第107页。

② 关于城市图与文化消费，参考王正华《过眼繁华——晚明城市图、城市观与文化消费的研究》，载李孝悌编《中国的城市生活》，新星出版社2006年版。

③ 关于北宋中期京城的消费，参考何辉《宋代消费史：消费与一个王朝的盛衰》，中华书局2011年版，第173—176页，第182—187页。

库，不以几日解下，只至闲池，便典没出卖。北去直至池后门，乃汴河西水门也。其池之西岸，亦无屋宇，但垂杨蘸水，烟草铺堤，游人稀少，多垂钓之士，必于池苑所买牌子，方许捕鱼。游人得鱼，倍其价买之。临水斫脍，以荐芳樽，乃一时佳味也。习水教罢，系小龙船于此，池岸正北对五殿起大屋，盛大龙船，谓之奥屋，车驾临幸，往往取二十日。诸禁卫班直，簪花，披锦绣，捻金线衫袍，金带勒帛之类，结束竞逞鲜新。出内府金鎗，宝装弓剑，龙凤绣旗，红缨锦辔，万骑争驰，铎声震地。[①]

两相对照，可以看出柳永词的主要内容，正是对于京城士女游金明池如同市民狂欢一般盛况的叙事。孟元老的这条记载，不仅交代了为什么是三月都城士女游金明池，而且详细描绘了金明池园林景点的建筑布局、植被、水景、饮食、娱乐设施和皇帝车驾临幸金明池的盛况等。

此外，在艺术特色上，柳永此词上下阕结语都是以蓬莱、洞天的道教仙境比拟金明池及其周边风景区的景色，也与柳永作为北宋最为出色的游仙词作者的艺术风格有关。[②]

此词在时间叙事上，从晨景"露花倒影"入笔，而以晚景"洞天日晚"收笔。叙述了金明池全天候的游观盛况。但是柳永词作的特别优异和特别的地方，更在于他不是静态描绘，而是动态追光摄影地描摹刻画，使画面充满动感与生机：露花倒影、金柳摇风、直趋水殿、绕金堤、徘徊宛转、相将归远，一系列的动态画面，产生强烈的动感与现场感。不仅如此，柳永事实上，是通过声、光、色、影等多方面书写，调动了阅读者五官所有功能，视觉的盛宴自然不必说，摇风、喧天丝管、馨欢娱、歌《鱼藻》等听觉的繁复同样令人陶醉。而春华的芬芳，春风的拂面，春日的温煦，则是嗅觉和触觉的柔美感受。更何况，还有鸾鹔禊饮的镐宴的美味佳肴的味觉盛宴。面对五光十色的动感画面，阅读

---

① （宋）孟元老著，伊永文笺注：《东京梦华录笺注》卷七，中华书局2006年版，第643—644页。

② 参考刘方《汴京与临安：两宋文学中的双城记》第一章第二节《白衣卿相柳永游仙词与北宋都市政治文化》一节相关研究。上海古籍出版社2013年版，第16—26页。

者在流动的阅读过程中，从而产生一种仿佛是在展卷读画的视觉观感，① 甚至有一种眩晕感。

柳永此词在当时就十分流行，苏轼有"露花倒影柳屯田"的评语，因此历来有不少研究者以此作为苏轼称赞或者批评柳永此词的证据。可以检索到的直接讨论苏轼此语的论文十数篇，否定者往往结合苏轼及其宋代士大夫对于柳永词俚俗的批评立论，肯定者则往往结合苏轼对于柳永词肯定批评和柳永词的流行与影响翻案。其实，我认为这里面是存在一个很大的误解。流行程度和艺术水平高低，是相关但是又不能够简单等同的两回事。

今天的时代是大众文化、大众娱乐、大众传播时代，排行榜、发行量、收视率等，完全是与新闻学中的大众传播理论相关，而与文学价值评价无关，更与文学作品优劣、价值高低无关。今天研究者因为所处历史文化语境，自然影响到研究者习惯性，想当然如此去认识和理解柳永、秦观词的流行性及其评判。但是传统社会中，文学评论、文学批评并没有大众流行的指数、标准，而在某种意义上大众普及和流行甚至是一项负指标。因为从流行程度而言，下里巴人自然远远超过阳春白雪，但是艺术水平的高低，则要另当别论。这里面不仅涉及衡量标准，而且关系审美趣味，特别是在中国传统文学批评中，精英文化掌握着文学批评话语权的情况下。

（宋）叶梦得撰《避暑录话》卷下记载了一则逸事：

> 秦观少游亦善为乐府，语工而入律，知乐者谓之作家歌，元丰间盛行于淮楚。"寒鸦万点，流水绕孤村"本隋炀帝诗也，少游取以为《满庭芳》辞，而首言"山抹微云，天粘衰草"，尤为当时所传。苏子瞻于四学士中最善少游，故他文未尝不极口称善，岂特乐府。然犹以气格为病。故常戏云："山抹微云秦学士，露花倒影柳屯田。""露花倒影"，柳永《破阵子》语也。②

---

① 关于传统中国画的展卷阅读方式和幻象问题，参考巫鸿《时空中的美术：中国美术史文编二集》，生活·读书·新知三联书店2009年版，第326—327页，第246—250页。

② （宋）叶梦得撰：《避暑录话》卷下，丛书集成初编本，上海商务印书馆1935年版，第50页。

笔记中苏轼与秦观对话中谈到的"山抹微云",出自秦观的名篇《满庭芳》:

山抹微云,天粘衰草,画角声断谯门。暂停征棹,聊共引离尊。多少蓬莱旧事,空回首,烟霭纷纷。斜阳外,寒鸦数点,流水绕孤村。

销魂。当此际,香囊暗解,罗带轻分。谩赢得、青楼薄幸名存。此去何时见也?襟袖上、空惹啼痕。伤情处,高城望断,灯火已黄昏。①

特别需要注意的是,文献在记载此逸事的时候,使用了"戏云"一词来反映苏轼的态度。所谓"戏云",是开玩笑,是嘲弄。苏轼性格开朗、诙谐,喜好开玩笑、嘲弄人是出了名的。"戏云"则是不能够当真的称赞,是善意的批评。

有关苏轼、柳永和秦观的另外一件逸事,可以更好地帮助我们理解苏轼的善意的批评的意思:

少游自会稽入都见东坡,东坡曰:"不意别后公学柳七作词耶?"少游曰:"某虽无学,亦不如是。"东坡曰:"'销魂,当此际'非柳七语乎?"(《高斋词话》)②

清人徐釚撰《词苑丛谈》卷三中则记载了此件逸事的一个相似版本:

后秦少游自会稽入京见东坡,坡云:"久别当作文甚胜,都下盛唱公山抹微云之词。"秦逊谢,坡遽云:"不意别后公却学柳七作词"秦答曰:"某虽无识,亦不至是,先生之言无乃过乎?"坡云:"'销魂,当此际'非柳词句法乎?"秦惭服。③

---

① (宋)秦观著,徐培均校注:《淮海居士长短句》,上海古籍出版社1985年版,第36页。
② 《御选历代诗余》卷一百一十五,四库全书本。
③ (清)徐釚撰,唐圭璋校注:《词苑丛谈》卷三,上海古籍出版社1981年版,第67、50—51页。

秦观与苏轼上述会晤与讨论、评论词作的时间，研究者多已经指出宋代笔记有误。笔者根据《秦观年谱》《苏轼年谱》及其相关史料，历史背景与文化语境，推测应该在秦观元丰八年（1085）登第之前后，因为科举在京，而苏轼此年也正值返京之时。①

秦观早期未登第之前，与黄庭坚均有学习柳永，做侧艳之词、俚俗之语的经历与过程。而登第之后，则改变之。事实上，前辈著名词人柳永同样如此。人们研究作家作品，往往不注意其伴随人生历程，特别是入仕之后，社会身份、地位、交游群体的变化及语境变迁而发生的变化：一是人在年青之时的喜好，二是未登第之前，许多人自身即市民成员，或者出身贫寒，如欧阳修、范仲淹、晏殊、苏轼、秦观等，反倒是柳永出身士人、官宦家庭。而登第之后，则成为精英文化群体之成员，需要获得这一群体的身份认同与文化认同，从而对于文学、词作的审美标准、要求、理念产生变化。柳永词同样如此，其俚俗之词，侧艳之词，基本上作于年青之时，登第之前。

秦观登第，特别是在入苏门之后，其诗学、文论主张，开始自觉认同苏轼和当时主流精英观点。而事实上，对于当时社会主流精英文化的思想语境和苏轼的思想取向与特征，秦观是有清楚的认知和比较深刻的理解与阐释的。

秦观曾对苏轼的学术造诣作过很精当的总体概括，正像苏轼《六一居士集叙》中精当地概括过欧阳修的成就一样。当有人称赞苏轼文章时，秦观《答傅彬老简》极力申明：

苏氏之道，最深于性命自得之际；其次则器足以任重，识足以致远。至于议论文章，乃其与世周旋，至粗者也。阁下论苏氏而其说止于文章，意欲尊苏氏，适卑之耳。②

事实上，从柳永到苏轼、黄庭坚、秦观等，其词作风格、题材等，是

---

① 参见徐培均《秦少游年谱长编》，中华书局2002年版。孔凡礼：《苏轼年谱》，中华书局2005年版。沈松勤：《唐宋词社会文化学研究》，浙江大学出版社2000年版，第298—299、338—339页。彭国忠：《元祐词坛研究》，华东师范大学出版社2002年版，第11—15页。

② （宋）秦观著，徐培均笺注：《淮海集笺注》卷三十《答傅彬老简》，上海古籍出版社1994年。相关阐释参考朱刚《唐宋四大家道论与文学》，东方出版社1997年版。

多元性而非单一性的,而且有一个从年青到成熟的变化过程,其风格、主题、思想等也有一个演变的过程。

"销魂,当此际"正是《满庭芳》中的词句,而对于苏轼"学柳七"的批评,秦观的反应是比较激烈的,"某虽无识,亦不至是,先生之言无乃过乎?"可见以柳永词来陪衬、对举,不是什么称赞的方式。柳永词的特征在于流传广泛,而秦观的词"都下盛唱公山抹微云之词",可见与柳永词具有同样的流行性特征。苏轼并不因为其广泛流行而一味肯定,恰恰相反,苏轼是在对秦观进行委婉但是严厉的批评,否则就无法理解秦观为什么对于苏轼"学柳七"之语的反应如此激烈,甚至可以说是反应过度了。柳永的词如同白居易的诗歌,具有很大的流行性,广泛传播,妇孺皆知,但是,同样难免"俗"的讥评。

苏轼在《于潜僧绿筠轩》一诗中写下了著名的诗句:"无肉令人瘦,无竹令人俗。人瘦尚可肥,俗士不可医。"① 而俗则不可医,不仅是苏轼个人的观点,也是获得了苏门学士的普遍认同。黄庭坚《书缯卷后》的题跋中写道:

> 少年以此缯来乞书。渠但闻人言老夫解书,故来也尔。然未必能别工楷也。学书要须胸中有道义,又广之以圣哲之学,书乃可贵。若其灵府无程政,使笔墨不减元常、逸少,只是俗人耳。余尝为少年言,士大夫处世可以百为,唯不可俗,俗便不可医也。或问不俗之状,老夫曰,难言也。视其平居无以异于俗人,临大节而不可夺,此不俗人也。平居终日如含瓦石,临事一筹不画,此俗人也。虽使郭林宗、山巨源复生,不易吾言也。②

黄庭坚不仅同样强调了"士大夫处世可以百为,唯不可俗,俗便不可医也"这一苏轼首倡的观念,而且进一步指出"须胸中有道义,又广之以圣哲之学",可谓对于苏轼有关思想的进一步阐释和补充。而苏轼的这一思想,不仅获得了苏门学士的认同,也获得了宋代士大夫的普遍认同。正如南宋陈郁撰《藏一话腴》外编卷下所言:

---

① (宋)王十朋撰:《东坡诗集注》卷二十九,四库全书本。
② (宋)黄庭坚撰:《山谷集》卷二十九题跋,四库全书本。

子猷曰不可一日无此君，苏长公曰无竹令人俗。岂为观美耶。借竹以养性，不为俗子之归耳。古今诗人风流意度，清节高趣，政自不凡如竹可爱，使人一见洒然意消。①

正是对于俗的深恶痛绝和对于文学艺术与道义、圣哲之学的强调，我们可以进一步理解苏轼对于秦观的批评的深层原因。同样，可以更好理解苏轼对于流行词定位和批评的重要依据的所谓"犹以气格为病"的问题。"气格"是宋代诗学的一个重要理论范畴和批评术语，需要注意的是这一批评范畴产生的重要文化语境，即在宋代强调气节、人格的文学理论语境中，而在词品出于人品的观念下，② 缺乏"气格"似乎就不是一个简单的写作问题了。

之所以说"气格"是作为宋代重要诗学理论和文学批评范畴，可以很清楚地从"气格"一词在历代中，以宋代最为集中的运用情况看出。在四库全书集部中，有292种文献，343条涉及"气格"一词，唐代仅一例，是中唐于頔为皎然的《杼山集》所撰《杼山集序》，"迨於齐世，宣城守谢玄晖亦得其辞调，涵于气格，不倍康乐矣。"③

事实上，将气格作为诗学理论与诗学批评的范畴，就是从皎然开始的。唐皎然《诗式》卷一："语与兴驱，势逐情起，不由作意，气格自高。"④

而与唐代相比，宋代用例则有一百五十例左右，特别是诗话部分，在五十例左右涉及"气格"的历代诗话部分，宋代诗话就占了四十余例。诗话之外，历代文集中用例，宋人文集八十余例，而从唐到清其他王朝时期则共有七十余例。各个王朝文集中"气格"的用例远低于宋代文集的使用情况。可见气格这一范畴最为具有宋代特征。

而宋人重"气格"，是宋人崇尚气节、品格的文化语境的产物。体现了文人、诗人、词人的文化品格与人品气节在其作品中的蕴积与呈现。陈寅恪先生在《寒柳堂集·赠蒋秉南序》中说：

---

① （宋）陈郁撰：《藏一话腴》外编卷下，四库全书本。
② 刘方：《生命的诗性之思：文化视域里的中国美学》，当代中国出版社2002年版，第151—153页。
③ （唐）于頔：《杼山集序》，皎然《杼山集》，四库全书本。
④ （唐）皎然著，李壮鹰校注：《诗式校注》，人民文学出版社2003年版，第110页。

虽然，欧阳永叔少学韩昌黎之文，晚撰《五代史记》，作《义儿》《冯道》诸传，贬斥势利，尊崇气节，遂一匡五代之浇漓，返之淳正。故天水一朝之文化，竟为我民族遗留之瑰宝。孰谓空文于治道学术无裨益耶？①

充分肯定了欧阳修在北宋士风建设过程中的巨大作用。欧阳修倡导诗文革新运动以领袖文坛，就是以"道"来相号召的。欧阳修曾对苏轼说："我所谓文，必与道俱。"②而欧阳门的高足，苏门的领袖苏轼，在为欧阳修文集所写的《居士集叙》中更明言："愈之后二百有余年而后得欧阳子，其学推韩愈、孟子，以达于孔氏，著礼乐仁义之实，以合于大道。"并谓宋开国七十余年以来，"士亦因陋守旧，论卑而气弱。自欧阳子出，天下争自濯磨，以通经学古为高，以救时行道为贤，以犯颜纳谏为忠，长育成就，至嘉祐末，号称多士，欧阳子之功为多。"③宋代文论坚持以道贯艺，是与其重建士风的文化语境密切关联的。④

了解了上述文化背景，就可以理解为什么"气格"问题在宋代获得普遍重视，而"气格"范畴在宋代获得普遍运用情况。首先看一下与苏轼大约同一时期的北宋人文集中的使用情况。宋韩琦撰《安阳集》卷八《次韵答磁州王复都官》：

本邦为守获邻封，民政虽殊道则同。浃境欢然君有惠，一乡荣甚我何功。渐濡美化规模近，珍重高篇气格雄。德薄可能胜尹诵，穆如

---

① 陈寅恪：《寒柳堂集·赠蒋秉南序》，生活·读书·新知三联书店2001年版，第182页。

② （宋）苏轼：《祭欧阳文忠公夫人文》，《苏轼文集》第六册卷六十三，孔凡礼校点，中华书局1986年版，第1956页。

③ （宋）苏轼：《六一居士集叙》，《苏轼文集》第一册卷十，孔凡礼校点，中华书局1986年版，第315—316页。

④ 刘方：《文化视域中的宋代文论》第三章《道的重建与文的再思》，学林出版社2006年版，第213—216页。宋人尚气之文风与士风问题，参考副岛一郎《气与士风：唐宋古文的进程与背景》，王宜瑗译，上海古籍出版社2005年版，第168—177页。宋人气格诗风与士风关系，参考程杰《北宋诗文革新研究》，内蒙古教育出版社2000年版，第404—414页。宋人气格词风与士风关系，参考彭国忠《元祐词坛研究》，华东师范大学出版社2002年版，第11—15页。

空自愧清风。①

宋苏颂撰《苏魏公文集》卷六十六《小畜外集序》云：

> 窃谓文章末流，由唐季涉五代，气格摧弱，沦于鄙俚。国初屡有作者，留意变风，而习尚难移，未能复雅。②

韩琦把气格与德政、教化联系在一起。苏颂明确把"气格摧弱"与"沦于鄙俚"联系在一起。两位北宋重臣，观点和态度都十分明确。再看一下宋代诗话中的用例。宋魏庆之撰《诗人玉屑》卷十七《欧公矫昆体》：

> 欧公诗，始矫昆体，专以气格为主，故其诗多平易疏畅，律诗意所到处，虽语有不伦，亦复不问。而学之者往往遂失于快直，倾囷倒廪，无复余地。③

宋蔡正孙编《诗林广记》卷六：

> 《蔡载集》云：荆公尝与伯氏大启在钟山对雪，举唐人咏雪数十篇，要之穷极变态，无如退之。大抵唐人诗尚工巧，失之气格不高。④

此外，宋代子部笔记用例，如宋魏泰撰《东轩笔录》卷三

> 文章随时风美恶，咸通已后，文力衰弱，无复气格。本朝穆修首倡古道，学者稍稍向之。⑤

---

① （宋）韩琦撰，李之亮、徐正英笺注：《安阳集编年笺注》卷八，巴蜀书社 2000 年版，第 335 页。
② （宋）苏颂：《苏魏公文集》卷六十六，中华书局 1988 年版，第 1011 页。
③ （宋）魏庆之：《诗人玉屑》卷十七，上海古籍出版社 1978 年版，第 361 页。
④ （宋）蔡正孙：《诗林广记》卷六，中华书局 1982 年版，第 100—101 页。
⑤ （宋）魏泰撰，李裕民校点：《东轩笔录》卷三，中华书局 1983 年版，第 30 页。

从上述列举的气格用例，可以看出，气格与士风之强弱、人格之高下密切相关，因而"犹以气格为病"的问题，就绝非小问题了。秦观何以道"某虽无识，亦不至是，先生之言无乃过乎？"反应如此激烈，也就可以理解了。

柳永词下阕，在称赞刻画了皇家宴饮和金明池争标的盛事、盛况之后，继续写有"别有盈盈游女，各委明珠，争收翠羽，相将归远"四句。"各委"二句，化用曹植《洛神赋》之典，言游女各自争着以明珠为信物遗赠所欢，以翠鸟的羽毛作为自己的修饰，形容其游春情态十分传神。"相将归远"，相偕兴尽而散。这一层描叙，使柳词的世俗化意味更加浓郁，使理词的"犹以气格为病"的问题彰显出来。这样的内容反映出来的趣味，已经与话本中市井之人无异，① 这既是柳永词能够广泛流行的原因所在，也是宋代士大夫从晏殊到苏轼抨击柳永词的原因所在。同一题材，在北宋诗词中十分常见，但是如何书写、如何表达，则体现了雅俗不同的审美趣味与文化品位。而这种趣味或者品位，则恰恰构成了社会阶层的一个重要区隔标志。②

而柳永词中的描写，则的确有其现实基础，美国学者艾朗诺（Ronald Egan）在《宋代文献中的都城面面观》一文中研究指出：

> "恶少年"一语形容那些年轻的恶棍，他们在城市中十分活跃，轻浮放荡、污言秽语，对法律规范的漠视使他们臭名昭著。不过以上所引的文字把这类人描绘成自我卖弄，无意伤害别人，甚至还惹人怜爱的一群。他们为妓女驾驭马匹，紧随着从皇家金明池归来的皇帝盛大的队伍，看来似乎只是想凭借在马匹两侧来回腾跃和当众献丑，从而引起人群（尤其是妓女？）的注意。③

《东京梦华录》卷七《驾回仪回》中文字所提及：

---

① ［日本］宇野直人：《柳永论稿——词的源流与创新》，张海鸥、羊昭红译，上海古籍出版社1998年版，第155—156页。

② 8Pierre Bourdieu, *Distinction: A Social Critique of The judgment of Taste*, Translated by Richard Nice, Cambridge Mass: Harvard university press, 1984.

③ 复旦大学文史研究院：《都市繁华———千五百年来的东亚城市生活史》，中华书局2010年版，第96页。

驾回则御裹小帽,簪花乘马,前后从驾臣寮,百司仪卫,悉赐花。大观初,乘骢马至太和宫前,忽宣小乌,其马至御前拒而不进,左右曰:"此愿封官。"敕赐龙骧将军,然后就辔,盖小乌平日御爱之马也。莫非锦绣盈都,花光满目,御香拂路,广乐喧空,宝骑交驰,彩棚夹路,绮罗珠翠,户户神仙,画阁红楼,家家洞府。游人士庶,车马万数。妓女旧日多乘驴,宣、政间惟乘马,披凉衫,将盖头背系冠子上。少年狎客,往往随后,亦跨马轻衫小帽。有三五文身恶少年控马,谓之"花褪马"。用短缰促马头,刺地而行,谓之"鞍缰"。呵喝驰骤,竞逞骏逸。游人往往以竹竿挑挂终日关扑所得之物而归。仍有贵家士女,小轿插花,不垂帘幕。自三月一日至四月八日闭池,虽风雨亦有游人,略无虚日矣。①

对于金明池游观的描写,除柳永之外,有王通叟的《清平乐拟太白应制》一词当时有名。据宋黄升撰《花庵词选》卷五宋词记载:

王通叟,名观,著有《冠柳集》,序者称其高于柳词,故曰冠柳。

而这位当时号称冠柳的王通叟所撰《清平乐拟太白应制》一词云:

宜春小苑,处处花开满。学得红妆红要浅,催上金车要看。君王曲宴瑶池,小舟掠水如飞。夺得锦标归去,匆匆不惜罗衣。②

词中所写正是金明池赐宴和金明池争标竞技的场景,可以与《东京梦华录》中"驾幸临水殿观争标锡宴"条的记载相互印证。③

欧阳修提倡气格,是为了反对西昆体,可谓是精英阶层内部不同精英文学路线之间的论争。而苏轼提倡气格,是为了反对北宋伴随着都市文化

---

① (宋)孟元老著,伊永文笺注:《东京梦华录笺注》卷七,中华书局2006年版,第736—737页。

② (宋)黄升:《花庵词选》卷五宋词,中华书局1958年版,第88页。

③ (宋)孟元老著,伊永文笺注:《东京梦华录笺注》卷七,中华书局2006年版,第660—661页。

繁荣而新兴崛起的以柳永为代表的影响到秦观、黄庭坚的以市民文化、大众文化、通俗文化为特征的都市词。其论争的深层，深刻反映了宋代文学发展与宋代都市文化繁荣、市民阶层扩大、市民文化开始在经济上立足，获得话语权，在商业化文学创作市场上产生影响，从而开始了对于上千年精英文学传统的冲突与挑战，虽然还仅仅是初步。面对通俗文学、市民文化、大众文化的挑战问题，为谁写作成为时代新的问题？抱持精英文学立场的精英文学群体，一方面批判市民文学的低俗，如苏轼；另一方面以俗为雅作为积极应对措施，如黄庭坚。

市民阶层的发展，催生了城市市民大众文化的兴起。关于大众文化的界定，英国当代著名历史学家，新文化史家彼得·伯克的说法是比较符合历史实际的：

> 至于大众文化，或许最好是先使用否定的方式去下定义，把它定义为非正式的文化，即非精英的文化，也就是葛兰西所说的"从属阶级"的文化。①

市民构成了城市日常生活的主体。正是市民日常生活的丰富性，使城市的空间变得更加生动鲜活。然而，市民阶层的崛起和壮大，是伴随着城市空间由比较单纯地突出其政治功能，到发生了西方学者所称的"至北宋而达于顶点"的"城市革命"，②形成政治功能与商业功能并重的城市才出现的。宋以前，夜市往往为政府所严禁。入宋后，汴京夜市日益兴旺，宋太祖赵匡胤于乾德三年（965）下令开封府："京城夜市至三鼓已来，不得禁止。"③自此以后，夜市不断发展，至徽宗政和、宣和间尤盛。其中特别兴盛的，据《东京梦华录》记载，有州桥夜市："夜市北州桥又盛百倍，车马阗拥，不可驻足，都人谓之'里头'。"在夜市的酒楼里，"灯烛荧煌，上下相照，浓妆妓女数百，聚于主廊槏面上，以待酒客呼唤，望之宛若神仙。"可见汴京夜市以酒楼、食店居多，主要是娱乐性质

---

① ［英］彼得·伯克：《欧洲近代早期的大众文化·序》，杨豫、王海良译，上海人民出版社2005年版，第4页。

② ［美］施坚雅主编：《中华帝国晚期的城市》，叶光庭等译，中华书局2000年版，第23页。

③ （清）徐松：《宋会要辑稿·食货》卷六七，中华书局1957年版，第6253页。

的。而且,不管酷暑严冬,还是刮风下雨,夜市始终旺盛非凡。而且有的地方"夜市直到三更尽,才五更又复开张。如耍闹去处,通晓不绝"。① 可见商品经济的活跃与都市夜生活的丰富。

而事实上,对于当时社会主流精英文化的思想语境和苏轼的思想取向与特征,秦观是有清楚的认知和比较深刻的理解与阐释的。

秦观曾对苏轼的学术造诣做过很精当的总体概括,正像苏轼《六一居士集叙》中精当地概括过欧阳修的成就一样。当有人称赞苏轼文章时,秦观《答傅彬老简》极力申明:

> 苏氏之道,最深于性命自得之际;其次则器足以任重,识足以致远。至于议论文章,乃其与世周旋,至粗者也。阁下论苏氏而其说止于文章,意欲尊苏氏,适卑之耳。②

可见与同样为苏门学士的黄庭坚一样,秦观在文道观上对于苏轼的观点有深入的理解与认同,也因此会对于苏轼的指出其词学习柳永有如此激烈的反应。

而围绕柳永、秦观流行词作展开的评论与异论,也是北宋精英文学群体在市民文化崛起下的第一次分裂,呈现出晏殊、苏轼为代表的坚持传统精英文学的立场与作为精英文化与精英文学叛徒的柳永的市民文化立场与审美趣味,两者之间的矛盾、冲突与断裂。

传统研究往往停留在苏轼、柳永是对立或是继承,苏轼对于柳永是否定或是肯定这样一种二元对立的思维方式,没有认识到事实上是既有肯定又有否定、既有对立又有继承的一种十分复杂的矛盾和纠结状态。③ 但是,问题的关键和更为重要的是在这些表面现象背后深层的原因与文化语境,才是更需要追根溯源,进行研究和揭示的。

以雅俗之辩来讨论和分析、解释苏轼对于柳永、秦观极为流行的词作

---

① (宋)孟元老:《东京梦华录》卷三,"马行街铺席"条、卷二"酒楼"条。(宋)孟元老著,伊永文笺注:《东京梦华录笺注》,中华书局2006年版,第174—176页,第515页。

② 秦观著,徐培均笺注:《淮海集笺注》卷三十《答傅彬老简》,上海古籍出版社1994年版。

③ [美]艾朗诺:《美的焦虑:北宋士大夫的审美思想与追求》,杜斐然、刘鹏、潘玉涛译,上海古籍出版社2013年版,第212—215页。

展开的评论这一现象，从一般性意义而言，并无大错，但是，在中国文学发展的历史中，雅俗之辩，是一个几乎各朝各代均存在的普遍现象，停留在雅俗之辩的解释，没有能够深入特殊性和深层次对于特定文学现象加以揭示。苏轼评论柳永、秦观词作的深层背景，北宋中期的雅俗之争，其特殊的文化语境是宋代城市革命到北宋中期宋仁宗时代形成市民文化的崛起与繁荣，开始形成与精英文化的竞争，文化资本的博弈与原有文化场域、文化权力的重新分配，市民文化的崛起，传统文化权力的再分配和下移。同时市民阶层所具有的经济资本也开始转化为和影响到文化资本，从而导致了中国文学的商业性、商业化萌芽开始形成，这是中国文学史上的重要转折点和关节点。

宋仁宗要柳永奉旨填词的传说，大概也只能在这个文化语境中理解，才能够获得更好理解。而柳永的登科、入仕则是在文化立场上浪子回头的北宋版本，苏轼称颂他的八声甘州，则是看到和肯定了柳永在词的创作上向传统、向精英立场的回归。

而苏轼对于柳永的褒贬，其时间、对象和原因均具有复杂性。苏轼创作词体早期与成名人物的争锋，以文坛领袖继承人自居，通过批判柳永获取声誉应该也是潜在动机之一。苏轼也是人，不需要也不应该被神化，成为成功神话。我们不能够以后见之明，想象苏轼与柳永当时在词坛上的影响与地位。苏轼在词坛上的地位与影响超越柳永，至少是在南宋之后。而在当时，柳永的影响远远超越苏轼。苏门弟子，有时也批评苏轼词作的不符合规则。而苏轼则通过破坏规则，希望建立新规则，成为新典范。同时，通过精英立场批判柳永，以获得精英群体认同。

唐宋变革、城市革命从中唐开始，市民文化崛起，文学开始了世俗化进程，元轻白俗为其代表，开始适应大众文化的审美需求。而柳永词则是典型都市市民娱乐文化的产物，是为了满足和适应北宋都市市民大众娱乐、文化消费而产生的作品。

大众文化崛起之后，通俗文学、大众娱乐的适应者柳永，成为新型的大众文化的英雄，旧有的精英文化英雄地位面临挑战，产生焦虑。而这种文化焦虑，同样也体现在文学观念与审美趣味上，精英文学观念与审美趣味受到前所未有的挑战，这是中国文学史此前未曾有的问题，从而产生审美的焦虑。

苏轼与柳永的词作争论，折射的是北宋中期文化转型，特别是伴随着宋代城市革命，新兴市民文化崛起所导致的新兴市民阶层的审美趣味与传统精英文学的审美趣味之间的矛盾、冲突，及其这一新的审美趣味在强大的城市商业繁荣、商业资本的强力支持下，对于传统文学创作形成的现实挑战。

北宋时期，围绕柳永、秦观极为流行的词作展开的评论，最为具体、生动地展示了社会区隔与审美趣味差异。以苏轼为代表的士大夫精英，通过他们的趣味表达与文学批评，建构、维护与再生产着文化霸权、文化资本和精英文学标准。

柳永游仙词与北宋真宗时期汴京政治文化

通过对唐代曹唐游仙诗艺术的借鉴，在北宋西昆派道教诗歌的综合影响下，形成了柳永游仙词在文化与艺术上的特色。柳永游仙词这一看似超越的主题与内容描写，是有意识地以隐秘象征的方式指涉现实道教文化与政治事件。宋真宗天书事件成为柳永游仙词产生的都市现实政治文化背景与游仙词象征、指涉的对象。而柳永游仙词作为一种审美意识形态的表达，通过文学的场景建构与虚构想象的宏大叙述，隐含了肯定大一统帝国合法性的表述。

与许多后世才获得声名的文学家不同，柳永的词作在当时就获得了巨大的成功和广泛的传播。对于柳永词作的各种不同的称赞与批评，不仅在宋代的诗话、词话和文人笔记中有大量记载，就是藏书家陈振孙在其目录学名著《直斋书录解题》中也这样介绍柳永词集：

> 《乐章集》九卷柳三变耆卿撰。景祐元年进士，官至屯田员外郎，世号柳屯田。初磨勘及格，昭陵以其浮薄罢之。后乃更名永。其词格固不高，而音律谐婉，语意妥帖，承平气象，形容曲尽。尤工于羁旅行役。若其人则不足道也。①

而就是这个被视为"浮薄""其人则不足道"的柳永，"闺门淫媟之语"之外，也受到时代的感染和影响，在其词作中，不乏与都市政治文

---

① 陈振孙撰，徐小蛮、顾美华校点：《直斋书录解题》卷二十一，上海古籍出版社1987年版，第616页。

化相关的词作。

关于柳永的生年,多种说法,据今人唐圭璋《柳永事迹新证》,约生于宋太宗雍熙四年(987),卒于宋仁宗皇祐五年(1053)。薛瑞生同此说。[①] 刘天文《柳永年谱稿》认为柳永约生于宋太宗雍熙元年(984)。[②] 按照学者的考证,柳永是在汴京度过他的青少年时期。在宋仁宗景祐元年(1034)柳永47岁终于在多次失败之后考中进士之前,除了一两次南下游历之外,大部分时间都生活在京城。景德四年(1007),柳永20岁这一年的十一月,真宗自言梦见神仙告知当降"天书"《大中祥符》三篇。次年正月降"天书",六月再降。真宗在"天书"事件期间,在各州广修宫观,并下诏颁布了若干举行庆祝的节日。而在"天书"事件期间,还有因献颂而赐第的风气。柳永作一系列游仙词等,应该同样有希望进献这些称颂功德的作品,以此来博得功名的欲望与动机。柳永的一系列游仙词作品,就是在这一背景与语境下创作出来的。

一 从游仙诗到游仙词发展的谱系:柳永游仙词的文学渊源与艺术发展

词的诞生伊始就与道教结下了不解之缘。在词的初起阶段,词牌本身往往与道教有关,正如南宋人黄昇在《唐宋诸贤绝妙词选》中所说:"唐词多缘题所赋,《临江仙》则言仙事,《女冠子》则述道情,《河渎神》则咏祠庙。"此外,《洞仙歌》《天仙子》诸调当皆与道教相关。另外,不少词乐直接便是由道教音乐转化而来的,如《西江月》即是《步虚词》,《霓裳羽衣舞》本为道曲等。道教与词本即有较深的渊源关系,词起源于唐五代而盛于两宋,无论在它的起源阶段还是兴盛阶段,都深深刻下了神仙道教的印迹。神仙道教对词牌的产生与丰富有着重要的作用。[③]

在宋代的道教文学中,游仙词是一个新发展出来的形式,其中尤以柳

[①] 柳永著,薛瑞生校注:《乐章集校注》,中华书局1994年版,第1页。柳永著、薛瑞生校注:《乐章集校注》(增订版),中华书局2012年版,第11页。是年,柳永生(一说柳永生年为985年或987年)。

[②] 刘天文:《柳永年谱稿》,吴洪泽、尹波主编《宋人年谱丛刊》,四川大学出版社2003年版,第555页。

[③] 参考杨建波《道教文学史论稿》,武汉出版社2001年版,273—276页。

永的词作最为突出。在两种道教文学史著作中，宋代游仙词的作者，除了柳永，北宋有晏殊、苏轼、周邦彦、曹勋、黄裳等，南宋有辛弃疾、吴文英等。[①] 正如有研究者认为："柳永之后，韦骧、晏几道、苏轼、李之仪、范祖禹、丁元、丁仙现、黄裳、黄庭坚、晁端礼、秦观、仲殊、晁补之、周邦彦等都曾有关于道教活动题材或借神仙故事以抒情言志的词作问世。在这当中，比较突出的要算苏轼、黄裳、周邦彦三人。"[②]

笔者主要在此基本文学史实基础之上，探讨柳永游仙词产生的都市政治文化背景，特别是这些游仙词的艺术特色与文学继承。对于唐代游仙诗艺术的借鉴与发展，特别是曹唐的游仙诗，唐代游仙诗对于传奇的化用和北宋西昆派道教诗歌的综合影响，形成了柳永游仙词在文化与艺术上的特色。

柳永游仙词，首先能够比较明显看到的，是受唐代游仙诗的影响，其中特别是曹唐的游仙诗创作作品的影响，包括了从形式方面的组诗形式特征，到内容方面广泛引用《汉武帝内传》等典故，到技巧和构思方面化传奇为游仙诗的诸方面特征。

道教在唐代获得了高度和广泛的发展，虽然对于其原因有着多方面的甚至是不同的解释。英国学者巴瑞特就不赞同比较流行的唐代皇室为李姓，因此与老子有关系的解释。认为应该从更为深刻的背景，即"起于北方的皇朝在面对意识形态以及文化矛盾时采取的合乎逻辑的解决办法"。但是无论起因何在，唐代是道教影响中国政治文化生活的高潮时期，则是一个基本的历史状况。[③]

唐代也是中国诗歌的黄金时代。在道教普及和广泛影响的社会语境中，唐代不少诗歌中直接反映出来道教的影响，而其中最为集中的表现，应该就是游仙诗。中国的游仙诗产生很早，渊源可以追溯到楚辞中屈原等人的作品。在萧统所编《文选》中就有了"游仙"一类，六朝以来，游仙诗成为诗歌的一体。三曹、郭璞等诗人创作出了以游仙为主题的优秀诗歌作品，而唐代由于众多文人信仰道教，诗歌创作中自然出现大量以游仙

---

① 詹石窗：《道教文学史》，上海文艺出版社1992年版，第493—494页。杨建波：《道教文学史论稿》，武汉出版社2001年版，276—320页。

② 詹石窗：《道教文学史》，上海文艺出版社1992年版，第503页。

③ ［英］巴瑞特：《唐代道教——中国历史上黄金时期的宗教与帝国》，曾维加译，齐鲁书社2012年版，第8—10页。

为题材的作品。而在唐人创作的游仙诗中，数量最大、成就最高的就是晚唐人曹唐。曹唐，字尧宾，宋人计有功《唐诗纪事》卷五八有曹唐小传，云："唐，字尧宾，桂州人。初为道士，后为使府从事，咸通中卒。"宋人晁公武《郡斋读书志》卷四中亦有小传，云："曹唐，字尧宾，桂州人。初为道士，咸通中为使府从事，卒。"

曹唐以游仙诗的创作闻名于世，他现存的游仙诗是中古以来存数最巨者：其现存诗歌170首，而其中游仙诗就有121首。其游仙诗不仅数量多，艺术水平也达到了相当高的程度。

对于曹唐游仙诗的艺术创新，中外学者均有探索。

美国加利福尼亚大学教授，世界著名汉学家和语言学家爱德华·谢弗（Edward H. Schafer, 1913—1991，中文名薛爱华），在《时间之海的海市蜃楼：曹唐的游仙诗》（*Mirages on the Sea of Time: The Taoist Poetry of Ts'ao T'ang*）这部篇幅不大（英文版正文一百多页）的著作中，薛爱华对于曹唐游仙诗进行了开创性的研究。薛爱华对于曹唐游仙诗中的蓬莱（peng - lai），道教的洞天世界（hollow world），扶桑（fu - sang）等典型道教意象进行了分析，探索了曹唐游仙诗所创造的瑰丽的幻想世界。①

台湾学者李丰楙研究指出：

> 晚唐社会，国事日非，世路多艰，神仙道教在此一情况下，常成为心灵的遁逃薮。曹唐特别选用奇遇的神话素材，正是此类心境折射的反映，他表现在诗中的主题，不管是刘阮之误入仙境，抑是黄初平之隐居牧羊，常在奇趣中透露出一种向往之情。②

孙昌武在《道教与唐代文学》中分析认为：

> 曹唐的游仙诗使用的也是古代神仙传说的传统题材，但他把这些古老的故事重新加以演绎，发挥高超的艺术想象力，演化为仙人和仙境的美好而生动的情景，从而赋予这些已在道教经典和一般传说中渐

---

① Edward H. Schafer, *Mirages on the Sea of Time: The Taoist Poetry of Ts'ao T'ang*, Califonia, University Presses of California. 1985，pp. 51 – 107.

② 李丰楙：《曹唐〈大游仙诗〉与道教传说》，载李丰楙《忧与游：六朝隋唐仙道文学》，中华书局2010年版，第299页。

被程式化的"人物"和故事以新的生机,描绘出仙人、仙界的新鲜、生动的艺术形象,给人以强烈的美感和生动的印象。曹唐的游仙诗全部使用七律和七绝体裁,这是晚唐时期得到充分发展、十分流行的诗体。他发挥了这两个诗体各自特有的功能。七律用来表现诗人构想的仙人或仙凡交往故事,有着纵的生动情节;而七绝则描写仙界的一个个具体情境,表现的是横的片断。①

孙昌武先生指出了曹唐的游仙诗在题材、内容上的特征和诗歌艺术形式上的特征。而这些特征,在柳永的反映道教内容的组词中,都留下了影响的痕迹。柳永《巫山一段云》:

六六真游洞,三三物外天。九班麟稳破非烟。何处按云轩。昨夜麻姑陪宴,又话蓬莱清浅。几回山脚弄云涛。仿佛见金鳌。②

六六,指道教的三十六洞天。真游,仙游。"真游"一词,或许有影射含义。宋真宗崇道,建有真游殿,夏竦《文庄集》中就保存有多篇《谢赐御制真游颂表》和《奉和御制真游殿成诗》,表明真游殿建成之时,宋真宗不仅亲自写有《真游颂》遍赐群臣,而且为真游殿成撰写有诗歌并且要求群臣唱和。检索文献,"真游"一词最早出处,即宋真宗所建真游殿。而根据《续资治通鉴长编》《宋史》等文献,可以看到,历史文献中最早使用"真游"一词,均为记录与真游殿有关的事件(《续资治通鉴长编》卷七九、卷九三等,《宋史》卷八、卷六三等)。而在创作中开始大量使用"真游"一词,是宋真宗御制《真游殿祥瑞表十道》(《宋史》卷一三五)。宋李焘撰《续资治通鉴长编》卷九十三真宗:"壬寅,召近臣诣真游殿,朝拜天书。上作《玉宸殿观瑞麦》诗赐近臣。"因此柳永此词,或者就是与该事件有关的今典的使用。(柳永游仙词的今典问题,详见下节讨论。)

三三,即九重天,物外即世外。"九班麟稳破非烟"句,薛瑞生认为

---

① 孙昌武:《道教与唐代文学》,人民文学出版社2001年版,第281页。
② (宋)柳永著,薛瑞生校注:《乐章集校注》,中华书局1994年版,第75页。(宋)柳永著,薛瑞生校注:《乐章集校注》(增订版),中华书局2012年版,第376页。

是仙女舞姿轻妙。笔者以为似乎不确。从词作看，应该是描绘仙人在天空中稳坐麒麟之上穿越祥云。宋初僧人重显撰《祖英集》卷下《和曾推官示嘉遁之什》有"岩莎步入祥麟稳，海树飞求白凤闲"句。非烟指祥云。《史记·天官书》："若烟非烟，若云非云，郁郁纷纷，萧索轮囷，是谓卿云。卿云，喜气也。"

"昨夜麻姑陪宴。又话蓬莱清浅"是从《神仙传》中所记载的麻姑传说化用而来。晋葛洪撰《神仙传》卷三《王远》记载：

> 王远，字方平东海人也……方平欲东之括苍山，过吴往胥门蔡经家……（蔡经）语其家云：七月七日王君当来过。……其日方平果来未至经家，则闻金鼓箫管人马之声，比近皆惊，不知何所在。及至经家，举家皆见，方平着远游冠，朱服，虎头鞶囊，五色绶，带剑，少须黄色长短中形人也。乘羽车，驾五龙，龙各异色，麾节幡旗前后导从威仪奕奕如大将军也。有十二玉壶，皆以腊蜜封其口。鼓吹皆乘麟，从天上下悬集，不从道行也。……须臾引见经父母兄弟，因遣人召麻姑相问。……麻姑来，来时亦先闻人马之声，既至，从官当半于方平也。麻姑至，蔡经亦举家见之，是好女子，年十八九许，于顶中作髻，余发散垂至腰，其衣有文章，而非锦绮光彩耀日，不可名字，皆世所无有也。入拜方平，方平为之起立。坐定，召进行厨，皆金玉杯盘，无限也。肴膳多是诸花果，而香气达于内外。擘脯而行之，如松柏炙，云是麟脯也。麻姑自说："接待以来，已见东海三为桑田，向到蓬莱，水又浅于往昔。会时略半也，岂将复还为陵陆乎？"方平笑曰："圣人皆言，海中行复扬尘也。"[1]

词作开头利用道教关于九重天的传说，创造出一个瑰丽奇幻的神仙世界。然后以词的叙事笔法，概述了有关麻姑的传说，而将天上世界与神仙都转入地上人间世界之中，构筑了一幅麻姑陪宴、与话蓬莱的如梦如幻的场景。而从与话蓬莱的话题，词人又进一步联想到有关金鳌的传说。汉王逸撰《楚辞章句》卷三《天问章句》：

---

[1] （晋）葛洪撰，胡守为校释：《神仙传校释》，中华书局2010年版，第92—94页。

鳌戴山抃，何以安之。鳌大龟也，击手曰抃。列仙传曰：有巨灵之鳌，背负蓬莱之山，而抃舞戏沧海之中，独何以安之乎。①

唐王建《宫词》之一："蓬莱正殿压金鳌，红日初生碧海涛。"柳永此句，也是此意。此词气势宏大，全词以道教典故、传说构成，但是与现实关系不是很清楚。

如果说曹唐的游仙组诗构成了柳永游仙词模仿与借鉴的渊源，那么北宋初期诗坛中的最为著名的诗派西昆体的代表人物的相关作品，则构成了柳永游仙词借鉴与学习的近因。

柳永创作游仙词的宋真宗时期，正是西昆体盛行的时期。而西昆体的著名代表则是当时的文坛领袖杨亿。与杨亿为福建同乡的柳永，应该对于这位当日深受宋真宗器重而又为文坛领袖，"当时文士，咸赖其题品"（《宋史》本传）的前辈同乡的相关作品并不陌生。

杨亿（974—1020 年）道教诗歌中具代表性的是《次韵和盛太博寄赠阁长宿斋太乙宫之什》，诗云：

> 汉武亲祈太乙坛，国朝特祭领祠官。羽旗摇曳晨曦上，素瑟凄清夜漏寒。驾鹤浮邱应暂下，偷桃方朔合留残。斋居数宿偏蔬食，定忆中厨政事餐。②

浮邱子是道教著名神仙人物，晋郭璞《游仙诗》之三："左挹浮丘袖，右拍洪崖肩。"表明六朝时期即已经在诗歌中反映。而《列仙传》记载有浮邱子与周灵王太子王子乔事迹：

> 王子乔者，周灵王太子晋也。好吹笙，作凤凰鸣，游伊洛之间。道士浮丘公接以上嵩高山。③

按：杨亿此诗歌作于宋真宗咸平三年（1000）九月从处州任满返

---

① （汉）王逸章句，黄灵庚疏证：《楚辞章句疏证》，中华书局 2007 年版，第 1114 页。
② 杨亿：《次韵和盛太博寄赠阁长宿斋太乙宫之什》，载杨亿《武夷新集》卷二，第十二页，宋集珍本丛刊，第二册，线装书局 2004 年版，第 211 页下。
③ 王叔岷：《列仙传校笺》，中华书局 2007 年版，第 65 页。

京拜左司谏之后，参考同期相关作品，最大可能是在咸平四年到咸平六年（1003）间。①

而当时的文坛新锐、词坛领袖晏殊（991—1055年），从年龄上与柳永相近，但是晏殊十四岁以神童入试，赐进士出身，命为秘书省正字。少年得志，成名甚早。

晏殊的作品应该是被认同为同样写曲子的柳永所十分熟悉的（虽然晏殊并不认同也不屑与柳永为伍）。晏殊《鹊踏枝》词云：

> 紫府群仙名籍秘。五色斑龙，暂降人间世。海变沧田都不记。蟠桃一熟三千岁。　露滴彩旌云绕秋，谁信壶中，别有笙歌地。门外落花随水逝。相看莫惜尊前醉。②

晏殊在这首词里从绚丽多彩的视觉描绘入手，以紫府群仙骑五色斑龙暂降临人间的幻象景观开端。沧海桑田和蟠桃几熟的典故，突出仙人的长寿。下阕则以壶中仙境的典故，突出人间的快乐如流水的时光，与上阕形成强烈对比。

杨亿与晏殊的有关道教题材的作品，均在柳永游仙词中留下痕迹。杨亿诗歌中以汉写宋，以汉武帝故事写宋真宗现实的文学叙事模式，东方朔、西王母等道教典故，鹤的意象，等等，在柳永游仙词中都得到反复运用。而前引柳永《巫山一段云》，则与晏殊《鹊踏枝》中群仙降临的描绘，沧海桑田和蟠桃等典故的运用可谓一脉相承。

从唐代游仙诗到宋代游仙词的发展中，体现了词的叙事化与叙事性的发展，而在杨亿和晏殊作品中已经初露端倪的空间叙事与场景叙事的艺术手法与叙事策略，在柳永的游仙词中也得到了进一步的发展。

二 柳永游仙词内容的指涉与象征：在古典与今典之间

柳永游仙词这一看似超越的主题与内容描写，与北宋都市道教文化与政治文化之间却有着隐秘关联，两者之间构成了一种指涉关系与象征表

---

① 参考李一飞《杨亿年谱》，上海古籍出版社2002年版，第65—108页相关诗歌。
② 晏殊、晏几道著，张草纫笺注：《二晏词笺注》，上海古籍出版社2008年版，第40页。

达。柳永游仙词是有意识地以隐秘象征的方式指涉现实道教文化与政治事件的。而宋真宗天书事件成为柳永游仙词产生的都市现实政治文化背景与游仙词象征、指涉的对象。

柳永词中大量以汉代故事写宋代现实，模仿唐人"以汉喻唐"笔法，形成"以汉喻宋"，以汉武帝故事喻宋真宗现实。而柳永游仙词实现"以汉喻宋"，以隐秘象征的方式指涉现实道教文化与政治事件，自然是通过古典与今典的大量巧妙运用而实现的。而这也构成了柳永游仙词的一个突出特征。

陈寅恪先生提出古典与今典之说，在《柳如是别传》《缘起》中提出：

> 自来诂释辞章，可别为二。一为考证本事，一为解释辞句。质言之，前者乃考今典，即当时之事实。后者乃释古典，即旧籍之出处。①

对于陈寅恪先生古典与今典之说，余英时《陈寅恪晚年诗文释证》中有比较详细的分析与阐释，② 此不赘言。

柳永《乐章集》中不少词就都运用了今典，而其游仙词中所涉及的降天书、海蟾等语汇都是指涉现实的今典，而以《巫山一段云》游仙词组词则尤为突出。其中"琪树罗三殿"一词：

> 琪树罗三殿，金龙抱九关。上清真籍总群仙。朝拜五云间。昨夜紫微诏下。急唤天书使者。令赍瑶检降彤霞，重到汉皇家。③

琪树：玉树。宋陈耆卿撰《赤城志》卷三十六：

> 琪树。按孙绰赋云："琪树璀璨而垂珠。"李善註云："仙都所产"未言其状也。至唐人诗咏始盛。李绅诗注云："垂条如弱柳，结

---

① 陈寅恪：《柳如是别传》，上海古籍出版社1980年版，第7页。
② 余英时：《陈寅恪晚年诗文释证》，东大图书公司1998年版，第163—176页。
③ （宋）柳永著，薛瑞生校注：《乐章集校注》，中华书局1994年版，第78页。（宋）柳永著，薛瑞生校注：《乐章集校注》（增订版），中华书局2012年版，第153页。

子如碧珠。三年子乃一熟。每岁生者相续，一年者绿，二年者碧，三年者红。缀条上璀错相间。"此言其状，而其诗云："石桥峰上栖玄鹤，碧涧岩边荫羽人。冰叶万条垂碧实，玉珠千日保青春。月中泣露应同色，涧底侵云尚有尘。徒使伏根成琥珀，不知松老化龙鳞。"许浑诗云："月明琪树阴。"鲍溶诗："闲踏莓苔绕琪树"皆谓此也。①

三殿，泛指神仙所居之宫殿。金龙，薛瑞生的笺注认为是金龙铺首。九关：天门九重。二句极力铺叙神仙所居之宫殿的金玉豪华，璀璨夺目。

"上清真籍总群仙"句，薛瑞生认为是写西王母，上清写所居之府，总群仙是写西王母统领群仙，笔者认为理解有误。上清是指上清派，李丰楙《〈汉武内传〉研究》、小南一郎《〈汉武帝内传〉的形成》的研究均指出《汉武帝内传》反映上清派思想、理论与传说。②

真籍，《汉武帝内传》："帝因问上元夫人由。王母曰：'是三天真皇之母，上元之官，统领十方玉女之名录者也。'"显然，统领十方玉女之名录者是上元夫人。

《太平广记》卷五十六女仙一《上元夫人》：

上元夫人，道君弟子也。亦玄古以来得道，总统真籍，亚于龟台金母。所降之处，多使侍女相闻，已为宾侣焉。汉孝武皇帝好神仙之道，祷醮名山，以求灵应。元封元年辛未七月七日夜，二唱之后，西王母降于汉宫。帝迎拜稽首，侍立久之。王母呼帝令坐，食以天厨。筵宴粗悉，命驾将去。帝下席叩头，请留殷勤。王母复坐，乃命侍女郭密香，邀夫人同宴于汉宫。语在汉武帝传中。其后汉宣帝地节四年乙卯，咸阳茅盈字叔申，受黄金九锡之命，为东岳上卿司命真君太元真人。是时五帝君授册既毕，各升天而去。茅君之师乃，总真王君。西灵王母与夫人降于句曲之山金坛之陵华阳天宫，以宴茅君焉。时茅君中君名固，字季伟，小君名衷，字思和。王母王君授以灵诀，亦受锡命紫素之册。固为定箓君，衷为保命君，亦侍贞会。王君告二君

---

① （宋）陈耆卿：《赤城志》卷三十六，四库全书本。
② ［日］小南一郎：《中国的神话传说与古小说》，孙昌武译，中华书局1993年版，第345—379页。李丰楙：《仙境与游历：神仙世界的想象》，中华书局2010年版，第175—263页。

曰：夫人乃三天真皇之母，上元之高尊，统领十方玉女之籍，汝可自陈。二君下席再拜，求乞长生之要。夫人悯其勤志，命侍女宋辟非出紫锦之囊，开绿金之笈，以《三元流珠经》、《丹景道精经》、《隐地八术经》、《太极缘景经》，凡四部以授二君。王母复勑侍女李方明，出丹琼之函，披云珠之笈，出《玉佩金瑞经》、《太霄隐书经》、《洞飞二景内书》传司命君。各授书毕，王母与夫人告去，千乘万骑升还太空矣。（出武帝内传）①

很显然，柳永此词，基本上是将此上元夫人传说，从叙事性文字转化为词作，而柳永基本是以《汉武帝内传》为资源，仍然是通过改写《汉武帝内传》来称颂宋真宗的天书运动。上引《上元夫人》前面部分，"上元夫人，道君弟子也。亦玄古以来得道，总统真籍，亚于龟台金母。所降之处，多使侍女相闻，已为宾侣焉""是时五帝君授册既毕，各升天而去"等叙述的事件，即是柳永"上清真籍总群仙。朝拜五云间"句所本，而后面部分，上元夫人与王母各授天书，即是"昨夜紫微诏下。急唤天书使者"云云所本。所谓"重到汉皇家"是以汉武帝故事写宋真宗制造天书事件，应该是通过叙述宋真宗朝拜道教仙人，而入仙籍，通过重新书写汉武帝朝拜西王母、上元夫人，得入仙籍，获得传授天书，而称颂宋真宗朝拜道教、制造天书事件。

宋真宗赵恒是宋代著名的崇道皇帝。在他即位的前十年中，还并不热衷于道教。宋真宗景德元年（1004），辽兵南下。边防危急，当时主和派力主退让以求安，宋真宗亦欲忍辱以求和，但在主战派寇准等坚持下，宋真宗不得不御驾亲征，于澶州被辽兵所困，与辽订立城下之盟。宋真宗亦唯求边境安定，无意再对辽国用兵。真宗与大臣王钦若等合谋，企图利用道教神灵来"镇服四海，夸示戎狄"，又买通宰相王旦，获得他的同意。从大中祥符元年（1008）起，始在全国大规模地崇奉道教，真宗君臣编导了所谓"天书"降临之事。宋真宗炮制"天书"、封禅等事，完全是出于现实政治上的需要，真宗企图利用"天书"、封禅等事来神化宋皇朝，

---

① （宋）李昉等编：《太平广记》，中华书局1961年版，第346页。

慑服辽国君臣，使其无南侵之心。①

正如《宋史·真宗本纪》的赞文中说：

> 契丹其主称天，其后称地，一岁祭天不知其几。猎而手接飞雁，鸨自投地，皆称为天赐，祭告而夸耀之。意者宋之诸臣，因知契丹之习，又见其君有厌兵之意，遂进神道设教之言，欲假是以动敌人之听闻，庶几足以潜消其窥觎之志欤？②

对于宋真宗君臣编导了所谓"天书"降临之事，宋史研究者进行了多方面的分析。台湾学者刘静贞分析指出了澶渊之盟中宋辽君主互称皇帝对于宋真宗的影响：

> 这份和平毕竟是天朝中国委曲求全所换来的……更何况根据澶渊誓书的约定，宋辽君主应互称皇帝，这非但与传统中国万乘之尊君临天下、莫与伦比的皇权观念有所违背，也冲击了古来"天无二日，民无二主"的世界秩序理想。……他该如何证明自己才是那唯一至尊的真命天子。③

传统中国素来鄙视夷狄，具有文化优越感，视统一帝国及接受朝贡为理想，而以与外族建立平等关系为耻辱。澶渊盟书固然缔造了难得的和平，但是岁币与对等关系所形成的心理障碍又如何化解呢？

对于宋真宗的心理障碍，司马光撰《涑水记闻》卷六所记录的一段文字，有更为明确的反映。

> 苏子容曰：王冀公既以城下之盟短寇莱公于真宗，真宗曰："然则如何可以洗此耻？"冀公曰："今国家欲以力服契丹，所未能也。戎狄之性，畏天而信鬼神，今不若盛为符瑞，引天命以自重，戎狄闻之，庶几不敢轻中国。"上疑未决，因幸秘阁，见杜镐，问之曰：

---

① 任继愈主编：《中国道教史》，上海人民出版社1990年版，第465—470页。卿希泰主编：《中国道教史》第二卷，四川人民出版社1996年版，第545—547页。
② 《宋史》卷八本纪第八"真宗"三，四库全书本。
③ 刘静贞：《北宋前期皇帝和他们的权力》，稻乡出版社1996年版，第118、126页。

"卿博通典坟，所谓河图洛书者，果有之乎？"镐曰："此盖圣人神道设教耳。"上遂决冀公之策，作天书等事。故世言符瑞之事始于冀公成于杜镐云。①

可见，对于宋真宗而言，澶渊之盟是作为皇帝的耻辱。而这一耻辱的后果会导致契丹轻中国，而国内老百姓对于皇帝统治的神圣性与合法性产生怀疑。正是出于对于解决这一统治难题的考虑，宋真宗君臣编导了所谓"天书"降临之事，"引天命以自重"。对于这一事件，邓小南《祖宗之法：北宋前期政治述略》中有详细分析，她指出：

"天书降神"事无疑极其荒诞，因此对于"天书"的内容，人们以往并不十分注意。事实上，这一"人造天书"承载的文字，使我们得以清楚地观察到真宗当时的心理压力和心理状态。无论是丝帛上的文字，还是黄字三幅，都在通过"上天"之口肯定赵恒受命继极，世祚延永。君权神授。对于赵恒来说，太祖建立的大宋皇权的权威，有必要再度向臣民隆重证明，这正是他导演再受"符命"过程的意义所在。②

而柳永的《巫山一段云》（琪树罗三殿）一词，正是在这都城之中政治文化背景下的产物，以游仙词的方式，肯定和美化了宋真宗君臣编导的"天书"降临之事。

关于宋真宗制造的天书事件，《续资治通鉴长编》《宋史》中有多次详细记载，下面引宋真宗自述的一段文字，以便于与柳永游仙词中的描绘进行对比。宋代著名历史学家李焘《续资治通鉴长编》卷六十八大中祥符元年（1008）记载：

春正月乙丑，上召宰臣王旦、知枢密院事王钦若等对于崇政殿之西序，上曰："朕寝殿中帘幕，皆青纯为之，旦暮间，非张烛莫能辨

---

① （宋）司马光撰，邓广铭、张希清校点：《涑水记闻》卷六，中华书局1989年版，第120页。
② 邓小南：《祖宗之法，北宋前期政治述略》，生活·读书·新知三联书店2006年版，第317页。

色。去年十一月二十七日，夜将半，朕方就寝，忽一室明朗，惊视之次，俄见神人，星冠绛袍，告朕曰：宜于正殿建黄箓道场，（引者按：原标点本此逗号标点于一月之后，文义难通，今修订标点于此。）一月当降天书《大中祥符》三篇，勿泄天机。朕悚然起对，忽已不见，遽命笔志之。自十二月朔，即蔬食斋戒。于朝元殿建道场，结彩坛九级。又雕木为舆，饰以金宝，恭伫神贶。虽越月，未敢罢去。适睹皇城司奏，左承天门屋之南角，有黄帛曳于鸱吻之上。朕潜令中使往视之，回奏云：其帛长二丈许，缄一物如书卷，缠以青缕三周，封处隐隐有字。朕细思之，盖神人所谓天降之书也。"旦等曰："陛下以至诚事天地，仁孝奉祖宗，恭己爱人，夙夜求治，以至殊邻修睦，旷俗请吏，干戈偃戢，年谷屡丰，皆陛下兢兢业业，日谨一日之所致也。臣等尝谓天道不远，必有昭报。今者，神告先期，灵文果降，实彰上穹佑德之应。"皆再拜称万岁。①

柳永"昨夜紫微诏下。急唤天书使者"云云，正是指涉了天书事件的今典。柳永《巫山一段云》游仙词还有其他三首：

清旦朝金母，斜阳醉玉龟。天风摇曳六铢衣，鹤背觉孤危。贪看海蟾狂戏，不道九关齐闭。相将何处寄良宵，还去访三茅。

阆苑年华永，嬉游别是情。人间三度见河清，一番碧桃成。金母忍将轻摘，留宴鳌峰真客。红猊闲卧吠斜阳，方朔敢偷尝。

萧氏贤夫妇，茅家好兄弟。羽轮飙驾赴层城，高会尽仙卿。一曲云谣为寿，倒尽金壶碧酒。醺酣争撼白榆花，踏碎九光霞。②

内容基本上是化用《汉武帝内传》等传说。而"贪看海蟾狂戏"云

---

① 李焘编：《续资治通鉴长编》卷68，中华书局1980年版，第1518—1519页。
② （宋）柳永著，薛瑞生校注：《乐章集校注》，中华书局1994年版，第79—82页。（宋）柳永著，薛瑞生校注：《乐章集校注》（增订版），中华书局2012年版，第378—382页。有关柳永与宋真宗天书事件的历史背景，参考吴熊和《柳永与宋真宗"天书"事件》，《吴熊和词学论集》，杭州大学出版社1999年版，第180—195页。

云,也同样是运用今典。宋何薳撰《春渚纪闻》卷三《翊圣敬刘海蟾》:

> 真庙朝有天神下降,凭凤翔民张守真为传灵语,因以翊圣封之。度守真为道士,使掌香火,大建祠宇奉之。自庙百里间,有食牛肉及着牛皮履靸过者,必加殃咎,至有立死者。一日有人苎袍青巾,曳牛革大履直至庙庭,进升堂宇,慢言周视而出。守真即焚香启神曰:"此人悖傲如此,而神不即殛之,有疑观听。"神乃降灵曰:"汝识此人否,实新得道刘海蟾也。诸天以今渐入末运,向道者少,上帝急欲度人,每一人得道,九天皆贺。此人既已受度,未肯便就仙职,折旋尘中,寻人而度,是其所得,非列仙之癯者,我尚不敢正视之,况敢罪之也。"[①]

上述宋人笔记中的记载,成为柳永化用今典的脚注。而除了《巫山一段云》游仙组词之外,柳永以道教为题材,以宋真宗"天书"降临之事为现实内容的作品,还有《玉楼春》二首:

> 昭华夜醮连清曙,金殿霓旌笼瑞雾。九枝擎烛灿繁星,百和焚香抽翠缕。　香罗荐地延真驭,万乘凝旒听秘语。卜年无用考灵龟,从此乾坤齐历数。[②]

> 凤楼郁郁呈嘉瑞,降圣覃恩延四裔。醮台清夜洞天严,公宴凌晨箫鼓沸。　保生酒劝椒香腻,延寿带垂金缕细。几行鹓鹭望尧云,齐共南山呼万岁。[③]

两首词均是以汉武帝的历史故事写宋真宗崇道的现实政治事件。前一首写皇宫中举行的道教仪式,迎请神仙降临,聆听神仙密语。词作从听觉上的"昭华夜醮连清曙"写起,道教仪式音乐不断,再写视觉上金殿中瑞雾笼罩,烛火齐明,灿若繁星。又从嗅觉上写百和焚香,可谓调动了人

[①] 何薳:《春渚纪闻》,中华书局1983年版,第40—41页。
[②] (宋)柳永著,薛瑞生校注:《乐章集校注》(增订版),中华书局2012年版,第144页。
[③] 同上书,第156页。

的多种感官加以书写。上阕铺叙了事件发生的空间场景与时间流程。下阕则写人物与事件，最后归为乾坤齐历数的称颂。

后一首则描绘天书降临，同时有祥瑞出现。仍然是注意从视觉、听觉和嗅觉多角度描绘，"醮台清夜洞天严，公宴凌晨箫鼓沸"，描绘了仪式场景和君臣庆贺的通宵达旦的盛况。最后依然是齐共南山呼万岁的曲终奏雅。而词中的所谓"保生酒劝椒香腻，延寿带垂金缕细"也是运用了今典。宋曾巩撰《隆平集》卷三记载：

> 圣祖降后，上谓王旦等曰："先天、降圣节，欲设斋醮，止刑罚屠宰。其日听士庶以延寿带、续命缕、保生酒更相赠遗。"因示带缕一奁，皆金银珠翠缯彩为之。旦曰："陛下制此，非止崇奉，盖欲均福众庶，臣等不胜大庆。"[①]

《宋史》卷一百十二《礼志》第六十五"礼"十五中有更为完整和详细的记载：

> 诸庆节古无是也，真宗以后始有之。大中祥符元年，诏以正月三日天书降日为天庆节，休假五日。两京诸路州府军监前七日建道场，设醮，断屠宰。节日士庶特令宴乐，京师然灯。又以六月六日为天贶节，京师断屠宰，百官行香上清宫。又以七月一日圣祖降日为先天节，十二月二十四日降延恩殿日为降圣节，休假宴乐，并如天庆节。中书、亲王、节度、枢密、三司以下至驸马都尉，诣长春殿。进金缕延寿带、金丝续命缕，上保生寿酒。改御崇德殿，赐百官饮，如圣节仪。前一日，以金缕延寿带、金涂银结续命缕、绯彩罗延寿带、彩丝续命缕分赐百官，节日戴以入。礼毕宴百官于锡庆院。[②]

综合并对照曾巩《隆平集》卷三记载，应该是先确立了天庆节、天贶节。然后宋真宗与宰相王旦等人商量，又确立了先天节、降圣节。节日举行仪式之时，进延寿带、续命缕，上保生酒，而节日举行仪式之前一

---

① 曾巩：《隆平集》卷二十、卷三，第 6 页。明万历二十六年（1598）版。
② 《宋史》卷一百一十二，中华书局 1985 年版，第 2680 页。

日，皇帝以延寿带、续命缕赐百官，参与节日仪式的大臣则要佩戴入宫。同时也允许士人百姓相互赠送延寿带、续命缕、保生酒。

续命缕原本是唐宋以来端午节民众佩戴之物，与道教关系密切。① 不过分析柳永词作，从柳永词中醮台、公宴、齐共南山呼万岁等描绘，可以看出显然不是一般性端午节诗歌，明确描绘的是与天书事件相关的节日仪式，而且与历史文献记载丝毫不差。

三　柳永游仙词的功能的进一步思考

宋真宗把"天书"降临之事搞得天下皆知，不仅大搞仪式，而且大兴土木，建筑了许多相关的道教宫观。不仅如此，宋真宗还围绕此事，君臣唱和，反复吟咏。今天能够在宋人文集中看到的是保存在夏竦《文庄集》中的大量奉和御制的诗歌作品。② 仅是群臣争献，宋真宗自己则是"以御制《大中祥符颂》《真游颂》《圣祖临降记》赐天下道藏"（宋李焘撰《续资治通鉴长编》卷八十），所谓举国皆狂，于此可见一斑。

文学与意识形态之间原本有着不可分割的关系。因此，真正理解、认清柳永游仙词创作在当日的现实意义与价值，就必须在政治、文学与帝国意识形态之间复杂而密切的关联中对这些作品加以剖析、透视和研究，而不能够仅仅考虑其单纯的艺术价值与文学意义。

合法性是政治上施行有效统治的必要基础，它是统治的政府和被统治的人民共同认可的一种法则或理念。一个政权的合法性基础同运用统治权力的政治权威之间存在着非常紧密的关系。③

通过在文学作品中对于道教仪式与国家祭典的夸饰与想象，柳永游仙词在对于北宋真宗时期帝京道教信仰与政治文化意象的建构和叙事的过程中，使帝国的政治与权力的神圣性与合法性得到肯定和呈现。

而柳永游仙词作为一种审美意识形态的表达，其独特价值与不可替代

---

① 见李小荣《论两宋端午诗之公共写作与个体写作——以"续命缕"意象为中心》，载李小荣《晋宋宗教文学辨思录》，人民出版社 2014 年版，第 111—133 页。

② 刘方：《汴京与临安：两宋文学中的双城记》，上海古籍出版社 2013 年版，第 27—39 页。

③ ［德］马克斯·韦伯：《经济与社会》，林荣远译，商务印书馆 1998 年版，第 238—241 页。

性质，就在于它不是直接、强迫地为现成政治制度维持与辩护。恰恰相反，它是通过文学的场景建构与虚构想象的宏大叙述，隐含了肯定既定的大一统帝国合法性的表述，从而肯定了现存制度、权利的合法性与正当性。柳永作为怀才不遇的文人，看到了可以通过为皇帝歌功颂德而获得封赏的机会。虽然宋真宗时期，他始终没有能够金榜题名，但是士大夫家庭的影响与个人自觉，使柳永仍然在每一次重大政治事件中，都努力撰写词作予以称颂。在柳永的《乐章集》中，布衣时期的柳永自觉撰写重大政治题材的作品数量颇丰，或许抱有希望进献这些称颂功德的作品来博得功名的欲望与动机，而这也不过是北宋布衣文人的一种典型行为与动机的写照。

城市雅集、文学场域与湖州城镇文化辉煌的建构
——以北宋湖州六客亭雅集及其经典化为核心的探索

士大夫集中活动于一些著名的城市空间之中,他们的文化活动与文学创作,受到来自历史已经建构起来的城市经典文化意象的强烈影响。不仅如此,他们会在这种影响氛围下,努力去模仿和强化历史已经建构起来的这座城市的文化意象。而他们自己在这一城市空间中的文化活动与文学活动、文学创作,也将参与建构城市的文化意象,建构起新的城市文化意象,并成为城市的经典文化意象的一个有机组成部分。湖州六客堂雅集这一城市文化活动,通过诗歌书写,使六客堂成为湖州城市意象的一个文化标志。这些城市意象来自城市的物质实体,但又被文学家赋予了丰富的象征意义,体现了文学家对城市的想象和价值判断。

在传统的城市文化研究中,常常忽视了的一个重要城市文化现象和有价值的学术研究课题,事实上,这也是目前为止,唐宋城市文化研究领域的一个研究盲点,即大批士大夫集中活动于一些著名的城市空间之中,在这样的一个具有悠久历史与文化积淀的地理空间与文化空间中的生活,必然会使他们的文化活动与文学创作共同受到来自历史已经建构起来的有关这样一座城市的经典文化意象的强烈影响。不仅如此,他们会在这种影响氛围下,努力去模仿和强化历史已经建构起来的这座城市的文化意象。而他们自己在这座城市空间中的文化活动与文学活动、文学创作,也将参与建构城市的文化意象,建构起新的城市文化意象,并成为这座城市的经典文化意象的一个有机组成部分。

北宋时期,湖州城市之中,有著名的胜迹六客亭。宋代祝穆介绍说:

"宾客非特有事于其地者，不至焉。故凡守郡者，率以风流啸咏投壶饮酒为事。"祝穆撰《方舆胜览》卷四安吉州《六客亭》记载：

> 在郡圃中。元祐中，守张复作后序曰：昔李公择为此郡，张子野、刘孝叔在焉。而杨元素、苏子瞻、陈令举过之，会于碧澜堂。子野作六客词，传于四方。今仆守是邦，子瞻与曹子方、刘景文、苏伯固、张秉道来过与仆为六，而向之六客，独子瞻在。复继前作，子野为前六客词而子瞻为后六客词。①

关于在湖州六客亭前后雅集的情况，在相关人物的文集中也有记载和反映。《东坡全集卷》十二《次韵答元素并引》：

> 余旧有赠元素云"天涯同是伤流落"，元素以为今日之先兆。且悲当时六客之存亡，六客盖张子野、刘孝叔、陈令举、李公择及元素与余也。
>
> 不愁春尽絮随风，但喜丹砂入颊红。流落天涯先有谶，摩挲金狄会当同。蘧蘧未必都非梦，了了方知不落空。莫把存亡悲六客，已将地狱等天宫。②

发生在北宋湖州的两次以苏轼为核心的文人雅集，在宋代的几种诗话中也有记载。

宋吴聿撰《观林诗话》：

> 东坡在湖州，甲寅年与杨元素、张子野、陈令举，由苕霅泛舟至吴兴东坡家，尚出琵琶，并沈冲宅犀玉共三面胡琴，又州妓一姓周一姓邵呼为二南。子野赋六客辞。后子野、令举、孝叔化去，唯东坡与元素、公择在尔。元素因作诗寄坡云："仙舟游漾霅溪风，三奏琵琶一舸红。闻望喜传新政异，梦魂犹忆旧欢同。二南籍里知谁在，六客堂中已半空。细问人间为宰相，争如愿住水晶宫。"天帝问卢杞愿住

---

① （宋）祝穆撰：《方舆胜览》卷四，四库全书本。
② （宋）苏轼：《东坡全集卷》卷十二，四库全书本。

水晶宫，愿为人间宰相，杞对曰：愿作人间宰相，遂不得仙。今吴兴有水晶宫之号，故云。①

而在宋胡仔撰《渔隐丛话后集》卷三十九：

> 东坡云：吾昔自杭移高密，与杨元素同舟，而陈令举、张子野皆从余过李公择于湖，遂与刘孝叔俱至松江，夜半月出，置酒垂虹亭上。子野年八十五，以歌词闻于天下。作《定风波令》，其略云："见说贤人聚吴分，试问，也应傍有老人星。"坐客欢甚，有醉倒者。此乐未尝忘也。今七年耳。子野、孝叔、令举，皆为异物。而松江桥亭，今岁七月九日，海风驾潮，平地丈余，荡尽无复子遗矣。追思曩时，真一梦耳。
>
> 苕溪渔隐曰：吴兴郡圃，今有六客亭，即公择、子瞻、元素、子野、令举、孝叔。时公择守吴兴也。东坡有云：余昔与张子野、刘孝叔、李公择、陈令举、杨元素会于吴兴。时子野作《六客词》其卒章云："尽道贤人聚吴分，试问，也应旁有老人星。"凡十五年，再过吴而五人者皆已亡之矣。时张仲谋与曹子方、刘景文、苏伯固、张秉道为坐客，仲谋请作后六客词云：月满苕溪照夜堂，五星一老斗光芒。十五年间真梦里，何事长庚，对月独凄凉。绿鬓苍颜同一醉，还是六人吟笑水云乡，宾主谈锋谁得似，看取曹刘，今对两苏张。②

关于六客雅集，在宋人笔记中，也有记录，宋庄绰撰《鸡肋编》卷下：

> 苏子瞻与刘孝叔、李公择、陈令举、杨公素会于吴兴。时张子野在坐，作《定风波词》以咏六客，卒章云：尽道贤人聚吴分，试问也，应旁有老人星。后十五年，苏公再至吴兴，则五人者皆已亡矣。时张仲谋、张秉道、苏伯固、曹子方、刘景文为坐客，仲谋请作后六客词，云：月满苕溪照夜堂，五星一老斸光芒。十五年间真梦里，何

---

① （宋）吴聿撰：《观林诗话》，四库全书本。
② （宋）胡仔撰：《渔隐丛话后集》卷三十九，四库全书本。

事长庚，对月独凄凉。绿鬓苍颜同一醉，还是六人吟笑水云乡。宾主谈锋谁得似，看取刘曹，今对两苏张。①

熙宁七年（1074），张先、苏轼、陈舜俞等六人会于吴兴碧澜堂。八十五岁的张先作《定风波令》（前六客词），传于四方。张先《定风波令》（次韵子瞻送元素内翰）：

浴殿词臣亦议兵。禁中颇牧党羌平。诏卷促归难自缓。溪馆。彩花千数酒泉清。
春草未青秋叶暮。□去。一家行色万家情。可恨黄莺相识晚回。望断。湖边亭下不闻声。②

前后六客雅集，苏轼均有词作，据《东坡先生年谱》：

（熙宁）七年甲寅先生年三十九在杭州通判任。
请高密，五月乃有移知密州之命。按先生作《勤上人诗集序》云："熙宁七年，余自钱塘赴高密。"又按先生《辛未别天竺观音诗序》："云余昔通守钱塘，移莅胶西，以九月二十日来别南北山道友。"乃知先生以秋末去杭。按先生记游松江说云："吾昔自杭移高密，与杨元素同舟。而陈令、举张子野皆从余，过李公择于湖。遂与刘孝叔俱至松江，夜半月出，置酒垂虹亭上。子野年八十五，以歌词闻于天下。作《定风波令》。"③

前次雅集，苏轼有《定风波（送元素）》：

千古风流阮步兵。平生游宦爱东平。千里远来还不住。归去。空留风韵照人清。
红粉尊前深懊恼。休道。怎生留得许多情。记得明年花絮乱。须

---

① （宋）庄绰：《鸡肋编》卷下，四库全书本。
② （宋）张先著，吴熊和、沈松勤校注：《张先集编年校注》，浙江古籍出版社1996年版，第68页。
③ 《东坡先生年谱》，四库全书本。

看。泛西湖是断肠声。①

苏轼有《后六客词》，同样是离开杭州经过湖州时，六客雅集而作。《定风波》：

> 余昔与张子野、刘孝叔、李公择、陈令举、杨元素会于吴兴。时子野作《六客词》。
>
> 其卒章云："见说贤人聚吴分，试问。也应旁有老人星。"凡十五年，再过吴兴，而五人者皆已亡矣。时张仲谋与曹子方、刘景文、苏伯固、张秉道为坐客，仲谋请作《后六客词》云：
>
> 月满苕溪照夜堂。五星一老斗光芒。十五年间真梦里。何事。长庚对月独凄凉。　　绿发苍颜同一醉。还是。六人吟笑水云乡。宾主谈锋谁得似。看取。曹刘今对两苏张。②

根据《嘉泰吴兴志》卷一三《宫室·六客堂》记载：

> 六客堂在湖州府郡圃中。熙宁中，知州事李常作《六客词》。元祐中，知州事张询复为六客之集，作《六客词序》曰："昔李公择为此郡，张先、刘孝叔在焉，而杨元素、苏子瞻、陈令举过之，会于碧澜堂，子野作《六客词》，传于四方。今仆守此郡，子瞻与曹子方、刘景文、苏伯固、张秉道过，与仆为六。向之六客，独子瞻在，复继前作，子野为《前六客词》，子瞻为《后六客词》，与赓和篇，并刻墨妙亭。"后人韵艳，遂以名堂。③

关于文献中所提到的湖州墨妙亭，始建于北宋熙宁五年（1072）二月，为湖州知州事孙觉所建。孙觉号莘老，于熙宁四年（1071）到湖州任知州事，请在杭州任职的苏轼作诗，苏轼作《孙莘老求墨妙亭诗》：

---

① （宋）苏轼著，邹同庆、王宗堂校注：《苏轼词编年校注》，中华书局 2002 年版，第 101 页。
② 同上书，第 678 页。
③ （宋）谈钥：《嘉泰吴兴志》卷十三，《宋元方志丛刊》，中华书局 1990 年版。

兰亭茧纸入昭陵，世间遗迹犹龙腾。颜公变法出新意，细筋入骨如秋鹰。徐家父子亦秀绝，字外出力中藏棱。峄山传刻典刑在，千载笔法留阳冰。杜陵评书贵瘦硬，此论未公吾不凭。短长肥瘦各有态，玉环飞燕谁敢憎。吴兴太守真好古，购买断缺挥缣缯。龟趺入座螭隐壁，空斋昼静闻登登。奇踪散出走吴越，胜事传说夸友朋。书来乞诗要自写，为把栗尾书溪藤。後来视今犹视昔，过眼百巨如风灯。他年刘郎忆贺监，还道同时须服膺。①

次年十二月（1073），苏轼公差至湖测度水利，乘隙参观墨妙亭，又应孙觉所求，作《墨妙亭》记。墨妙亭始建时，贮藏境内碑碣30余件，其后，继续搜罗，增益不少。其中有名重书坛的东汉《三费碑》（即费汛、费凤父子），唐颜真卿《千禄字书碑》以及《石柱记碑》《射堂记》《项王庙碑阴述》《晋谢太傅塘碑》等。苏轼《墨妙亭记》有比较详细的介绍：

熙宁四年十一月，高邮孙莘老自广德移守吴兴。其明年二月，作墨妙亭于府第之北、逍遥堂之东。取凡境内自汉以来古文遗刻以实之。吴兴自东晋为善地，号为山水清远。其民足于鱼稻蒲莲之利，寡求而不争。宾客非特有事于其地者不至焉。故凡守都者，率以风流啸咏投壶饮酒为事。自莘老之至，而岁适大水，上田皆不登，湖人大饥，将相率亡去。莘老大振廪劝分，躬自抚循劳来，出于至诚。富有余者，皆争出谷以佐官，所活至不可胜计。当是时，朝廷方更化立法，使者旁午，以为莘老当日夜治文书，赴期会，不能复雍容自得如故事。而莘老益喜宾客赋诗饮酒为乐。又以其余暇，网罗遗逸，得前人赋咏数百篇，为《吴兴新集》。其刻画尚存，而僵仆断缺于荒陂野草之间者，又皆集于此亭。是岁十二月，余以事至湖，周览叹息，而莘老求文为记，或以谓余，凡有物必归于尽，而恃形以为固者，尤不可长，虽金石之坚，俄而变坏。至于功名文章，其传世垂后犹为差久，今乃以此托于彼，是久存者反求助于速坏。此既昔人之惑，而莘老又将深檐大屋以锢留之，推是意也，其无乃几于不知命也夫。余以

---

① （宋）苏轼：《东坡全集》卷三，四库全书本。

为知命者，必尽人事然后理足而无憾。物之有成必有坏，譬如人之有生必有死，而国之有兴必有亡也。虽知其然，而君子之养身也，凡可以久生而缓死者，无不用其治国也。凡可以存存而救亡者，无不为。至于不可奈何而后已，此之谓知命。是亭之作否，无足争者，而其理，则不可以不辨。故具载其说，而列其名物于左云。①

关于此次雅集，七年后苏轼回忆：

吾昔自杭移高密，与杨元素同舟。而陈令举、张子野皆从余过李公择于湖。遂与刘孝叔俱至松江，夜半月出，置酒垂虹亭上。子野年八十五，以歌词闻于天下。作《定风波令》，其略云："见说贤人聚吴分，试问，也应傍有老人星。"坐客欢甚，有醉倒者。此乐未尝忘也。今七年耳。子野、孝叔、令举皆为异物，而松江桥亭，今岁七月九日，海风架潮，平地丈余，荡尽无复子遗矣。追思曩时，真一梦耳。元丰四年十二月十二日黄州临皋亭夜坐书。②

从中可知，他们是先会于湖州，后俱至松江。而在苏轼与周开祖的尺牍中，苏轼写道：

某忝命，皆出奖借寻，自杭至吴兴，见公择，而元素、子野、孝叔、令举，皆在湖燕集，甚盛。深以开祖不在坐为恨。别后每到佳山水处，未尝不怀想谈笑。出京北去，风俗既椎鲁，而游从诗酒如开祖者岂可复得。乃知向者之乐，不可得而继也。令举特来钱塘相别，遂见，送至湖，久在吴中，别去真作数日恶。然诗人不在，大家省得三五十首唱酬，亦非细事。③

可见，多年后，苏轼在给朋友的书信中，仍然不能忘怀当年的雅集盛会，的确如美国著名城市学家凯文·林奇所指出的：

---

① （宋）苏轼：《东坡全集》卷三十五，四库全书本。
② （宋）苏轼：《东坡全集》卷一百一，《志林》五十五条，四库全书本。
③ （宋）苏轼：《东坡全集》卷七十九，四库全书本。

一个场景所包含的内容，无论如何总会比人们可见可闻的更多，但是任何东西都不能体验自己，研究它们通常需要联系周围的环境、事情方式的先后次序以及先前的经验。①

六客亭对于苏轼来说，不只是个实存的空间，更是一个记忆的场景。何谓记忆的场景？宇文所安（Stephen Owen）对此有相当清楚的阐述：场景（site）是回忆得以藏身和施展身手的地方——对于回忆来说，场景是不可少的，时间不可能倒流，只有依靠场景，个人才有可能重温故事、重游旧地、重睹故人。如此，场景是看得见的表面，在它下面，找得到盘错纠缠的根节。换言之，就苏轼的情况而言，六客亭既是局限在三维空间中的一个具体的对象，一个实存的空间，同时又是一处场景——它划出了一个记忆的空间，使往昔重演，并通过这块空间使往昔得以再次回到追忆者身边。②

六客亭经过苏轼前后雅集，成为湖州城市文化的一个代表和地标标志。正如美国著名城市学家凯文·林奇在其名著《城市意象》中指出的：

景观也充当一种社会角色。人人都熟悉的有名有姓的环境，成为大家共同的记忆和符号的源泉，人们因此被联合起来，并得以相互交流。为了保存群体的历史和思想，景观充当着一个巨大的记忆系统。③

也正因如此，六客亭成为许多来到湖州的士大夫所题咏的对象。首先来看南宋著名状元王十朋的例子。

孝宗乾道三年丁亥（1167）九月至乾道四年戊子（1168）四月，王十朋任湖州知州。④ 而在这短短半年左右的时间中，王十朋就与朋友多次雅集于六客堂，相互唱和，追缅前贤。

《十月晦日会凌季文沈德和二尚书刘汝一大谏于六客堂》（雍正本注：

---

① ［美］凯文·林奇：《城市意象》，方益萍、何晓军译，华夏出版社2001年版，第1页。
② Stephen Owen, *Remembrances: The Experience of the Past in Classical Chinese Literature*, Cambridge, Massachusetts and London: Harvard University Press, 1986, p.7.
③ ［美］凯文·林奇：《城市意象》，方益萍、何晓军译，华夏出版社2001年版，第95页。
④ 李之亮：《宋两浙路郡守年表》，巴蜀书社2001年版，第199页。

知湖州）：

> 梦寐思贤愿与齐，一麾来守浙江西。星躔旧识尚书履（凌为吏侍，时某为司封郎），玉府曾亲太一藜（刘为校书郎，某忝同舍）。天遣门生依坐主（某补戴公试、解试，皆沈主文场），心随峡水注苕溪。邦人异日谈遗事，名姓应同六客题。①

据王十朋知湖州的时间，可知题目中记录的雅集时间"十月晦日"应该是孝宗乾道三年丁亥（1167）的十月晦日。则是王十朋刚刚到任，就与在湖州的诸官员聚会，从其诗歌自注可以看出，所会高官，均为旧日同僚，而沈德和尚书更是王十朋坐主。"邦人异日谈遗事，名姓应同六客题"，则反映了他们乐于会聚六客堂的深层文化心理动机，的确如美国汉学家梅尔清所言：

> 在消遣娱乐方面，风景名胜的声誉发挥了重要作用。文人精英使用历史和文化符号来描述与他们相关的娱乐休闲活动及风景名胜的社会意义，从而把他们自身与其他阶层分开。每一个人都可以光顾某处景点娱乐消遣，但只有那些掌握文学和历史遗产的知识精英才能真正娱乐休闲。……共同描述和维护文人精英共同体所拥有的文化价值。②

虽然梅尔清分析的是清初扬州士大夫的文学作品，但是，同样符合两宋士大夫有关六客亭的文学作品与传说。这些精英人物通过他们自身的文学创作，塑造湖州的城市形象，塑造湖州的历史和名胜景点，与此同时，他们亦反过来成为湖州逸闻掌故的主题，因而，他们本身亦成为湖州文化的组成部分。

王十朋《十一月十日会于六客堂者十人宋子飞、徐致云、章茂卿、邓叔厚、莫子登、俞仲明、许子齐、沈虞卿、郑寿淑酒三行予得诗》：

---

① （宋）王十朋：《王十朋全集》，上海古籍出版社1998年版，第468页。
② ［美］梅尔清：《清初扬州文化》，朱修春译，复旦大学出版社2004年版，第5—6页。

城市雅集、文学场域与湖州城镇文化辉煌的建构　　297

    六客高风不可追，吾侪生恨百年迟。星光月满旧游处，簪盍莫开
    盈数时。访古已仙图上鹤，得朋今遇易中龟。吾夫子道欲坠地，不是
    四科谁与持。（坡词："月满苕溪照夜堂，五星一老聚光芒。"某方欲
    起夫子庙廷贡院，赖诸公表率，故章末及之。）①

  据王十朋知湖州的时间，则题目中记录的雅集时间"十一月十日"应该是孝宗乾道三年丁亥（1167）的十一月十日，上距来湖州第一次在六客堂雅集不过一月，即与另外十人再次雅集于六客堂。从其章末诗句和自注，似乎是因为王十朋准备"起夫子庙廷贡院"，而得到了这些人的大力支持，因此指出雅集，并且有答谢之意。他们相互唱和，追缅前贤。同时也是希望通过进行湖州的教育文化工程的建设，一方面让夫子之道不坠，另一方面使自己成为湖州城市文化历史的一个组成部分。

  宋王十朋撰《梅溪后集》卷十六《六客堂》（雍正本注：戊子湖州）：

    水晶宫中刺史宅，月照夜堂游六客。中有一客为主人，万卷诗书
    李公择。元素毫挥玉堂手，令举声蜚制科策。五劝使君古遗直，三影
    郎官老词伯。眉山有客何等人，退之少陵李太白。直道高才时不容，
    天遣数子为游从。吴兴清绝山水国，五百年过人中龙。健峭银钩逼颜
    鲁，点化湖山出奇语。高压白苹洲上诗，更肯区区谈小杜。端如竹溪
    逢谪仙，并游逸士名俱传。飘飘乘风鼓长翮，两两照坐成台躔。苕霅
    交流下山碧，一代名贤已陈迹。我后百年登此堂，咀嚼姓名牙颊香。
    坐上何曾欠佳客，苏仙一去难再得。②

  水晶宫乃比喻湖州，用前引杨绘诗歌"争如愿住水晶宫"，下面数句为追述当年雅集的六客，并且以韩愈、杜甫、李白来比喻苏轼。小杜即唐代著名诗人杜牧，曾经在大中四年（850）任湖州刺史。③ 六客堂原名碧澜堂，即为杜牧到任湖州刺史时期所建。王十朋此诗作于孝宗乾道四年戊

---

① （宋）王十朋：《梅溪后集》卷十六，四库全书本。并据雍正本校补。《王十朋全集》，上海古籍出版社1998年版，第469页。

② （宋）王十朋：《王十朋全集》，上海古籍出版社1998年版，第467页。

③ 缪钺：《杜牧年谱》，河北教育出版社1999年版，第106页。

子（1168），而苏轼前六客雅集为神宗熙宁三年（1070），后六客雅集为哲宗元祐六年（1091），故有"一代名贤已陈迹。我后百年登此堂"句。而"坐上何曾欠佳客，苏仙一去难再得"，则体现了对于苏轼的缅怀与景仰。

而从上述王十朋诸诗可以看到，王十朋在湖州半年左右的时间中，就多次在六客堂进行雅集，相互唱和。这些诗会，均有文化象征意义，一方面明显继承苏轼开创的湖州六客堂雅集的城市文化，但是另一方面，又是有选择、有目的的，是在湖州城市文化的诸多方面中，继承有选择性的特定部分，同时加以改造、重构，而非简单地模仿、重复；是在选择性地对于传统湖州城市文化资源的认同和利用的同时，在继承传统的名号下创造和建构着新的传统，或者如英国当代著名历史学家和社会史学家霍布斯鲍姆所说的是一种"传统的发明"：

> "被发明的传统"意味着一整套通常由已被公开或私下接受的规则所控制的实践活动，具有一种仪式或象征特性，试图通过重复来灌输一定的价值和行为规范，而且必然暗含与过去的连续性。事实上，只要有可能它们通常就试图与某一适当的具有重大历史意义的过去建立连续性。……将新传统插入其中的那个具有重大历史意义的过去，并不需要是久远的、于时间迷雾之中遥不可及的。……就与历史意义重大的过去存在着联系而言，"被发明的"传统之独特性在于它们与过去的这种连续性大多是人为的。总之，它们采取参照旧形势的方法来回应新形势，或是通过近乎强制性的重复来建立它们自己的过去。①

对于苏轼之后的湖州六客堂雅集少人谈及，虽然从诗歌艺术的角度而言，这些作品多为艺术水平不高，文学价值不大。但是重要的正是通过这些文学作品的创作和影响，构成了一系列围绕六客堂而展开的士大夫雅集的城市文化活动，而成为一种湖州城市文化意象、象征，多年之后，人们记忆起的湖州城市文化的经典意象，是苏轼的前后六客堂雅集及其追随

---

① ［英］霍布斯鲍姆等：《传统的发明》，顾杭、庞冠群译，译林出版社2004年版，第2页。

者,至于作品水平的高下,反而不是最主要的事情了。

这些产生于六客堂雅集的诗句,都是强调参与者的文化身份和高雅趣味。同时,通过这些充满文化意味的诗会,他们利用传统,加以发挥和重建,以期产生文化上的重大影响,并且由此表明他们的社会身份,建构文化资本。

"文化资本"是法国著名社会学家布迪厄从象征支配角度,对马克思的资本理论进行非经济学解读之后提出的一个重要的社会学概念。布迪厄指出"文化资本"和经济资本一样,也可以投资于各种市场并获取相应的回报。由于"文化资本"的再生产主要是以一种"继承"方式进行的,所以它同样凝结着社会成员之间的不平等关系并体现着社会资源的不平等分配。①

而苏轼之后来到湖州的士大夫,通过凭吊、追忆和参加到六客堂雅集的活动之中,就是一种文化资本的社会建构过程。因此,积极参与其中的,就不仅是王十朋等少数人了。

宋袁说友撰《东塘集》卷三《六客堂》:

> 山水吴兴窟,风流一代雄。满城溪月里,六客笑谈中。玉骨埋黄陌,云书挂碧空。(六客堂东坡所书也。)②

袁说友(1140—1204),字起岩,号东塘居士,建安(今福建建瓯)人。侨居湖州。孝宗隆兴元年(1163)进士,诗歌大概就是在他侨居湖州之时所作。

宋王炎撰《双溪类稿》卷八:《招诸宰饭六客堂以小诗代折简》(以下湖州所作)

> 双袖日沾朱墨尘,风流那复似前人。梅花香里倾杯酒,略与凫仙一探春。

---

① [法]皮埃尔·布迪厄、[美]罗克·华康德:《实践与反思》,李猛、李康译,中央编译出版社 1998 年版,第 160 页。

② (宋)袁说友:《东塘集》卷三,四库全书本。

《六客堂》：

　　一樽相属更何人，六客当年事已陈。扁榜特书名尚在，篇章深刻字犹新。关心吏事方穷日，企踵前贤分绝尘。涉笔符移忧百谪，偷闲来此一嚬呻。①

王炎字晦叔，婺源人。乾道五年（1169）进士。诗歌应该是王炎在湖州为官之时所作。

宋林景熙撰《霁山文集》卷二《舟次吴兴》（今安吉州）二首：

　　钓舟远隔菰蒲雨，酒幔轻飘菡萏风。仿佛层城鳌背上，万家帘幕水晶宫。

　　苍烟淡淡水蒙蒙，渔笛吹残夕照红。六客风流今已远，堂名空入酒名中。②

　　诗歌大概是林景熙往来吴越间，船过湖州之时所作，时间大概在宋亡之后，因此，诗歌中透露出的不仅有"六客风流今已远"的缅怀与追思，而且有"渔笛吹残夕照红"隐喻的家国之痛与无限哀伤。从"堂名空入酒名中"的诗句看，大概有商业头脑的商人，已经将六客堂作为酒名了。

　　这些处于南宋初、中、晚不同时期的士大夫，无论是经过还是寄居，都有意识地参与到湖州六客堂雅集这一城市文化的历史脉络之中，通过诗歌书写，成为这个文化历史的一个组成。在不同作家作品中不断重复出现的六客堂这一湖州城市意象，这些意象来自城市的物质实体，但又被文学家赋予了丰富的象征意义，体现了文学家对城市的想象和价值判断。正如美国汉学家梅尔清在研究清初扬州文化中士大夫雅集活动所揭示的：

　　企图增加当地或个人声望的文人学士和官员能有意识地操纵风景名胜的文化遗产，在策略上利用这些景点增加自己的声誉或提高城市

---

①　（宋）王炎：《双溪类稿》卷八，四库全书本。
②　（宋）林景熙：《霁山文集》卷二，四库全书本。

的地位。这种操纵能够形成有创造力的文化支持,如通过空前的文学介入赋予新景点以意义……或者通过实物建筑和文学上的追古溯源,恢复这处景点的声誉。①

对于以诗歌书写湖州六客堂雅集的众多南宋士大夫来说,也基本上同于此。在他们围绕六客堂雅集进行文化活动,写下与六客堂有关的诗歌之时,"当这些精英们找寻并再次幻想拥有一种共有的文化遗产时,诗意的想象和历史的想象在他们的活动中都占有重要的地位"②。

宋代著名文献学家郑樵在《通志·艺文略》中记载:"湖州碧澜堂诗一卷。张询六客堂诗序曰:昔李公择为此郡,会于碧澜堂。子野作六客词。"③

根据这个记载,则宋代就已经有人将有关湖州碧澜堂(按即六客堂,原名碧澜堂,因为苏轼前后六客雅集而更名为六客堂)诗歌编辑成卷了。而清代安邑葛鸣阳所辑宋张先撰《安陆集》,附录引郑元庆《湖录》记载:"碧澜堂诗一卷,《绍兴续编到四库阙书目》有之,不知何人编辑。"④ 按:《秘书省续编到四库阙书目》二卷,宋绍兴时改定。则《碧澜堂诗》在南宋初期已经存在了。这些诗歌不仅参与了湖州城市文化意象的建构,而且人们也希望通过这种参与,可以使声名借助诗歌传之久远。王十朋诗句"邦人异日谈遗事,名姓应同六客题"传达的也正是这样的文化信息。

---

① [美]梅尔清:《清初扬州文化》,朱修春译,复旦大学出版社2004年版,第84页。
② 同上书,第131页。
③ (宋)郑樵:《通志·艺文略》,四库全书本。
④ (清)郑元庆:《湖录》;(清)葛鸣阳辑,(宋)张先撰:《安陆集》附录,四库全书本。

"便把杭州作汴州"：故都记忆与文学想象

从故都记忆文学发生的历史语境、故都记忆的物质基础、临安城市文化的故都痕迹和故都的文学想象等层次，揭示南渡士大夫的故国想象。分析"故都意识"的产生是在南宋特定的历史背景下出现的，与南宋士大夫的"危机意识"相联系，是一种文化记忆中的文学想象。

一　故都记忆的历史语境

突然发生的靖康事变打破了北宋末年诗坛的沉闷空气。崛起于东北的金国于宋徽宗宣和七年（1125）灭辽，第二年就攻陷汴京。宋钦宗靖康二年（1127），北宋灭亡，南宋建立，淮河以北成为金的领土。在短短两年之内所发生的天翻地覆的大事变，彻底打破了士大夫们宁静的书斋生活，整个宋代文坛震惊了，就是代表了北宋中后期诗坛风气的江西诗派也因此而发生了深刻的变化。

有关南宋初期南渡士大夫及其文学的基本情况和全面分析，已有多种成果，[①] 本文仅从一些人物、作品和文学史现象，做一些进一步的思考与分析。

金兵围攻汴京时，吕本中正在城中，他最早用诗歌记录了那场事变，《守城士》描写了抗金将士的奋勇抵抗，《兵乱后寓小巷中作》刻画了人民遭受战祸的惨状，《城中纪事》控诉了敌军烧杀抢掠的罪行。金兵退

[①] 王兆鹏：《宋南渡词人群体研究》，凤凰出版社2009年版。枣庄、吴洪泽：《宋代文学编年史》，凤凰出版社2010年版。钱建状：《南宋初期的文化重组与文学新变》，厦门大学出版社2006年版。

后，吕本中又写了一组《兵乱后自嬉杂诗》以抒愤，其一写道：

> 晚逢戎马际，处处聚兵时。后死翻为累，偷生未有期。积忧全少睡，经劫抱长饥。欲逐范仔辈，同盟起义师！①

沉郁悲壮，写出了爱国士大夫的共同心声。

南渡后，士人对北宋灭亡作了痛苦的反思。

靖康之祸是北宋王朝的一段屈辱史，面对山河破碎、神州陆沉的惨痛现实，生于斯、感于斯的诗人慷慨悲歌，记录了这段不堪回首的一段饱含血泪的痛史，唱响了"览之怆然，掩卷挥涕"的乱世之音。② 许多南渡词人的词作中悲愤溢于言表。正如王兆鹏《宋南渡词人群体研究》在分析南渡词人群体的心态和创作时候指出的：

> 词，最先弹奏出的就是这种漂泊者、逃难者的心声与血泪，表现出他们对于命运、生存的焦虑和对国家、对个人未来前途的恐惧忧伤。③

日本汉学家吉川幸次郎在谈到宋代诗歌的社会责任感这一特征的时候指出：

> 宋人的目光不仅仔细地注意着家庭或家庭的周围这些身边的事物，企图遍及它们的各个角落，对社会、国家——人类的大集团，其感觉之敏锐也是前所未有的。"人处于众人之中""不应该只顾自己而漠然于世"，这种社会意识，也是从很早起就被看作中国文学的使命了。最早的《诗经》，唐诗中杜甫、白居易的作品，都是社会的良心所在。只是迄唐为止的诗作，这种意识尚未普遍，到了宋代，至少是

---

① （宋）吕本中：《兵乱后自嬉杂诗》，载傅璇琮等主编：《全宋诗》第28册，北京大学出版社1998年版，第18246页。

② （唐）李白著，（清）王琦注：《李太白全集》，卷二七《泽畔吟序》，中华书局1977年版，第1289页。

③ 王兆鹏：《宋南渡词人群体研究》，凤凰出版社2009年版，第52页。

大家的诗，就成为普遍的存在。①

而台湾学者黄文吉在《宋南渡词人》中进一步分析认为：

> 宋诗虽然普遍地表现社会意识，但将社会意识融入到词里，则是靖康之难以后的事，在此之前，即使苏轼的词，批判社会与政治的作品并不多见。直到金人入侵、徽钦两帝被掳，词人方才把诗中的社会意识移到词中来，表现对社会变乱的难过及政治苟安的不满。②

张元幹（1091—1170?），字仲宗，号芦川居士、隐山人，永福（今福建永泰）人。宋高宗建炎三年（1129）春天，金兵大举南下，直逼扬州。高宗从扬州渡江，狼狈南逃。张元幹当时避乱南行，秋天在吴兴（今浙江湖州）乘舟夜渡，写下了《石州慢·己酉秋，吴兴舟中作》这首悲壮的词作：

> 雨急云飞，惊散暮鸦，微弄凉月。谁家疏柳低迷，几点流萤明灭。夜帆风驶，满湖烟水苍苍，菰蒲零乱秋声咽。梦断酒醒时，倚危樯清绝。　　心折。长庚光怒，群盗纵横，逆胡猖獗。欲挽天河，一洗中原膏血。两宫何处？塞垣只隔长江，唾壶空击悲歌缺。万里想龙沙，泣孤臣吴越。③

面对残酷的现实，词人"欲挽天河，一洗中原膏血"的壮志难酬，只能悲吟"两宫何处，塞垣只隔长江，唾壶空击悲歌缺。万里想龙沙，泣孤臣吴越"罢了。

类似的情况，也发生在同样南渡的向子諲身上。向子諲（1085—1152），字伯恭，自号芗林居士。向敏中玄孙。向子諲在《阮郎归·绍兴乙卯大雪行郴阳道中》一词中写道：

---

① ［日］吉川幸次郎：《宋元明诗概说》，李庆等译，中州古籍出版社1987年版，第18页。
② 黄文吉：《宋南渡词人》，台湾学生书局民国74年版，第40页。
③ 张元幹著，曹济平校注：《芦川词》，上海古籍出版社1991年版，第30页。

江南江北雪漫漫，遥知易水寒。同云深处望三关，断肠山又山。

天可老，海能翻，消除此恨难。频闻遣使问平安，几时鸾辂还。①

道出了中原遗民的普遍心声，失望悲愤的心情溢于言表。所谓"遥知易水寒"，易水，源出河北易县附近，当时已经是金人的领域。《战国策·燕策》载有燕太子送荆轲事，"至易水上……又前而为歌曰：'风萧萧兮易水寒，壮士一去兮不复还'"。②向子諲伤悼徽、钦二帝被掳，以此典故表达出南渡之初爱国志士心态，反映了南宋初期的社会历史状况和众多南渡士大夫的普遍心态，具有历史和社会意义。

钱锺书在《宋诗选注》的陈与义小传中深刻地分析指出：

靖康之难发生，宋代诗人遭遇到天崩地塌的大变动，在流离颠沛之中，才深切体会出杜甫诗里所写安史之乱的境界，起了国破家亡、天涯沦落的同感，先前只以为杜甫"风雅可师"，这时候更认识他是个患难中的知心伴侣。王铚"别孝先"就说："平生尝叹少陵诗，岂谓残生尽见之"；后来逃难到襄阳去的北方人题光孝寺壁也说："踪迹大纲王粲传，情怀小样杜陵诗。"都可以证明身经离乱的宋人对杜甫发生了一种心心相印的新关系。诗人要抒写家国之痛，就常常自然而然效法杜甫这类苍凉悲壮的作品，前面所选吕本中和汪藻的几首五律就是例子，何况陈与义本来是个师法杜甫的人，他逃难的第一首诗"发商水道中"可以说是他后期诗歌的开宗明义："草草檀公策，茫茫杜老诗！"他的"正月十二日自房州城遇虏至"又说："但恨平生意，轻了少陵诗"，表示他经历了兵荒马乱才明白以前对杜甫还领会不深。他的诗进了一步，有了雄阔慷慨的风格。③

在钱锺书所选注的陈与义诗歌中就有以下两首反映这一时期的名作：

---

① 唐圭璋编：《全宋词》（全五册），中华书局1965年6月第1版，第956页。
② 《战国策·燕策》，上海古籍出版社1985年版，第1137页。
③ 钱锺书选注：《宋诗选注》，人民出版社1982年版，第146—147页。

洞庭之东江水西，帘旌不动夕阳迟。登临吴蜀横分地，徙倚湖山欲暮时。万里来游还望远，三年多难更凭危。白头吊古风霜里，老木苍波无限悲！(《登岳阳楼》)

庙堂无策可平戎，坐使甘泉照夕烽。初怪上都闻战马，岂知穷海看飞龙！孤臣霜发三千丈，每岁烟花一万重。稍喜长沙向延阁，疲兵敢犯犬羊锋。①(《伤春》)

而"稍喜长沙向延阁，疲兵敢犯犬羊锋"则涉及的恰恰是前面提到的向子諲率军民与金兵血战的史实。有学者认为陈与义曾经避难长沙，会晤过向子諲。②两首诗歌所涉及的相关史实、用典，白敦仁的校笺有详细考证，③有助于对陈与义诗歌的理解。而诗歌的主旋律则的确如钱锺书所指出的，一方面体现了身经离乱的宋人对杜甫发生了一种心心相印的新关系，另一方面开始效法杜甫苍凉悲壮的作品来抒写家国之痛。

这样的痛苦和悲愤，在曾几作于湖州的《寓居吴兴》中同样体现出来：

相对真成泣楚囚，遂无末策到神州。但知绕树如飞鹊，不解营巢似拙鸠。江北江南犹断绝，秋风秋雨敢淹留？低回又作荆州梦，落日孤云始欲愁。④

这首诗的颔联讽刺了宋高宗的逃跑主义，全诗的忧国之情十分深沉。这样的心理是南渡时期士人阶层普遍拥有的，中国传统的知识分子都以修身治国平天下为人生的终极目标，然而，现实的残酷使得这样的理想注定是不可实现的，理想与现实的背离使得南渡士人悲愤不已，内心惶惑徘徊，对人生和自我都产生了极大的疑惑，他们在愤感的同时往往有着极

---

① 钱锺书选注：《宋诗选注》，人民出版社1982年版，第150、152页。
② 曾枣庄、吴洪泽：《宋代文学编年史》，凤凰出版社2010年版，第1353页。
③ (宋)陈与义撰，白敦仁校笺：《陈与义集校笺》，上海古籍出版社1990年版，第548、713页。
④ 傅璇琮等主编：《全宋诗》29册，北京大学出版社1992年版，卷一六五七，第18567页。

深的落寞，国家的前途在哪儿？人生的意义究竟何在？这样的困惑一再在他们对时政的描述和议论中表现出来，以报国为人生目的的士大夫在词中甚至直接指斥当权者对主战人士的压迫。宋王明清撰《挥尘后录》卷十记载，胡铨因为反对议和，秦桧便"讽台臣论其前言弗效，诏除名勒停，送新州编管。张仲宗元幹寓居三山，以长短句送其行，云：'梦绕神州路，怅秋风连营画角，故宫离黍，底事昆仑倾砥柱，九陌黄流乱注。更钢狄摩挲何处，天意从来高难问，况人生易老悲如许。更南浦，送君去。凉生岸柳销残暑，耿斜河疏星淡月断云微度，万里江山知何处，回首对床夜语，雁不到，书成谁与目。斮青天，怀今古，肯儿曹恩怨相尔汝，举大白，唱金缕。'邦衡在新兴尝赋词云：'富贵本无心，何事故乡轻别，空使猿惊鹤怨，误薜萝风月。囊锥刚要出头来，不道甚时节。欲驾巾车归去，有豺狼当辙。'郡守张棣缴上之，以谓讥讪，秦愈怒，移送吉阳军编管"①。

可见当权者打击主战派的强制措施。不仅是南渡的诗人、词人，就是朝中主战的重臣，同样面临着类似的境况，感受着类似的痛苦体验。赵鼎（1085—1147），字元镇，自号得全居士，解州闻喜（今属山西）人。崇宁五年（1106）进士。累官河南洛阳令。高宗即位，除权户部员外郎。建炎三年（1129），拜御史中丞。四年，签书枢密院事，后因与秦桧论和议不合，罢相。赵鼎满怀报国志却屡遭贬斥，其《满江红·丁未九月南渡，泊舟仪真江口作》：

惨结秋阴，西风送、霏霏雨湿。凄望眼、征鸿几字，暮投沙碛。试问乡关何处是，水云浩荡迷南北。但一抹、寒青有无中，遥山色。天涯路，江上客。　　肠欲断，头应白。空搔首兴叹，暮年离拆。须信道消忧除是酒，奈酒行有尽情无极。便挽取、长江入尊罍，浇胸臆。②

赵鼎这首《满江红》注明作于"丁未九月"。丁未是建炎元年

---

① （宋）王明清：《挥尘录》后录卷10，上海书店2001年版，第164页。
② 唐圭璋：《全宋词》，中华书局1965年版，第944页。

(1127)。靖康二年四月，金人掳掠徽、钦二帝北去。五月，赵构在南京（今河南商丘）即皇帝位，改元建炎。陈廷焯《白雨斋词话》卷八论宋南渡后词，首先举到赵鼎这首《满江红》，认为"此类皆慷慨激烈，发欲上指，词境虽不高，然足以使懦夫有立志"。①

南渡名相李纲这样历经三朝的重臣也是空怀满腔热血和才干，在主和的政策下也只能感叹而已，李纲《永遇乐·秋夜有感》词云：

  秋色方浓，好天凉夜，风雨初霁。秋月如钩，微云半掩，的烁星河碎。爽来轩户，凉生枕簟，夜永悄然无寐。起徘徊，凭栏凝伫，片时万情千意。　　江湖倦客，年来衰病，坐叹岁华空逝。往事成尘，新愁似锁，谁是知心底。五陵萧瑟，中原杳杳，但有满襟清泪。烛兰缸，呼童取酒，且图径醉。②

赵鼎和李光这样的重臣也发出如此愤懑、无助的声音。主战派怀抱的收复家园的理想难以实现，壮志难酬。

时代的悲剧在南渡士大夫的词作中屡屡表现。而且这样的悲剧也绝非仅仅发生在南渡的北方士大夫身上。面对南渡士大夫的强烈不满，宋高宗也不得不下罪己诏，这就是由汪藻代笔的《建炎三年十一月三日德音》：

  御敌者莫如自治，动民者当以至诚。朕自缵丕图，即罹多故。昧绥怀之远略，贻播越之深忧。虽眷我中原，汉祚必期于再复。而迫于强敌，商人几至于五迁。兹缘仗卫之行，尤历江山之阻。老弱扶携于道路，饥疲蒙犯于风霜。徒从或苦绎骚，程顿不无烦费。所幸天人协相，川陆无虞。仿治古之时巡，即奥区而安处。言念连年之纷扰，坐令率土之流离。乡闾遭焚劫之灾，财力困供输之役。肆凤宵而轸虑，如冰炭之交怀。嗟汝何辜，由吾不德。故每畏天而警戒，誓专克己以焦劳。欲睦邻休战，则卑辞厚礼以请和。欲省费恤民，则贬食损衣而从俭。苟可坐销于氛祲，殆将无爱于鬓肤。然边

---

① （清）陈廷焯著，屈兴国校注：《白雨斋词话》卷八，齐鲁书社1983年版，第597页。
② 唐圭璋：《全宋词》，中华书局1965年6月第1版，第901页。

陲岁骇，而师徒不免于屡兴，馈饷日滋，而征敛未遑于全复。惟八世祖宗之泽，岂汝能忘。顾一时社稷之忧，非予获已。少俟寇攘之息，首图蠲省之宜。况昨来蒙蔽之俗成，致今日凌夷之祸亟。虽朕意日求于民瘼，而人情终壅于上闻。主威非特于万钧，堂下自遥于千里。既真伪有难凭之患，则遐迩衔无告之冤。已敕辅臣，相与虚怀而听纳。亦令在位，各须忘势以咨询。直言者勿遭危疑，忠告者靡拘微隐。所期尔众，咸体朕怀。尚虑四民兴失职之嗟，百姓有夺时之怨。科需苛急，人心难俟于小康。犴狱繁滋，邦法有稽于末减。乃用迎长之节，特颁在宥之恩。于戏，王者宅中，夫岂甘心于远狩。皇天助顺，其将悔祸于交侵。惟我二三之臣，与夫亿兆之众，亟攘外侮，协济中兴。①

汪藻不愧是四六高手，孙觌在为汪藻的《浮溪集》所写的序中说："公在馆阁时，方以文章为公卿大臣所推重。每一篇出，余独指其妙处，公亦喜为余出也。后十五年公以儒先宿学当大典册，秉太史笔为天子视草，始大发于文。深醇雅健，追配古作。学士大夫传诵自海隅万里之远，莫不家有其书，所谓常杨燕许诸人，皆莫及也。"虽然有溢美，但是基本是实情。② 文章从"动民者当以至诚"开始，要以真诚来感动士大夫群体。文章从被迫南迁，谈到百姓流离失所之苦难。从财力的困难，讲到希望"欲睦邻休战"，而不得不"卑辞厚礼以请和"，一片为黎民百姓着想，不得已而为之的苦衷。从不忘祖宗的基业，讲到要"虚怀而听纳"。最后说自己也不甘心眼下处境，希望能够"亟攘外侮，协济中兴"。这的确是一篇动之以情、晓之以理的文章，孙觌所谓"深醇雅健，追配古作"，陆游就说汪藻的文章，时人将之与唐代著名宰相陆贽的文章相比。③

家与国的变迁，南渡他乡的艰辛和故土难复的悲愤，强化了南宋诗人对于故都的记忆与追思。同时，也侧面反映了大量北方士大夫家族南渡到

---

① （宋）汪藻：《浮溪集》卷十三，丛书集成初编本。长沙商务印书馆民国28年版，第150—151页。
② 同上书，第1—2页。
③ 陆游：《老学庵笔记》卷四，中华书局1979年版，第52页。

两浙地区的历史情况。①

二 "便把杭州作汴州":故都记忆的物质基础与临安城市文化的故都痕迹

明田汝成撰《西湖游览志余》卷二记载:

> 绍兴淳熙之间,颇称康裕。君相纵逸,耽乐湖山,无复新亭之泪。士人林升者题一绝于旅邸云:山外青山楼外楼,西湖歌舞几时休。暖风熏得游人醉,便把杭州作汴州。②

田汝成所记载的林升的诗歌,几乎家喻户晓,十分出名。如果我们借用"便把杭州作汴州"此句字面的意思,则也的确反映出了南宋都城临安城市文化的一个重要特征,就是作为上至皇帝下至南渡移民百姓,出于对汴京的怀念和记忆,在临安城市文化中,打下了深深的北宋东京汴梁的影响印痕,以至于在强烈的心理暗示和精神欲望中,导致了时空错位中的幻觉想象。

在中国历史上,永嘉之乱、安史之乱和靖康之难,是逼使汉文化中心南迁的三次大的波澜。与前两次相比,"靖康之难"所导致的士人南迁规模更大,分布更广,对近现代文化的影响也更为深远;它不仅为南宋初期文坛的重建创造了条件,更成为南宋文学中兴的重要背景。

高宗于绍兴初年来到临安,绍兴二年(1132)下令大修城墙,八年(1138)正式下诏将临安定为行在。伴随着临安变成了新的政治经济中心,北方南迁之人大量向临安聚集。

建炎三年(1129),右谏议大夫郑毂说:"平江、常、润、湖、杭、

---

① 有关恢复中原和宋金和议问题,涉及十分复杂的政治、军事等多方面问题,过去文学史多采用完全否定和批判宋高宗的做法,近年来,史学界有一定新的认识,因为与本研究无密切关系,不在此详论。可以参考王曾瑜《岳飞和南宋前期政治与军事研究》,河南大学出版社2002年版。何忠礼:《宋代政治史》,浙江大学出版社2007年版。

② (明)田汝成:《西湖游览志余》卷二,四库全书本。按:今通俗流传"便把杭州作汴州"为"直把杭州作汴州",不知道起于何时,至少在清人厉鹗《宋诗纪事》卷56林升条引明田汝成撰《西湖游览志余》就已经如此。

明、越，号为士大夫渊薮，天下贤俊多避地于此。"① 韩元吉之子韩淲有诗反映这一历史现象云："太湖渺渺浸苏台，云白天青万里开。莫道吴中非乐土，南人多是北人来。"② 按照他们的说法，在环太湖一带的平江、湖州等地以及南宋的首都临安、曾经为行在所的越州等地，都是南渡士人所乐居之地，南宋初期士人多南迁至首都及其周边地区。所谓"西北士大夫多在钱唐"，③"中朝人物，悉会于行在"。④

临安最后发展成的狭长市区，南北纵长估计约35公里，平均宽度可能有7公里左右，市区总面积应该在245平方公里左右，北宋汴京城内毛密度是每公顷164人。临安郊区有运河水道、湖泊、山丘，毛密度应小于汴京。如以平均每公顷100人计算，临安全部市区，也就是包括城内及郊区，总人口应有250万人左右。城内占地65平方公里，有100万居民，城外郊区180平方公里，有150万居民，折合成户数，城乡合计约有45万户。⑤

李处全在《曾程堂记》一文中称赞"渡江文物，追配中原"，⑥ 而韩淲在《涧泉日记》卷中则有更为具体的阐发：

> 渡江以来，李伯纪第一流，赵元镇尽有德望，只是才少。张敬夫卓然有高明处，虽未十分成就，而拳拳尊德乐道之意，绝出诸贤之上。吕伯恭拳拳家国，有温柔敦厚之教，朱元晦强辩自立处，亦有胆略。盖张之识见，吕之议论，朱之编集，各具所长。⑦

韩淲提到的这些南宋文化的代表人物，基本是南渡士大夫及其后裔。而在韩淲看来，南渡诸人的道德、文章的代表人物，正在于对于北宋文化的承继。宋韩淲撰《涧泉日记》卷下：

---

① （宋）李心传：《建炎以来系年要录》卷二〇，《丛书集成初编》本。
② （宋）韩淲：《涧泉集》卷一七，《次韵》，四库全书本。
③ （元）脱脱《宋史》卷四三七《程迥传》，中华书局1985年版。
④ （宋）陆游：《渭南文集》卷一五，《傅给事外制集序》，《四部丛刊初编》本。
⑤ 赵冈：《中国城市发展史论集》，新星出版社2006年版，第66—79页。
⑥ （宋）李处全：《曾程堂记》，（宋）郑虎臣编《吴都文粹》卷九，四库全书本。
⑦ （宋）韩淲撰，孙菊园、郑世刚点校：《涧泉日记》卷中，上海古籍出版社1993年版，第24页。

渡江南来，晁詹事以道，吕舍人居仁，议论文章，字字皆是中原诸老一二百年酝酿相传而得者，不可不讽味。崔德符、陈叔易，皆许昌先贤，俱从伊洛诸公游，有文章，盛名节，行亦正当。①

在此，韩淲特别强调了渡江南来之后，无论是议论文章还是名节道德，均为北宋最为优秀的文化代表的继承，从而也强调南宋朝廷继承北宋政权的合法性、正统性。

按，《四库全书·涧泉日记·提要》：

涧泉日记三卷，宋韩淲撰。淲字仲止，涧泉其号。世居开封，南渡后，其父流寓信州，因隶籍于上饶。……淲，宋史无传，仕履始末无考，惟戴复古石屏集，有挽韩仲止诗云：雅志不同俗，休官二十年。隐居溪上宅，清酌涧中泉。慷慨商时事，凄凉绝笔篇。三篇遗稿在，当并史书传。自注云：时事惊心，得疾而卒。作《所以商山人》、《所以桃源人》、《所以鹿门人》三诗，盖绝笔也。知淲乃遭逢乱世，坎坷退居，赍志以殁之士矣。……考《东南纪闻》载淲清高绝俗，不妄见贵人，亦不妄受馈遗。其人品学问，既具有根柢，又参政韩亿之裔，吏部尚书韩元吉之子。其亲串亦皆当代故家，如东莱吕氏之类，故多识旧闻，不同剿说。……在宋人说部中，固卓然杰出者也。②

从提要所考，可以清楚了解，韩淲正如上节所论及的许多士大夫一样，是南渡之人，世居开封，名门之后，清高绝俗，人品学问，具有根柢。而他的死，是时事惊心，得疾而卒，赍志以殁。他对于南渡后文化承继的记载，无疑是深有寄托的。而强调渡江南来之后，文脉学术，承继北宋，也是士大夫普遍的看法。宋俞德邻撰《佩韦斋辑闻》卷四云：

宋自渡江以来，文人才士，视东都诸老若有愧焉。故说者得以光

---

① （宋）韩淲撰，孙菊园、郑世刚点校：《涧泉日记》卷下，上海古籍出版社1993年版，第37页。

② 《四库全书·涧泉日记·提要》，四库全书本。

岳气分而议之,然乾淳端平之际,如朱公熹、张公栻、吕公祖谦、真公德秀、叶公适、陈公传良、魏公了翁,相继以道自任,以文自鸣,卒使后生小子,习见典型,争自濯磨于学,亦不可谓全无人也。①

宋吴潜撰《履斋遗稿》卷三《魏鹤山文集后序》云:

潜窃谓渡江以来,文脉与国脉同其寿。盖高宗于司马文正公《资治通鉴》谓有益治道,可为谏书。自孝宗为《苏文忠公文集》御制一赞,谓忠言说论,不顾一身,利害洋洋,圣谟风动。四方于是人文大兴,上足以接庆历、元祐之盛。至乾淳间大儒辈出,朱文公倡于建,张宣公倡于潭,吕成公倡于婺,皆著书立言,自为一家。凡仁义之要,道德之奥,性理之精微,所以明天理而正人心,立人极而扶世教,使天下晓然知人之所以异于禽兽,吾道之所以异于佛老,圣经贤传之务息邪说,有君臣有父子而不蚀其纲常之正者,功用弘矣。②

从这些记载中可见,士大夫一方面强调对于北宋文化的继承,另一方面在他们认为文学或有不足与北宋并肩的情况下,南宋的大儒辈出,则是对于北宋文化的一大发展。而这也的确是南宋文化的一个突出特征。而追忆北宋文化,自然也成为南渡之后士大夫的一个风尚。宋张端义撰《贵耳集》卷中记载:"渡江以来,隆绍间士大夫犹语元符宣政旧事。"③ 就是能讲中原遗事的士人,也受到了极大的欢迎。洛阳名士朱敦儒,之所以受到秦桧青睐,并被招延入仕,赵彦卫的这句话应该也讲出了一个重要的原因:"朱希真,洛人,以遗逸召,既致仕,复出,多记中原事,秦喜之。"④

事实上,不仅南宋文学、文化、学术、思想,有着十分明显的对于北宋的继承,而且在相当程度上也是一种有意识的自觉追求,而临安自然是最为集中的地方。不仅如此,临安城市之中,有大量南渡士大夫,北方移民及其后裔成为人口主体。临安移民3/4左右来自今天的河南省,其中绝

---

① (宋) 俞德邻:《佩韦斋辑闻》卷四,丛书集成本。
② (宋) 吴潜:《履斋遗稿》卷三,《魏鹤山文集后序》,四库全书本。
③ (宋) 张端义:《贵耳集》卷中,丛书集成本。
④ (宋) 赵彦卫,傅根清点校:《云麓漫抄》卷十,中华书局1996年版,第169页。

大多数又来自开封,并往往是在南宋初年迁入的。[①]

由于外来移民以开封人较多,临安普遍流行开封话。虽然一二百年以后开封话已逐渐融合到南方语言中,但其影响直到明代仍清晰可见。明人郎瑛说:杭州"城中语言,好于他郡。盖初皆汴人,扈宋南渡,遂家焉,故至今与汴音颇相似"[②]。

北宋时期南北方的食物分成南食和北食两个区别较大的系统:大致区别是南方人的粮食以稻米为主,北方人的粮食以粟麦为主;南食的荤菜以猪肉、鱼为主,北食的荤菜以羊肉为主。[③]

临安的茶肆装潢也深受汴京影响,"大茶坊张挂名人书画。在京师(汴京)只熟食店挂画,所以消遣久待也。今(临安)茶坊皆然"。[④] 小饮店也模仿汴京气象,"杭城风俗。凡百货卖饮食之人,多是装饰车盖担儿,盘合器皿新洁精巧,以炫耀人耳目。盖效学汴京气象,及因高宗南渡后,常宣唤买市,所以不敢苟简,食味亦不敢草率也"。[⑤] 周密《武林旧事》中记载,淳熙五年(1178)二月初一,孝宗亲自到德寿宫向太上皇高宗问安,高宗派人到民间饮食市场"宣索"东京人的菜肴,李婆婆杂菜羹、贺四酪面、臧三猪胰胡饼、戈家甜食等都在其列。宴会时,"太上笑谓史浩曰:此皆京师旧人。各厚赐之"[⑥]。人是京师旧人,饮食的品种、味道是故都的旧习,对于在北宋开封故都中长大和生活的高宗为代表的"京师旧人",保持传统,不仅是一种饮食上的习惯,而且有着更为丰富和复杂的情感凝聚其中。

北宋时期首都汴京城中汇聚了来自各地的艺术形式,南宋时期随着人口的南移,使得不少艺术传入临安。宋代吴自牧《梦粱录》卷二十《妓乐》中记载:"唱赚在京时,只有缠令、缠达。有引子、尾声为缠令。引子后只有两腔迎互循环,间有缠达。绍兴年间,有张五牛大夫,因听动鼓

[①] 吴松弟:《中国移民史》第 4 卷(辽宋金元时期),福建人民出版社 1997 年版,第 293—297 页。吴松弟:《南宋移民与临安文化》,《历史研究》2006 年第 5 期。

[②] (明)郎瑛:《七修类稿》卷 26,《杭音》,中华书局 1959 年版,第 394 页。

[③] 朱瑞熙等:《辽宋西夏金社会生活史》,中国社会科学出版社 1998 年版,第 1—9 页。

[④] (宋)耐得翁:《都城纪胜·茶坊》,中国商业出版社 1982 年版,第 7 页。

[⑤] (宋)吴自牧:《梦粱录》卷十八,《民俗》,山东友谊出版社 2001 年版,第 249 页。

[⑥] (宋)周密:《武林旧事》卷七,山东友谊出版社 2001 年版,第 137 页。

板中有《太平令》或赚鼓板,即今拍板大节抑扬处是也,遂撰为'赚'。"① 可见唱赚起源于汴京,南宋传入临安之后,获得进一步发展。有学者认为缠达即是转踏,为唱赚的早期形式。②

吴自牧《梦粱录》卷二十《妓乐》载:"说唱诸宫调,昨汴京有孔三传编成传奇灵怪,入曲说唱,今杭城有女流熊保保及后辈女童皆效此,说唱亦精,于上鼓板无二也。"③ 宋代灌圃耐得翁《都城纪胜·瓦舍众伎》中载:"叫声,自京师起撰,因市井诸色卖物之声,采合官调而成也。""杂扮或名杂班,又名钮元子,又名技和,乃杂剧之散段。在京师时,村人罕得入城,遂撰此端,多是借装为山东、河北村人,以资笑。今之打和鼓、捻梢子、散耍皆是也。"④ 可见临安的诸宫调、叫声、杂扮,也是效仿了汴京的旧有曲艺形式。

宋代吴自牧《梦粱录》卷二十《百戏伎艺》中记载:"更有弄影戏者,元汴京初以素纸雕镞,自后人巧工精,以羊皮雕形,用以彩色妆饰,不致损坏。杭城有贾四郎、王升、王闰卿等,熟于摆布,立讲无差。"⑤ 起源于汴京的影戏,到临安时期,发展得更为精致了。不仅制作的原材料,从素纸发展为羊皮,而且制作艺术上,从单色发展为以彩色装饰。在这一时期,还出现了一批贾四郎、王升、王闰卿等以表演影戏而出名的人物。

中国文化的承传与发展向来都是以都城为中心的,对皇权、政权的高度崇仰与绝对服从,使都城文化有着强大的凝聚力。对汴京的眷恋是宋人的一种共同心结,"汴都意识"实质上是一种家园意识。

北方移民的大量南迁,对临安都市文化的诸多方面,产生了重大的影响,南宋灌圃耐得翁《都城纪胜》序中说:

> 圣朝祖宗开国,就都于汴,而风俗典礼,四方仰之为师。自高宗皇帝驻跸于杭,而杭山水明秀,民物康阜,视京师其过十倍矣。虽市肆与京师相侔,然中兴已百余年,列圣相承,太平日久,前后经营至

---

① 王水照、熊海英:《南宋文学史》,人民出版社 2009 年版,第 464—465 页。
② (宋)吴自牧:《梦粱录》卷二十,山东友谊出版社 2001 年版,第 288 页。
③ 同上。
④ (宋)耐得翁:《都城纪胜·瓦舍众伎》,中国商业出版社 1982 年版,第 10 页。
⑤ (宋)吴自牧:《梦粱录》卷二十,山东友谊出版社 2001 年版,第 290 页。

矣，辐辏集矣，其与中兴时又过十数倍也。①

宋室南迁，无论是作为最上层的统治者，还是南渡士大夫，均曾居汴梁。他们有着浓厚的乡土情结，而更为重要的还有政治原因，因为在宋人心目中，汴京依然是都城，临安只是"行在"或陪都，人们渴望有朝一日收复故土。对于南迁的皇家与士大夫群体而言，汴京才代表着正统与本源。因此，在这样的情况下，当置身于临安都市之中，耳闻汴京之话语，目见东京之招牌，口食汴京之风味，欣赏着汴京传来的娱乐演出，继续书写着北宋汴京的文学……恍惚之间，倒仿佛真的又回到了汴京之中，难免是"便把杭州作汴州"了。而这一切，也就构成了南渡士大夫故都追忆的文化氛围与城市物质文化基础。

三　文化记忆中故都的文学想象与建构

南渡后见不到收复的举措，而岁月磋跎、时光无情，人生的意义究竟何在成了不少士人扪心自问的话题。由北而南的迁移不仅是生活上的困窘，更多是流落异乡的孤寂和凄凉，李清照《添字丑奴儿》云："伤心枕上三更雨，点滴霖霪。点滴霖霪。愁损北人，不惯起来听。"可见要适应南方生活不难，难的是心理的平衡，语言和风景的陌生感成为阻碍，这种阻碍的根源就是南北分裂，无法北归的失望。朱敦儒作于绍兴九年的《临江仙》将和议后故土收复无望的悲凉凄楚表达得极为沉痛，"直至凤凰城破后，册钗破镜分飞。天涯海角信音稀。梦回辽海北，魂断玉关西。月解重圆星解聚，如何不见人归。今春还听杜鹃啼。年年看塞雁，一十四番回"。②

国鼎南迁的耻辱带给广大民众更多的是被迫远离家园流落异乡的痛苦，③对家国的思念是每一个经历了靖康之难的人的心声，就连多作应制词的曹组，也有"甚时得归京里去"这样明指时政、表达大众心声的断句。周煇记载："绍兴初，故老闲坐，必谈京师风物，且喜歌曹元宠《甚

---

① （宋）耐得翁：《都城纪胜·酒肆》，中国商业出版社1982年版，第1页。
② 王兆鹏：《宋南渡词人群体研究》，凤凰出版社2009年版。
③ （宋）庄绰：《鸡肋编》卷中，中华书局1983年版，第64页。

时得归京里去》一小阕，听之感慨，有流涕者。"①

对于故国故都的追思、回忆，成为南渡文学一个相当时期的主题之一。

张元幹《兰陵王·春恨》：

> 卷珠箔。朝雨轻阴乍阁。阑干外、烟柳弄晴，芳草侵阶映红药。东风妒花恶。吹落梢头嫩萼。屏山掩、沉水倦熏，中酒心情怕杯勺。
>
> 寻思旧京洛。正年少疏狂，歌笑迷著。障泥油壁催梳掠。曾驰道同载，上林携手，灯夜初过早共约。又争信飘泊？
>
> 寂寞。念行乐。甚粉淡衣襟，音断弦索。琼枝璧月春如昨。怅别后华表，那回双鹤。相思除是，向醉里、暂忘却。②

词人追忆旧京，缅怀青春少年的诗酒年华，而"驰道同载，上林携手，灯夜初过早共约"，大概更是一段刻骨铭心的情思。清人宋翔凤在《乐府余论》中说："南宋词人系心旧京，凡言归路，言家山，言故国，皆恨中原隔绝。"③词人特意提到了"灯夜"，对于北宋东京的元宵节的共约，和今日的无法预期的漂泊，充满感伤与无奈。而向子諲《鹧鸪天·有怀京师上元，与韩叔夏司谏、王夏卿侍郎、曹仲谷少卿同赋》写道：

> 紫禁烟花一万重，鳌山宫阙倚晴空。玉皇端拱彤云上，人物嬉游陆海中。　　星转斗，驾回龙。五侯池馆醉春风。而今白发三千丈，愁对寒灯数点红。④

向子諲《酒边词》分为"江南新词"和"江北旧词"两卷。南宋胡寅《向芗林酒边集后序》中指出"观其退江北所作于后，而进江南所作于前，以枯木之心，幻出葩华，酌元酒之尊，弃置醇味，非染而不色，安能及此！余得其全集于公之外孙汶上刘子荀，反复厌饫，复以归之，因题

---

① （宋）周煇：《清波别志》卷中，中华书局1985年版，第135页。
② （宋）张元幹，曹济平校注：《芦川词》，上海古籍出版社1991年版，第11—12页。
③ （清）宋翔凤：《乐府余论》，唐圭璋编：《词话丛编》，中华书局1986年版，第2502页。
④ 唐圭璋：《全宋词》，中华书局1965年6月第1版，第956页。

其后。公宏才伟绩，精忠大节，在人耳目，固史载之矣。后之人昧其平生，而听其余韵，亦犹读《梅花赋》而未知宋广平欤？"① 这首《鹧鸪天》注明"有怀京师上元"，词人从怀旧入手，描绘了汴京紫禁城内外欢度上元佳节的盛况，完全是记实，可与孟元老《东京梦华录》中的记载相互印证。孟元老《东京梦华录》的自序中说：

> 仆从先人宦游南北，崇宁癸未到京师，卜居于州西金梁桥西夹道之南。渐次长立，正当辇毂之下，太平日久，人物繁阜，垂髫之童，但习鼓舞，班白之老，不识干戈，时节相次，各有观赏。灯宵月夕，雪际花时，乞巧登高，教池游苑。举目则青楼画阁，绣户珠帘，雕车竞驻于天街，宝马争驰于御路，金翠耀目，罗绮飘香。新声巧笑于柳陌花衢，按管调弦于茶坊酒肆。八荒争凑，万国咸通。集四海之珍奇，皆归市易，会寰区之异味，悉在庖厨。花光满路，何限春游，箫鼓喧空，几家夜宴。伎巧则惊人耳目，侈奢则长人精神。瞻天表则元夕教池，拜郊孟亭。频观公主下降，皇子纳妃。修造则创建明堂，冶铸则立成鼎鼐。观妓籍则府曹衙罢，内省宴回；看变化则举子唱名，武人换授。仆数十年烂赏叠游，莫知厌足。一旦兵火，靖康丙午之明年，出京南来，避地江左，情绪牢落，渐入桑榆。暗想当年，节物风流，人情和美，但成怅恨。②

向子諲在词中抚今追昔，真有恍若隔世的感觉，当年目睹京城繁华，亲历北宋盛况，如今僻居乡里，只能与数点寒灯作伴。王夫之《姜斋诗话》说："以乐景写哀，以哀景写乐，一倍增其哀乐。"

南渡士大夫群体的相关文学表达，事实上，是一种对于北宋故都的重要社会记忆，而这种社会记忆，对于不仅失去家园、身世漂泊，而且精神漂泊无所皈依的南渡士大夫群体，具有重要的精神和文化意义。正如德国学者哈拉尔德·韦尔策在其主编《社会记忆——历史、回忆、传承》中指出："对自己的过去和对自己所属的大我群体的过去的感知和诠释，乃

---

① （宋）胡寅撰，容肇祖点校：《崇正辨·斐然集》，中华书局1993年版，第403页。
② （宋）孟元老撰，伊永文笺注：《东京梦华录》卷六，中华书局2006年版，第540—542页。关于北宋汴京元宵节盛况，参阅刘方《宋代两京都市文化与文学》，中国社会科学出版社2016年版，第一章、第二章、第三章中相关内容的介绍与研究。

是个人和集体赖以自我认同的出发点，而且也是人们当前——着眼于未来——决定采取何种行动的出发点。"①

而韦尔策也谈到建筑、景色、声响、气味和触觉印象等本身也承载着历史和回忆。② 从张元幹、向子諲的词体的书写，到孟元老的《东京梦华录》的盛况描摹，那些对于北宋故都的节日中的北宋东京建筑、景色、声响、气味和触觉印象的追忆与缅怀，使得故都元宵节的节日狂欢，已经成为南渡士大夫群体的一个集体记忆。所谓集体记忆（collective memory）又称群体记忆。这一概念是由法国社会学家哈布瓦赫在《记忆的社会框架》中提出，哈布瓦赫研究认为，社会思想的内容是由集体记忆构成的。③

对于南渡士大夫群体而言，一定的共同社会记忆之所以是重要的和必要的，是与士大夫群体在南宋初期所面临的政治和精神等方面的困境联系在一起的。南渡士大夫群体都在不同程度、不同方面承载了宋代国家与社会的重建事业。正如当代社会学家所指出的，社会秩序的合法化过程也是一个社会记忆重建和确立的过程，在这个过程中，社会秩序中的参与者"必须具有一个共同的记忆"。④

当然，南渡士大夫群体所创作的这些记忆文学，同时也不仅是一种简单的忆旧或者怀旧，而更是一种创伤记忆的书写和铭刻。⑤ 词语的存在不仅反映外在的现实，而且促使事物发生，有能动的作用。正确的文学分析，不是要把历史事件化约为语言概念，而是把语言概念、写作本身，视为真正的历史事件。⑥ 从这个角度思考和理解南渡文学作品中所涉及的"故国""故都"等词，会有某种新的启发。

---

① ［德］哈拉尔德·韦尔策主编：《社会记忆——历史、回忆、传承》，季斌等译，北京大学出版社2007年版，第3页。

② 同上书，第3—4页。

③ ［法］莫里斯·哈布瓦赫：《论集体记忆》，毕然、郭金华译，上海人民出版社2002年版，第313页。

④ ［美］保罗·康纳顿：《社会如何记忆》，纳日碧力戈译，上海人民出版社2000年版，第3页。

⑤ 张志扬：《创伤记忆：中国现代哲学的门槛》，上海三联书店1999年版。

⑥ 参见刘禾《跨语际实践——文学，民族文化与被译介的现代性》，宋伟杰等译，生活·读书·新知三联书店2002年版。

一座城市，仅仅有建筑，还仅仅是一个地理空间与物质空间，只有有了丰富而复杂的人的生存与活动，才为城市注入了灵魂与血肉，制造出每一个城市空间的迷人而独特的意象。同时，都市不仅是一个地理和空间的概念，更重要的是那些曾经在这个空间中活动着的人，发生着的事，传承着的历史。就如英国文化地理学家迈克·克朗在他的《文化地理学》一书中所指出的：

> 很显然，我们不能把地理景观仅仅看作物质地貌，而应该把它当作可解读"文本"，它们能够告诉居民及读者有关某个民族的故事，他们的观念信仰和民族特征。[1]

重要的是，这一观念启发我们从一个新的视角重新思考南宋临安的城市生活与文化，探求那些在传统知识模式下被遮蔽或者忽视的，但是却是十分重要的方面与内涵。

"故都"对于南渡士大夫来说，是在特殊的历史和文化空气中的一套想象的过程。而他们根据记忆、传说和其他文字材料所构建出来的故都形象，可以说是一种特殊的"故国想象"。他们通过记忆、传说、想象等方式产生的对故国的叙述，一方面体现了在移民文化背景下，通过故都记忆，缅怀过去；另一方面为保留自己的北方文化本源，为南宋政治、文化提供合法性。但同时，"故都"作为想象的对象，也在文学叙述中得到文化意义上的丰富性和完整性。

想象不但帮助定位客体，同时也创造了想象的主体本身。"故都意识"的产生，是在南宋特定的历史背景下出现的。它的产生与南宋士大夫的"危机意识"相联系。是一种文化记忆中的文学想象与建构。

---

[1] ［英］迈克·克朗：《文化地理学》，杨淑华、宋慧敏译，南京大学出版社2003年版，第51页。

吴文英词的空间叙事与南宋临安都市文化

吴文英词作在章节布局上的空间逻辑，在文本叙事上的空间叙事，都打破了传统的艺术与技术，因此，其文本在结构布局和叙事线索上都呈现出马赛克式的特质与征相。以吴文英词中的句子来形容、比拟，正所谓"面屏障、一一莺花"。四阕结构的莺啼序词，正如四折屏障，每一面都是色彩绚丽的画面，但是每面之间，没有必然的内在关联，而是作为一组屏障的有机组成部分而被结构起来。同时，在每一阕中，也如同每一面屏障上的画面，是依靠空间的叙事线索关联在一起的。

吴文英的题壁词，已经不仅是传播学的问题，而且具有了新的公共性与表演性特征。文学活动在这里甚至成为一种表演性活动，从而使这一活动本身就成为一桩文学事件。一方面，大型酒楼提供了一举成名的成功的机会的空间与舞台。另一方面，通过文学建构，文学事件的传播，建构了都市酒楼的声名、作为都市著名地标的意象。乃至在千百年之后，物质性的酒楼早已灰飞烟灭，而通过关于它的文学，仍然能够想象当年景观盛况。

伴随着北宋汴京的都市繁荣，许多大型酒楼开始出现，而大型酒楼的产生，自然与城市文化繁荣、城市商业消费的发展有直接关系。日本的著名汉学家加藤繁在20世纪30年代初所撰写《宋代都市的发展》一文中，就有《酒楼》一节，深刻指出：宋代城市中的酒楼，"都是朝着大街，建筑着堂堂的重叠的高楼"，"这些情形都是在宋代才开始出现的"。[①] 加藤繁的这些具体阐述和基本判断，已经为研究者所普遍认同。宋孟元老撰

[①] ［日］加藤繁：《中国经济史考证》第一卷，吴杰译，商务印书馆1959年版，第274—277页。

《东京梦华录》卷二酒楼条的记载：

> 凡京师酒店门首，皆缚彩楼欢门。唯任店入其门，一直主廊约百余步，南北天井两廊皆小合子，向晚灯烛荧煌，上下相照。浓妆妓女数百，聚于主廊（檐）面上，以待酒客呼唤，望之宛若神仙。①

宋室南渡之后，开在南宋都城临安中的酒楼，不仅酒楼面前建筑形制和装饰风格模仿北宋东京酒楼，就是"向晚灯烛荧煌，上下相照，浓妆妓女数十，聚于主廊（檐）面上，以待酒客呼唤，望之宛如神仙"的情形，也与《东京梦华录》的记载与描绘如出一辙。

在北宋众多豪华酒楼之中，最为著名的就是丰乐楼了。丰乐楼，即樊楼，原名白矾楼，乃是南京商贩销售白矾的处所。改为酒店时，更名为樊楼。是北宋时汴京最豪华的酒楼。宋孟元老撰《东京梦华录》卷二：

> 白矾楼后改为丰乐楼。宣和间更修三层相高，五楼相向，各有飞桥栏槛，明暗相通，珠帘绣额，灯烛晃耀。初开数日，每先到者，赏金旗。过一两夜则已。元夜则每一瓦陇中，皆置莲灯一盏。内西楼后来禁人登眺，以第一层下视禁中。大抵诸酒肆瓦市，不以风雨寒暑，白昼通夜，骈阗如此。②

北宋后期，建筑在西湖边的一座名为"耸翠楼"的大酒楼也改名为丰乐楼。这座建筑在南宋以来的方志、笔记中记载颇多。记载比较详细的如宋潜说友撰《咸淳临安志》卷三十二：

> 丰乐楼在丰豫门外，旧名耸翠楼。楼据西湖之会，千峰连环，一碧万顷。柳汀花坞历历槛栏间。而游桡画舻棹歌堤唱，往往会合于楼下，为游览最。顾以官酤喧杂，楼亦卑小，弗与景称。淳祐九年赵安抚与筹始撤新之。瑰丽宏特，高切云汉，遂为西湖之壮。其旁花径曲

---

① （宋）孟元老著，伊永文笺注：《东京梦华录笺注》，中华书局2006年版，第174—176页。

② 同上。

折，亭榭参差，与兹楼映带，搢绅多聚拜于此。①

明田汝成撰《西湖游览志》卷八《北山胜迹》：

> 出涌金门而北，为丰乐楼。丰乐楼，宋初为众乐亭，寻改耸翠楼。政和中，改今名。淳祐九年安抚赵与筹重构之。瑰丽峥嵘，掩映图画，俯瞰平湖，千峰连环，一碧万顷，柳汀花坞，历历栏槛间。亭榭翚飞，远近映带，游桡冶骑，菱歌渔唱，往往会合于楼前。……宋赵忠定公咏丰乐楼柳梢青词："水月光中，烟霞影里，涌出歌台。空外笙箫，云间笑语，人在蓬莱。天香暗逐风回，正十里荷花尽开。买个小舟，山南游遍，山北归来。"②

从这一记载可以了解丰乐楼环境如画，建筑本身则高大华美。有关南宋时期丰乐楼等临安酒楼的情况，宋周密《武林旧事》卷六《酒楼》记载：

> 和乐楼（升旸宫南库）、和丰楼（武林园南上库。宋刻无"南"字）、中和楼（银瓮子中库）、春风楼（北库）、太和楼（东库）、西楼（金文西库。宋刻"金文库"）、太平楼、丰乐楼、南外库、北外库、西溪库。已上并官库，属户部点检所，每库设官妓数十人，各有金银酒器千两，以供饮客之用。每库有祗直者数人，名曰"下番"。饮客登楼，则以名牌点唤侑樽，谓之"点花牌"。元夕诸妓皆并番互移他库。夜卖各戴杏花冠儿，危坐花架。然名娼皆深藏邃，未易招呼。凡肴核杯盘，亦各随意携至库中，初无庖人。官中趁课，初不藉此，聊以粉饰太平耳。往往皆学舍士夫所据，外人未易登也。
>
> 熙春楼、三元楼、五间楼、赏心楼、严厨、花月楼、银马杓、康沈店、翁厨、任厨、陈厨、周厨、巧张、日新楼、沈厨、郑厨（只卖好食，虽海鲜头羹皆有之）、屹眼（只卖好酒）、张花。已上皆市

---

① （宋）潜说友：《咸淳临安志》卷三十二，四库全书本。
② （明）田汝成：《西湖游览志》卷八《北山胜迹》，浙江人民出版社 1980 年版，第 82 页。

楼之表表者。每楼各分小阁十余,酒器悉用银,以竞华侈。每处各有私名妓数十辈,皆时妆衒服,巧笑争妍。夏月茉莉盈头,春满绮陌。凭槛招邀,谓之"卖客"。又有小鬟,不呼自至,歌吟强聒,以求支分,谓之"擦坐"。又有吹箫、弹阮、息气、锣板、歌唱、散耍等人,谓之"赶趁"。及有老妪以小炉炷香为供者,谓之"香婆"。有以法制青皮、杏仁、半夏、缩砂、豆蔻、小蜡茶、香药、韵姜、砌香、橄榄、薄苛,至酒分得钱,谓之"撒暂"。又有卖玉面狸、鹿肉、糟决明、糟蟹、糟羊蹄、酒蛤蜊、柔鱼、虾茸、干者,谓之"家风"。又有卖酒浸江、章举蛎肉、龟脚、锁管、密丁、脆螺、鲎酱、法虾、子鱼、鱼诸海味者,谓之"醒酒口味"。凡下酒羹汤,任意索唤,虽十客各欲一味,亦自不妨。过卖铛头,记忆数十百品,不劳再四传喝。如流便即制造供应,不许少有违误。酒未至,则先设看菜数碟;及举杯,则又换细菜,如此屡易,愈出愈奇,极意奉承。或少忤客意,及食次少迟,则主人随逐去之。歌管欢笑之声,每夕达旦,往往与朝天车马相接。虽风雨暑雪,不少减也。①

从北宋开始,酒楼已经成为都市空间中重要的公共空间,是公共生活与大众传播的重要场域。

而与本文所要讨论的酒楼公共空间的分析最为接近的研究,是王笛对于传统中国社会中茶馆的城市公共空间和公共生活的考察与研究。② 因为在传统中国社会中,无论是酒楼还是茶馆,都不仅是娱乐休闲的场所,也是社会中各个阶层的形形色色的人物聚集的空间与活动的舞台。而在传统中国社会中,酒楼与茶馆这样的空间,也同样具有某些哈贝马斯所讨论的西方咖啡馆公共空间的特征。特别是一个城市中的著名的酒楼,在宋代以来的传统中国社会中,常常能够成为城市地方社会日常生活和社会热点聚集、交流与传播的中心。

中国古代文学研究中的词与城市研究,起步比较晚,成果尚需要积累,尚需要深入、具体、细腻的研究,特别是需要一系列个案研究作为基

---

① (宋)周密:《武林旧事》卷六《酒楼》,山东友谊出版社2001年版,第108—110页。
② 王笛:《茶馆:成都的公共生活和微观世界(1900—1950)》,社会科学文献出版社2010年版。

础，才能够形成深层次、有深度的、细致的系统研究著作。

个案研究，既可以是研究一个词人的一批词作，也可以是只研究某词人某篇词作。笔者曾经就柳永与北宋宋真宗时期都市道教文化的隐在关系进行了初步探索与研究。[①] 本文正是对于一位词人的一首词作进行比较细致、深入分析的尝试。本文的三个部分，体现了研究的三个切入视角，分别分析与讨论吴文英一首词与临安城市文化的三个维度、关系、方面。

第一，临安城市文化如何影响、形成了吴文英词的内容上的叙事与书写。

第二，临安城市建筑（酒楼）空间，如何影响和形塑了吴文英词的艺术形式，包括叙事技巧与策略，形成吴文英词在叙事方法上的创新，促成了宋词的空间叙事艺术的发展。

第三，临安城市空间（酒楼）与吴文英词的创作活动的社会功能，作为公共空间中的公共活动，如何成为一种艺术展演、文化交际和临安城市发生的公共文化事件。

一　吴文英丰乐楼题壁词与南宋临安都市文化

在《俞仲举题诗遇上皇》《赵伯升茶肆遇仁宗》这些话本中，都涉及一个重要的故事情节，即故事主人公在公共空间的酒楼、茶肆中题壁创作，形成题壁文学。一方面，这些小说，真实地反映处于科举考试激烈竞争中的士子，在都城这一既是科举考试空间——决定着自己的命运的场所，又是天子的政治空间中，幻想通过偶然、机缘来获得命运转机的心态。[②] 与此同时，小说又不自觉地参与到了与国家意识形态的共谋关系之中，再生产和参与建构了维护这一权利的社会稳定的国家意识形态。[③]

另一方面，题壁作为一种特殊的媒介载体，具有媒介传播的功能与效

---

① 刘方：《柳永游仙词与北宋真宗时期道教文化》，《宗教学研究》（季刊）2016 年第 3 期，修订版已经收入本书。

② 《赵伯升茶肆遇仁宗》文本的相关分析，参考刘方《汴京与临安：两宋文学中的双城记》第四章，上海古籍出版社 2013 年版。《俞仲举题诗遇上皇》文本的相关分析，参考刘方《宋代两京都市文化与文学》第八章，中国社会科学出版社 2016 年版。

③ 孙逊、刘方：《中国古代小说中的城市书写及其现代阐释》，《中国社会科学》2007 年第 5 期，第 168 页。

果。关于唐宋时期题壁文学,近年已经有不少研究,①而对于题壁文学的传播功能,王兆鹏更形象地称为宋代的"互联网"。②的确如研究者所指出:

> 在传统社会中,酒肆一向都是信息的聚散之地,来自各方的新闻或传言往往都汇集到这里,然后再由此扩散开去。于是,意在传播的文人士子便自然把酒肆墙壁作为题写诗词的首选之处。酒店也利用题壁这一社会现象招徕顾客,包装铺面,塑造文化形象,营造商业氛围,最终实现扩大经营的目的。③

作为南宋临安标志性建筑的酒楼丰乐楼,自然具备了最佳的信息的聚散之地的特征,同时也具有公共空间的功能。因此,丰乐楼题壁作品自然不可缺少,宋周密撰《武林旧事》卷五《湖山胜概》中记载:

> 南山路:自丰乐楼南,至暗门钱湖门外,入赤山烟霞石屋止。南高峰,方家峪、大小麦岭并附于此。丰乐楼旧为众乐亭,又改耸翠楼,政和中改今名。淳祐间,赵京尹与籧重建,宏丽为湖山冠。又甃月池,立秋千棱门,植花木,构数亭,春时游人繁盛。旧为酒肆,后以学馆致,争但为朝绅同年会拜乡会之地。林晖、施北山皆有赋,赵忠定《柳梢青》云:"水月光中,烟霞影里,涌出楼台,空外笙箫,云间笑语,人在蓬莱。天香暗逐风回,正十里,荷花盛开。买个小舟,山南游遍,山北归来。"吴梦窗尝大书所赋《莺啼序》于壁,一时为人传诵。④

吴梦窗就是吴文英,南宋著名词人,梦窗是吴文英的别号,字君特,南宋后期最精通音律的词人,除了姜夔,恐怕要数他了。词末题有"淳祐十一年二月甲子,四明吴文英君特书",淳祐十一年(1251 年,时词人

---

① 刘金柱:《中国古代题壁文化研究》,人民出版社 2008 年版。
② 王兆鹏:《宋代的"互联网"——从题壁诗词看宋代题壁传播的特点》,《文学遗产》2010 年第 1 期。
③ 谭新红:《宋词传播方式研究》,武汉大学出版社 2010 年版,第 88 页。
④ (宋)周密撰,傅林祥注:《武林旧事》卷五,山东友谊出版社 2001 年版,第 80 页。

五十二岁）初春，吴文英在丰乐楼题壁上写下了《莺啼序》一词。临安士林传诵。吴文英撰《莺啼序》有题目和注："丰乐楼·节斋新建此楼，梦窗淳熙十一年二月甲子作是词，大书于壁，望幸焉。"① 其词云：

> 天吴驾云闻海，凝春空灿绮。倒银海、蘸影西城，西碧天镜无际。彩翼曳、扶摇宛转，雩龙降尾交新霁。近玉虚高处，天风笑语吹坠。
>
> 清濯缁尘，快展旷眼，傍危阑醉倚。面屏障、一一莺花。薜萝浮动金翠。惯朝昏、晴光雨色，燕泥动、红香流水。步新梯，藐视年华，顿非尘世。
>
> 麟翁衮舄，领客登临，座有诵鱼美。翁笑起、离席而语，敢诧京兆，以役为功，落成奇事。明良庆会，赓歌熙载，隆都观国多闲暇，遣丹青、雅饰繁华地。平瞻太极，天街润纳璇题，露床夜沈秋纬。
>
> 清风观阙，丽日杲悥，正午长漏迟。为洗尽、脂痕茸唾，净卷麹尘，永昼低垂，绣帘十二。高轩驷马，峨冠鸣佩，班回花底修禊饮，御炉香、分惹朝衣袂。碧桃数点飞花，涌出宫沟，溯春万里。②

《莺啼序》词牌，始见于《梦窗词集》，为吴文英所创，系词中最长的词牌。全词二百四十个字，分四阕，每阕各四仄韵。这个词牌，后来又叫"丰乐楼"。可见吴文英丰乐楼题壁的影响力。

吴文英在丰乐楼墙上题词，据说是有"望幸"之意，也就是希望皇帝见了，能够获得赏识，给他个官做。大概是俞国宝的成功事例影响很大，让吴文英这一类的失意文人，多少产生了一些侥幸心理。而当时绍兴知府吴潜刚回到京城临安，当年就升为参知政事，又拜右丞相兼枢密使。吴文英在吴潜幕中，也跟着回临安。③ 吴潜在绍兴，吴文英就入幕。吴文

---

① （宋）吴文英著，郑文焯批校：《郑文焯手批梦窗词》，中央研究院文哲研究所筹备处编印民国 85 年版，第 103 页。毛本有注："节斋新建此楼，梦窗淳熙十一年二月甲子作是词，大书于壁，望幸焉。"淳熙为淳祐之误。

② （宋）吴文英著，郑文焯批校：《郑文焯手批梦窗词》，中央研究院文哲研究所筹备处编印民国 85 年版，第 103 页。（宋）吴文英著、吴蓓校笺：《梦窗词汇校笺释集评》，浙江古籍出版社 2007 年版，第 468 页。

③ 夏承焘：《唐宋词人年谱》（修订版），上海古典文学出版社 1955 年版，第 475—477 页。

英有四首赠吴潜的词作，而吴潜文集中也保存有和吴文英的三首词作，说明两人关系比较密切。而吴文英的丰乐楼题壁词又是为临安知府新修丰乐楼而题写，词中带颂意，是一首比较特殊的应酬词作。① 有了俞国宝的先例，有了与吴潜的关系，借助于为皇室成员、临安知府在公共空间歌功颂德的机遇，有"望幸"之意，作为长期沉沦下僚而负有才华的士子，也是十分合理的想法。

下面先看本词在内容上的表达。②

"天吴"，海神名。《山海经·海外东经》说："朝阳之谷，神曰天吴，是为水伯。"

"天吴"，《海外东经》说其形象是"八首人面、八足八尾，背青黄"，《大荒西经》说它是"八首人面，虎身十尾"。

阆字，意为空旷。《庄子·外物》："胞有重阆，心有天游。"宋林希逸撰《庄子口义》解释说：

> 胞，胖膜也。人身皮肉之内，有一重膜，包络此身。重阆者，空旷也。人身之内如此空旷，而心君主之，以天理自乐，则谓之天游。③

"阆海"，言茫茫大海也。起首数句，多人以为写丰乐楼之高耸。我则赞同钱鸿瑛《梦窗词研究》中的说法，是从丰乐楼的外景所在的西湖写起。④ 我以为吴文英开篇即以神话传说入词，展开想象，水神从海中腾云驾雾而升入高空。"凝春空灿绮"一句，诸研究者均无注释，而此句恰恰是与上句衔接，"春"字点出节令，题壁的时间是"二月甲子"，正是早春季节。而"灿绮"正是从"天吴"，《海外东经》说其形象是"八首人面、八足八尾，背青黄"的形态、色彩幻化而来。

---

① 钱鸿瑛：《梦窗词研究》，上海古籍出版社2005年版，第28—33、89—90页。

② 按：以下对于吴文英词的文本分析，参考了吴蓓《梦窗词汇校笺释集评》，第470页；钱鸿瑛《梦窗词研究》，第89—91页；周汝昌等：《唐宋词鉴赏辞典》（南宋·辽·金卷），上海辞书出版社1988年版，第2481页；杨铁夫笺释，陈邦炎、张奇慧校点：《吴梦窗词笺释》，广东人民出版社1992年版，第188页。

③ （宋）林希逸：《庄子口义》卷八外物第二十四，四库全书本。

④ 钱鸿瑛：《梦窗词研究》，上海古籍出版社2005年版，第28—33、89—90页。

"倒银海"两句，唐李贺撰《昌谷集》卷一《浩歌》有："南风吹山作平地，帝遣天吴移海水。"吴文英词句或者正是从李贺诗句而来。想象西湖由"帝遣天吴移海水"而成，而西湖碧波万顷，如天镜一般，将临安西城景色均形成倒影。"倒银海、蘸影西城，西碧天镜无际"言高耸入云的"丰乐楼"，在旭日照映下，更显灿烂夺目，它的身影不但倒映在湖中，而且一直可遮掩到临安的西城中。从楼中远眺，湖水茫茫，天水一色，尽收眼底。

林晔德撰赋《丰乐楼》所谓"十里掌平，丰乐楼兮，波头截横，诚一时之佳致。……西湖之上，踞虎盘龙横霓架虹。平地耸蓬莱之岛，飞仙移紫府之宫，紫绿杨于南北，迷芳草于西东。幸太平之日久，宜行乐以民同。碧天连水水连天，鱼在琉璃影里。画阁映山山映阁，雁横锦障图中"。正是与吴文英词句相互印证，交相辉映，均突出了丰乐楼的独特景观特征。

天镜中的倒影，仿佛海市蜃楼，而由丰乐楼的水中倒影，进一步写丰乐楼的华丽与高耸。

"雩"，本义为古代为求雨而举行的祭祀。《说文》："雩，夏祭乐于赤帝，以祈甘雨也。"《周礼·司巫》："则帅巫而舞雩。"《公羊传·桓公五年》："大雩者何，旱祭也。"注："使童男女各八人舞而呼雨，故谓之雩。""彩翼曳、扶摇宛转，雩龙降尾交新霁"这几句，我以为几种注释均没有能够落到实处。吴文英此处是虚虚实实，虚实相生。虚写是延续神话的想象，从水神联想到腾龙，实写是丰乐楼的彩楼欢门（详细情形形制，见本章首节）重檐叠瓦，色彩斑斓，所谓"彩翼曳"，扶摇直插云霄而与天际降尾之龙，上下相交，难分彼此，交相辉映而为彩虹。所谓"雩龙降尾交新霁"。

"近玉虚高处，天风笑语吹坠"句，极力夸赞丰乐楼建造得高耸入云，如近天上仙境。"天风笑语"均未有注释出处。而此语的出处，在北宋著名诗僧惠洪觉范所撰《石门文字禅》中的诗句"天风吹笑语"。大概惠洪对于自己的这句诗歌十分满意，因此在他的文集中，有四首诗歌都完整使用了诗句"天风吹笑语"。《石门文字禅》卷四《同敦素沈宗师登钟山酌一人泉》"天风吹笑语，响落千岩间"，《次韵天锡提举》"天风吹笑语，响落千岩静"与前面一诗几乎完全相同，仅仅是为了押韵，而将间改为静。《石门文字禅》卷五《予顷还自海外夏均父以襄阳别业见要使居之后六年均父谪祁阳酒官余自长沙往谢之夜语感而作》的结句"诗成倚峿台，天风吹笑语"，《同游云盖分题得云字》"天风吹笑语，乞与人间闻"。①

"近玉虚"两句，化用惠洪诗句，夸饰丰乐楼之高，几近玉虚天宫，因此丰乐楼中的人，能够有幸听到天风吹下来的仙人笑语。第一阕从丰乐楼所处西湖起笔，极写丰乐楼的景观之奇丽与丰乐楼之高迈。

"清濯缁尘，快展旷眼，傍危阑醉倚。""清濯"三句倒装。言词人醉眼朦胧斜倚在楼中栏杆上，被清新的"天风"、碧波万顷的湖水吹洗去一身俗尘，顿觉心旷神怡，眼为之明，眺望楼外的湖光山色。宋黄庭坚撰《山谷外集》卷十二《次韵子真会灵源庙下池亭》："系马着堤柳，置酒临魏城。人贤心故乐，地旷眼为明。"

"面屏障"句，写丰乐楼上所见风光。从高楼眺望湖光山色，远山好像一面面绘着山水画的屏风。

"一一莺花"，宋郭知达编《九家集注杜诗》卷二十四《陪李梓州王阆州苏遂州李果州四使君登惠义寺》："春日无人境，虚空不住天。莺花随世界，楼阁寄山巅。"而吴文英《念奴娇》（赋德明县圃明秀亭）："思生晚眺，岸乌纱平步，春云层绿。罨画屏风开四面，各样莺花结束。"②"罨画屏风开四面，各样莺花结束"正与"面屏障、一一莺花"意思相近。

"薜萝浮动金翠"。"薜萝"，《楚辞·九歌·山鬼》："若有人兮山之阿，被薜荔兮带女萝。"注："山鬼奄息无形，故衣之以为饰。"唐白居易撰《白氏长庆集》卷二十三《九日思杭州旧游寄周判官及诸客》："忽忆郡南山顶上，昔时同醉是今辰。笙歌委曲声延耳，金翠动摇光照身。"金翠，翠绿之色。晋陆机《百年歌》之五："罗衣綷粲金翠华，言笑雅舞相经过。"也指黄金和翠玉制成的饰物。《文选·曹植〈洛神赋〉》："戴金翠之首饰，缀明珠以耀躯。"梦窗此句应该是写春日游览湖光山色的仕女，金翠指代佩戴华美饰物的女性。宋吴自牧撰《梦粱录》卷一《八日祠山圣诞》记载：

---

① （宋）释惠洪著，[日本]释廓门贯彻注，张伯伟、郭醒、童岭、卞东波校点：《注石门文字禅》，中华书局2012年版，第235、292、341、381页。而对于此"天风吹笑语"句均无注。

② 杨铁夫笺释，陈邦炎、张奇慧校点：《吴梦窗词笺释》，广东人民出版社1992年版，第164页。

（二月）初八日，西湖画舫尽开，苏堤游人，来往如蚁。其日，龙舟六只，戏于湖中。其舟俱装十太尉、七圣、二郎神、神鬼、快行、锦体浪子、黄胖，杂以鲜色旗伞、花篮、闹竿、鼓吹之类。其余皆簪大花、卷脚帽子、红绿戏衫，执棹行舟，戏游波中。帅守出城，往一清堂弹压。其龙舟俱呈参州府，令立标竿于湖中，挂其锦彩、银碗、官楮，犒龙舟，快捷者赏之。有一小节级，披黄衫，顶青巾，带大花，插孔雀尾，乘小舟抵湖堂，横节杖，声诺，取指挥，次以舟回，朝诸龙以小彩旗招之，诸舟俱鸣锣击鼓，分两势划棹旋转，而远远排列成行，再以小彩旗引之，龙舟并进者二，又以旗招之，其龙舟远列成行，而先进者得捷取标赏，声喏而退，余者以钱酒友犒也。湖山游人，至暮不绝。大抵杭州胜景，全在西湖，他郡无此，更兼仲春景色明媚，花事方殷，正是公子王孙，五陵年少，赏心乐事之时，讵宜虚度？至如贫者，亦解质借兑，带妻挟子，竟日嬉游，不醉不归。此邦风俗，从古而然，至今亦不改也。①

　　按：吴自牧所述正是吴文英撰写此词之时的西湖风物，恰恰可以与吴文英词相互印证。而吴文英词中"雩龙降尾交新霁"的想象与构思，或许也有从西湖龙舟竞技中生发出来的因素。

　　"惯朝昏"两句，言丰乐楼的客人们已经习惯了观赏朝昏、晴雨不同时间、不同气候的楼外西湖"水光潋滟，山色空蒙"的晴雨美景；也看惯了春燕含泥、流水载红的都市风情。"步新梯"句，言词人登上修缮一新的丰乐楼，俯瞰滚滚尘世，顿生远离尘嚣的感觉。第二阕如杨铁夫所谓的全从"快展旷眼"句生出来。集中叙述登楼观景所见。宋代周密《武林旧事》卷三西湖游幸（都人游赏）中这样描述当日游赏盛况：

　　西湖天下景，朝昏晴雨，四序总宜。杭人亦无时而不游，而春游特盛焉。承平时，头船如大绿、间绿、十样锦、百花、宝胜、明玉之类，何翅百余。其次则不计其数，皆华丽雅靓，夸奇竞好。而都人凡缔姻、赛社、会亲、送葬、经会、献神、仕宦、恩赏之经营、禁省台府之嘱托，贵珰要地，大贾豪民，买笑千金，呼卢百万，以至痴儿呆

---

① （宋）吴自牧撰，傅林祥注：《梦粱录》，山东友谊出版社2001年版，第14—15页。

子，密约幽期，无不在焉。日糜金钱，靡有纪极。故杭谚有"销金锅儿"之号，此语不为过也。都城自过收灯，贵游巨室，皆争先出郊，谓之"探春"，至禁烟为最盛。龙舟十余，彩旗叠鼓，交午曼衍，粲如织锦。①

周密的记述与梦窗的词句正是可以相互印证。

"麟翁"三句，写临安知府作为重修丰乐楼的主持人在楼中设宴待客。"麟翁"，指赵节斋，即赵与𢍰。因赵为宗室，而龙麟是皇室象征，故"麟翁"是词人对主人的尊称。"衮舄"，即衮服、朝靴。"鱼美"，即鱼羹美。鱼羹系江浙特色菜，如张翰"见秋风起，乃思吴中菰菜、莼羹、鲈鱼脍"，而宋嫂鱼羹是南宋时的一种名菜。据（宋）周密著《武林旧事》记载：淳熙六年（1171），宋高宗赵构登御舟闲游西湖，命内侍买湖中龟鱼放生，宣唤中有一卖鱼羹的妇人叫宋五嫂，自称是东京（今开封）人，随驾到此，在西湖边以卖鱼羹为生。高宗吃了她做的鱼羹，十分赞赏，并念其年老，赐予金银绢匹。从此，声名鹊起，富家巨室争相购食，宋嫂鱼羹也就成了驰誉京城的名肴。丰乐楼地近西湖，有近水楼台之便。此处应是泛指宴中菜肴鲜美爽口，受到众口赞颂。不唯有湖光山色的佳景，而且有令人赞不绝口的美食。

宋吴自牧撰《梦粱录》卷十二《西湖》条记述：

> 杭城之西，有湖曰西湖，旧名钱塘。湖周围三十余里，自古迄今，号为绝景……丰豫门，外有酒楼，名丰乐，旧名耸翠楼，据西湖之会，千峰连环，一碧万顷，柳汀花坞，历历栏槛间，而游桡画舫，棹讴堤唱，往往会于楼下，为游览最。顾以官酤喧杂，楼亦临水，弗与景称。淳祐年，帅臣赵节斋再撤新创，瑰丽宏特，高接云霄，为湖山壮观，花木亭榭，映带参错，气象尤奇。缙绅士人，乡饮团拜，多集于此。②

"翁笑起"四句，言主人离席而起，笑而致辞，谦称自己重修想不到

---

① 周密著，傅林祥注：《武林旧事》，山东友谊出版社2001年版，第46—47页。
② （宋）吴自牧撰、傅林祥注：《梦粱录》，山东友谊出版社2001年版，第155—159页。

惊动了京城中人,云云,是词人拟主人口吻。"明良"二句,词人颂扬之辞。用《尚书》典故。①

"隆都观国多闲暇",化用班固《西都赋》"隆上都而观万国",称颂当下。"遣丹青、雅饰繁华地"则记叙丰乐楼重修之后的华丽装饰。

"平瞻太极,天街润纳璇题,露床夜沈秋纬",此三句语义不明,特别是"露床夜沈秋纬"殊难解释畅达。璇题亦作"琁题"。玉饰的橼头。《文选·扬雄》:"珍台闲馆,琁题玉英。"李善注引应劭曰:"题,头也。榱橼之头,皆以玉饰,言其英华相烛也。"唐白居易《劝酒》诗:"东邻起楼高百尺,璇题照日光相射。"露床,指铺设竹席的凉床。《史记·滑稽列传》:"楚庄王之时,有所爱马,衣以文绣,置之华屋之下,席以露床,啖以枣脯。马病肥死。"唐白居易《时热少客因咏所怀》:"露床青簟箪,风架白蕉衣。"杨铁夫引用许敬宗《奉和秋日即目应制》中"无机络秋纬,如管奏寒蝉"为秋纬做注。而吴蓓则大概感到仍然难以解释通畅,于是曲为之解为"秋纬比喻寒士",并且进一步解释说"座中嘉宾,既有如'京兆'之璇题,亦有如梦窗之秋纬"。② 但是这两种解释在词中语境,似乎都难以解释通畅。杨铁夫的引用,显然不合时宜。因为吴文英此词写于早春,又是为地方官员歌功颂德,前面又完全是十分典雅的歌功颂德的典故和语汇。何以突然接入描绘秋天凄凉境况的词句?而吴蓓的解释,则太过迂曲,缺乏凭依。所谓秋纬,即秋天的络纬,实际上就是俗谓之纺绩娘的昆虫。清代王琦撰《李太白集注》卷三《长相思》:

> 长相思,在长安。络纬秋啼金井阑,微霜凄凄簟色寒。
> 注:吴均诗:"络纬井边啼。"《古今注》:"莎鸡,一名促织,一名络纬,一名蟋蟀。促织谓其鸣声如急织,络纬谓其鸣声如纺绩也。按今之所谓络纬,似蚱蜢而大,翅作声,绝类纺绩。秋夜露凉风冷,鸣尤凄紧,俗谓之纺绩娘,非蟋蟀也。或古今称谓不同欤。③

---

① 杨铁夫笺释,陈邦炎、张奇慧校点:《吴梦窗词笺释》,广东人民出版社1992年版,第190页。吴蓓:《梦窗词汇校笺释集评》,浙江古籍出版社2007年9月出版,第472页。
② 杨铁夫笺释,陈邦炎、张奇慧校点:《吴梦窗词笺释》,广东人民出版社1992年版,第190页。吴蓓:《梦窗词汇校笺释集评》,浙江古籍出版社2007年9月出版,第473页。
③ (清)王琦:《李太白集注》卷三,中华书局1977年版,第193—194页。

笔者认为"露床夜沈秋纬"是与上句"天街润纳璇题"对举，上句写春天都城雨景，下句描绘秋夜视听。仍然是上承"惯朝昏、晴光雨色"从早晚、晴雨的丰乐楼风光，进一步写到春秋四季的丰乐楼景观。从而引起下阕。

太极，杨铁夫无注，吴蓓引《易传》："易有太极，是生两仪。两仪生四象，四象生八卦。"似乎没有能够解释明白吴文英此句此处确切含义。按：《易·系辞传》"古者伏羲氏之王天下也，仰则观象于天，俯则观法于地，观鸟兽之文与地之宜，近取诸身，远取诸物，于是始作八卦"。所谓"平瞻太极"，正是因为丰乐楼之高耸入云，因此可以俯仰天地。也因而引出下两句"天街润纳璇题，露床夜沈秋纬"作为观察的结果。从而也使对于丰乐楼空间景观的描绘，从目前的短暂时刻，向纵深推演到春秋乃至宇宙洪荒。从而也将前面"明良庆会，赓歌熙载，隆都观国多闲暇，遣丹青、雅饰繁华地"数句的对于眼前景物的歌功颂德，十分高明而委婉地拉长了时距。

"清风"三句。吴蓓认为是写丰乐楼白天清闲景象，钱鸿瑛认为是进一步写宫中。我以为都过于质实，应该是泛写都城特别是西湖畔高楼林立、繁华壮丽的都市景观，是从丰乐楼高处俯瞰全景。宋吴自牧《梦粱录》卷十九《园囿》对于西湖旁边皇家和私家著名园囿有详细介绍："杭州苑囿俯瞰西湖，高挹两峰，亭馆台榭，藏歌贮舞，四时之景不同而乐亦无穷矣。"

"为洗尽"四句，倒装句式。"脂痕茸唾"本李后主《一斛珠》"烂嚼红茸，笑向檀郎唾"句意。吴蓓解释为"以美人印渍喻宴饮残迹"。（473页）我以为不过是写实。因为不仅《梦粱录》《武林旧事》均记载有临安的酒楼有大量为顾客服务的女性，望之若神仙。（详本章第一节）而且宋代还有官妓制度，① 在官宴上歌妓为客人歌唱乃至即席歌唱文人新填词作是平常事情，吴文英不过是对于当时宴饮结束场景的实写而已。

"净卷麹尘"，麹尘亦作"曲尘"。酒曲上所生菌。因色淡黄如尘，亦用以指淡黄色。唐谷神子《博异志·阎敬立》："须臾吐昨夜所食，皆作朽烂气，如黄衣曲尘之色，斯乃椟中送亡人之食也。"此句是实写宴饮

---

① 李剑亮：《唐宋词与唐宋歌妓制度》，杭州大学出版社 1999 年版。沈松勤：《唐宋词社会文化学研究》，杭州大学出版社 2000 年版。

残迹。

"永昼"意近"正午长漏迟",显得有些重复费词。"低垂绣帘十二",《御定佩文韵府》卷二十九之一中罗列两诗:

> 十二帘。徐积《富贵篇》:"十二帘卷珠荧煌,双姬扶起坐牙床。"王逢《无家燕》诗:"岂不怀故栖,烽暗黄鹤楼。楼有十二帘,一一谁见收。"①

杨铁夫注引王逢《无家燕》诗,吴蓓两诗俱引。但是都仅限于出现十二帘的诗句。其实徐积《富贵篇》中在出现十二帘的上下诗句,完整阅读,更可以看出与吴文英词句的内在关系。宋徐积撰《节孝集》卷四《富贵篇答李令》:

> 对开大第连几坊,私门列戟森锋铓。十二帘卷珠荧煌,双姬扶起坐牙床。绿鬟红袖花成行,左盼右顾生春阳。②

徐积诗句中对于北宋都城之中富贵人家豪奢生活与豪华建筑的描绘,几乎与吴文英词中的"清风观阙,丽日罘罳,正午长漏迟。为洗尽、脂痕茸唾,净卷鰕尘,永昼低垂,绣帘十二"描绘相一致。

"高轩驷马,峨冠鸣佩,班回花底修禊饮,御炉香、分惹朝衣袂。""高轩"诸句,官员就峨冠博带、驷马高车去上朝,朝服被御香所熏。化用贾至"衣冠身惹御炉香"。罢朝后去参加祭祀禊饮活动,因此仍然身穿被御香所熏的朝服。杨铁夫认为根据这些词句"观此,知此次宴集是上巳时"(190 页),吴蓓认为是写"朝班结束后朝绅赴丰乐楼聚会的场面"(473 页)。

但是,据毛本注:"节斋新建此楼,梦窗淳熙十一年二月甲子作是词",则杨铁夫"观此,知此次宴集是上巳时"的说法显然有问题。上巳祓禊、修禊,显然是在宴集之后数日才会发生。而吴蓓的解释则"班回花底修禊饮"一句没有着落,无法解释。合理地推测,此数句应该是吴

---

① 《御定佩文韵府》卷二十九之一,四库全书本。
② (宋)徐积:《节孝集》卷四,四库全书本。

文英凭栏想象之词。丰乐楼地处西湖之畔，则湖畔的修禊活动自然能够在丰乐楼上观看到。此处是吴文英想象数日之后，上巳时今天参与聚会的政府官员，又会在朝班结束后聚会在湖畔从事修禊活动。上巳曲水流觞，是文人临水宴饮、吟诗作赋的节日，历史上最著名的自然是王羲之等人的兰亭之会。此处吴文英或者暗含将丰乐楼聚会与兰亭之会类比的意思。

（宋）吴自牧撰《梦粱录》卷二三曰（佑圣真君诞辰附）：

三月三日上巳之辰，曲水流觞故事，起于晋时。唐朝赐宴曲江，倾都禊饮踏青，亦是此意。右军王羲之《兰亭序》云："暮春之初，修禊事。"杜甫《丽人行》云："三月三日天气新，长安水边多丽人。"形容此景，至今令人爱慕。兼之此日正遇北极佑圣真君圣诞之日，佑圣观侍奉香火，其观系属御前去处，内侍提举观中事务，当日降赐御香，修崇醮录，午时朝贺，排列威仪，奏天乐于墀下，羽流整肃，谨朝谒于陛前，吟咏洞章陈礼。士庶烧香，纷集殿庭。诸宫道宇，俱设醮事，上祈国泰，下保民安。诸军寨及殿司衙奉侍香火者，皆安排社会，结缚台阁，迎列于道，观睹者纷纷。贵家士庶，亦设醮祈恩。贫者酌水献花。杭城事圣之虔，他郡所无也。①

按：吴文英词中描绘的"班回花底修禊饮，御炉香、分惹朝衣袂"大概正是同日中曲水流觞和佑圣观侍奉香火二事，修禊饮写曲水流觞，御炉香、分惹朝衣袂与"当日降赐御香，修崇醮录，午时朝贺，排列威仪，奏天乐于墀下，羽流整肃，谨朝谒于陛前，吟咏洞章陈礼。士庶烧香，纷集殿庭"相合。

而古代的"节日"却首先意味着参与到特定的公共活动之中，意味着进入超出私人生活的公共维度，意味着一种共同时间。在节日中，人们有着与日常生活中完全不同的时间经验。埃利亚德在《神圣与世俗》中就指出了节日时间和日常时间的不同，并区分了世俗时间与神圣时间，后者正是在节日中来临的。②虽然他的论述主要是从宗教性的角度，特别是从某些特定的宗教经验方面展开，并不能完全适用于中国的节日。但是埃

---

① （宋）吴自牧撰，傅林祥注：《梦粱录》卷二，山东友谊出版社2001年版，第16页。
② ［罗马尼亚］埃利亚德：《神圣与世俗》，王建光译，华夏出版社2002年版，第43页。

利亚德的理论为我们重新思考和认识节日时间提供了新的视角。而且，中国的节日同样往往具有宗教的起源与背景。修禊、醮录等也同样具有宗教意义。

"碧桃数点飞花，涌出宫沟，溯春万里。""碧桃"三句，以春色作结，实写眼前，并呼应开篇"凝春"。杨铁夫、吴蓓均无注典故出处，杨铁夫认为即上文"隆都观国多闲暇，遣丹青、雅饰繁华地"之语，是吴文英望兴之语。吴蓓解释为"显达会饮丰乐楼之象征"。笔者以为均未能确解。《艺文类聚》卷八十六《尹喜内传》曰："老子西游，省太真王母，共食碧桃紫梨。"而秦观《虞美人》词云：

> 碧桃天上栽和露，不是凡花数。乱山深处水萦回，可惜一枝如画为谁开？　轻寒细雨情何限！不道春难管。为君沉醉又何妨，只怕酒醒时候断人肠。①

关于秦观《虞美人》词的本事，《绿窗新话》卷上记载：

> 秦少游寓京师，有贵官延饮，出宠妓碧桃侑觞，劝酒惓惓。少游领其意，复举觞劝碧桃。贵官云："碧桃素不善饮。"意不欲少游强之。碧桃曰："今日为学士拼了一醉！"引巨觞长饮。少游即席赠《虞美人》词曰（略）。合座悉恨。贵官云："今后永不令此姬出来！"满座大笑。②

首句化用晚唐诗人高蟾《下第后上永崇高侍郎》"天上碧桃和露种"句，元辛文房撰《唐才子传》卷九记载：

> 高蟾，河朔间人。乾符三年孔缄榜及第。与郑郎中谷为友，酬赠称高先辈。初累举不上，题省墙间曰："冰柱数条擎白日，天门几扇锁明时。阳春发处无根蒂，凭仗东风次第吹。"怨而切。是年人论不

---

① （宋）秦观撰，徐培均校注：《淮海居士长短句》，上海古籍出版社1985年版，第132页。

② （宋）皇都风月主人编：《绿窗新话》卷上，古典文学出版社1957年版。

公。又《下第上马侍郎》云："天上碧桃和露种，日边红杏倚云栽。芙蓉生在秋江上，莫向春风怨未开。"意亦凄楚（一作"直指"），马怜之。又有"颜色如花命如叶"之句，自况时运蹇塞。马因力荐，明年李昭知贡举，遂擢桂。官至御史中丞。蟾本寒士，皇皇于一名，十年始就。性倜傥离群，稍尚气节，人与千金，无故，即身死亦不受。其胸次磊块，诗酒能为消破耳。诗体则气势雄伟，态度谐远，如狂风猛雨之来，物物竦动，深造理窟，亦一奇逢掖也。①

吴文英"碧桃"句所化用典故，应该以此为最切。不仅与"又下第"而做"天上碧桃和露种，日边红杏倚云栽"，而且其结局"马怜之……马因力荐。明年李昭知贡举，遂擢桂。官至御史中丞"。不正是吴文英望幸的理想结局吗？而且吴文英在二月题壁，而想象在丰乐楼上观赏三月西湖风光，潜意识中，应该还有一层深意，（宋）吴自牧撰《梦粱录》卷二《诸州府得解士人赴省闱》：

> 三月上旬，朝廷差知贡举、监试、主文考试等官，并差监大中门官诸司、弥封、誊录等官，就观桥贡院，放诸州府郡得解士人，并三学舍生得解生员，诸路运司得解士人，有官人及武举得解者，尽赴院排日引试，及诸州郡诸路寓试试得待补士人，并排日引试。国子监牒试中解者，并行引试。②

又，宋吴自牧撰《梦粱录》卷二《荫补未仕官人赴铨》：

> 每岁三月上旬，应文武官荫授子弟、宗子荫补者，并赴铨闱就试出官。朝廷差监试、主文、考试等官，就礼部贡院放试。③

而根据前引周密《武林旧事》中的记载，丰乐楼恰恰又是"为朝绅拜乡会之地"，而前引吴自牧撰《梦粱录》也谈到丰乐楼是"缙绅士人，

---

① （元）辛文房撰，傅璇琮主编：《唐才子传校笺》卷九，第4册，中华书局1990年版，第61—67页。
② （宋）吴自牧撰，傅林祥注：《梦粱录》卷二，山东友谊出版社2001年版，第17页。
③ 同上书，第19页。

乡饮团拜，多集于此"。朝绅，朝廷大臣。宋周密《齐东野语·洪君畴》："宦寺肆横，簸弄天纲，外阃朝绅，多出门下。"① 乡会，旧时在京同乡官吏及文人的集会。宋赵升《朝野类要·余记》："诸处士、大夫同乡曲并同路者，共在朝及在三学，相聚作会曰乡会。若同榜及第聚会，则曰同年会。"② 吴文英望幸之语，于此才算真正落到实处。

"涌出宫沟"当化用红叶题诗的典故。而红叶题诗又有不同的传说版本。唐范摅撰《云溪友议》卷十《题红怨》：

> 明皇代，以杨妃、虢国宠盛，宫娥皆颇衰悴，不备掖庭。常书落叶，随御水而流云："旧宠悲秋扇，新恩寄早春。聊题一片叶，将寄接流人。"顾况著作，闻而和之。既达宸聪，遣出禁内者不少。或有五使之号焉。和曰："愁见莺啼柳絮飞，上阳宫女断肠时。君恩不禁东流水，叶上题诗寄与谁。"卢渥舍人应举之岁，偶临御沟，见一红叶，命仆搴来。叶上乃有一绝句，置于巾箱，或呈于同志。及宣宗既省宫人初下诏，许从百官司吏，独不许贡举人。渥后亦一任范阳，获其退宫人，睹红叶而吁嗟久之，曰："当时偶题随流，不谓郎君收藏巾箧。"验其书，无不讶焉。诗曰："水流何太急，深宫尽日闲。殷懃谢红叶，好去到人间。"③

唐孙光宪撰《北梦琐言》卷九《云芳子魂事李茵》则记录了另外一个传说版本：

> 僖宗幸蜀年，有进士李茵，襄州人，奔窜南山民家，见一宫娥，自云宫中侍书家云芳子，有才思，与李同行诣蜀。具述宫中之事，兼曾有诗书红叶上，流出御沟中，即此姬也。行及绵州，逢内官田大夫识之，乃曰："书家何得在此。"逼令上马，与之前去。李甚怏怅，

---

① （宋）周密：《齐东野语》卷七，中华书局1983年版，第120页。
② （宋）赵升：《朝野类要》，中华书局2007年版，第107页。关于宋代进士登第之后的宴会活动及其文化意蕴，参考刘方：《盛世繁华：宋代江南城市文化的繁荣与变迁》第三章，《科举社会、贡院空间与临安都市文化》，浙江大学出版社2011年版，第119—126页。
③ （唐）范摅：《云溪友议》卷十《题红怨》，丛书集成初编本，长沙商务印书馆1939年版，第59—60页。

无可奈何。宫娥与李情爱至深,至前驿,自缢而死。其魂追及李生,具道忆恋之意。追数年,李茵病瘵,有道士言其面有邪气,云芳子自陈人鬼殊途,告辞而去。闻于刘山甫。①

前面梦窗用碧桃典故,一词二典,既有攫桂的望幸,也有美人垂青的幻想。同样,皇宫既是梦窗望幸所在,是词中所描绘的"峨冠鸣佩"的贵族高官上朝之处,也是可以产生红叶题诗浪漫艳遇的所在。

结局"溯春万里",既是写景,也是抒情,既是寄托,也是象征。

二　吴文英词的空间叙事与丰乐楼的建筑空间

吴文英词在结构上,围绕题写、吟咏丰乐楼这一主题,既思致绵密,又开阖有度。《莺啼序》词牌,始见于《梦窗词集》,为吴文英所创,系词中最长的词牌。全词二百四十个字,分四阕,每阕各四仄韵。张宏生概述林顺夫的研究观点认为:

> 词体产生于近体诗完全成熟之后,它必然受到后者结构规范的极大影响。但与诗相比,词多分为两阕,因而词的展开就分为两半来进行,在彼此互补而又相互独立的两阕中来表述总体感受。就此而言,大部分词基本上是二分的,正与律诗统一的形式相反。②

而林顺夫在著作中具体分析指出:

> 一首词可分为若干节,节或许相当于诗歌中的联。一节大致对应乐曲的一段,是表达有关思想或体验的一个段落,自成体系并与其它各节有着意义上的区别。每节由一至五句组成,结句必须押韵(当然,其它各节的结句也要押韵)。与连续成篇的诗不同,词常分为两阕,有时分为三或四阕,只有少数简短的词不分阕。这样,词的长短

---

① (唐)孙光宪撰:《北梦琐言》卷九,中华书局 2002 年版,第 191—192 页。
② [美]林顺夫:《中国抒情传统的转变——姜夔与南宋词》,译者序,张宏生译,上海古籍出版社 2005 年版,第 8 页。

不等的句子首先被分为节，然后再被分为阕。

但这些结构方式却有一点根本性的差别，不容忽视。虽然律诗在节奏的构架上可分为对等的两半，但诗并未因此分成两阕。诗的展开，是从相对完整的首联，过渡到相对零碎、表现片断的中二联，最后归结到连贯的尾联。这使得诗歌节奏中对称的重要性被削弱，全诗显得浑然一体。与诗相比，词多分为两阕，因而词的展开就分为两半来进行，在彼此互补而又相互独立的两阕中来表述总体感受。就此而言，大部分词基本上是二分的，正与律诗统一的形式相反。《诗经》中的作品也可以分为几段，但段落之间在结构上的贯通主要通过重章叠句来实现。由于词中一般没有重章迭句，故必须依靠互补来贯通上下两阕。①

刘永济《微睇室说词》："此词共长二百四十字，殆同一小赋。宋人作者不多，梦窗亦止三首……作此调者，非有极丰富之情事，不易充实；非有极矫健之笔力，不能流转。"②

四阕的《莺啼序》，一方面围绕丰乐楼结构全词；另一方面每一阕又相对独立，从不同的角度、不同的方面展开与呈现。第一阕可谓丰乐楼的景观画卷，全面围绕丰乐楼的地理位置和建筑景观着墨。第二阕则是可以称为观景，是描绘丰乐楼中的宾客登临所见。第三阕转而叙述一个发生在丰乐楼中的具有戏剧性的故事场景，描绘丰乐楼中的人物活动与对话。江弱水曾经讨论从周邦彦开始的在词中具有"戏剧化、小说化写法"③。而吴文英在这里显然同样使用了这一技法。以一种戏剧性的场景来描绘丰乐楼中发生的人物活动与故事，而这些人物与故事，又与丰乐楼本身相关。第四阕则是将丰乐楼公共空间置于一个更为宏大的南宋帝都公共空间之中，以一种马赛克方式的画面呈现，叙述与丰乐楼公共空间相关的，在丰乐楼中或者丰乐楼外发生的人物活动与故事。这些人物与故事，虽与丰乐楼本身未必直接相关，但是却关联了更为广阔的

---

① ［美］林顺夫：《中国抒情传统的转变——姜夔与南宋词》，张宏生译，上海古籍出版社2005年版，第75、81页。

② 刘永济：《微睇室说词》，上海古籍出版社1987年版，第57页。

③ 江弱水：《古典诗的现代性》第八章"周邦彦：染织的绮语"，生活・读书・新知三联书店2010年版，第212页。

事件、人物与社会空间。

事实上，不仅如林顺夫分析所指出的，词的结构由于与诗歌的差异，而在内容表达和情感书写方面具有了新的特征。而且在吴文英这里，由于四阕的词的结构方式，也使吴文英在词的叙述特征上，探索了新的叙述方式。

林顺夫在《南宋长调词中的空间逻辑》一文中，以吴文英的另外一首《莺啼序》（残寒正欺病酒）一词为分析范例，他认为"空间性的图案创造可说是南宋词'极其工，极其变'的重要一环"，而"重布局、讲间架是南宋词论里的重要新课题"，① 试图通过阐明南宋长调词的空间逻辑的创作手法这一新的特征，来分析和解释吴文英的词作。而林顺夫所谓的空间逻辑，准确地说，主要是指长调词的章法布局。而这个特征，通过上述结构分析，可以看出，在吴文英丰乐楼题壁的《莺啼序》一词中同样体现了出来。而与另外一首《莺啼序》（残寒正欺病酒）一词不同的是，吴文英在丰乐楼题壁的《莺啼序》一词中，还体现出了另外一方面的新的艺术特征，即具有空间叙事的特征。

林顺夫揭示和分析吴文英长调词中的空间逻辑，是对于长调词的章法布局特征的揭示与分析。而空间叙事所要揭示和分析的则是吴文英的这首丰乐楼题壁的《莺啼序》一词中，在叙事上所具有的新的特质。

龙迪勇《试论作为空间叙事的主题—并置叙事》考察一种因共同"主题"而把几条叙事线索联系在一起的叙事模式——"主题—并置叙事"。指出主题—并置叙事有四个特征：

（1）主题是此类叙事作品的灵魂或联系纽带；（2）在文本的形式或结构上，往往是多个故事或多条情节线索的并置；（3）构成文本的故事或情节线索之间既没有特定的因果关联，也没有明确的时间顺序；（4）构成文本的各条情节线索或各个"子叙事"之间的顺序可以互换，互换后的文本与原文本并没有本质性的差异。由于"主题"（topic）概念是由"场所"（topos）概念发展而来的，而"场所"是一种"空间"，因此，主题—并置叙事本质上是一种

---

① ［美］林顺夫：《中国抒情传统的转变——姜夔与南宋词》附录二"南宋长调词中的空间逻辑"，张宏生译，上海古籍出版社 2005 年版，第 193、204 页。

空间叙事。①

文章认为主题—并置叙事本质上是一种空间叙事。而其推理的依据是：由于"主题"（topic）概念是由"场所"（topos）概念发展而来的，而"场所"是一种"空间"。而在吴文英的这首词作中不仅体现了主题—并置叙事的基本特质，而且其作为一种空间叙事完全不需要通过概念内涵的分析曲折推理，而是明确以丰乐楼这一公共空间作为空间叙事的基础。每一阕词的内容，不是按照传统文学叙事以时间性为基础来展开，而是以特定的空间——丰乐楼为基点展开叙事，各个句子，各句内涵之间，不是叙述一个在时间中展开的相互关联的故事、事件，而是相互之间，在时间上未必相关，在内涵上同样未必相关，而是通过围绕特定的丰乐楼空间结构的内在脉络。

第一阕是围绕丰乐楼的地理空间和建筑景观空间展开叙述。关于西湖的神话想象，腾龙的想象，再到天风笑语的想象，相互之间并没有时间上的联系，也没有内容、故事上的相关性。它们之间是通过丰乐楼这一空间，通过基于这一空间展开的叙事而结构在一起。

第二阕则是立足于丰乐楼空间，描绘丰乐楼中的宾客登临所见都市空间。如画屏障的西湖景观，朝昏、晴光雨色等不同时间、气候条件中的登临所见景观，"燕泥动、红香流水"的一系列特写镜头。

第三阕转而叙述一个发生在丰乐楼中的具有戏剧性的故事场景，叙述的是丰乐楼中的公共空间。

第四阕则是将丰乐楼公共空间置于一个更为宏大的南宋帝都公共空间之中，叙述与丰乐楼公共空间相关的，在丰乐楼中或者丰乐楼外发生的人物活动与故事，叙述了更为广阔的都市社会空间。

还可以通过对比传统诗歌艺术与吴文英此词在文本叙事上的空间叙事的差异，来揭示其特质。我们揭示出吴文英词作空间叙事的特征，许多读者可能很自然联想到传统诗歌中的画面性描写，比如著名的所谓诗中有画的说法。宋代苏轼《东坡题跋》中《书摩诘蓝田烟雨图》评论唐代王维的作品中指出："味摩诘之诗，诗中有画；观摩诘之画，画中有诗。诗

---

① 龙迪勇：《试论作为空间叙事的主题—并置叙事》，《叙事丛刊》第四辑，中国社会科学出版社 2012 年版，第 107 页。

曰：'蓝溪白石出，玉山红叶稀。山路元无雨，空翠湿人衣。'此摩诘之诗也，或曰非也，好事者以补摩诘之遗。"① 宋代《宣和画谱》卷十发挥苏轼的观点：

> 维善画，尤精山水。当时之画家者流，以谓天机所到，而所学者皆不及。后世称重亦云维所画不下吴道玄也。观其思致高远，初未见于丹青时，时诗篇中已自有画意。由是知维之画出于天性，不必以画拘，盖生而知之者。故"落花寂寂啼山鸟，杨柳青青渡水人"。又与"行到水穷处，坐看云起时"，及"白云回望合，青霭入看无"之类，以其句法，皆所画也。而《送元二使安西》诗者，后人以至铺张为阳关曲图。②

然而，需要辨析说明的是，王维的诗中有画，各个句子之间，仍然是通过时间性叙事线索来加以安排的。其诗歌所描绘的各个画面之间是有着明显的关联和逻辑关系的。无论是作为抒情主体一系列形态的"行到水穷处，坐看云起时"，还是作为有机画面结构的"落花寂寂啼山鸟，杨柳青青渡水人"，在两句之间，都有或明或暗的时间性叙述线索，而读者也比较容易在两句画面之间，建立起合理的联系与逻辑线索。

而在吴文英的这首词作中，无论是画面，还是人物、事件的叙事，相互之间，缺乏了传统诗歌艺术所具有的必要联系与逻辑。

正是吴文英词作在章节布局上的空间逻辑，在文本叙事上的空间叙事，都打破了传统的艺术与技术，因此，其文本在结构布局和叙事线索上都呈现出马赛克式的特质与征象。以吴文英此词中的句子来形容、比拟，正所谓"面屏障、一一莺花"。四阕结构的莺啼序词，正如四折屏障，每一面都是色彩绚丽的画面，但是每面之间，没有必然的内在关联，而是作为一组屏障的有机组成部分而被结构起来。同时，在每一阕中，也如同每一面屏障上的画面，是依靠空间的叙事线索关联在一起。

张炎之所以声称吴文英词"如七宝楼台，炫人眼目，碎拆下来，不

---

① （宋）苏轼：《东坡题跋》卷五，丛书集成初编本，上海商务印书馆 1936 年版，第 94 页。

② 《宣和画谱》卷十，台北"国立"故宫博物院，1971 年景元大德吴氏刻本。

成片段"正是对于吴文英词作新的艺术与技术特质的认识存在障碍与误区,仍然依照传统时间性叙事的艺术标准与阅读习惯和期待视野,① 来阅读和分析吴文英词作,自然不得要领。

同时,张炎的"如七宝楼台,炫人眼目,碎拆下来,不成片段"的形象说法,也歪打正着,恰恰揭示出了空间叙事的艺术特征,在各阕之间,每阕中各自的叙述、描绘的不同片段之间,不存在时间性或者因果性的内在关联,它们作为空间叙事的各个组成部分,原本就仅仅是基于一个特定的空间原点或者基点,所谓"七宝楼台"而形成叙述线索和叙事结构。如果打碎或者拆毁了"七宝楼台"这个空间点或者基点,原本没有什么相互关联的词作的各个部分,自然也就"不成片段"了。

自叶嘉莹文章以西方现代主义艺术观念反思吴文英词的艺术特征,叶嘉莹在文章中明确地指出:"梦窗词之遗弃传统而近于现代化的地方,最重要的乃是他完全摆脱了传统上理性的羁束,因之在他的词作中,表现了两点特色:其一是他的叙述往往使时间与空间为交错之杂糅;其二是他的修辞往往但凭一己之感性所得,而不依循理性所惯见习知的方法。"② 叶嘉莹文章产生了极大影响。当然也存在不同的看法,高阳《莫"碎"了七宝楼台》,高阳对于叶嘉莹的批评,有一定道理,但是也存在一定的理解上的分歧。③

笔者则是希望借鉴当代城市文化研究和叙事学特别是近年来发展起来的空间叙事理论来反思吴文英词中一部分受到南宋都市文化繁荣影响,而力图突破和改变传统文学表达方式,创新词的艺术表达与叙事方式:

一是如何以词这样一种传统标准的抒情文学,进行艺术上的突破,而进行城市叙事。二是如何突破词的时间性叙事方式,而探索词的空间叙事模式。这里体现了一种双重突破,第一层突破是北宋柳永的都市词

---

① 有关期待视野问题,参阅[德]姚斯《接受美学与接受理论》,周宁等译,辽宁人民出版社1987年版。

② 叶嘉莹:《拆碎七宝楼台———谈梦窗词之现代观》,载叶嘉莹《迦陵论词丛稿》,河北教育出版社2000年版,第53页。

③ 高阳:《莫"碎"了七宝楼台》,载高阳《高阳说诗》,辽宁教育出版社1998年版,第133—145页。

完成的,① 而第二层突破则是南宋吴文英都市词实现的。柳永都市词是一种时间性叙事,以时间线索结构全词,而吴文英则是以空间结构为线索,进行城市叙事。

除了词的空间叙事这一艺术创新的特征之外,吴文英此词的艺术特色尚有比较突出的几个方面,限于本文题旨,不拟展开论述,仅仅概述言之。吴文英此词的艺术特色之一,我认为是具有印象派绘画的艺术特色。张炎之所以声称吴文英词如七宝楼台,炫人眼目,原因之一,应该也在于此。词中:灿绮、银海、四碧、彩翼、新霁、清濯、缁尘、薜萝、金翠、晴光、雨色、红香、丹青、璇题、丽日、脂痕、曲尘、碧桃,等等,光与色交相辉映,炫人眼目。不仅如此,还有:赓歌熙载、秋纬、鸣佩、炉香,一系列的听觉、嗅觉的感官印象的刻画、描绘。而这些基于都市繁华景观的极富感官印象方式的书写,又与新感觉派的文学书写风格颇有近似之处。②

吴文英此词在艺术上极为成功的另外一个突出特色,是极富于动感的画面。全幅画卷均是在动态之中展开。笑语吹坠、展旷眼、傍危阑、燕泥动、红香流水。步新梯、领客登临、诵鱼美。翁笑起、赓歌熙载、洗尽、净卷、班回、飞花、浮动、是对于一系列动作的刻画。天吴是驾云阆海,倒银海,而春空则是凝灿绮。既有对于动态画面的记录,也有化静为动,将原本静态的画面,使用一系列动词,巧妙而精美地使其具有了动态感。气韵生动而具有内在血脉,绝非所谓"碎拆下来,不成片段",从而产生一种仿佛是在展卷读画的视觉观感,③ 甚至有一种眩晕感。

吴文英此词在艺术上的第三方面的突出特点,是张炎所谓的"质实",也就是说,他的词中几乎所有奇思妙想、绚丽想象,都是基于现实事物的基础之上,不同于许多诗人的向壁虚构。即使是被注释者认为是比喻性或者想象性的一些词句,如"彩翼曳、扶摇宛转,夐龙降尾交新霁""脂痕茸唾,净卷曲尘",笔者也在上述对于吴文英词的

---

① 刘方:《宋代两京都市文化与文学生产》,中国社会科学出版社2016年版,第102—130页。

② 关于新感觉派的文学书写风格,参考李欧梵《上海摩登:一种新都市文化在中国1930—1945》,毛尖译,北京大学出版社2001年版。

③ 关于传统中国画的展卷阅读方式和幻象问题,参考巫鸿《时空中的美术:中国美术史文编二集》,生活·读书·新知三联书店2009年版,第326—327、246—250页。

文本分析中，考证出是有其现实事物基础的。就是"御炉香、分惹朝衣袂"一类对于前辈诗人词句的化用，也都是有现实的事物作为依托。

吴文英此词的第四方面艺术特色，是其叙述艺术上的空间叙述特质。将诗歌作为传统的时间性艺术的表达方式，转化为绘画特质的空间性叙述方式。

德国的莱辛在《拉奥孔》中分析指出：

> 诗和画，固然都是摹仿的艺术，出于摹仿概念的一切规律固然同样适用于诗和画，但是二者用来摹仿的媒介或手段却完全不同，这方面的差别就产生出它们各自的特殊规律。
>
> 绘画运用在空间中的形状和颜色。诗运用在时间中明确发出的声音。前者是自然的符号，后者是人为的符号，这就是诗和画各自特有的规律的两个源泉。

莱辛由此而认为：

> 既然绘画用来摹仿的媒介符号和诗所用的确实完全不同，这就是说，绘画用空间中的形体和颜色，而诗却用在事件中发出的声音；既然符号无可争辩地应和符号所代表的事物互相协调；那么，在空间中并列的符号就只宜于表现那些全体或部分本来也是在空间中并列的事物，而在时间中先后承续的符号也就只宜于表现那些全体或部分本来也是在时间中先后承续的事物。全体或部分在空间中并列的事物叫作"物体"。物体连通它们的可以眼见的属性是绘画所特有的题材。全体或部分在时间中先后承续的事物一般叫作"动作"（或译为情节）。因此，动作是诗所特有的题材。①

前面谈到吴文英词在艺术上具有动态感，似乎是符合了莱辛对于诗歌擅长描写动态的观点，其实不然。吴文英的动感描写，是基于空间性之上

---

① ［德］莱辛：《拉奥孔》，朱光潜译，人民文学出版社1984年版，第181、181—182、82—83页。

的一种动态描写。一方面不同于在时间性中描写一个连续性的动作的诗歌写法，并非动态表达一个首尾连贯的叙事；另一方面这些动态描写是基于不同空间之中的，而各个空间之间，是具有一种马赛克特征。也就是说，吴文英此词的叙事结构不是通过时间性叙事来结构的，而是通过空间性叙述来结构的。

三 吴文英词的都市文化叙事与都市的公共空间的展开

南宋繁华的都市，特别是豪华宏伟、富丽堂皇的酒楼公共空间，为都市文学书写提供了新的空间与平台，新的灵感与思绪，新的题材与内容。另外都市文学的书写，对于南宋都城的文化形象、城市声誉的建构也带来多方面的意想不到的效果与作用。

吴文英的丰乐楼题壁词，作为一个都市公共空间中发生的公共文学事件，显然超越了传统诗歌写作的私人性与创作动机，而具有了相当不同的文学性质。

繁华的临安都市文化，豪华壮观高耸入云的酒楼空间，激发词人的创作热情与创作灵感。都市文化与酒楼这样的都市特色的文化空间，成为孕育城市文学的一个新的基础。而吴文英写作中，有三首在标题中就直接表明其创作与丰乐楼有关。无论是题壁创作还是雅集唱和。

酒楼作为北宋都市允许临街开店之后才逐渐形成的建筑豪华、装饰富丽的新的公共空间，不仅促使词这样的文学文体繁荣发展，提供了新的题材、内容，而且也促使词这样一种文学作品，具有了此前不具有的社会性功能的意义与价值。唐代便有比较发达的题壁文学存在，但是大多题写在驿站、寺院的墙壁之上。题写在酒店中的不仅数量上比较少，而且影响和传播效果上同样比较小。[①]

在酒店饮酒，并在壁上题诗，这是当时的一种风气，也可以说是一种风俗，犹如现代的饭店酒家常喜邀约名人题诗作画悬挂于墙壁，以增加其店的文化色彩，提高其文化档次。只是唐时酒店题壁所写内容，多与眼前

---

① 罗宗涛：《唐人题壁诗初探》，载罗宗涛《唐宋诗探索拾遗》，天津教育出版社2012年版，第1—37页。其中在分析题壁场所的时候，酒店题壁只有王绩的《题酒店壁》和伊用昌的《题酒楼壁》。

事直接有关,故往往富于真实切近的民俗意味。①

可惜能够举出的证据也只有初唐王绩的《题酒店壁》,而且王绩的诗歌也只是谈到酒店的酒的供应品种与酒店中的胡姬。但是到了宋代就完全不同了,刘金柱《中国古代题壁文化研究》中有酒楼反诗一节,所举均为宋人事例。②

已经有研究者注意到宋词的酒楼题壁,并且从传播的场所角度加以简要介绍。③ 与驿站、寺院相比,豪华酒楼的公共性、传播性、影响力和覆盖面等,都是前所未有的。大型酒楼作为新的都市文学生产空间,为一批如俞国宝、吴文英一类人物提供了新型的文学活动的空间和扬名立万的场所。

而更为重要的还在于,吴文英的题壁词,已经不仅是传播学的问题,更具有了新的公共性与表演性特征,文学活动在这里甚至成为一种表演性活动。具有了公共性和表演性,是因为它在公共空间受众群体的广泛存在,与屈原泽畔吟咏,或者贾岛"独行潭底影"那些诗人孤独的身影完全不同了。吴文英模式的题壁,也与书写驿站、寺院墙壁的唐代那些大量留下或者根本没有留下姓名的题壁者极为不同:吴文英不再是面对自我心灵的独抒情怀的独白记录,而是面对广大受众的公共性表演,从而使这一活动本身就成为一桩文学事件。一方面大型酒楼提供了一举成名的成功的机会的空间与舞台。另一方面,通过文学建构,文学事件的传播,建构了都市酒楼的声名、作为都市著名地标的意象。乃至于在千百年之后,物质性的酒楼早已灰飞烟灭,而通过关于它的文学,仍然能够想象当年盛况景观。

吴文英模式的文学事件,成为一种都市文化中不可缺少的都市传奇,由此改变了文学创作的主体动机、传播方式、传播语境和接受受众,文学从传统的独白,在这一模式中成为表演。反映了宋代词的文学创作活动从私人性到公共性甚至表演性的历程。即便是晏殊的词作表演,仍然是传统精英文学模式的小众参与的具有私密性的同人群体在私人住宅、园林等空

---

① 程薔、董乃斌:《唐帝国的精神文明:民俗与文学》,中国社会科学出版社 1996 年版,第 171 页。

② 刘金柱:《中国古代题壁文化研究》,人民出版社 2008 年版,第 143—146 页。

③ 钱锡生:《唐宋词传播方式研究》,复旦大学出版社 2009 年版,第 174—175 页。谭新红:《宋词传播方式研究》,武汉大学出版社 2010 年版,第 88 页。

间的文学活动。① 而吴文英的词作表演主要是在酒楼这样的大型公共空间、公共网络场所中面对市民诸多阶层受众的公共性表演,作秀,客观上具有某种大众娱乐的特质。

提出公共空间理论的德国著名思想家哈贝马斯在谈到通过文学进行私人性与公共性的交流问题的时候指出:

> 一方面,满腔热情的读者重温文学作品中所表现出来的私人关系;他们根据实际经验来充实虚构的私人空间,并且用虚构的私人空间来检验实际经验。另一方面,最初靠文学传达的私人空间,亦即具有文学表现能力的主体性事实上已经变成了拥有广泛读者的文学;同时,组成公共的私人就所读内容一同展开讨论,把它带进共同推动向前的启蒙进程当中。②

正如有研究者所指出的:

> 在一定程度上,文学的虚构性打破了时间与空间的限制,大大拓宽了公共生活的范围。同时,也创造出许多实实在在的承载场所,如剧院、读书会、博物馆以及市民阶层的沙龙等。这些场所培养了市民的阅读习惯,使"文学公共领域"这种公共生活方式进一步扩展开来。③

吴文英丰乐楼题壁词,将传统文学创作的个体独白,变成一场具有大众狂欢色彩的文学表演。我们前面分析了陈子昂如何通过公共空间中的具有表演性质的商业活动以使观众关注他希望引起注意的他的文学作品。而吴文英则直接把文学创作变成一种表演,变成一种行为艺术,变为一场公共娱乐。在这一行为艺术中,与传统的私人性写作的文学不同,也与仅仅是将题壁作为记录个人文学创作的一种媒介的题壁文学传统不同,吴文英

---

① 参见［美］宇文所安《华宴:十一世纪的性别与文体》,《学术月刊》2008 年第 11 期(第 40 卷),第 30—31 页。

② ［德］哈贝马斯:《公共领域的结构转型》,曹卫东等译,学林出版社 1999 年版,第 54 页。

③ 张康之、张干友:《公共生活的发生》,高等教育出版社 2010 年版,第 208 页。

模式的行为艺术，不仅是其题壁的词作本身，而且使这一题壁行为活动，成为一桩文学事件，受众都市文化事件，一桩都市中的文学娱乐性质的新闻事件，一桩可以被临安都市市民引为谈资的逸闻逸事，并且被南宋当时的学者或者明代的学者不断加以记录。

吴文英丰乐楼题壁作为一桩文学事件，建构了丰乐楼乃至南宋临安都市的文化声誉，同时也建构和提升并且传播了行为艺术家吴文英的文学声誉。

宋代开始出现的瓦舍为市民艺术家提供了表演的公共空间，他们在其中说书讲史，而都市酒楼则为吴文英这样的游走于精英与民间的江湖词人，提供了文学表演的公共空间。正像周密的《武林旧事》中所记载的那样"吴梦窗尝大书所赋《莺啼序》于壁，一时为人传诵"，表明了不仅仅是词作本身，而且是题壁行为构成一种加拿大学者戴维斯在《作为施行的艺术：重构艺术本体论》中所称的"施行的艺术"。[①]

吴文英在丰乐楼题壁书写，作为一种行为艺术和文学表演，成为一桩新闻事件。当唐代诗人王绩题壁于酒店，他只是希望未来往来酒店的客人可以看到诗歌作品本身。而当吴文英自创词牌《莺啼序》的时候，他是在自觉从事一场公共文学演出，具有了娱乐性与公共性。吴文英是要自觉制造一桩娱乐性新闻事件，而其受众群体，则是构成复杂、三教九流，甚至当朝皇帝都有可能成为潜在受众。由此吴文英才能够"望幸"。

从一定意义而言，吴文英之于丰乐楼，如同王勃之于滕王阁，崔颢之于黄鹤楼，范仲淹之于岳阳楼。通过吴文英丰乐楼题壁的行为艺术与文学事件，丰乐楼扩大了影响，增加了收入；吴文英提高了知名度和影响力；而作为丰乐楼重建者和吴文英颂美对象的地方长官，则博得了政绩与美誉。而丰乐楼的客人乃至临安的市民则作为受众群体，获得了娱乐与谈资。可谓一举多得，形成多赢效果。而作为文学娱乐事件的吴文英题壁，一方面因为新的都市文化空间而形成；另一方面作为都市文化的新的传奇故事，也在重新形塑都市的形象与声望。

吴文英是希望通过丰乐楼题壁这一公共性文学事件，能够在他自己的

---

① 参阅［加拿大］戴维斯《作为施行的艺术：重构艺术本体论》，方军译，江苏美术出版社2008年版。

身上再次发生俞国宝身上曾经发生过的奇迹。但是历史的喜剧故事并没能够再次上演。由此，当吴文英在此后又一次丰乐楼雅集，再一次性质有所不同的丰乐楼的唱和活动中，他不再是典丽正剧的书写，而是变化为悲剧性的低吟。